山东理工大学人文社会科学发展基金资助

王方晨创作论

张艳梅 著

中国社会科学出版社

图书在版编目(CIP)数据

王方晨创作论/张艳梅著.—北京：中国社会科学出版社，2016.11
ISBN 978-7-5161-9198-9

Ⅰ.①王… Ⅱ.①张… Ⅲ.①中国文学—当代文学—文学创作研究 Ⅳ.①I206.7

中国版本图书馆 CIP 数据核字(2016)第 261151 号

出 版 人	赵剑英
责任编辑	周晓慧
责任校对	无 介
责任印制	戴 宽

出　　版	中国社会科学出版社
社　　址	北京鼓楼西大街甲 158 号
邮　　编	100720
网　　址	http://www.csspw.cn
发 行 部	010-84083685
门 市 部	010-84029450
经　　销	新华书店及其他书店

印　　刷	北京君升印刷有限公司
装　　订	廊坊市广阳区广增装订厂
版　　次	2016 年 11 月第 1 版
印　　次	2016 年 11 月第 1 次印刷

开　　本	710×1000　1/16
印　　张	16.5
插　　页	2
字　　数	256 千字
定　　价	62.00 元

凡购买中国社会科学出版社图书，如有质量问题请与本社营销中心联系调换
电话：010-84083683
版权所有　侵权必究

目　录

文学圣徒王方晨(代序一) ……………………………… 李掖平(1)

对王方晨小说的一种理解与分析(代序二) …………… 王春林(11)

第一章　王方晨的文学世界 ………………………………… (1)
　　一　文学圣徒的精神王国 ……………………………… (2)
　　二　纯净高远的文学理想 ……………………………… (6)
　　三　哲思独运的文体之美 ……………………………… (11)
　　四　越过乡土小说的界限 ……………………………… (14)

第二章　王方晨的文学地理学 …………………………… (20)
　　一　"塔镇"的文化隐喻 ………………………………… (23)
　　二　"红杏庄"的人文地理 ……………………………… (26)
　　三　"济南城"的道德视阈 ……………………………… (29)
　　四　齐鲁文化的历史气韵 ……………………………… (31)

第三章　乡土中国的精神守夜人 ………………………… (35)
　　一　乡村社会生活批判 ………………………………… (36)
　　二　乡村文化伦理批判 ………………………………… (40)
　　三　国民性的深度批判 ………………………………… (48)
　　四　乡土中国的现代传奇 ……………………………… (52)

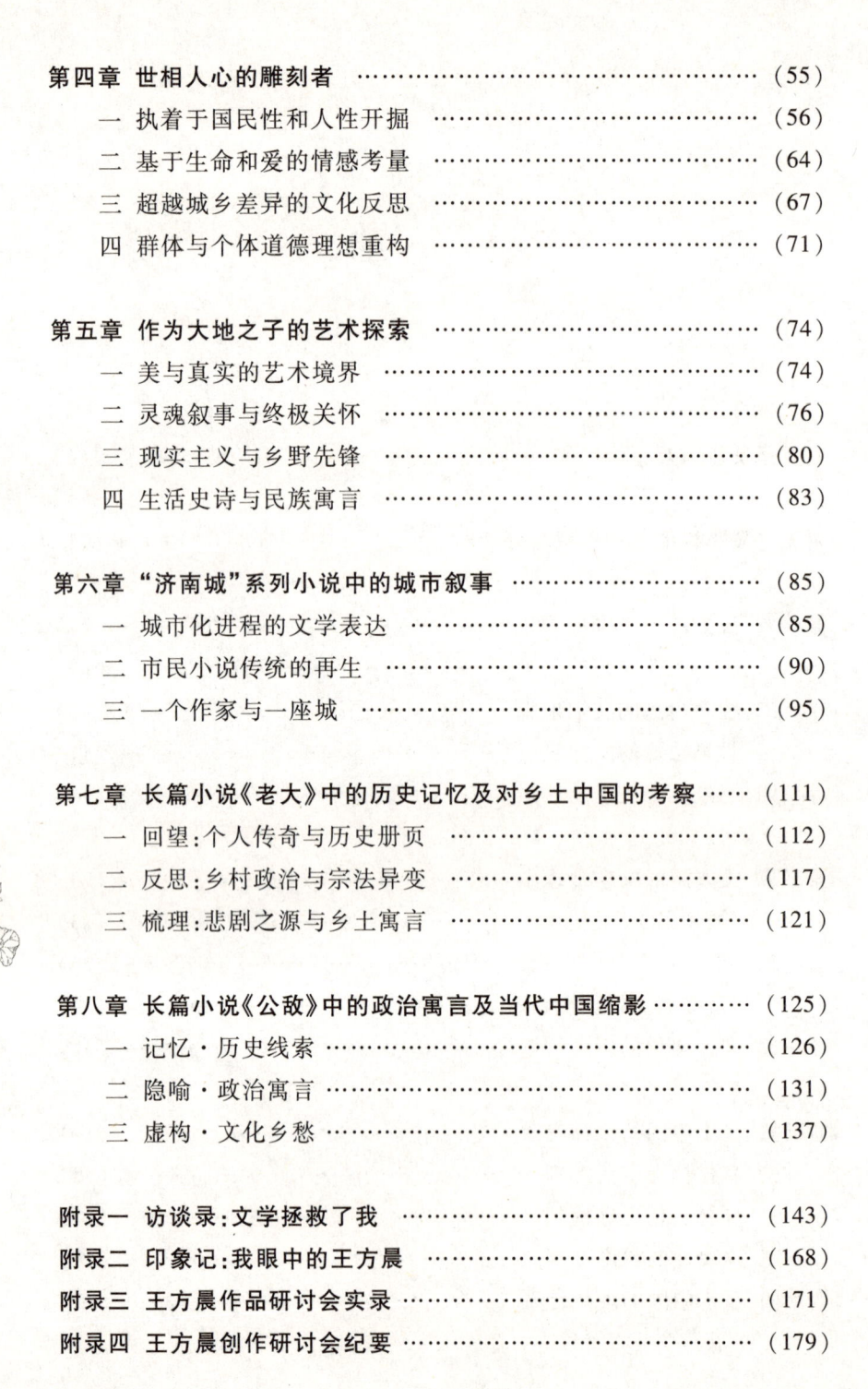

第四章 世相人心的雕刻者 (55)
    一 执着于国民性和人性开掘 (56)
    二 基于生命和爱的情感考量 (64)
    三 超越城乡差异的文化反思 (67)
    四 群体与个体道德理想重构 (71)

第五章 作为大地之子的艺术探索 (74)
    一 美与真实的艺术境界 (74)
    二 灵魂叙事与终极关怀 (76)
    三 现实主义与乡野先锋 (80)
    四 生活史诗与民族寓言 (83)

第六章 "济南城"系列小说中的城市叙事 (85)
    一 城市化进程的文学表达 (85)
    二 市民小说传统的再生 (90)
    三 一个作家与一座城 (95)

第七章 长篇小说《老大》中的历史记忆及对乡土中国的考察 (111)
    一 回望:个人传奇与历史册页 (112)
    二 反思:乡村政治与宗法异变 (117)
    三 梳理:悲剧之源与乡土寓言 (121)

第八章 长篇小说《公敌》中的政治寓言及当代中国缩影 (125)
    一 记忆·历史线索 (126)
    二 隐喻·政治寓言 (131)
    三 虚构·文化乡愁 (137)

附录一 访谈录:文学拯救了我 (143)
附录二 印象记:我眼中的王方晨 (168)
附录三 王方晨作品研讨会实录 (171)
附录四 王方晨创作研讨会纪要 (179)

附录五 关于王方晨"济南叙事"的座谈 …………………（215）
附录六 王方晨创作年表、获奖及研究情况 …………………（226）

后记 永远在路上 …………………………………………（239）

文学圣徒王方晨[*]

（代序一）

李掖平

关于王方晨，山东省作协和国内文坛的介绍性文字一般是这样的：王方晨（1967— ），山东金乡人。中国作协会员，山东省作协会员，一级作家。1988年初登文坛，1990年调入东营市文化局创作室从事专业创作至今。已发表中短篇小说100多部（篇），另有长篇小说、长篇纪实文学、诗歌、散文、儿童文学、戏剧作品多种，共计350余万字。作品入选多种文学选本，曾获山东省首届齐鲁文学奖、山东省第二届青年文学奖、《中国作家》年度优秀短篇小说奖。而文界的朋友们平日里对他的介绍则非常简明扼要，常常只是一句话：王方晨是个文学教徒。但在我看来，称其为"文学圣徒"似乎更为准确、贴切，因为"圣徒"较之"教徒"，更是百分之百的虔诚、虔敬、虔恪。而王方晨20年来一直以圣教徒的姿态挚爱和追求着文学，早已陷入一种痴迷、痴狂之境。

方晨对文学的痴迷和痴狂，首先就表现在他对写作是那般深刻而疯狂的迷恋上，仿佛是一个专为文学而生而活的人，一头扎进小说创作中就再无他顾。他曾告诉我，他每天在睁开眼睛、意识清醒之后，所思所想所作所为就是写作、写作、写作。他说这话的时候神色一本正经，丝毫没有开玩笑的意思。后来他又在文章中写道："我的生活，除了读书、写作，就是孤独的思考。"（《书房春秋》）而这些话的真实性则由他2000—2005年6年来的创作实绩作出了证明。正是这组数字给了我

---

[*] 此文刊发于《时代文学》2006年第1期。

一种惊讶和震撼：6年来方晨共创作发表了37部中篇；49个短篇；散文、诗歌20余篇（首），计200多万字。这简直是疯狂写作！这种写作速度简直就是"井喷"！他简直就是一架写作机器！这使我只能用以下的语句描绘方晨与写作的关系：小说对他来说，不是写出来的，而是早在他出生之前，在其前世，就在那里等他了。然后，方晨出生找到它，与它相遇相合。所以，写作是方晨的生命本能，小说是方晨生命存在的一种方式。只有写作，方晨才能有效地摆脱心灵没着没落、精神焦躁不安的空虚之苦；只有写作，才能真正浇灭他心中的熊熊大火，使他心灵有依有靠、饱满宁静。从这个意义上说，不写作，在方晨就意味着虽生犹死。因为这是唯一可以解释方晨把"井喷"式创作状态维持这么久而毫不显疲乏之气的理由。

其次，方晨的谈话内容和谈话方式也充分体现了他对文学的痴迷和痴狂。只要你和他交谈或几个人聚谈时有他在场，那么好了，你且听他说吧，除了文学阅读就是文学创作——他会喋喋不休地告诉你，最近又读了什么书，又写了什么作品，又产生了什么样的创作思路，又打算着手再写什么……除此之外几乎没有别的——你根本无法插嘴，只能做他的忠实听众；他的诉说带有明显的强制性意味，而且语速很快甚至有点儿惶急，口气充满自信甚至有点儿狂妄，表情严肃甚至近于神圣，眼神专注甚至颇显迷狂。如若有人把话题扯开，他或者急于把话题重新拉回来开始新一轮轰炸，或者你们几个说去，他呆在一边儿呈现出一脸思考状，整个儿属于"意识缺席"。你问到他，他便心不在焉地支应你一句，没人问他，他就堂而皇之地给你个"精神不在场"。说老实话，对方晨的这种交谈方式开始我很不习惯，但几次之后也就欣然接受了——若非如此，王方晨就不会成为现在这个独特的卓有成就的王方晨。的确，当思考与写作已成为他全部的心心念念并孜孜以求时，这一切都很自然，也很正常，是水到渠成。如此这般，我明白了方晨心底深处的计量：生命是短暂的，而时代是急遽变化的。他怕来不及，他人心人骨地明了繁复无序的社会中什么事都会发生，什么事都有可能发生。所以，让他这样惶急、痴迷而又狂妄的，说到底，是对这人生对这时代对这社会太在惜。

最后，对文学的痴迷和痴狂导致了方晨处世为人方式的简单纯粹和

王方晨创作论

自信自傲，他是一个性情率真、品格单纯，在如此利欲熏心的时代里还能保持心地透明的人，似乎和这个世俗的社会不太合拍。对这样的人，良善之人决不忍心骗他欺他，奸邪之徒虽免不了要骗他欺他，然而却很难得逞，因为他的简单和纯粹自有一种强大的力量。他的简单朴实，固然有出身贫寒农家本性厚道憨淳的遗传基因，但我以为这更与其思想意识被文学紧紧缠绕心无旁骛密切相关。任何一个人的精力都是有限的，你在这方面耗费过多就势必会在另一方面极力省减。当方晨一心一意地专攻文学时，他哪里还有多余的精气神去经营处世之道？因此，简单纯粹就成为文学圣徒王方晨为人处世的必然。

方晨的自信自傲甚至自负也是出了名的。表现在交友方面，就是简化一切经营友谊的繁复程序，奉行自然天成的原则："我这人历来容易相信别人，似乎是天性使然。我向往一种崇高的纯洁的友谊，在这方面我是很理想化的。我觉得真正的友谊是一种天然的状态。友谊就是环绕你的空气，是照耀你的阳光，无处不在，又不用时时让自己去发觉。"他对许多人耗费很大精力于人际交往上的做法很不以为然，宣称"要说动脑子，我动得还真不少，怀疑精神也并不匮乏，但我从来不想在跟人的交往上浪费更多的脑力"；"但我相信自己拥有真正的朋友，他们决不低俗"。他引古今中外的思想文化名人以为己友："从世俗的角度来看，我是朋友最少的人，我却认为自己朋友最多。古今中外，老庄、孔孟、伊索、但丁，虽多是死人，却虽死犹生。是的，他们都是精神万古不灭的伟人，但我宁愿把他们当自己亲爱的还活在人间的朋友。"敢宣称与这些先贤名家是好朋友，好大好自傲的口气！难怪方晨的好多小说题目都与世界经典作品相同，他就是要挑战经典、与经典比试比试，甘冒被经典遮蔽的风险，这种勇气也着实让人佩服。而他的自负主要表现为对自己的作品偏爱至极，"写得最好"不仅是他的追求目标，而且早已成为他自评作品的一个定论。其实，每个作家都偏爱自己的作品，这就好比那句俗话"孩子当然是自己的好"。但绝大部分作家在面对别人评议其作品时都会表现得较为谦虚，尽管心里会很不以为然。而方晨却往往直来直去地反驳他不同意的批评，丝毫不留回旋的余地，这一点我亲身领教过。那是在他的《王树的大叫》获首届齐鲁文学奖之后，有一次开会遇到他，他让我谈谈对这个作品的看法，当我说到结尾如果不

把"大叫"写出来可能会更好更含蓄时,方晨立刻反驳说:"不写,那是你想的,我写王树必须大叫。"说实在的,不了解方晨的人肯定会觉得他又傲又狂,但了解他的人会觉得方晨傲也罢、狂也罢,其实都来得坦荡率真,还是蛮可爱的。

因为从来不想在与人的交往上浪费脑力,所以很多关于处世行事的日常顾虑,方晨都搁置在一边不管不问。比如,一个人应该怎样在错综复杂的文界人际关系中保存自我,发展自我?在多大程度上保存才是恰切的?又在多大程度上发展才既不至膨胀,亦不至缩略?怎样调适?怎样整合?这些问题几乎是每一个活在当下社会中的人必然也必须思考的,对一个已成一定气候的青年作家而言则更是如此。然而,方晨却从不考虑这些,既无暇更不屑。我就这个问题问过他,他答曰:"想这些干什么?我从来不想,我只想创作的事儿。"这话如若换作别人说,我肯定怀疑他作秀,但我不怀疑方晨这话的真实性。因为方晨的确与一般人不一样,他是个很特别的人。

对方晨的特别,业内很多人已达成共识。李贯通说:"王方晨对文学对写作的那种纯粹,那种执着,那种倔强,是在别人身上少见的。"李敬泽说:"几年来,我接触过众多作家,却很少见过有人对文学创作持有如此高度的关注。我们相识6年时间,每次谈话,王方晨几乎没有说过别的。"吴义勤说:"王方晨是一个很独特的人,一个天才的作家,一个教徒。他从本质上具备了一个天才作家的很多非常态的因素"。这些话当然都是赞语,但我却不免常常为他感到忧虑:一个除了写作别无其他爱好和乐趣的人,在日常生活中会不会觉得单调乏味?会不会缺少浪漫情调?甚或让家人难以忍受?因为我对方晨的日常生活细节不甚了解,所以唯愿这不过是俗人多虑罢了。

方晨的特别表现在读书方式上,就是只凭爱好不论需要,重在体味和思悟,不太计较功利,与钱锺书、张爱玲等人相似,属于性之所至随心所欲一类。他说塞万提斯的《堂吉诃德》总是令他想到生活的悲剧性;艾米莉·勃朗特的《呼啸山庄》每每激起他潜藏于心的狂暴情愫;司汤达的《红与黑》和哈代的《德伯家的苔丝》则常常使他对完美女人的渴望得到满足;福楼拜的《包法利夫人》让他体会到人生的虚妄;托尔斯泰的《复活》让他品尝到明亮和健康;马克·吐温的《哈克贝

4

利·费恩历险记》让他一次次汲取快乐的精神；陀斯妥耶夫斯基的作品则驱使他洞彻内心的幽暗与人性的悲凉；而福克纳的文体则引导他享受全身心的宁静的松弛。其实，对于一个作家来说，心灵的体味和思悟较之手法的借鉴和仿摹更重要，因为借鉴和仿摹易流于生搬硬套，但体味和思悟更易于酿化生成自我心灵的精气和血液，行走在文字间凝定成独特的个性。所以方晨小说所接受的西方各种文学风格的影响，不是结构、手法、语言等技术层面上的，而是一种综合性、整体性的精神气质，从而使其创作显现出最大限度的敞开或拓深的可能性。

方晨的小说为读者打开了通向审美之域的视窗，在并不新潮的故事虚构和话语叙述中多维度地彰显了丰富而又深刻的人性，生命灵光的频频闪现和对国民劣根性的反思与批判，奠定了其小说世界灵动而又沉重、欣悦而不乏悲伤的审美基调。其都市小说和农村小说主要从社会文化批判兼及国民性和人性批判、痛苦地揭示市民和农民灵魂裂变精神、发探都市爱情的虚妄性三个维度营构主题；其历史小说和童话小说，则侧重通过一段段残暴血腥、尔虞我诈的虚拟历史场景和一个个天真烂漫、情趣盎然的虚拟童话世界，影射和反映丰富多彩的现实世界和复杂多变的人性，彰显出启蒙精神烛照与自我意志觉醒的深刻思想价值。

在乡土小说中发探解剖人性是方晨作品的一个重要生成维度。由儿时乡村生活经验出发，他在许多作品中把描写的笔触伸向了乡土生活，通过对回忆中的故乡人事风情的刻画与描绘去探寻那扎根于故土的乡人们的心灵奥秘。一方面，他热烈赞颂了乡民们淳朴深厚的亲情、友情、爱情和土地情：《霜晨月》描写了四处奔波、生意艰难的说书人老杨一家在困境中相濡以沫的扶持；《兔子回来了》表现了凤祺老汉对土地与生命的挚爱之情和村民对凤祺老汉的淳厚乡情；《上学》闪射出生存困境中夫妻之爱的温情亮光；《大声歌唱》更以诗化手法渲染了主人公薄树阳的优美歌声，他的歌唱充满着对生活的热望和对真善美的追求，使幸福感得以绵延和拉长，使灵魂得以净化、人性得以升华……正是拥有了这些复杂而美好的情感，农民的生命变得充实宽广，乡土世界显示出温情的诗意和蓬勃的生机。另一方面，他又敏于捕捉农民身上的种种人性缺陷，在不动声色的刻画描摹中展开民族劣根性的掘剖与批判：《樱桃园》中那个瘸腿村长，一面奴才似的为刘镇长等官员来樱桃园性消

文学圣徒王方晨（代序一）

5

费提供村中颇有姿色的妇女,另一面又凭借自己筛选女人的特权向竞争进园的妇女索取性贿赂;而赵瑞凤、郝爱秀等女人为了能进樱桃园挣钱,请村长吃饭给村长送菜甚至陪村长上床。复杂的乡村政治与汹涌的商业大潮扭合在一起,形成一股恶俗污浊的人性暗流;《麻烦你跟我走一趟》中那个动不动就叫嚷"要不就拉出去毙了"的刁村长和镇派出所武所长以权压人,对村民范思德进行精神和肉体的双重虐杀,而村民们却由此感到快意的满足;《乡村的火焰》中的村民为了证明自己的清白,纷纷向凶狠狡诈的村长殷勤慰问以表忠心……在"乡村政治"这个典型场域中,几千年来积淀下来的"主奴根性"阴影依然笼罩着乡民的心灵。另外,许多小说还揭示了农民身上隐蔽的窥私癖、躁动的好色心理、虚伪的要面子等精神病弱,多侧面地丰富深化了作品批判国民劣根性的思想内涵。

在都市小说中展示人性是方晨作品的另一生成维度,主要侧重于对都市中人迷失本性的刻画和揭示。与民间生活的相对稳定性不同,都市文化带有鲜明的浮游性和易变性特征。处于这种文化氛围中的个人,如果没有坚实的精神防线和敏锐的判断能力,常常会迷失或扭曲其善良认真的本性。《一个局》中的主人公"上帝",品性淳朴工作认真,在世俗化的都市语境中却成了一个异类,他执着而又认真地为申副局长送信,却遭到了收信局的姑娘和警卫、办公室的同事、出租车司机以及围观群众的冷遇、嘲笑和误解,同时与妻子苏桂兰也产生了精神隔阂,几乎陷入孤立无援的绝境,恍惚间已然丢失了自我。《螳螂之恋》刻画了新任文化局局长管文化与原副局长李西元之间的权术争斗。管文化上任伊始事事摆出一副大度、谦让、宽容的高姿态,其实施行的是"明修栈道,暗度陈仓"之计,在王、张、徐三位副局长的帮助下,最后轻松地拿掉了李西元,树立起自己的绝对权威。正直善良的人性已被官场"内耗式"的权术之争扭曲异化为阴险狡诈,令人胆战心惊。《吃掉苍蝇》里的苏亚红就像一辆性欲望战车,而诗人"鸟"则几乎成了苏亚红的性工具,在无休止的床笫征伐中彻底迷失了自己的文化身份。《落花流水》里的大学校园,处处流传着"兰沫女士让外国人弄了"的谣言,系主任贾森等人充满淫邪的目光使本来就非常孤独的兰沫女士更加抬不起头来。《王树的大叫》中主人公王树作为包村干部在乡下踏踏实实地帮助村民摆脱贫困,既赢得了村民的拥护和赞扬,又获得了精神的充实和幸福,而在单位里却成了一个处处找不着北的小人物。一方面,其妻子国棉玲责怪他懦弱无能调不回城里,夫妻关系笼罩着阴云;另一方面,王树的包村行为又常常不被同事们理解,不断遭到同事们的恶意猜测和局长朱萃娜的故意欺压。王树旺盛的人性生命力在都市委顿下来,在乡下那种为乡人办实事的要强个性到了都市却转换为懦弱的妥协和一种得过且过的奴才哲学。《我是你的大玩偶》《人都是要死的》《到灯塔去》等小说,为都市爱情吟唱了一曲曲悲悼的挽歌。随着20世纪90年代以来金钱主义、消费主义、享乐主义的大行其道,志同道合灵肉一致的爱情观被放纵物欲谋求实利的情爱观取而代之,金钱交易原则代替了情感至上原则,严肃神圣的爱情变作了赤裸的交易和游戏,都市爱情已走向终结……方晨由此洞开了当下市井间物欲膨胀道德沦丧的文化氛围,诱使都市中无根之人迷失了清醒的自我和善良的本性,深刻地揭示出国民精神的历史形态及其在当下时代的延续发展,进而警示人们:国民的奴性病弱是社会发展的一个巨大精神障碍,也是当下人们依然沿袭传统悲剧生存方式的关键所在。只有彻底清除传统文化心理深处的劣质积垢,才能真正建构起理想的国民性格。这种警示既秉承了20世纪初鲁迅先生彻底改造国民性的精神血脉,又包容了历史的厚度、现实的深度和人性的广泛意义。

方晨的历史题材小说主要是通过一段段残暴血腥、尔虞我诈的虚拟历史场景,来影射和烛照丰富多彩、复杂多变的现实世界与人性深度的。他描写20世纪北方平原血腥暴虐斗争史的小说,摆脱了红色历史小说泛政治意识形态化的善与恶、进步与反动、革命与反革命的简单二元对立写作模式,恢复或标识了一种新鲜的"民间记忆",它以历史为筐装进了作家对文化、人性与生存的本质体认,显示出"一切历史都是当代史"的新历史观。《日本是一个省》描写、反映了"爷爷"边小福在抗日战争血雨腥风中的成长历程——边小福投奔土匪赵独并非出自清醒的民族意识或是非观念,而是被赵独的那匹枣红马所诱引,他追随枣红马踏着血迹斑斑的道路穿行在土匪与日本人的队伍中,见证了卜子万小妾六儿与赵独之间扭曲疯狂的性欲发泄过程,目睹了穷凶极恶的日本人丧尽天良的行刑杀戮场面,逐渐生成了冷漠扭曲的心性,甚至有了

文学圣徒王方晨(代序一)

参与暴虐屠杀的冲动，最后变成了日本人的帮凶。这种人性的生成衍化改变了红色正史中的人物成长模式，在遥不可知的历史隧道里显示着另一种真实。同样，在《死不了的小虾》及其续篇《大豆的归途》中，八路军的艰苦斗争场面被移到了幕后或被大幅度削减，而设坛画符的铁板会、红枪会以及农民抗日团体罗团等民间组织的活动成了小说表现的主体——猥琐、怯懦、一心报私仇的战争旁观者罗得宝和数次历经死亡考验而生命力依然高昂的小虾成为人性展示的中心，自卫团首领老萧在寻找日本人的途中与神出鬼没的红枪会周旋时的焦灼矛盾心理被放大凸显。在此，虚拟的历史风云因时间的久远而飘忽不定，而鲜活丰沛的人性却因与现代人心灵的高度契合而放射出绚丽的光彩。

方晨的家族题材小说借助20世纪乡村家族斗争的发展史来彰显复杂而真实的人物心灵，以长篇小说《榆树灵》为代表。小说将在时代风云激荡中的核桃园村搭建成一座昭示人性奥秘的绝妙舞台，这是苦魂们拼命挣扎但不能轻松逃脱的苦恼之域、罪恶之渊和宿命之圈，每个人都饱受家族利益与个人奋斗目标的双重诱导与钳制，苦不堪言而又无可奈何。庄镰伯，曾经志向远大、勇敢坚定，领导农民对抗"极左思潮"，为村人们度过饥荒做出了贡献。但在登上支书宝座和率先成为村中首富后，他却把聪明才智用到了不择手段地打击报复他人、疯狂牟取私利上，终因作恶多端而最后葬身于核桃园大作坊的熊熊大火之中。袁广田，放纵阴毒猥琐的"恶之花"在心田盛开，以充当庄镰伯的走狗为荣，毒打稼祥、凌辱芒妹、欺压乡民，是乡村土地之恶的典型代表。庄行潜，这位核桃园之恶的知情者，却性格软弱不敢抗恶，终日无所作为苟延残喘，年迈时只能在北京儿子的寓所里靠静思回忆苦熬残生。闪烁着土地之善和人性之灵光的李麦和芒妹，却无辜地牺牲于这藏污纳垢的乡村社会里，一个绝望的自缢身亡，一个在没有夫妻之爱的家庭坟墓里渐渐衰老。人性的善恶较量始终笼罩在错综复杂的家族关系中，每个人都是负载着丰富复杂人性内涵的生命符号，标示出独特的"这一个"的文学审美价值，给读者留下不绝如缕的心灵回响。

方晨的童话小说主要以"狂放的幻想与现实生活的融合"手法，在一个个天真烂漫情趣盎然的虚拟童话世界里，表现和剖析人性。一方面他虚拟出荒诞不经、想象奇特的童话世界，来满足少年读者喜爱幻想的阅读兴趣；另一方面，又将人的情感取向和性格特征附着于童话世界，既使读者感受到人性的亲和力，又使童话文本具有了鲜明的现实能指性和讽喻性。具体说来可分为两类：第一类是以寓言形式来暗喻现实人性世界。在《树的哲学》中，不能到处移动的小树不听老槐树的苦苦劝告，冒着死的危险执意要走到另一处去欣赏美景，最终它借助夜风和星星的帮助，在悬崖上长成了一颗自豪的大树，尽情地俯瞰远方的风景。难道现实中的人要达到人生的高远境界不应具有小树那样的勇敢、执着精神吗？在《我是小孩儿》中，铁玩具小约翰在人国与老鼠国之间来往，就是为了做一个了不起的大人，但在困境面前他却屡次懦弱地喊出"我是小孩儿"的逃命咒，致使宏伟的愿望终成空想。这种屈从于困难的懦弱本性还原了人性的真相。《布老虎》通过描写布老虎与大公鸡、小羊、小牛、人之间无忧无虑、友好相处、互帮互助的日常交往，来凸显和赞扬现实世界里同情、理解、真诚、善良、互爱互助等美好的人性。这些含蓄、蕴藉的寓言故事彰显出丰富多彩的人性内容。第二类是通过自然界与人之世界的鲜明对比来揭露、鞭挞人性的贪欲。在《鱼仙女儿》中，唐小贝等人一坐上那神奇的石门墩，就会看见百年前莱河的自然美景——宽宽的河流，澄清的河水，航行着的大帆船，跃出水面的鱼儿，绿树成阴的河岸，以及从树林里跑出来的兔子。但这美丽舒适的自然环境被王小宝、赵小花等人疯狂破坏后，两岸的花草树木变成了雪白的纸，树上的鸟儿成了人们的猎物，污染严重的河水黑乎乎、稠腻腻地泛着一层白沫，一大片死鱼漂在河面上，裸露的河岸分布着大大小小的树坑，像是人脸上害天花留下的伤疤。面对优美和谐的自然环境被人之贪欲全然毁坏的严酷现实，人类难道不应反思与警醒吗？在《猴王鲁鲁》中，原本在山林间自由自在生活的猴子鲁振东被农夫俘虏后，又被卖给了耍猴的李建国，在为李建国长期卖命养肥了李后，却被作为废物送回了猴山。在残酷压榨利用鲁振东、虐杀母猴菲菲的李建国身上，充分暴露了人性的贪婪与冷酷，现实讽喻性十分鲜明。

　　由于十分看好方晨的才情、实力和创作前景，所以在充分肯定其成就的同时，有必要对其不足挑剔如下：一是方晨的自信、自傲和自负固然有效地激活和保持了创作的生命力激情，但对超越其已经标识出的高

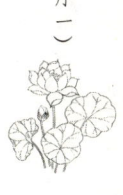

文学圣徒王方晨（代序一）

度，恐怕会成为一种局限。如果尺度有失，则容易泛滥才情，有可能走向反面。二是方晨汪洋恣肆式的写作太过暴烈和疯狂，缺少必要的沉潜和节制。三是方晨的小说主要采用一种梦呓式语体，任意放大自己的主观想象，语言表达直白激切，行文节奏快而匀速，有叙述缺少变化之嫌。

且让我以信心和希望，期待方晨小说创作的新突破和大超越。

对王方晨小说的一种理解与分析[*]

（代序二）

王春林

在1988年初涉小说创作，迄今将近30年的写作历程中，王方晨已经发表小说作品逾600万字。从文体来看，长、中、短篇均有所尝试。一个值得注意的现象是，无论长、中、短篇，王方晨的艺术聚焦对象，都是他自己非常熟悉的乡村世界。王方晨不仅长期关注、表现乡村世界，而且也如同其他许多以对乡村世界的表现而著称的作家一样，用极具表现力的文字在纸上建构着独属于自己的"塔镇"世界。从小说地理学的角度来说，王方晨的"塔镇"业已成为中国当代可谓琳琅满目的乡土叙事中的一方地标性艺术建筑。细细翻检王方晨那600多万文字中具有思想艺术标高意味的代表性作品即不难发现，作家最主要的用力处，一个是乡村政治生态的深层透视，另一个是现代性冲击下乡村世界的内在隐痛。而这事实上也就意味着，对以上两个方面的真切关注与思考表现，显然构成了王方晨乡村小说最突出的思想艺术特质。

我们的分析将从长篇小说《公敌》开始。虽然王方晨已经写作、出版长篇小说多部，但截至目前最能够代表他长篇小说写作水准的，恐怕还是这部以对乡村政治生态的深度剖析为显著特征的《公敌》。尽管说作家的笔触也曾经一度延伸至"文化大革命"前的"大跃进"时期，但就主体故事构成而言，小说所集中展示的却毫无疑问是"文化大革命"后迄今中国乡村的一段发展历史。这一阶段正好是以"改革开放"

---

[*] 此文刊发于《文艺报》2015年11月23日。

为显著标志的一个现代化迅速推进的时期。主人公韩佃义,"识时务者为俊杰",顺应时势潮流,全力打造翰童集团。借助于翰童集团的打造,他所隶属于其中的佟家庄急剧扩张,已然与塔镇融为一个难以被剥离的整体:"想那塔镇,原不过是纵横两道一里半长的街筒子,沿街也就几家不大不小的店铺。如今塔镇不知疯狂扩张了多少倍,佟家庄也早就成为镇中之村。"

然而,与翰童集团数十年膨胀发展的历程相比较,王方晨真正感兴趣的,显然在于韩佃义究竟如何施展权谋,打造建构起了一个带有明显封建专制性质的乡村帝国。他那样一种乡村政治家的权谋,早在其上位佟家庄当家人的过程中即已凸显无遗。韩佃义当年的被迫出走关外,是因为与恋人金枝儿的爱情遭到了金氏族人的强力阻挠。等到他在"文化大革命"结束后满怀仇恨地再度返乡的时候,佟家庄的当家人已然是佟氏家族的佟安福。韩佃义要想有所作为,当务之急就是扳倒佟安福,自己当仁不让地上位成为佟家庄的当家人。那么,韩佃义如何才能够成功上位呢?一方面,他为了保护韩家坟园挺身而出,硬是凭借自身的强悍而把韩家坟园从张岔楼村夺了回来。另一方面,暗中巧为布置,绑架佟安福并对其生命发出威胁。这之后,向佟安福强借檩条成功这一细节,就充分说明韩佃义早已从气势上压倒了佟安福,他的取而代之乃是顺理成章的事情。关键在于,上位之后的韩佃义,在很快成立翰童集团迅速发展佟家庄经济的同时,更是把翰童集团打造成了一个森严壁垒的专制王国。"吃过这个甜头,聂海文以后替佟黑子做事,常常有意识比照皇帝的体例。从韩爷在位时,每天上班前,集团中层以上领导都要齐聚会议室,开个'班前会',汇报集团下属各公司的工作情况。佟黑子上任,自然也延续下来。"小说中的这段描写充分说明的正是翰童集团的专制性质。在这里,我们无论如何都不能忽略翰童集团与中国社会现实之间一种密切的内在关联。通过对翰童集团以及强权人物韩佃义、佟黑子形象的刻画而折射批判中国乡村社会现实,尤其是乡村政治生态,正是王方晨《公敌》最根本的思想价值所在。

应该承认,无论是韩佃义,还是佟黑子,其性格中独断专行、韬光养晦、冷酷无情、荒淫无耻这样一些侧面,在《公敌》中均得到了具

王方晨创作论

有相当说服力的艺术表现。但与此同时，更令人感到惊叹的却是王方晨关于韩佃义退隐与佟黑子自尽的情节设计。明明正处于人生事业的巅峰状态，但韩佃义却悄然隐退了，一个人隐居到了偏远的老人宅："韩爷把佟黑子给丢了，把所有都给丢了。韩爷留给佟黑子的，是一个义无反顾的背影。"韩佃义之所以要做如此一种人生抉择，与他因恋人金枝儿自戕后所生成的痛悔心理存在着内在的逻辑关联。而他在翰童集团的接班人佟黑子，则是在他精心策划的三台大戏演出完毕后，用那把已经被弃用多年的锈迹斑斑的菜刀结束了自己的生命。小说把长达数十年的历史浓缩在其兄辞官归来后的一段较短的时间内，面对佟志承的作为，佟黑子初始反躬自省，逐渐意识到自身的罪孽和软弱。其自尽后，就连与佟家庄发展关系重大的另一位幕后人物邵观无也不禁发出这样的感慨："当初我还当他是个二愣子，没想到他心会这样细！"王方晨如此设定故事情节，显然是要传达某种自我精神救赎的艺术意图。同样不容忽视的一点是，为了进一步凸显精神救赎意向的重要，作家在艺术地表现韩佃义与佟黑子自我精神救赎的同时，还把这种意向寄托体现到了佟黑子的同胞兄弟佟志承身上。假若说佟黑子的天性中便隐有恶的倾向，那么佟志承的天性则显然更倾向于善。究其实质，王方晨在《公敌》中之所以要设定佟志承从县长官位上坚决隐退并最终执掌翰童集团的故事情节，就是因为要在艺术地传达救赎意向的同时，昭示出未来某种若隐若现的发展希望。

　　如同长篇小说《公敌》一样，王方晨书写表现乡村政治生态的一个短篇小说是《乡村火焰》。故事的发生地依然是隶属于塔镇的一个村庄。小说的故事缘起于村庄一场突如其来的大火。颇具几分蹊跷意味的是，这场事后被认定为人为纵火的火灾，居然发生在村长王光乐家的柴垛上。村长家的柴垛被烧倒也罢了，令人难以理解的一点是："人们最初发现柴垛起火的时候火势并不大，完全是可以救下的，要不是王光乐拦着，根本不至于烧成这个样子。"其关键还在于，村长王光乐不仅拦着不让村人救火，而且还特别强调"这把火烧得好"："'王村长说，这把火烧得好！'有知情的人叙述着，'王村长一听说他家柴垛失火了，就说，好！这把火烧得太好了！他还说要谢谢这个点他家柴垛的人呢，但不知道这个人肯不肯站出来承认。'"依照常理推断，村长家的柴垛

对王方晨小说的一种理解与分析（代序二）

被烧，应该与他平时在村庄管理工作中有意无意间对村民的得罪有关。村长大权在握，村民敢怒不敢言，所以，只好偷偷地烧一把火来一泄私愤。但真正的问题是，面对自家柴垛的失火，村长为什么一反常态地要坚决阻止村民们的救火行为呢？

其实，问题的关键并不在于到底是谁烧了这把火。王方晨这一短篇小说的写作初衷，显然也并不在此。也因此，一直到小说结束为止，作者也没有交代到底谁是那位纵火者。实际上，王方晨的艺术意图乃是要借助于这场火灾，犀利尖锐地切入对乡村政治生态的思考与表现。火灾发生后的第二天，村民王贵锋不由分说地被警察带到了派出所。丈夫无辜被抓，在村里一向以泼辣著称的耿玉珍不干了。出人意料的是，她虽然气势汹汹地扑到了王光乐家门前，但却被村长的一个电话镇住了。"耿玉珍早就不由得摇晃起来，她感到身上无力，哪怕再停留一会儿，也会软瘫在地上的。""耿玉珍也不知自己为什么会跑起来，等她意识到已经远远地离开了王光乐家的院门，就放慢了脚步，只觉得两颊烧得很热。她为自己刚才的表现感到恼怒，但她确实发觉自己突然软弱起来，王光乐不过是在她面前打了一阵手机就让她狼狈逃开了。"除了耿玉珍突然间的倍感无力这一细节外，小说的另外两个细节也不容忽视。一个是火灾发生后，村里的人们自觉地发动起来要给村长重新凑起一个柴垛。另一个则是王贵锋被释放回家后，面对着主张自己进村委班子的村长时所发出的那种不可抑制的谄媚的笑声。把以上三个小说细节归总到一起，王方晨意欲审视批判乡村政治生态的写作动机，自然也就一览无遗了。尽管说火灾的发生表明着村民对村长的强烈不满与反抗，但事件的平息过程却又强有力地确证着村长专制权力的坚不可破。

除对乡村政治生态的审视与批判之外，王方晨乡村小说的另一个特点，就是对于现代性隐痛的真切体察与艺术呈示。所谓的"现代性"，在某种意义上也可以看作是工业化与城市化的代名词。伴随着工业化与城市化步伐的日益加快，乡村世界的日渐颓靡与衰败，已然是无法否认的一个客观事实。我们完全可以想象得到，在遭受"现代性"强烈冲击的过程中，乡村世界究竟承受着怎样一种沉重异常的转型期痛苦。无论是基本的经济生产模式，还是总体的社会结构，抑或是作为意识形态

层面的道德伦理，在此一过程中，都发生着诸多无法预料的不可逆的变化。总归一点，现代性的强劲冲击，必然给乡村世界造成了诸种难以承载的精神隐痛。

这一主题意向在王方晨乡村小说中同样有着突出体现。这一方面有代表性的短篇小说之一就是《妈妈奶的难日》。

儿子和媳妇都进城去打工，一去数年不归，把年幼的孙子尧尧留在家乡，与奶奶坡老娘一起生活。坡老娘家的对面，就是一个乡村杂货店。"杂货店里的棒棒糖、饼干、锅巴、雪饼、火腿肠，坡老娘也会偶尔买来给尧尧吃。尧尧最爱吃的，却是坡老娘的奶子。"尧尧留恋坡老娘的奶子，一方面固然由于他的年幼，另一方面则与村支书的孙女素素的刺激有关。素素的年龄与尧尧差不多，因为妈妈肯娥没有去打工，所以素素就可以随时叨着妈妈的奶子吃。同样是吃奶，尧尧与素素却有着天壤之别。素素能够吸出妈妈的奶水来，而尧尧则只能干吮奶奶早已没有了奶水的奶子。坡老娘看在眼里痛在心里，出于内心里对孙子的怜惜，她不顾自己的实际年龄，最终作出了一个惊人的决定，那就是再生一个孩子。等到孩子生出来之后，祖孙俩有一段感人的对话。"空气里只有灯光的沙沙声在漂浮。过了半天，听尧尧小声问道，'奶奶，我可以叫你妈妈奶不？'所有人都清晰听到了，所有人都愣了片刻，正要笑，又立马收了。坡老娘回答，'可以。'"于是，尧尧就大声地叫"妈妈奶"。于是，坡老娘也就大声答应着。祖孙俩一边彼此应答，尧尧一边吮吸着奶奶终于有了奶水的奶子。真难为王方晨能够想出"妈妈奶"这个特别的称呼来。小说最关键的文眼显然在此。一声"妈妈奶"的呼唤，就意味着现代性的冲击已然从根本上影响到了乡村世界的正常伦理道德秩序。"妈妈奶"，"妈妈奶"，面对着尧尧，坡老娘所扮演的角色究竟是奶奶还是妈呢?!

无论如何都不能不提及的一个短篇小说，是王方晨的《大马士革剃刀》。但在展开对小说的分析之前，我们有必要辨析一下《大马士革剃刀》的题材归属问题。按照常规层面的理解，小说既然讲述的是发生在济南老实街的故事，那当然是市井小说无疑。而我们一般会把市井小说划归到城市题材中加以理解。但伴随着现代性脚步的日益急迫，我个人开始对这种理解产生了怀疑。关键问题在于城市与乡村的

一大根本区别，乃是城市生活的无根漂泊变动不居与乡村生活的凝固稳定平和淳朴。简而言之，一曰流动性，一曰稳固性。倘若以此为衡量标准，则所谓的市井生活云云，其实很明显更接近于乡村生活。与其把《大马士革剃刀》理解为城市小说，倒不如把它视为乡村小说的一种变体更具合理性。在这个意义上，我更愿意把王方晨的"老实街"与他的"塔镇"视为同种性质的表现对象。小说的故事发生在济南的老实街。

"老实街地处旧军门巷和狮子口街之间。当年，若论起老西门城墙根下那些老街巷的声望，无有能与之相匹敌者。""老实街居民向为济南第一老实，绝非妄也。若无百年老街的这点道德自信，岂不白担了'济南第一'的盛名？"除"老实街"的象征性命名之外，理解这篇小说的关键，是另外两个核心细节。一是剃头匠陈玉伋与邻居左门鼻之间围绕那把颇有些来历的大马士革剃刀所发生的几番礼让。这里的一个关键处在于，左门鼻虽然不是剃头匠，但却同样有着高妙的剃头手艺。而这事实上也就为另一个细节埋下了伏笔。这另一个细节就是某一天，老实街的居民们突然发现那只为左门鼻所特别钟爱的被称之为"瓜"的老猫浑身上下被剃了个溜光："谁能把毛剃这么光？从头到尾，耳朵眼儿里，脚爪缝儿里，全都一样。哎，眼睫毛也给剃掉了呢。"那么，究竟是谁在以如此一种特别残忍的方式虐猫呢？在老实街，只有两个人有这种高超手艺：一是陈玉伋，一是左门鼻。会是他们中的某一位吗？是陈玉伋还是左门鼻？直到小说结束，王方晨都没有给出明确的答案。又或者他本就不准备给出答案。问题的关键在于，陈玉伋也罢，左门鼻也罢，虐猫事件本身，就极巧妙地暗示着"老实街"的"老实"不再。那么，到底是什么原因导致了"老实街"淳朴民风的风流云散呢？究其根本，大约也只能够归结到现代性的强烈冲击上。这样看来，王方晨在《大马士革剃刀》中书写表现的，依然是一种沉潜于生活深处的现代性隐痛。

如前所言，在将近30年的写作生涯中，始终驻足于乡村世界的王方晨，曾经先后尝试长、中、短篇小说文体的创作。然而，依据我个人的阅读体会，虽然说王方晨对于以上三种小说文体均有所心得，但相较而言，我更偏爱其短篇小说，尽管我深深地知道，在一个大家都对长篇

小说的写作趋之若鹜的时候,一味地坚持短篇小说的营构,其实是一件非常艰难的事情,但我还是殷切地希望,王方晨能够不弃短篇小说写作,继续在这一小说文体上有更多作为。

    2015 年 4 月 23 日上午 10 时许
    完稿于山西大学书斋

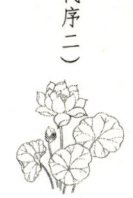

对王方晨小说的一种理解与分析（代序二）

第一章　王方晨的文学世界

当代山东作家队伍庞大，成就突出。其中，王方晨值得特别关注。他的《祭奠清水》《乡村火焰》《王树的大叫》《老大》《公敌》《芬芳录》《大马士革剃刀》《世界的幽微》等作品，都引起了广泛关注和好评。无论是乡村书写，还是城市叙事，王方晨小说始终坚持自己的文化立场、叙述腔调和美学风格。作为影响重大、规模不小的山东中间代作家的一个代表，王方晨小说的完成度高，辨识度高，具有丰富的可阐释性和研究价值。与大部分山东作家喜欢传统现实主义笔法不同，王方晨小说中带有犀利的批判眼光和先锋气质，正如施战军所言：一向脾性温和的山东青年文学，因为有了王方晨，增加了许多既直面现实又深究到底的英勇、沉痛、敏锐，既宽广又不依不饶，这样的文学气质不仅在山东，即便在全国也是不多见的。从整体上看，山东的青年小说已经不弱于其他省份，"新鲁军"的崛起已不再是期待，而是事实。人们若想在山东找到尖利的叙事声音是很难的，像王方晨这样的作家的"个别性"在山东显得格外突兀，人们总是愿意对相对中庸的写作姿态投以赞许的目光，这也许是与地域文化传统的惯性留存有着很大关系，因此，山东新生代的总体价值并非在"突破"方面，而更多地表现在"扎实""稳健""沉潜"等另类特征相关甚少的成人风度上，很难说这是缺陷还是优长。[①] 施战军的这段论述表明，王方晨不仅在山东文学中是独特的，而且放置于当代中国文坛，也有着与众不同的存在价值。

王方晨属于成名较早的作家，出生于 20 世纪 60 年代末，青年时代经历了从理想主义向世俗主义转型的 20 世纪 80 年代，90 年代已经是

---

① 施战军：《山东青年小说论》，《山东社会科学》2004 年第 5 期。

鲁军新锐的代表作家。王方晨有着强烈的文学自觉和严肃的文学立场。"50后"作家普遍历史感更重，或多或少都有书写历史的冲动，即使寓言化的写作，也是比照生活为历史之镜，他们大都会自觉地把自己的写作放在历史视阈中，理性地思考家国民族的命运和道路选择。而"70后"作家则往往把文学看成是自己人生的反光镜，从童年视角到少年成长，再到青春情感，除了徐则臣、李浩、田耳、海飞、路内、东君、张楚和朱文颖、艾玛、乔叶、鲁敏等作家外，似乎还有相当一部分写作者仍然在自我的视野里转圈，而缺少大气魄地审视历史、把握生活全貌的能力。王方晨站在这两个时代的中间，站在现实与历史之间，耐心地打磨自己的文学感觉，细心地建造自己的文学王国，他热爱文学，就像热爱生命本身。在他的精神世界里，我们看到了艺术对于生命的隐隐投射，也看到了生命对于文学的默默相融。

一　文学圣徒的精神王国

李掖平称王方晨为"文学圣徒"，以她对王方晨的了解，称得上慧眼独具了。"圣徒"一词，带有强烈的宗教意味，不仅是对某一信仰的追随，而且可以引领他人走上信仰的道路。王方晨对文学有着朝圣之心，文学就是他的宗教，他不仅在文学的星空中深深沉醉，还能够在文字的世界里，澄明出精神上的纯粹和理想的执着。他的精神世界如此丰饶广袤，他的文学表达如此丰富厚重，他的眼光如此独特锐利。或许走进他的文学王国，就是开启了理解一代人精神追求和思想信仰的心灵之旅。

（一）异乡的漂泊与生命之念

每个人都有自己的故乡。地理意义上的，心理意义上的，情感意义上的，生命意义上的，以及终极意义上的。而现代人的精神漂泊感正在日益强化，究竟何处是我家园？现代"原乡小说"的代表是抒情性乡土小说作家沈从文和台湾乡土小说作家陈映真。这二人的文学世界中都充满了精神的流离感和心灵的孤独感，在对家园的回望和深情书写中，内蕴着个人的理想情怀，小说往往呈现出淡淡的感伤色调。王方晨的小说很少忧伤,他的诗意是倔强的,他的疼痛是锋利的,正因为有着强烈的异乡感,所以他的寻找意识更加鲜明。他的小说超越了时代喧嚣和精神虚无,不断迫近生活的本质,以及人的终极关怀。

王方晨自己说:我总有异乡感。不论何时何地,总会感到自己是个游离于世界中心的外人。正是这种异乡感推动着他不断探索、追问和寻找。在文学创作中,他自觉或不自觉地带入了这种异乡感和漂泊感。这种现实世界的无根可依,逐渐延展成精神层面的漂泊流离,面对世界和生活,他不断转换站立的位置、探究的视角和观察的方式,就像他自己所言:"我希望它是一种新的认知世界的角度。"然后,在这种精神的漂泊和流离中,他慢慢地明确自己的方向,拉开一段距离凝神生活,审视自我。王方晨的文学花园是五彩缤纷的,既有高大的乔木,有带刺的灌木,有芬芳的花朵,也有野火烧不尽的青草;他专注于脚下的大地,以所有生命为念,爱,体恤,坚韧但不褊狭,宽厚但不原谅;他的浪漫诗意总是与粗粝的现实生活纠结在一起,从内在的心灵召唤出发,是抵达遥远而孤独世界的一个起点;他以文学笔触细致描绘的那个光怪陆离的异乡世界,正是他自己生命之乡的投射。塔镇、红杏庄、樱桃园……花香弥漫而又荆棘丛生,无论冷眼静观,还是舍身探险,王方晨所身处的异乡的精神之旅,总是投射着世界的深渊和理想的光亮。他的文字不仅给出了现实生活的尺度,而且为我们提供了心灵可能抵达的高度。在那个最终的高处,有他对家园、自我和爱的全部向往。就像他自己所说的:"我漂泊已久,虽不畏孤旅漫漫,但也常思归处。"

(二)给文学和世界一种力量

不仅仅是李敬泽说王方晨有一种独特的力量,很多人都有这样的感觉。王方晨有一种特别独特的气质,那种内在的力量难以捉摸和表述,而在他的文学世界里,是那么幽深,又那么亮烈。这种力量常常让人悚然一惊,他的坚决,他的勇敢,都让我们想起鲁迅。在百年前的新旧交替时代,鲁迅选择了最艰难的一条道路,以四面树敌的方式,探索国民自救和民族自强的方向。百年历史倏忽而往,现代理性的缺失与现实社

---

① 王方晨:《在文学中构筑生命故乡》,《山东商报》2009年2月23日。

会的积弊依旧,文学究竟应该做什么?作家究竟应该写什么?每个人都有自己的理解,王方晨只是自觉地选择了自己的道路,他要做的就是给日益虚颓和软弱的文学注入一种力量,让旖旎外表下的真实清晰洞见,把虚伪的世界和道德打回原形,在千疮百孔的人性废墟里,重建坚实高远的理想之塔。

文学可以对抗时间的苍凉和世界的荒诞。无论是对乡村世界的细致描摹和深刻挖掘,还是对城市老旧时光的耐心打捞,沉淀出青石板路缝隙里的悲欢离合,抑或是对藏得很深的理想情怀的蕴藉,王方晨往往都会从繁华的生活表面看到内部的荒凉,又从内部的荒凉看到更深处积蓄的热能;他总是能从生存的表象看到人性的深处,又从人性的深处打捞起尘世生存的各种形态。没有华丽的伪装,在思想的暗地爆发出耀眼的光亮,他的力量从何而来?王方晨说:"如果非要我回答,我或许会说从一而来。我有一个'大树'理论,最初的动机是为自己的某种行为开脱。其实我描绘出的是一种大树景观:每一个枝杈都按照自己的意志生长,单从一根枝杈来讲,或曲或直,然而相对于一棵枝繁叶茂的大树,则无所谓曲直,曲直而谓自然。这里显然需要一种前提,那就是树要谓大。从'树杈'的'一',到'大树'的'一',在我看来就是一棵大树的历程。"[①]这就是他眼中的世界和文学,这一切是那么广阔和复杂,又是那样让他倾情而至,他迎着生活的风雨走过去,并且满含深情地拥抱了这一切。

(三)和所有人心心相印

优秀的作家往往是孤独的,然而也必然是心怀大爱的。就如同鲁迅,他与世界为敌,然而他又与世间所有人有着血肉相连的爱意。就像余华,他写暴力,因为暴力的阴影让他始终心存芥蒂,他与世界的紧张其实是一种抗拒,抗拒世界的不完满,是内心理想的反向投射。这种情形并不多见,在后现代文化氛围里,一切皆可游戏,有多少人和世界,和生活,和自己较真呢?王方晨说:"我并没有一味跟自己较劲儿,也并没有跟这整个世界较劲儿。世界有无数张面孔,一个人却只能有一张

[①] 王方晨:《从一到一:我是这样写作的》,王方晨新浪博客。

面孔。我不会妄想着以自己无数的面孔,面对世界无数的面孔。这时候,小说诞生了。它是多么的美,仿佛上帝,映照着我的心灵,也映照着我的形象。这时候,我是所有人。这时候,我与世界上每个人心心相印,息息相通。"①从这段话中,我们不难看到王方晨的真诚和透彻,对生活,他有着独立的思考,对世界,他有着清醒的认知。他热切地爱着长长短短的岁月,诚挚地爱着远远近近的人们。他没有把自己放在整个世界的对面,只是把整个世界放在了自己的心里。

  对生活始终保持着虔敬和好奇,并不容易。生活既充满美好也遍布伤痛,那些崎岖小径很容易让人迷失,文学试图把这些美好和伤痛涂满画板,并且以审美的方式抵达存在的本质,给尘世的生命以慰藉和关怀。对此,王方晨说,每一个人都是弱者,需要在想象中确立自己的位置,找到自己和世界相连的力量。王方晨对人世的珍惜,对生活真相的执着探索,对超人意识的质疑,构成了他以弱者的姿态使自己成为世界核心的信念。"我常常感到自己从来都是从小说到小说,我从来都没有去过任何别的地方。我生活在小说里。"②那些幸福、焦虑、追问、静默,是最个人的,然而又是最大众的,是一个细小的瞬间,也是整个漫长灰暗的时代,他行走在生活的钢丝上,行走在虚无的空气里,却不曾真的跌落。只有正视一切的柔弱,才有内心历练过的坚定,为了长成一株饱满的大树,把根深深地扎进泥土,同时,他的目光越过原野,看到了世界的远方更多葱郁的林木。其实,面对生活,面对心灵的反诘,艰辛的挣扎,并不难坚持,放在火上烤,或者在沸水里煮,总归痛到骨髓里,反而更容易萌生出反叛的决然。

(四)对文学的朝圣之心

  "已经很少有人能像王方晨那样始终如一地对文学抱持着一颗朝圣之心了。"张晓媛在一篇访谈中提到,有人这样评价王方晨对文学的虔诚。他敬畏文学,就像一个称职的医生、工程师、木匠,要把自己要做的事情做好,做不好就很难受。即使在离开家乡去省内某作家班学习的

---

① 王方晨:《从一到一:我是这样写作的》,王方晨新浪博客。
② 同上。

日子里，他也没有自信到自己一定会成功。前途依然渺茫。王方晨坦言："那时，我认为自己就是一个魂不附体的人。即使受到别人的赞誉，我也不过是会心一笑。对时代风云，我冷眼旁观的时候居多。我盘算过自己最好的结局是成为一名专业作家，没想到我会真的从1990年就开始从事专业创作，也许我是当时全国最年轻的一名专业作家了。"文学寂寞他寂寞，那些实验性的文字，即使难以被当时的人接受，对王方晨来说也有着非同寻常的意义。"这很简单。我相信许多人像我一样，年轻时候没有什么不能做，到了中年，似乎只有一件事情可做。"王方晨认为："自己所能做的，只有'文学'。我在'完成'它时，它已经成为我心灵的需要。"与一位"70后"作家聊到写作的意义时，我说起，星星和太阳在同一空间运行，在某一时空，我们看到一部分世界，一部分自我和他人。另一部分在我们想象的世界里，理性是让我们相信自己也可以成为行星或者太阳一样的发光体，这些光不是我们战胜了黑暗，而是神把我们从黑暗里找到并且拯救了我们。在呼啸的世俗生活里，神坐在屋顶看星星孤独的目光，我们因为距离获得神启。在虚无里追问意义，意义本身同样是喧嚣的泡沫，我们看见神在，于是止步，却不知道如何看到自我。写作，其实就是这样一个过程吧。从零开始，涉过千山万水，最终能够看到世界，自我，还有彼岸所在。人生，因而成为圣途。

二　纯净高远的文学理想

文学，究竟能带给我们什么？理想主义的年代已经远去，面对日益世俗化的生活，面对被蒙蔽、被轻漠的这个尘世和我们自身，如何能够做到在文学的世界里，保持理想主义情怀和气息，如何在文字的世界里，获得精神和心灵的自由？王方晨选择了自己的方式。不妥协的批判只是一个视角，他爱这个世界，并且从容，在最现实的白描里饱含诗意的飞翔。做到这一点并不容易。和另外一位山东作家聊文学时，说起音乐，我说，不同的年龄段，听同一首歌的感触，可能完全不同。年轻时候觉得情怀是山，虽是高远，但稍显仓促；过了年少，觉得情怀是水，少了起伏，多了静穆。年轻时候，梨花带雨，各种情感都浮现于万事万物之上,过了年少,无需打马江南西出阳关,生命本身就是万事万物,当然,随着年华老去,就是慢慢把自己从这个世界抽离,和年轻时代热切渴求的保持一点距离,才真正理解了世界的存在原是不以物喜不以己悲的。

(一)沉默的呼喊

给沉默的世界标记出声音。文学,对于每一个写作者,肯定有着不同的意义。如何领悟存在,如何在关于存在的哲学思索和存在的具象生活之间建构起语言的桥梁,每一个写作者都会首先确立自己站立的位置。生活,是一条奔腾不息的河流,作家的笔墨是静水流深。海德格尔认为,语言,是存在的家,始终在归家的路上流浪。写作者在语言中寻找、探索和感受存在的意义,烛照世界,在诗与思之间,追问存在的真理。王方晨怀抱诗意栖居在大地上的理想,以独异的才情,绘制了属于自己,或者不仅仅属于这个时代的文学风景。他说:我曾把文学喻为"沉默的声音"。其实,创作也是在大声地说话,有人在麦克风里嘶喊,有人在各种人群里叫嚷,而我只是对着一张纸或一面电脑屏幕,我的形体是多么安静,神情是多么专注,内心却是风起云涌,山呼海啸。我此时的嗓门即使够大,够抑扬顿挫,够委曲婉转,够慷慨激昂,你也仍然不可能用耳朵听到。① 的确是这样,有一些声音是清晰的,有一些是模糊的,那些被侮辱被损害的小人物,那些向往清水的孩子,那些在原野上奔跑的脚步,那些压抑到哽咽的哭泣,反复呈现在他的笔下,其中,只有一种声音能够一再地照亮心灵,那是来自王方晨内心对光的祈祷和对爱的呼喊。每一个具有独创性的作家都有自己对时间和生命的感知方式,这种独特的感知转换成独特的表达,就形构出一个独具神韵的精神世界和艺术世界。

把混沌的世界澄澈地表达出来。在生活的河流与语言的河流之间,作家的思维是桥梁,连接无限遥远的河岸,相对应的是生活两岸无限广阔的景观。大地和人始终都是邻里,王方晨却告知我们,人,时刻都在逃离。是什么在指引生活穿过大地,引领人和大地相爱与别离?当我们

---

① 王方晨:《寂寞着即美丽着》,王方晨新浪博客。

的根深深扎进泥土,却感受到了来自大地内心的疼痛,那种浸泡在盐碱里的焦灼和刺痛,要如何才能逃避?这个世界无声无息而又无比喧嚣地矗立在我们面前,逃离,是不是人类的一厢情愿?写作,对于王方晨,就是要让内心的世界敞现出来,如其所示,与大地的共鸣,来自各种细微的声响,他倾听它们,描述它们,为那些沉默的存在者呼喊。我们对世界的了解是短暂的,而世界的神秘则是永远的。存在的真相是残忍的,而存在本身是诗意的。各种生存景观和文化景观同时出现,彼此关联,就如同"塔镇之塔",于他,寓示着家园的方向,家园又给出世界和人生的方位。王方晨的小说充满着理性之美和智性光彩。他不仅思考人的存在,而且努力探究存在背后的所有。他既能以简洁的方式呈现出世界的复杂,又能以纯真的善对抗现实的恶。

(二)寂寞的美丽

发掘被声浪覆盖的时代。我们面对的无疑是一个喧嚣的时代。沉静的心灵难得一见,浮躁的社会生活让太多人被裹挟而下,包括文学自身。尤其是20世纪90年代以来,时尚化写作甚嚣尘上,大众狂欢的话语模式,掩盖了生存的艰辛,乡村的凋敝,世事的残酷,欲望的泛滥,湮没了现实的沟壑。在这样的大背景下,王方晨选择了与时代逆风奔跑,让理想的光芒在风里闪耀。他的塔镇,他的樱桃园,他的小城春秋,有一种用尽全力去奔跑的坚持,这种坚持里面有多少疼痛和倔强,也许只有他自己最清楚。他说:这"沉默的声音"发自心灵的喉咙。要听到它,是要生出一对心灵的耳朵来呢。这必须用心灵才能倾听到的声音,在尘世的烦扰中寂寞地存在着的声音,又怎能不叫美丽?唯其滤去了人世的高分贝,压下了红尘的浮躁,才愈显其美。对强权的不妥协的批判,对精神暴政的犀利揭穿,让我们看到了王方晨平和外表下的锋芒,拥抱世界宽厚悲悯,质疑生活毫不留情。

让喧嚣的时代获得短暂的宁静。王方晨执着地表达个人的命运与国家和社会生活的关联,当这个时代的指针不再精确,发条已经松弛,人心疲惫之际,王方晨用他的文字恢复我们对时代精准的认知,并且以锐

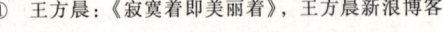

① 王方晨:《寂寞着即美丽着》,王方晨新浪博客。

利的对抗姿态，拧紧人与世界的开关。离乡—思乡—归乡向来是新文学乡土小说主要的叙事模式之一，王方晨在近一个世纪后，给出了新时代蛛网里孤独个体离去归来的疼痛与追问。笛卡尔认为，人在一生中，必得有一次对一切稍有可疑之处加以怀疑，只有通过怀疑，才能确证我在，由怀疑而不断追问和探索，与前面提及的无处皈依的感觉，在生存哲学层面是同一的。在这个喧嚣的时代，个人生存如何体现？如何保有？如何不被时代的烟尘所覆盖？如何看待个人生存的缺席和精神的不在场？王方晨的小说克服了伪理想主义的虚弱，不回避伤痕，不粉饰人性，从铺天盖地的历史解构和犬儒主义中跳出来，回到存在的真实。不敷衍生活，不漠视痛苦，那些受难的灵魂，那些受伤的土地，在他爱的怀抱里得到了长久的慰藉。同时，他思索乡村社会的进程，既是地域性的，又是超越地域性的；既是政治经济学角度的，又是社会学和文化史学角度的；既有启蒙主义的思想烛照，又有来自民间生存世态的体恤和关爱。这样就避免了精神透视上的盲点，让这个茫然混乱的时代，动荡不安的心灵，在他的文字里获得了短暂的宁静。

（三）从人性的深渊超越

不断超越自我的文学表达。王方晨的小说有种内在的深，反复阅读反复体会，才能明白他要表达的真实意图。故事多半就是乡村日常生活，或者小人物的遭际，没有波澜壮阔，没有惊世骇俗，普普通通的人生，却是对当代中国清晰而冷峻的雕刻，如李敬泽所言："在生存的最底部探索我们精神的极限。"王方晨的写作姿态是一种对生活的深深沉溺，同时也是一种精神的执意超拔。在他的笔下，荒诞的人生，残酷的悲剧，幽暗的人心，纯净的理想，既层次分明，又错综交杂。他的语言风格、意象形态、审美表达，都有着自己的哲学和美学视野。在他的小说中，心理体验的深度既超出了情感体验的表达，也超出了客观世界的真实再现，他不仅一意孤行地探索那个幽暗的世界，而且能够在沉溺中，方向明确地出逃，跳出乡村、土地和存在的局限，从时代的最深处超越，获得一种精神上的自由。

走向文学精神的纵深。更多的人看到了他彰显的文化立场，对人性暗区毫不留情地揭穿和批判，的确，他的文学理想之一就是发现真实，

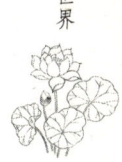

呈现真实，警醒麻木的灵魂，探求真正的道路。然而，文学自身的超越式追求，同样决定了他的思考方向和选择，他从来没有把直观的现实看成文学简单的灵魂，而真正面对生活和世事，在时代的语境和思想的链条上，流淌着一以贯之的激情，找到一种文化的支点，不是在现实生活的纠缠中舍弃自己的立场，而是自己获得文化再生能力，要生活开口说话，要文学自动生成意义。在王方晨的小说中，对生活的理解，对世界的观察，对人生的关注，让他的思想获得了简约、流畅、凝练的美，这种对人性和生活的不懈探索和挖掘，构成了他文学世界的核心。他在文字铺就的人生长途上寂寞地向前，寂寞地美丽着。

（四）认真写作就是反抗

他乡感是王方晨生活的常态。幼年生活艰苦单调，并没有给予他童年乐园的眷怀，反而是那种痛苦和折磨，在他的生命中留下了深刻烙印。他并不眷恋泥土，而是始终渴望能在更广阔的天空飞翔。游走在他乡的大地上，他的心灵世界日渐丰富而生动。"这跟我后来渐渐长大时期望自己能够走得更远是一回事。飞得更高，走得更远，我觉得这是文学在我心中的萌芽。"对于年少的他来说，文学，就是他飞翔的翅膀，或者就是那片无边际的天空。因为在现实生活中常常有无乡的慨叹，所以文学成了他生命的故乡，心灵的乐园。走出少年时代的村庄，去外面更遥远的世界，经历得越多，对文学的信念越坚定，他相信，只要不断地写下去，就可以不断接近自己的梦想，不仅可以养家糊口，还可以建构自己的文学王国。"我想完成的心愿是：这个世界少发生一些匪夷所思的事情；让每个人都能表达自己的观点，哪怕是错的；每个人都不要端着架子，我看到端架子的人，会感到很好笑。"对世俗生活的反抗，对既有秩序的挑战，是检验作家真先锋与伪先锋的试金石。王方晨始终坚持严肃写作，他认为，认真写作这就是一种反抗。"对我反抗的东西，我的宣言是，我不认可。""我希望自己的创作，对自己的心灵更贴近。"[①]

---

① 王方晨：《在文学中构筑生命故乡》，王方晨新浪博客。

三 哲思独运的文体之美

小说作为文体形式的出现，是在诗歌、散文等文学体式之后。但作为文体意识的出现与孕育，则又先于诸多文学形式。中国史家向有叙事传统。东汉班固《汉志·艺文志》载："小说者，街谈巷语之说也。"其中，"小说"一词与今日小说之含义也颇不相同。鲁迅言之："也不过古时稗官采集一般小民所谈的小话，借以考察国之民情，风俗而已；并无现在所谓小说之价值。"[①]中西小说文体的形成均以神话故事和民间传说为母体，以叙事传统为基础，逐渐演化成小说这一文体形式。小说的文本之美体现在多样化上，无论是在小说时空观念方面，在讲究色彩、情调、意境、韵律、审美角度转换上，还是追求深层文学语感的隐喻性和意象性，抑或是对生活、现实的"直接书写"，都能见出作者的独到眼光、独具匠心和独异审美。"寻找、探索语言、叙事风格、结构方法等文体方式的多样变化，进行艺术形式的多项锤炼，成为近年小说创作中一个引人注目的现象。"[②]

新时期以来，继现实主义回归和人道主义倡导之后，小说在艺术表现手法和文体形式追求方面不断拓展、尝试和超越，表现出强烈的文体自觉，如叙事革命、意识流、心理小说、现代派和先锋小说、新乡土小说和市井文化小说。先后出现了"诗化小说"和"散文化小说""哲理小说""笔记体小说"，以及其他许多探索性、实验性文体。文学表现领域不断拓宽，深度不断呈现，表现力也得到了延伸和强化。经过1990年至世纪末喧嚣与浮躁的十年，新世纪小说创作重新走上思想和艺术探索之路。文体意识的强化，形成了一种新的艺术自觉，不断突破原有的小说认识功能和表现功能，在历史反思、生活观照、现实批判、人性挖掘等方面，都达到了新的审美高度。很多作家有意识地探索小说审美的新视角和新方向，无论乡土叙事，还是都市叙事，寻找"有意味的形式"，对于小说美学发展有着重大的推进意义。

---

① 鲁迅：《中国小说史略》，百花文艺出版社2002年版，第233页。
② 张学昕：《小说创作中的文体问题》，《人民日报》1999年2月5日。

(一) 乡土之痛的文化隐喻

百年来的乡土写作,大体上沿着两种审美范式发展:一种是鲁迅的海边西瓜地,废名的竹林桃源,沈从文的边城湘西,汪曾祺的水乡高邮,这是文人的田园牧歌,也是深情的家园守护,是人性的伊甸园,是社会意识层面的文学乌托邦;另一种是鲁迅笔下的鲁镇和未庄,是新乡土小说作家笔下被破坏的乡村,是底层写作中充满苦难和暴力的乡村。当然,无论是荒芜、破碎、肮脏、混乱的乡土,还是清新、美好、纯净、自然的乡村,过于偏执于一面,未免会失之简化。新时期乡土小说作家,面对大半个世纪乡土叙事的文学积累,超越并不容易,而改革开放30年里,乡土中国所发生的种种变迁,也很难以"失乐园"或者"复乐园"加以简单概括。

在王方晨的笔下,乡村叙述有着自己的丰富性和复杂性。在他看来,乡村已不是一派旖旎的田园风光,乡村政治腐败,民间伦理瓦解,人性丑恶,毁掉了乡土世界的宁静和谐。"与其说我对乡土有着特别的情结,不如说我对'自然'有着特别的情结。"乡土世界里的丑陋无处不在,都市世界也一样。"撕破它,以引起人们惊悸,尝试改变。我不会刻意诗化乡土世界,同样也不会掩饰它。"王方晨对于现实生活中的乡村境遇有着自己的认识。他往往以文化隐喻的方式提出问题,引发思考,也把自己的社会观蕴藉其中。他冷峻批判,对于民间文化传承所携带的污泥浊水加以毫不留情的揭示;对于个体的人,在命运观照中,又不乏温暖的抚慰。对此,王方晨坦言:"我有不忍之心。我相信光明是存在的,即我不为,它仍在。"也有研究者把王方晨划入底层写作阵营。王方晨认为,所谓"底层",正是那些承受苦难的群体。"我给评论家造成的这种印象,原因就在于我所处的立场。社会的不公正,恰恰在于'底层'受苦民众在整个社会结构中所占的比例。最受人压制的公务员,处境也往往要好于贫困山区那些为糊口而挣扎的农民。"[①]王方晨的底层关怀,不是一味的同情,也没有自欺欺人的安慰,揭示出那种鲜血淋漓的处境,并且对于国民性批判有着自始至终的冷峻,没有为苦难而

---

① 张晓媛:《王方晨:在文学中构筑生命故乡》,《山东商报》2009年2月23日。

苦难，也没有大声疾呼，以文化隐喻的方式，表达的是他的忧思和冀望。"事实上，人类探讨文化因素并不仅仅是为了消极地预防冲突，更看重的是其增加不同社会群体之间友谊的功能。"① 从这一视角出发，王方晨希望在乡村和塔镇之间，不再有不能逾越的阶层障碍，也不再有文化上的对立冲突，使不幸处境中的人们清醒而自知，理性而自觉，是他的写作心理动因之一吧。

（二）乡土小说的审美品格

对小说表现形式和艺术审美的不倦探寻，不仅拓展了文学自身的可能，而且给予读者认识世界、领悟生活的更多路径。文学，并不是生活和世界的全部，却可能以各种方式呈现出生活和世界的全部，宏观的历史和时代，微观的人性和人心，作家的想象力可以抵达世界的各个角落，也可以创造非实存的崭新世界。王方晨是一位富有艺术想象力的作家，他特别注重自己的文学品质，甚至字斟句酌，力求表达到位。虽然总体上他的写作倾向于现实主义立场，而在艺术技巧上又偏重于现代主义，也就是说，他往往把乡村生活、大地意识、人的命运，放在文化哲学的维度上加以考量和表达。这种贴着现实缓步向前，向世界内部探索存在意识，呈现出独特的审美品格，即民间生活的伦理化，日常生活的哲学化，生命存在的审美化，内在情感的文本化。这种文化视野、哲学理念与小说艺术的结合，更易于表达自己对未知世界的探究和思索。站在更宏大的文化视野上，审视中国乡村世界的日常生活、人性伦理，以及复杂的乡村政治形态，试图给出自己对当代中国诸多社会问题的独特理解。

王方晨赋予乡土小说新的性格，包括普世的情怀与独特的气韵；孤绝的诗意与永恒的精神思索；现实主义、浪漫主义与理想主义的融合。他在形式方面的探索，给出了乡土小说新的可能性。苍茫的旷野，喧嚣的城市，在王方晨笔下都是有灵魂的存在，那些清水粼粼的村庄里孤独的影子，那些杏花纷纷的果园里覆盖的欲望，那些苍茫的旷野里无告的

---

① 李建民：《日本战略文化与"普通国家化"问题研究》，人民出版社2015年版，第36页。

悲惨际遇，那些灯红酒绿中扭曲的人性，都有着各自的灵魂，悲凉，或者沧桑，卑微甚至猥琐，王方晨庄重地凝神这一切，他愤怒却不绝望。他把乡土小说看成是作家自身出走的形式。"乡土小说向生机勃勃的大自然疾驰而去，向未被现代工业文明摧毁的生命疾驰而去，向生命的狂野疾驰而去。在广大的中国，甚至在整个世界，或许已经找不到一块纯粹的乡土田园，但乡土小说毕竟走上了旅途，它与目的地免不了时远时近。远了些，近了些，都是诱惑，都是风情和狐媚。乡土人生和乡野共同作为乡土小说的构成元素，很多时候乡土小说的魅力，却常常表现为山川草木的魅力，实际上新乡土小说衡量的是现代人类与乡野的距离。"①

"王方晨的作品题材广泛，想象丰富，寓意深刻，特别善于表达社会生活中'个人'生存所经受的惨痛考验和人性尊严所面临的严峻挑战，同时也以高度的概括力真实反映了中国当代社会的精神风貌，由于人文文化因素的激活，他的作品具有当下中国文坛相当罕见的'中国性'。这不仅是指他的小说在内容上更擅长讲述中国故事，还在于其形式上更具有中国叙事的特征。"②这种特征表现为小说文体的多样性和独特性。王方晨的小说叙事有清新而凝重的格调，这两种风格结合得自然流畅。有单个人命运的捕捉，有一个村庄的彩绘，有一个时代的缩影，有一种对于世界的理解和观察；有现实主义的严肃表达，有浪漫主义的诗化追求，有指向多维的寓言，有清新可喜的童话。小说语言简约而节制，无论对人物的刻画，还是景物的白描，总是精准到位，即使平淡的叙事语言，也凝练质朴。他的小说语言富有诗的韵味，音乐的节奏，他的语言纯净而透明。那么幽深的岁月和生活，都能写出透明的质感，并且带有金属的光泽，冷峻与清新杂糅，厚重与灵性俱显。

四 越过乡土小说的界限

乡土小说是新文学最重要的收获之一。从五四时期以浙东乡土小说

---

① 王方晨：《乡土小说与乡野》，王方晨新浪博客。
② 《王方晨作品研讨会纪要》，《时代文学》2006年第1期。

作家群为代表,对古老的乡土中国的历史和现实有着切实的观照和思考,到20世纪二三十年代以废名、沈从文为代表的京派作家,构建了超越时代的原乡神话。及至共和国文学史上的农村题材小说和农村改革小说,与传统意义上的乡土小说,在文化观、历史观和伦理观上有了重大差别。新时期中后期,新乡土小说的出现,重新接续了五四乡土小说的文化立场和伦理视角,对乡村日常生活的审视和表达,抛开政治的制约规范和话语逻辑,再次回到民间文化和日常审美上。新世纪乡土小说依旧在现实批判和心灵家园之间游走,现实主义作家对乡村的荒凉凋敝和政治腐败大加鞭挞,浪漫主义作家在批判都市对人的异化的同时,不断把目光投向乡野,建构自己的生命和精神乌托邦。新乡土小说以日常生活叙事为主,在农民和农民工的生活和命运中,揭示出时代的潜在阴影和运行轨迹。当代作家对外部世界的观察,对内在世界的思索,往往隐含着一个动态的过程,主观上警惕一切外在力量的异化,客观上又不自觉地接受了社会生活从整体到细节的变迁。文学对现实生活的合理性和可能性的挖掘,都可以看出作家介入生活的深度和超越生活的能力。日常生活叙事在新世纪出现了新的质素。作为表述时代生存和文化景观的入口,日常叙事较之20世纪90年代以前的宏大叙事,以及90年代的个人化叙事呈现出更强大的生命力。这种聚焦大众生活流程的共谋,看得出在叙事意图上有所调整,不再沉湎于喋喋不休的我我主义,也不愿绑架个人感受以迎合时代的流向,我们因此得以看到新世纪文学端正严肃的一面。其中尤以乡土小说最具有代表性。

王方晨的小说是有根的文学,乡土小说是他小说创作中最重要的组成部分,当然,近年来他的济南城市题材小说也已经蔚为大观,引人瞩目。总体上,我仍然愿意把他看成是一位个性鲜明、成就突出的乡土小说作家。当然,他的乡土小说和传统意义上的乡土,和新时期的新乡土小说比较,都有自己的独特之处。或者可以说,他是一个不太像乡土小说作家,而又把乡土小说写出了独特韵味和神采的作家。吴义勤认为,方晨彻底打破了自身经验的界限。他处理事件的方式,很难从逻辑真实的角度去理解。自我经验、超自我经验的界限在他这里完全被突破。其实,他持有的是一种万物有灵的观念,他在以诗人的态度写小说。在他的小说里,物不物,我不我。这可能跟他对待事件的态度——暴烈地处

理事件有关。他的小说甚至不存在物我、现实超现实、此岸彼岸的界限。同时,这些界限的打通,给他处理事件的方式带来了很大的自由度,这也是方晨小说的一个重要的特色。方晨有很强的乡土体验,他实际上在以写实的方式写寓言。他的每一篇小说的寓言特征非常明显,却又写实,乡土生活的细节都非常真实,体验也非常深刻。他超越了现实的局限,主观地处理生活,反而获得一种真实的效果。方晨的创作个性很奇特,处理事件主观,夸张、变形、荒诞、幻觉等因素,作品中比比皆是。①

(一)根植于大地深处的生命伦理

把大地和生命写出灵魂。王方晨小说中有一种非常自觉的意识,即对生命伦理的探究和追问。他不仅仅是写人的命运,而是写出命运深处的东西,那些暴烈的、悠扬的,都有着这样一种超越性。就像在无边无际的旷野里奔跑拥抱的两个少年,那是王方晨对世界的拥抱;而那个被叔叔强暴的慧芬,她的浑然不觉和对一件美丽衣服的向往,绝对孤独的一个弱女子对尘世的依赖和向往以及对抗,还有《巨大灵》中的灵魂归乡与渴望飞翔,这里面的伦理意味值得我们深思。无论是自由的性情伦理,还是被伤害的乱伦,王方晨都写得无比纯净,让人心动和心痛:

> 不管从哪个角度看,他都像是一个乡村的守望者。事实却是,他的心飞到了塔镇的上空,俯瞰塔镇的一切。那些街道、楼宇、商铺、酒店、发廊,以及无数的人物,都在他的眼皮子底下。
>
> 这是寂静的午后时光,米米的脚步也是悄无声息的。走着走着,竟陡然感到自己从大街上消失了,也像从这个世界上消失了,消失得一干二净。
>
> ——王方晨《走失者》

这里的守望、飞翔和消失,都带有隐喻色彩,同时又是那么的真实。我们每天面对故乡的远去,面对故园记忆的不断分解和消逝,内心

---

① 吴义勤:《王方晨作品研讨会纪要》,《时代文学》2006年第1期。

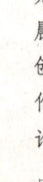

无限伤感而又无可奈何。王方晨写出的，就是当代人这种具有普遍意识的心灵困境。

在乡土世界漫游。王方晨的小说有一种精神漫游的气质。似乎那些在原野上漫游的人，都是故乡的知己和智者。这些人观察乡村，体验乡村，身在其中，却又渴望出逃。这些敏感而孤独的个体，携带着复杂的文化基因，忧郁和感伤并不是时代的基调和世界的精神写照，那种难以排遣的被遗忘感，无法克服的荒诞感，在最个人层面呈现出关于存在的危机意识。有时候觉得王方晨和卡夫卡有着内在的相通之处，文笔上不肯拖泥带水，情绪上却充满了矛盾和分歧。那些寓言化的写作，把大地和生命合并成一个共时性的存在，而表象背后的那些模糊性，却又在理性思考中浮现出生活本身固有的残酷那一面。赵月斌在《大地上的梦魇》一文中写道："他敢于直面惨淡的人生，敢于向着退隐的大地发问，以沉勇冷寂的气韵，构筑了他的塔镇故乡。"[1]赵月斌的评价是很准确的，的确，王方晨不仅写出了乡土人生，而且为我们重现了消隐的大地，他的大地意识是一种生命哲学，是把土地上发生的一切蕴含的生命价值和生命苦难，一一挖掘呈现出来。在《甘蔗啸》《美丽慧芬》《水袖》这样的小说里，王方晨反复追问的大体都是生命的本质所在。情爱也好，伤害也罢，大地上那些孤独的游魂，带着无形的面具，与不断摧毁自我的阴影作战，有没有一种信仰可以从一无所有中生发出来，或者说，我们借助理解世界的方式理解自身的存在？作家不是上帝，尽管木心说每一位艺术家都是分散的基督。所以，写作者穿越生活的荆棘密林、崇山峻岭，一路上留下的，是自己眼中的风景、心中的疼痛和意义的路标。

（二）根植于生命深处的文化理想

让天空重新湛蓝。新文学史上的乡土小说有着很丰富的创作形态。正如鲁迅所总结的，侨寓在城市中的作者回望故土家园，在风雨飘摇的大时代，难免有疾风暴雨的情感奔涌，也难免会以记忆中的乡土与惨烈现实相对照。新乡土小说于新时期渐而形成规模，与传统乡土小说相

---

[1] 赵月斌：《大地上的梦魇》，《山东青年作家论》，山东文艺出版社2001年版。

比，更注重乡村内部的表达，是对内在生存的揭示。其中，不乏城乡之间的文化探求：包括制度层面，精神层面，现实生存层面，也包括思想层面。李掖平认为，王方晨是以一个乡间思想者的身份进行写作的。他主观写作的痕迹明显，他在那里思考乡间、叩问乡间，廓清乡间一些理性的东西，并以主观战斗精神拥抱现实，但他的载体却是一个想象的乡村世界。在这里，不是说想象与现实到底有多大的距离，而是由此产生的一个问题，那就是在王方晨以想象力的极致描写乡土人生的时候，他在什么意义上是现实的，他如何通过想象界定从历史到现实再到未来于当下的位置。王方晨的现实主义小说，在两个路向上表现出了承传和超越。在他的小说中，他对民间文化的负性因素、国民劣根性的发掘，保持了尖锐而深刻的解剖力度，他以思想家的身份承传鲁迅，对乡土人生的现代理性、现代文明背景下的国民性进行观照。另外，为摆脱思想者的痕迹，他明显地接受了沈从文、汪曾祺的影响，既发掘、批判、挑剔国民劣根性，又努力发掘生活中温情、朴实的东西，抒发对美好人性的赞美。[①]

揭开生活的谜题。世界是一面镜子，还是文学是一面镜子？一扇天窗让我们潜入那真正的深渊，即人的灵魂中去。每一代人都有属于自己那一代人对生活和世界的期望，我们并不会因为这些热切的期望而放弃冷峻的思考。文学的无限在于提供一种想象，使我们在文学之镜中感受到自己和存在的深渊。无论是温暖的爱，还是撕心裂肺的疼痛，都是我们对活着的回应。生活充满了光亮，也逃不掉黑夜的降临。我们是熟睡的人，也是失眠的人。我们是沉默的人，也是呐喊的人。当写作者用文字建造生活之城时，城墙之上摇曳的生命之花，既领受上帝的注目，蒙受阳光的抚慰，也必然要承受风雨的摧残。孤独常常超越生活的表象，光顾每一个不被理解的灵魂，多少人试图改变世界，最终受到更深的伤害。在生活的真相里，很多次毁灭的东西，依旧浮动着永生的幻影。那些看起来与生命本身不相容的东西，往往就是生命最真实的存在。

你要答应给我买一件新衣服，她慢慢低声说，声音刚好被男人

---

① 李掖平：《王方晨作品研讨会纪要》，《时代文学》2006年第1期。

仔细听到。一件很好看的衣服，有好看的花边，有丝绸的带子。霍峒商店没有，镇上会有。镇上没有，县里会有。反正这个世上总会有这样一件好看的衣服。你答应，不管走到哪里，你都要替我买到它。她抬着头，黑幽幽的眼睛朝前看，男人感到她的目光穿过自己的身体，延伸到了世界上的任何一个角落。男人没应声，好像怕惊扰了什么。男人只是轻轻地点了一下脑袋。她随即笑了，抬手示意男人俯下身子。

——王方晨《美丽慧芬》

这件衣服到底象征了什么？隐喻了什么？对于"情愿自己一直是团轻飘飘的棉花。如果棉花不够轻，她还情愿是根小小的羽毛，或者只是一个能够随时被风吹散的幻影"的慧芬来说，就是分量最重的人生。生活是一部卷帙浩繁的大书，那些苦苦挣扎的生命，既是被世界拒绝的渺小卑微，又是被世界牢牢记住的惊涛骇浪。王方晨文字中深藏着悲悯和疼痛，他就这样目不转睛地凝视着他人的世界。这个世界，也是所有人全部的世界。

第二章 王方晨的文学地理学

在当代中国，乡土越来越成为一个含义不明的概念。暂且不提意识形态层面的新农村建设，作为文化保守主义者和激进的自由主义者，对于中国乡村社会问题的意见也不一致，尽管他们的目标有重合之处。我们设想一下，抛开理论姿态的彼此设防和诋毁，客观理性地探讨问题，在把握今日中国乡村问题的性质和实质方面的努力，包括文化思考、制度权衡、伦理道德反思和民生现实关怀等几个层面，思想的开放性显然比一味地强调各自的立场要来的有益得多。文学和作家能否改造世界，有没有必要承担改造世界的使命，不同的人大概有着截然相反的见解。相信文学有益于世道人心的作家，对生活的可能性和现实的可能性就会特别关心。当然，文学可以描绘理想世界，理想国向来是作家逃避现实和不满现实的寓言化表达，然而文学的理想国无论多么完美，都不能直接推导出理想社会。反过来看，只有从充满危机的现实出发，才有可能趟过幽暗的历史与生活的长河，真正接近光和理想的彼岸。

乡土叙事往往首先打上风土的标记。风土包括各种自然条件，一个地方的人，大体上都保留着那个环境的烙印，或者说，都背负着乡土的记忆，在人世间前行。这种背负中，有情感的自发因素，也有文化的自然传承，换个角度看，历史文化的基础就是风土。作家们喜欢形构空间地理，如福克纳、马尔克斯、鲁迅和莫言等，这种把情感和故事放置在特定的地域中加以观照或叙述，其实也意味着写作者的哲学观和世界观。就生存而言，任何时间都是和空间结合在一起的，无论是历史，还是现实，其实都是空间的存在，人的此在，不单纯是个体的生命历程，还包括与之相关的社会性和历史性因素。对于乡土小说的写作者来说，那个邮票大的地方是独一无二的，在经过敏锐的观察和体验之后，被反复地讲述出来，但是，每个人笔下的故乡叙事又不相同，无法得出一个统一的印象或者普遍性结论。费希特在《告德国人民书》中提到：精神上的自然只是尽量多样地将人类的本质表现在个人或者整体的个性上，即每一个民族身上……这一国民特性自己无法用眼睛看见，但有了它，国民才得以与根本的生活源泉相连，而且只有在那里，国民现在以及将来的品位、德行、业绩才能得到保证。如果这种特性因混合或者摩擦而变得迟钝麻木，那么其国民将与精神上的自然发生偏离。黑格尔则认为：精神理念通过现实存在的民族所具有的种种不同表象，从而现实地展示在世界史内部。该现实存在的侧面与自然物的存在相同，是既在时间内又在空间内的。

对于当代中国来说，乡土社会尤其具有复杂的意味。现代化的冲击，不仅改变了乡村的外在形态，也深刻地改变了乡村的内在结构，包括生活方式、精神结构、文化秩序、伦理关系和政治形态。应该说，新中国成立前，乡土社会作为中国传统社会的基本形态，有着与中国社会和历史相适应的文化属性，民间文化传承不仅生命力旺盛，而且形态繁多。思想观念层面的、文化生活层面的、风俗习惯、祭祀礼仪，甚至日常器物层面的，都具有相当自觉的传递性。新中国成立后，农村和城市发展轨道不断调整，伴随着各种政策的出台，乡村逐渐成为城市发展的牺牲品。由于政治力量的渗透，意识形态的收紧，士绅阶层的消失，乡村自治传统遭到彻底破坏，经由"文化大革命"十年破四旧，房子外墙上都刷上了"文化大革命"的标语口号，乡村的外貌政治化了，从外形到本质，都纳入国家一体化的严密体制中。这种内外结构的改变，对于当代乡土作家来说，从历史和文化角度如何把握，始终是一个难题。而市场经济不断向纵深推进，又一次改变了乡村的外貌形态和运转机制。乡村或者新型城镇化了，或者荒芜残破了，或者喧嚣浮躁了，或者萧条死寂了，原有的田园乌托邦肯定回不来了，作家们真的写出了这个变化吗？写出了这个变化背后的社会性因素和精神性因素了吗？

我们换个角度看，小说创作中的文学地理，是一种外在空间内化的过程，当然，作家创造的那个空间具有外在的特征，就像福克纳的约克纳帕塔法世系，专注于邮票大的地方，再如鲁迅的《故乡》，则为我们提供了由空间地理上的"故乡"，转化为隐含乡愁的内在心理结构，这

种乡愁既是离乡游子的人生苍凉和疼痛，也是对于文化意义上人类童年的眷恋和追溯，都具有普遍性的启示意义。写作者专注于一个小小的地理空间，由人的生存历史和生存现实拓展开去，把心灵世界和精神世界，甚至理想世界融为一体。故乡家园可以是虚构的，心灵参与却是无比真实生动的，这种外在空间内化，内心世界外化的转换过程，成为一种文化原型和精神范式，不仅具有独特的文学审美价值，而且是人类发展历史上人文思想演进的重要轨迹之一。

文学地理学中的"地理"，大体上包括作家出生成长历程中的现实地理，以及作品中人物生活的虚构地理两个层面。当代作家的文学地理图志，是一个很有意思的话题，包括贾平凹的商州，阎连科的耙耧山庄，孙慧芬的歇马山庄，张炜的洼狸镇，莫言的高密东北乡，徐则臣的花街，王方晨的塔镇，宗利华的香树街，杨袭的泥河镇，艾玛的涔水镇，晓苏的花坡，等等，都可以从写作者背后的那一片土地看到更多的东西。包括写作者熟悉的自然环境、风土人情、民风民俗，可以复原小说中虚构的时空场景，揭示写作者深层的心灵历程和精神图谱。文学地理学往往以文学空间研究为重心，其目的就在于重新发现长期以来被忽视的文学空间叙事。海德格尔写作《存在与时间》，强调时间的意义，以时间来把握人的存在，而忽略了时间都是存在于具体空间中的，这种历史空间、社会空间、文化空间和生活空间以及心理空间的突显，大致体现了丹纳在《艺术哲学》中所谈到的种族、时代和环境三元素。作为一种镜像式的存在，这种文学地理方位的强化，人文地理的表征，都既带有写作者个人的主观意图，同时也不免有着历史和时代的痕迹。从文学空间的视境重释与互释，我们能够更好地理解作家的写作意图，以及审美风格的成因。即使是文学史研究，也必然要建立相对应的文学时间和空间，从当代文坛的陕军、鲁军、晋军、豫军等提法中，也不难看出地理学意义上的作家群体的整体性，这不同于本尼迪克特·安德森论述民族主义时提出的那个"想象的共同体"的概念，文学意义上的流派和作家群，是客观存在的。文学地理学研究，并不是简单地把作家整合为一个想象的共同体，而是建立在个体研究之上，看取每一个作家建构的文学地标，以及这一地理图志背后的历史文化和人文风土谱系。对于写作者来说，文学地理首先是一种空间地理的建构，其次是精神和文化意

义上的风土，最终往往落实为心灵和情感叙事。

一 "塔镇"的文化隐喻

　　文学作品中的空间叙事，不仅体现在小说写作中，诗歌、散文同样具有复杂的空间要素。戏剧则本来就是舞台艺术，对于空间感的呈现，与小说散文诗歌，又有所不同。英国的华兹华斯、柯勒律治、骚塞等人的湖畔诗派，"五四"的汪静之、冯雪峰、潘漠华、应修人等人的湖畔诗派，指向的都是一个具体的方位，是英国非常典型的湖区生活和在中国被誉为"上有天堂，下有苏杭"的人间美景——昆布兰湖畔和西子湖畔。小说中的空间地理则更像一个图书馆、资料库，或者农场。在艾米莉·勃朗特的《呼啸山庄》中有着双重地理空间，这种空间感的设定，与小说的艺术结构，与人物性格的展示，都有着非常密切的关系。"地理空间也可以构成一种蒙太奇的艺术美感。蒙太奇手法实际上就是各种地理空间场景的转换，从而形成一种镜头切换的自然空间美感。如庞德的《在一个地铁车站》。在我国古代诗歌中这种空间美更是发挥得淋漓尽致，如马致远的《天净沙·秋思》。……如日本川端康成的《雪国》，题目就给人一种淳朴又略带凄凉的感觉，从'雪国'这个地理空间就可以体会到一种日本传统的'物哀'主题。再如拉美作家马尔克斯的《百年孤独》，作者通过描绘种种富有魔幻色彩的地理空间图画，表达了整个哥伦比亚甚至拉美难以逃脱的孤独主题。"[①]文学地理是一自足的，既是静态又是动态的系统。写作者不可能在一部作品中呈现出整个世界，必然是以一个具体的地域，或者场景来展开叙事，在情节的推进中，在人物性格的展开中，在命运波折的呈现中，明确自己的写作意图，独特的自然景观和人文景观，是形成作家文学气质的重要因素。

　　王方晨说，我无乡，然而这是好的故事。其实，我们在他的笔下看到了乡，但很难看到好的故事。由此可见，这个乡并不是他心中的理想之乡。这些故事也不是他希望于无所有中生出的好的故事。他的塔镇，是乡土中国的缩影，是整个乡村世界的投影，是他内心世界的幻影。他

[①] 谭芳：《地理空间视野下的文学地理学》，《世界文学评论》2009 年第 2 辑。

写塔镇，写塔镇上生活的人们，那些人行走坐卧，吃喝拉撒，爱恨情仇，悲欢离合，劳作生息，看着很像鲁迅笔下的鲁镇，平庸的日子，流水一样的生活，麻木的脸孔，粗糙的精神，这个无处不在的塔镇，和它的子民，就这样随着王方晨的笔墨呈现在我们面前。塔镇周围的土地上，有樱桃园、红杏庄，有佟家庄、核桃园，有大作坊，有塔，这些地标式的建筑物，编织成了具体的塔镇，活生生的塔镇，充满了烟火气息的塔镇，当然，也建构形成了历史文化、民间文化、家族文化坐标系中的塔镇。

　　当然，塔镇不是王方晨写作的全部，城市生活、小镇生活、乡村生活，在他笔下次第展开，他对世界的认知方式，给了我们勘测其心灵的路径。农耕社会是中国传统文化诞生之地，其中的秩序感的建立，大致上有两种情形：一是家庭、家族和村落的形成，以及内在的关系纽带；二是在此基础上国家和民族的形成，这个大社会的组织方式显然更为复杂。传统的儒家文化，既有修身齐家的要求，也有治国平天下的抱负。儒家学说中的理想人格、文化传承、人性伦理等，大体上属于天下公器，这种理想化要求，一方面形成民间的示范效应，另一方面也使得民间文化传统得以传承。摆在王方晨面前的，不是一个礼法有序的乡村社会，乡村政治腐败造成新的不稳定，各种农耕社会中存在的问题，结构功能问题依然存在，而由于自我修复和调整功能的丧失，乡村流散和溃败日益显著。新文学始终在城乡叙事的二元空间里展开。乡土文学和城市文学二水分流，各有千秋，自成一体。这种局面到20世纪80年代改革开放才逐渐被打破，随着农民工进城成为一种社会潮流，作家的城乡叙事有了新的维度。无论从纵向的时间上看，还是从横向的文学思潮看，城乡叙事都是新文学最重要的传统，不仅仅是小说题材，更重要的是作家的价值取向、文化立场和生存关怀。以沈从文为代表的京派作家是身在城市心在乡村的典型。不仅是乡土作家静态的历史观，还有市民作家摇摆的立场。"回头再看王方晨，首先是觉得'塔镇'还有向更深更广处扩展的余地，人们的生活还应该更实在更多样，人与人之间的空隙还需要进一步填充；其次是觉得部分作品有关'善恶斗争、强弱对比'的主题似应尽量避免简单化和绝对化，还应着重掌握其中似是而非的分寸感，突出那种真假难辨的复杂性；再次是觉得对人物形象塑造

仍有必要调整角度,如果人总要分出好坏两类,如果正面角色总是值得同情的'小人物',反面角色总是令人痛恨的'大人物',如果小人物总是那样冥顽不灵,大人物总是那样飞扬跋扈,这样的人物体系未免太齐整,因此,村长们总要分出高矮胖瘦、嗓门粗细来,非村长们也要分出疤癞麻子、张三李四来;最后,也是最关键的,是觉得人物的内在质地还要继续滋养、升华,尤其是作者有意要'彰显'的那一面。"[①]

王方晨的塔镇,既是政治意义上的、经济意义上的,也是生活意义上的,当然,塔镇不仅有着自己的街道、饭馆、镇政府、派出所、各种娱乐场所,还有自己的生活方式。王方晨的叙事视角比较复杂,他一方面集中于塔镇的生活,另一方面也会把塔镇作为城市和乡村之间的桥梁,既向后看到乡村的生活,又向外看到城市的存在,各种文化冲击之下的变异,以及人的心理状态的异化,各种现实问题的叠加、冲突和斗争,对于转型期的中国所面临的各种问题的聚焦,使塔镇成为乡土中国的缩影。民间文化的同化能力,自然人性的裂变,各种危机的加深,都带给我们关于启蒙和发展的思考。

王方晨的塔镇,是个性化和艺术化的乡村,在乡土中国的整体背景下有着自己的独特性,他把现实批判和诗意书写融为一体,反思的目光犀利,浪漫的想象奇特,塔镇叙事生动而又饱满,直指国民性、人性和心性的内核。王方晨不是最典型的齐鲁作家,但是在他身上同样有着齐鲁作家的启蒙传统和人文情怀。他以自觉的启蒙立场投入乡土写作,在写出塔镇的日常生活和风俗文化特性时,又使之具备了复杂的文化寓言性、象征性和隐喻性,即以鲜活的塔镇映照整个"乡土中国",进而深刻挖掘国民性中的幽暗和落后。其中冷峻的批判和反思,来自于鲁迅的哀其不幸怒其不争,而满怀温情的体恤和包容又寄托了改造"乡土中国"的深层思考。王方晨也写家族,写家族的兴衰起落,相互斗争,也写男欢女爱,那种带着野性的放纵和激情,以及精神荒芜的旷野叙事。随着经济的发展,塔镇也在不断变化,城乡文化交融,使塔镇成为杂色的乡村和都市的结合体,在农耕与市场的接合部,人心的动荡,时代的情绪,成为王方晨关注的重点。他敏锐地把握到这一切,呈现出其中所

[①] 赵月斌:《大地的梦魇》,《山东青年作家论》,山东文艺出版社2001年版。

隐含的各种纠缠和冲突，并且努力揭示出其背后的历史动因和社会发展演进的本质。

二 "红杏庄"的人文地理

从《生命是一个香油瓶》、"兔子系列"开始，王方晨的小说创作渐渐呈现出一个清晰的"塔镇"轮廓，到《日本是一个省》《乡村火焰》《说着玩儿的》《扑满》《黑妮儿飘飘》等作品的完成，则逐步形成庞大的"塔镇"规模。此外，还包括《塔镇的塔》《人·土·灵》《庆典》《乡村案件》《玉米人生》《樱桃园》《麻烦你跟我走一趟》《冯积粮》《巨大灵》《群英会》《小金的原野》《去往约塞米蒂》《农事芬芳》《花炮》《鱼哭了水知道》《树上的孩子》《少年兮归来》《乌黑妈妈》《鸡年月》《八月之光》《暗处之花》《水袖》《喂，上树！》《石头开花》《夏季口令》《一只鸡蛋》《村长的原则》《兔子回来了》《心眼儿》《一九七〇年的乡村幼儿》《大声歌唱》《祭奠清水》《正午的气息》《一树桃花》《绿叶门》《万宝的亡灵》《炸日本面包》《游荡乡野间的奇情少年》《美丽慧芬》《牛为什么会哭》，等等。

这其中有一个自成体系的是"红杏庄系列"小说，包括《走失者》《农事芬芳》《柳柳谣》《野孃儿弄刀》《少年兮归来》，长篇小说《芬芳录》等。这个系列与塔镇系列小说既有一定的相关性，又有着人物、情节、特定环境和写作意趣上的连续性和独立性。在其开篇小说《走失者》里，王方晨介绍了红杏庄的地理位置和基本生活状态。

> 红杏庄附属于东土楼子村，向来没有自己独立的地位，过去是东土楼子的一个生产队，现在是东土楼子的一个自然村。……东土楼子在塔镇的人不算少。金老三一家，常年在槐树街菜市场卖菜。李老七是屠户，五更里杀了猪，天不亮就赶到肉市支摊子。金成匹则在长安大街开了家小饭馆，已经两年半了，牛气得很；本儿却赔个精光，也不回家，领着个小服务员，闪下老婆孩子，跑了，至今下落不明。混得最好的，要属村长的瘸子弟弟韩凤华，在槐树街口有家大中华杂货铺，柴米油盐、针头线脑、犁耙锄头扬场锨、鱼干腊肉避孕套，没有

>他不卖的。红杏庄的人看得准,他们充其量也就是镇上的人。
>
>——王方晨《走失者》

长篇小说《芬芳录》讲述的依然是红杏庄和塔镇的故事。在小小的美丽的红杏庄,蝈蝈拥有至高无上的权威,仿佛一位乡村皇帝,自由自在,随心所欲,却深受拥戴。他热爱红杏,家里保留着方圆二十里内唯一的一片红杏林。他雄心勃勃,计划改造被人遗忘多年的荒滩——羊儿洼。红杏庄的一切似乎都为他一个人所有,但威胁仍然存在,其中来自儿子小志的无形对抗,让他感到尤为不安。同时还有村里一位垂死的老人宝柴,历年来时常做出一些古怪的举动,散布一些胡言乱语,那些通灵的语言,时常让他感到迷惑和很不自在。野姑娘艾乔也为报复他改造羊儿洼的计划,闯入杏林,持刀砍了他所珍爱的杏树。开垦新土的准备工作紧张地进行着,蝈蝈积极联系挖泥船,却突然武断地决定将小志送往塔镇。小志没有任何表示地顺从了他,不料艾乔放弃自己的羊群,追随小志而去。村里与蝈蝈有多年私情的风骚女人柳柳冷眼旁观,一语道破了他对艾乔隐秘的欲望。柳柳与蝈蝈相好,年深日久。两人如火如荼的恋情,减轻了柳柳在生活中的艰辛感觉。为维持这种恋情,柳柳调动自己作为女人的所有智慧,完全打消了包括自己的丈夫米米、蝈蝈的妻子彭大麦在内的所有人的疑虑。小志在镇政府大食堂当上了店小二,艾乔被大食堂负责人桂桂送进了紫禁城大酒店。在蝈蝈心目中,小志已成镇上人。他为之感到自豪,一次次地来到塔镇,渐渐对塔镇不再陌生。浮华之下的堕落,不但没有阻止他探索别样生活的脚步,反而对他产生了难以言传的诱惑。他真切地感觉到了自己对艾乔的欲望,却只能强压在心,备受煎熬。挖泥船到来了,全村人进驻羊儿洼,似乎每个人都沉浸在即将获得新土的无边欢愉之中。一天,小志和艾乔蓄谋回村,有意选在他家的杏林苟合,以向蝈蝈示威。蝈蝈得知后万分沮丧。他要从柳柳那里寻求安慰,但柳柳毫不留情地对他发泄了自己的不满,并以小志和艾乔之事对他极尽羞辱,宣布了他们父子之争中他的必败。他在狂怒之下独自走回红杏庄,用木棒打死了躺在棺材里的宝柴。艾乔深爱小志,又深知无望。爷爷宝柴的死,让她暗暗产生疑惑。在这个孤独的世界里,她只有一只公羊为伴,但她的美质却为独具慧眼的镇政府干部小

米所发现。小米为完成招商引资任务,私约偶遇的霍款爷,向紫禁城老板唐玉鲤提出15日之内将艾乔打造成真正的塔镇"第一美"。他不但断绝了艾乔对小志的念想,还亲手杀了她的公羊,让她几乎成了失去知觉的睡美人。霍款爷如约赶来塔镇寻美,小米突然感到不祥,力图支走霍款爷,但霍款爷鬼迷心窍,坚持留下。在紫禁城水疗房里,艾乔麻木的表现惹起小米的不快。小米粗暴地殴打艾乔,艾乔本能反击,用那把曾经刺死自己心爱的公羊的水果刀,刺死了小米。少年小志的美质,同样为人所觊觎。镇政府干部梅梅,婚后不育。在桂桂的暗地协助下,梅梅染指小志,使小志的心灵受到极大伤害。梅梅怀孕后,突然抛弃小志,却让小志顿感不适。在塔镇大型物资交流会上相遇后,梅梅暗约小志来到河边,告诉小志自己怀了他的孩子。两人一同畅游河水,不料梅梅被水草缠住,窒息而死。小志伪装了现场,逃回大食堂。梅梅失踪,小志被叫到派出所接受审讯。小志冷静异常,在同伴的帮助下巧妙转移视线,把嫌疑引向了无辜的桂桂。在禁闭室里,小志遇到了因嫖娼被抓的米米。柳柳得知米米嫖娼,赶来怒打了米米。派出所警告小志,在案情水落石出之前不得离开塔镇。小志住进了自己的相好七七家里。为了防止自己因胆怯而逃跑,小志恳求七七砍断自己的脚筋,并让七七把自己送回红杏庄。他将在自己的家里等待拘捕他的警察到来。……柳柳和米米却从此留在了塔镇。衰颓已极的蝈蝈赶来看她,趁米米一眼瞅不见之机,她就迅速与蝈蝈私约相会。蝈蝈走了,她淡淡地对米米说蝈蝈刚才邀她回村去看杏花。①

夏吟的《光影声色绚烂芬芳的乡土写作》一文,对《芬芳录》做了比较详尽的解读。《芬芳录》是王方晨"乡土与人"长篇小说三部曲的最后一部,前两部《老大》《公敌》以虚构的塔镇为背景,主角是乡镇的上层人物镇长、村长、商人、企业主等,着重对中国乡土政治历程进行书写,写出了阴谋和权力对人的伤害,这两部小说事件的时间跨度大,经验容量大,真实地反映了中国当代农村在逐步城镇化过程中人心的浮动、骚动和盲动,在写法上有诸多先锋性与现代性的创新,获得了广泛好评。……《芬芳录》的人物依然活动在热闹的塔镇,但却着笔于欲望

---

① 《芬芳录》故事梗概,王方晨新浪博客。

起舞又被欲望扭曲了人性的村民镇民,主要对人物进行了个人化书写,更多地书写了人物情欲深处的隐秘,可以说是一部当代乡镇情欲录,不仅丰富了王方晨的塔镇人物系列,而且也是中国乡土写作的又一新景观。《芬芳录》为中国乡土写作贡献了许多全新的人物形象。在自然美与人性的复杂对比中,对人物在审美的同时审丑,在展示人性的善的同时指示人性的恶。……红杏村的人在红杏村陷入了道德困境,也陷入了乡土文化焦虑,而当他们走向更现代化的塔镇时,则面临着更大的欲望冲突。蝈蝈和米米两家人是对比着书写的,蝈蝈的家庭是夫权主导,米米的家庭则是由妻子来主导……小说的结局是小志为了阻断自己出逃的想法,在情人七七的帮助下,砍了自己的跟腱,让七七把自己丢回红杏村,好像完成了一种回归,然而,回归的家园已经不是家园了。从小说的现实可能性、生活逻辑和社会常识来看,本来可以写成小志在和七七偷情的过程中,被包养七七的大款割断脚筋,丢回红杏村的,但作家却把小志写成自残,用人物肉体的痛来衬托人物心灵的痛,更加强化了小志内心的矛盾和自尊,有一种悖论性的回味,有象征和隐喻的空间,小志自伤自罚后回村,也更有寓言性,在现有的乡村社会环境文化心理背景下,下一代的出走和回归皆无出路,而不灭的是人性之芬芳,并与古老而生机勃勃的大地永世依存。[①]

三 "济南城"的道德视阈

塔镇、红杏庄和济南城构成了王方晨小说的空间建构。这一村一镇一城,包含着政治、经济、文化、历史多维度的思索和表达。作为乡村生活的民间叙事者,王方晨给自己定位的,并不是说书人角色,也很少像一些电影导演那样喜欢在自己的影片中客串个角色,他在他的文本之外,在他的文学世界之上,做一个智者,一个观察者。那些地理符号隐藏着多少文化意味,阐释者和读者自有论断,他也不曾特别为此饶舌。作为文学王国的根据地,王方晨与中国革命一样,走的是农村包围城市的道路。这当然与他的人生经历有关。因为工作调动离开东营,举家搬

[①] 夏吟:《光影声色绚烂芬芳的乡土写作》,《雨花》2016 年第 8 期。

迁到济南后,他就把济南当作自己的第二故乡,经过一段时间的沉潜,他选择城市叙事作为自己转型的主线。我们由此看到了他一系列的济南城小说。

作家笔下邮票大的故乡,多半是虚构出来的,或者是在现实基础上建构起来的。福克纳、马尔克斯如此,莫言、阎连科、贾平凹也都如此。王方晨的济南城就摆在我们面前,这座城市的历史也一清二楚,大凡秘闻野史和语焉不详,不过是虚构或者捕风捉影。小说虚构的是特定空间中的生活。城市是一个外壳,饮食男女是屋顶下的琐碎人生。当然,能写出一个城市的魂魄,到底还是抓住了一些别人见不到的东西,或者看穿了一些别人想不明白的理儿。就像王安忆的大上海。"中国文化流光溢彩,及至那些油彩剥落,总有太多残破不堪的历史和现实,让人悚然一惊。王安忆之中国叙事有纪实,有虚构,有想象。乡村大地的文化告别,也算是历史的苍凉手势;市民生活的烟尘滚滚,同样裹挟着病态中国的前世今生。她耐心讲述一个女人的命运,细心描绘一座城市的传奇,背后是冷静钩沉的中国形象。小人物的大舞台,敞开公共意识空间,大时代的小断面,展开中国社会结构复杂肌理。写大历史,写小细节,特别庸常的俗世里,王安忆有种英雄气。不是大义凛然地对抗生活,是对世间万事万物,有着眼光犀利和思考自觉。混沌初开,五味杂陈,表面看充满戏剧感,历史和时代底子上透着凉意,从未被柴米油盐的表象淹没,反倒自动生长成生活骨骼里的荒诞。那个大世界,纵然看似堆锦叠绣环佩齐鸣,如影随形的,是溃败和朽腐的感伤。"①《麒麟》《弃的烟火》《大陶然》《世界的幽微》《大马士革剃刀》带给我们的还真是不一样的烟火。不过,王方晨虚构的这一条老实街,倒是有着更鲜明的历史感和怀旧意味。时代终究不同了,我们守着些旧的念头,跟着惶惑的人群向前去,就算有张望打量的闲情,又何曾在仓促中真正安稳,那些细碎微凉的遗憾,如同一炷香快燃尽了的缅怀,明明不舍,奈何留不住。这些老济南城小说流动着的文化意味,较之于王方晨的乡土写作,色调虽然是暖的,骨子里的曲调多少还透着悲凉。

---

① 张艳梅:《王安忆:低调的奢华》,《名作欣赏》2013年第10期。

四 齐鲁文化的历史气韵

在《齐鲁作家的文化伦理立场》一文中，我曾经谈到，山东文学在20世纪中国文学的整体框架中，无疑占据着举足轻重的位置，盖因其不仅自觉纳入新文学的发展潮流，且始终保持着自身鲜明的文化特征和精神结构。具有深重的忧患意识、坚定的道德理性和真诚的现实关怀的山东作家，在创作中努力彰显齐鲁文化的潜在力量，强化现代性的价值诉求；其文学理想深深根植于人道主义与生命关怀，显示出厚重的传统文化底蕴及民间话语特色。尤其是新时期山东文学，以特有的创作实践，浓郁的民族意味，广博的文化内涵，丰富了中国文学的整体创造，正在对21世纪中国文学的发展产生新的影响。

齐鲁文化在政治理想、人生价值和伦理道德层面，都给山东作家留下了或深或浅的影响，充分体现了20世纪山东作家的共同气质与文学特征：苦难主题与平民精神的阐发；"地之子"与"山之子"的刻画；执着于道德诉求和情感抒发，等等。臧克家诗作中充满坚忍主义、固执、真诚、主动背负和强烈的入世意识，就是一个显著的个案。学者施战军认为，齐鲁文化精神仍然活生生地表现在山东当代作家笔下，20世纪80年代的"出走"意象与90年代以来的"回归"主题，都是齐鲁文化传统在文学中的表现。山东作家特有的气质禀赋、关注民众的责任感、倾向宏大叙事等，无不深深地体现着齐鲁文化的精神实质，可以说，齐鲁文化已积淀为山东作家的一种"集体无意识"。

齐鲁文化与传统伦理是20世纪山东文学的两个重要精神支点。齐鲁文化重视伦理道德，注重平民意识和民间思想，带有鲜明的地域文化特色。"五四"以后，随着新文学的发展，以及异质文化的交流融合，齐鲁文化的精神传统也发生着现代性转化。当代山东作家在继承齐鲁文化传统的基础上，又创造了新的精神传统，主要表现为道德理想主义、文化守成主义和民间英雄主义。这三种精神特征既是20世纪山东文学独树一帜的文化品格，又是齐鲁文化传统在20世纪中国文学中的涅槃重生。李贯通认为，相对于外地作家，山东作家对齐鲁文化的把握更到位，对"仁者爱人"的理解也更深刻。山东作家对"仁"的实践，突出表

现为对社会、对民众的"责任心"和"使命感"，注重对现实的关注，对传统的承继，崇尚厚重，习惯道德评价。这一传统长久以来成为文学良心的基本标志。

　　山东文学文化底蕴深厚，特色鲜明。新时期山东作家队伍整齐、佳作频出。莫言、张炜、李存葆、尤凤伟、赵德发、李贯通、矫健、刘玉堂等作家深受读者关注；张继、刘玉栋、王方晨、凌可新等山东青年作家近来亦表现不俗；"80后"代表人物张悦然，也是从山东走出去的。其中，莫言、张炜、尤凤伟等作家在创作上始终保持着不倦的探索精神，执着的理想追求，旺盛的创作激情，二十年来影响重大。山东作家的小说创作尤以文化底蕴深厚的长篇成就最为突出。李存葆的《高山下的花环》《山中，那十九座坟茔》，张炜的《古船》《九月寓言》《柏慧》《家族》《外省书》《刺猬歌》，王润滋的《鲁班的子孙》《内当家》，矫健的《老人仓》《河魂》，尤凤伟的《老霜的苦闷》《中国一九五七》《泥鳅》《色》《衣钵》，李贯通的《洞天》，左建明的《阴影》，等等，都曾经或正在产生重大的反响。在这些作品中，我们不难读到山东文学特有的厚实、凝重，富有责任感、道德感和使命感的精神传统，以及以土地崇拜和传统文化伦理为核心的地域文化风格。山东文学的主要特征是现实感、时代感强，文化蕴藉丰富，带有鲜明的人文关怀和理想主义。不过，由于山东作家过于钟爱齐鲁文化，反而使齐鲁文化最终成了一种桎梏。毕四海认为，积淀过于深厚，特别是文化，很容易成为精神包袱。传统文化伦理因而成了21世纪山东文学发展的制约。

　　王方晨出生在山东金乡，和很多山东作家一样，齐鲁大地给了他成长的坚实背景，齐鲁文化深深地浸润在他的血脉之中，这片土地厚重的历史文化传统和浓厚的启蒙思想氛围，对他的创作有着深刻的影响。以地域文化视角观照，山东乡土作家群在新时期当代中国文坛上的影响巨大，既是一种文学现象，同时也是一种文化现象。这一现象不仅与时代和社会生活密切相关，而且与作家的文化自觉和审美自觉有着不可分割的内在联系。正是共同的文化背景孕育了当代山东乡土小说的洋洋大观。齐鲁文化的地域性特征鲜明，不过，若细致区分，齐文化和鲁文化二者差异很大，齐鲁的地理环境、自然气候、风俗民情的差异，决定了二者文化品格的不同，相对来说，齐文化尚功利，鲁文化重伦理；齐文化重科技创新，鲁文化重修身养性；齐文化讲求革新，鲁文化尊重传统。两种文化在发展中逐渐有机地融合在一起，形成了具有丰富历史内涵的齐鲁文化。齐文化属于半岛型文化，礼法结合，义利并重，以灵性柔美取胜，具有功利性、开放性和异质性特征；鲁文化的前提是宗周礼乐文化，具有守常性和正统性特征，形成以孔孟为代表的儒家思想体系，更多刚硬坚毅之气。

如前文所述，乡土文学起源于"五四"，作为五四新文学的重要组成部分，乡土小说主要形成了两大传统：写实和抒情。这两种传统在鲁迅小说中都可以找到源头。而以浙东乡土作家群为主体的创作，则立足于理性批判，为不断衰微的乡土中国写下了一曲挽歌。这些作家的写作大都集中于乡村生活的生存状态和精神状态，对古老的乡村生活方式以及各种风俗习惯的批判，表达了基本的思想启蒙立场。这种文化观和历史观显然受到了鲁迅和五四新文化运动的影响，反传统，反礼教，认为民间藏污纳垢，民众愚昧麻木，启蒙之要务是惊醒沉睡中的国民。这些乡土写作都呈现出鲜明的地域特色。另外，周作人的抒情性故园散文，废名的抒情性乡土小说，作家在都市与乡间的心灵漂泊，以及满怀眷恋的回望童年，虽然研究者多半认为其具有反现代性的倾向，也并非要历史向后，而不过是一种乡土文化观照视角，对于乡村美的再次发现和试图挽留，其中体现出来的温情和冲淡之美，也是五四乡土文学的重大收获之一。历史地看，百年乡土书写审美成就更高。以潘训、王任叔、王鲁彦、废名、许钦文、蹇先艾、台静农、黎锦明、许杰、彭家煌、沈从文、艾芜、沙汀、师陀、赵树理、孙犁、汪曾祺、刘绍棠等人为代表的乡土写作，大都体现了文学"须得跳到地面上来，把土气息泥滋味透过了他的脉搏，表现在文字上，这才是真实的思想与文艺"①。这些新鲜的泥土气息，充实了新文学，使新文学从关注知识分子和青年男女，延伸到关注普通民众，尤其是社会最底层的农民。百年乡土写作传统，对当代作家影响巨大。无论

---

① 周作人：《地方与文艺》，《周作人散文全集》第5卷，广西师范大学出版社2009年版，第102页。

是看取乡土中国的视角，思索乡村社会的问题，抑或表现乡土人生的情态，都是在继承传统基础上的再生和创造。

　　王方晨的文学世界充满诗性，既有北方文化的坚韧和锋芒，也有南方文化的灵性和诗情。既有鲁迅审视乡村和农民问题的眼光，又不乏沈从文守护优美自然和美好人性的情怀。在他的文字中，儒家的为生民立命，道家的自在无为，和谐地融汇在一起。如在《祭奠清水》中，我们读到了那种清新明丽、空灵悠远的诗意表达，以及对于纯粹的精神世界和高远的灵魂寻找。可以说，正是这种来自于成长环境的切身体验，冷峻的社会观察，以及明确的文化立场，综合而成复杂多样的思想底蕴，成就了王方晨独具魅力的艺术世界。

第三章 乡土中国的精神守夜人

乡土是地理意义上的现实家园,也是心灵意义上的精神家园,还是文化意义上的生命之乡。我们走在大地上,乡土是我们的生命依托和感情寄托。这是人类的文化根性,也是文学书写的永恒母题。对于今日之中国乡村,复杂的政治经济形态,农民的现实命运,发展中所遇到的种种问题,何去何从的未来走向,这些话题从20世纪90年代的"三农"问题提出至今,依然没有明确的答案。写作者与身俱在,共同经历了这个大变革时代,对乡村的沉寂、荒芜和破坏不可能无动于衷。如何去表现,抓住哪些问题,从何种视角切入,很多人在思索。在今天的中国,有良知的写作,尤其是直面现实的乡土写作,变得前所未有的困难。尽管充斥我们视野的是大量乡村题材作品,然而真正触摸到农民命运本质,以及乡村发展现实的太少。土地的悲歌,现实的压力,生活的疲惫,人心的动荡,信仰的荒芜,多以恩怨悲欢的背景存在,很难触及乡村世界的内核。改革之初的设计思路是强调效率,追求高速发展;及至发现社会问题日益累积,单纯发展经济带来了严重的城乡脱节、两极分化、文化衰退和道德滑坡之后,一部分知识分子转向强调公平,追求社会正义,提倡底层关怀;新世纪农村问题伴随着社会结构失衡,经济发展失调,伦理道德失序,变得日益严峻。费孝通在《乡土中国》开篇谈道:传统的"中国社会是乡土性的",从本质上说它是一个"农业老家"。就像阿多尼斯说的:"你的童年是小村庄,可是,你走不出它的边际,无论你远行到何方。"

农民命运,是乡土作家的精神之源。近年来的乡土写作,基于田野调查的很少,夸张的渲染,沉溺的自恋,或是一厢情愿的啼笑因缘,或者宛如装神弄鬼的风水大师,如鲁迅所说,闰土和迅哥之间隔着厚厚的障壁，乡土作家和农民之间何尝不是围墙高筑？理念化的乡村叙事越来越严重，真实的日常生活和精神世界被遮蔽、漠视，成为主观世界的对应物，夸张的想象和虚构，极端的同情和批判，都是不负责任的。现代的乡土写作，大体上是沿着文化反思和生存实录两种方向展开的，至于现代的浪漫抒情和社会批判传统，单一的视角或者价值取向都不能涵盖生活本身，当代乡村世界的复杂性，远非一个世纪前可比。失地、空村、拆迁、污染、留守儿童、精神空虚，这些是时代的表象，背后还有着更深层的裂变。真正热爱土地的农民越来越少，乡村知识分子仍然没有成为主流，主导乡村发展的传统力量和新生力量都在不断削弱。乡村成为历史和未来之间悬置的荒芜。村民和基层政权与乡村生活之间的关系日益松动瓦解，时代在乡村留下了更多精神和文化的创伤。作家有义务穿越迷雾，揭示时代和生活的真相。不一定要写得多苦难，也不一定非暴露黑暗面，不是批判才叫思想，真正有价值的乡土写作应该是带着问题意识去写，有理想情怀在里面，触摸得到乡村的温度，有生命感和痛感。关键在于呈现饱满的乡村生态，思考中国乡村重建的文化路径。那种一味歌功颂德的文字不会有真正长久的艺术生命力。

一 乡村社会生活批判

王方晨笔下的乡土是独异的，既是塔镇农民日常生活的现实之乡，也是作家关于乡土中国全部哲学思考的凝结。社会学家认为，中国社会本质是乡土性的。乡土既是农民赖以生存的地理空间，也是蕴涵人类家园情怀的精神空间。乡土小说作家无论站在哪种文化立场，在心理上都有一种不自觉的永恒朝向，向着那土地的最深处寻求归属感，即所谓的"精神还乡"。正如艾青的"为什么我的眼里常含着泪水，因为我对这片土地爱得深沉"。乡土文学作家大都对乡村怀有深厚情感，挽歌也好，牧歌也罢，情感基调是对乡土的热爱。乡土小说往往强调群体意识或民间立场，以彩绘民间生存图景为己任。作家从一种自发的土地情感认同进而表达一种自觉的精神归属感，大都表现为对现实的批判式理解，以及对生命的超越式追求。这种理解和追求往往超越了时空的局限，而形成完善自足的价值体系，这就是大地情怀。王方晨的大地意识凝结为底层疼痛和乡土批判，生命终极关怀和人性的深层拷问。

（一）大地痛感与无乡的批判

土地和家园是乡土小说作家最根本的精神依托和情感归宿。无论是现实主义的土地生存，还是浪漫主义的土地抒情，农民在土地上生活，与土地相互依存，土地既是生命之乡，也是精神之乡。大地文化意味着农民的整体存在及其展开。而家园是人与人之间关联的重要方式，通过生存上的互相依赖，把自己的幸福渴求、心灵安宁、人生意义都交付给土地，通过强化日常的安全感和终极的救赎感，土地获得了现实存在之上的神性。20世纪乡土文学的一个重要精神传统，就是沈从文等作家构建的原乡神话。这种人和自然的永恒依恋成为新文学的母题之一。抛开知识分子的精神还乡，中国农民其实一直走在离乡、失乡和归乡的路上。王方晨说："我无乡，然而这是好的故事。"①王方晨展示的是人与土地的不和谐，土地是广大的，农民的生活和心灵是狭隘的，王方晨曾经一再追问："你不是我的乡！而我的乡，哪里去了？"②那么，王方晨的质疑由何而来？他的不妥协的追问和批判背后究竟蕴藏着怎样的情感和思想指向？王方晨说："《歌逝》表述了一种人和大地的关系，其实正是作品的诗意。我们远离了大地，这才是我们应该感到的不欣慰之处。"③遥远的年代和记忆，温暖的生命气息，厚重的大地，在饱满的诗意里诉说着永失生命家园的疼痛。

土地意味着一种生活方式，一种生存信仰，一种文化价值立场。作为离开乡村居住在城市的知识分子写作者，王方晨的乡土小说没有浓重的乡愁意绪和怀乡色调。"我无乡，然而这是好的故事"，对于失乡的人们来说，究竟意味着什么呢？困守在土地上的人们渴望走出去，逃离贫穷闭塞的乡村，借以改变自己的命运。热闹的"核桃园""樱桃园"其实就是失乐园，深刻地隐喻了现代人的无家可归。幽暗的民间生存，凛冽的国民性审视，在布满罪恶和摧残的土地上，仇恨取代了温情。乡村

---

① 王方晨：《我的自述：好的故事》，王方晨新浪博客。
② 同上。
③ 王方晨：《〈歌逝〉在说什么》，王方晨新浪博客。

政治的黑暗，人性恶的深渊，强权践踏着普通人没有尊严的人生，王方晨笔下的土地无法生长出希望和梦想。《王树的大叫》让我们看到了难以扎根的疼痛，土地成了疼痛的根源；《村长和牛》展示的是人与世界的双重孤独，而清水（《祭奠清水》）和金大筐（《黑妮儿飘飘》）是选择出逃的两个典型。两个人一个投水，一个掘堤，都渴望让水覆盖泥泞不堪的生活。虽然坚硬的现实依旧，无处停泊的生命之乡和精神之乡却在土地之外漂流。王方晨在《榆树灵》中痛心疾首地写道："我不止一次地对自己说，我恨你，土地！从你的底里，没有生产出自由，没有生产出富裕，没有生产出尊严和高贵。你只会消耗人的生命，你只会让一个人的心灵，跟长年累月地承受无边重负的脊背一样扭曲。你无疑是一种无与伦比的谎言和幻象，你欺骗了很多人，而且还在耍弄着很多人。"

此处无乡，乡关何处？王方晨面对土地，如同面对中国的几千年历史，沉重的社会现实，颓败的土地与国民性的幽灵在如铁的黑屋子里挣扎，那种直抵灵魂深处的痛感造就了他彻底的毫不妥协的批判意识。或许，从诗意栖居的理想看，王方晨的大地"还不是那个让人魂牵梦绕的'乌有之乡'"①，然而，这一片无乡的土地，才是人类命运的永恒警示。缘何丧失了人类的诗意栖居之所，王方晨在此泣血而歌，以当代文坛鲜有的勇力向世界发出了自己毫不含糊的大胆质疑。

（二）家园沦陷与母性的可能

"在城市不断崛起的同时，农村在日渐衰落。每一个人的故乡都在沦陷，沦陷在现代化的大潮之中，沦陷在日渐淡去的记忆里。"②"没有故乡的人是不幸的，有故乡而又不幸遭遇人为的失去，这是一种双重的不幸。"③当然，这里的"故乡"已经不单纯指童年生长地，它同时还蕴涵着一种生活样式。所以故乡的"沦陷"，已经不仅仅是农村生存的自然条件和社会环境的沦陷，还意味着一种温情的生活样式、行为准则和生存价值的沦陷。家园的获救显然无法通过强有力的政策机制来体现，而

---

① 赵月斌：《大地上的梦魇》，《山东青年作家论》，山东文艺出版社2001年版，第10页。
② 王丽：《找回"家""国"的支点》，《中国青年报》2009年4月29日。
③ 冉云飞：《每个人的故乡都在沦陷》，来自天涯社区关天茶舍。

城市化进程的加快使乡村的破败变得无法避免，当经济增长和城市建设日新月异时，还有多少人关注真实的乡土？作家身居城市，以眷恋的眼光回望心灵之乡，难免有太多想象的乡愁，而真实的乡土往往成为作家抒情的牺牲品。如何唤起对一种真实生存的关注，如何改变这种沦陷的趋势，王方晨直面黑暗与罪恶，沉沦与惶惑，几千年未能撼动的铁屋子，他的笔墨锋利尖锐，刺入病态的乡土，唤醒乡土内外早已凋零的家园感，以求燃起拯救的熹微光亮。

那么，王方晨笔下的家园究竟如何？"他以冷静的笔墨，勾勒出乡土的多元性和芜杂性。鲜有诗意的描写，甚至不惜无情地撕裂乡土的诗意，袒露出乡土的暗斑和毒瘤。……从某种意义上说，王方晨颠覆了传统的父老乡亲形象，而是将父老乡亲近乎原生态的生存景观和人格、人性指数展现给读者。"①马金桥（《扑满》）眼里的大地真好，丰富而温暖，数不尽的棉花、玉米、谷子，生长着农人的希望，然而稻草人拉长了脸孔说的那一句"大地，我为你忧愁"，才是作家真正的心声。马金桥对相依为命的土地并没有眷恋，为了让儿子当上通讯员费尽心机。那个长得很像村长的稻草人矗立在大地上，空虚、没有生命然而阴影浓重。笼罩在官本位意识和叛乡离土情绪里的两代农民，面对丰收的大地，内心的哀愁无以诉说。对于太多生于斯长于斯的农民来说，他们只是没有力量离开，如果有出路，又有多少人愿意固守在贫穷封闭的乡下，过那种看起来没有任何前途的日子呢？那么，我们又如何要求农民把土地当成永恒的家园，而自己成为这个虚假家园的守护者永远不能得到解脱？谁也没有权力指责那些孱弱猥琐的小人物，他们是受伤害的全体，是沉重的历史和轻浮的时代的双重牺牲品。

不过，王方晨并没有止步于此，其忧患意识和家园反省贯穿塔镇生存表里。在现代人流离失所的传统阴霾里，王方晨塑造了宋兰香（《死不了的小虾》）这样的勇敢坚强敢爱敢恨的母亲形象，以及《乡村火焰》中耿玉珍孤绝的反抗者形象，那么，这些坚韧的女性是否意味着母性与大地作为生存的最根本依托，可以永远对抗现实的黑暗呢？沉默的母

---

① 张国龙：《底层叙事与乡土之"疼"——王方晨小说创作侧论》，《时代文学》2008年第2期。

性，生生不息的大地，在某种意义上达成了精神同构，给出了黯淡的现世生活一种强大的情感支撑。

总之，王方晨通过对自身与土地的情感关联的探索与追问，给出了我们关于家园的另外一个思考视角，那就是当我们离开了乡村，而我们的灵魂依然牵挂那片土地，或是我们的双脚依旧站在大地之上时，我们如何回到生命本身，而不仅仅是以局外人的眼光，审视置身其中的生活，这可能是王方晨小说独特的精神力量，或者说闪光的精神质地，以一种冷静而幽暗的方式，表达了生存诉求之上关于大地的哲学思索。那种精神性的自我拯救与现实性的他者关怀，把二者很好地融为一体，是王方晨的大地情怀，真正把自己看成是大地之子，看成是那些生命深处的呼吸。赫尔曼·布洛赫认为："发现惟有小说才能发现的东西，乃是小说惟一的存在理由。"在布洛赫强调的发现基础之上，米兰·昆德拉进一步补充道："发现的延续（而非所有写作的积累）构成了欧洲小说史。只有在这一个超国家的背景下，一部作品的价值（也就是说它的发现的意义）才可能被完全看清楚，被完全理解。"[①]发现一个世界，一种生存，无限接近现实的边缘和心灵的深处，是作为小说家的王方晨一直以来的真诚努力。

二 乡村文化伦理批判

作家的文化立场和伦理关怀无疑会影响其文学创作的思想和艺术追求。文学来源于生活，又反过来影响社会生活。对现实人生的真诚关注、坚持以问题意识反映社会生活，是作家的责任和使命；对美善的呵护与弘扬，对苦难的背负与承担，体现了作家的人性理想和社会理想；对生存哲学的冷峻思索，对人与自然关系的深刻忧患，体现了作家的终极关怀。这种理想和关怀反过来同样作用于社会生活，作家的道德关怀与文本的叙事伦理，以及社会和谐的伦理理想，构成了当代作家创作的极为重要的精神线索。那么，我们要想更清楚、理性地讨论这个问题，首先就要明确文化伦理的内涵和现代中国文化伦理的建构过程。

---

① ［捷克］米兰·昆德拉：《小说的艺术》，董强译，上海译文出版社2004年版，第6页。

"文化伦理"一词，一是指文化与伦理之间的必然联系，二是指文化发展的价值追求。20世纪50年代之后，西方社会逐渐开始了文化发展的伦理转向；作为对"现代性"的反思和批判成果，伦理或道德价值成为西方社会追寻的基本目标。在现代中国，文化伦理经历了"从手段到目的"的命运转折：道德价值和伦理关怀摆脱了纯粹作为政治和经济生活附属品的工具意义，使自身显现为目的。中国文化发展由此开始一个新的时代，一个超越了纯粹的政治目标和经济目标的时代，一个尊重人的价值与尊严、维护社会公正与平等的时代，一个追求人与人、人与自然关系和谐的伦理时代。由此，中国文化发展被内在地嵌入了道德价值的指针，道德进步也因此具有了文化必然。[①]"文化伦理"的存在前提是"文化"与"伦理"的存在。文化与伦理之间的内在联系，使"文化伦理"成为一个整体。作为研究对象，"文化伦理"不仅具有客观基础，而且具有学理的合法性。此处的"文化"是广义文化，包括物质文化、制度文化与精神文化三种形态；"伦理"是广义伦理，与"道德"通义。作为概念，"文化伦理"是对现象世界的把握方式，表达伦理存在；作为逻辑，"文化伦理"蕴涵着"文化"与"伦理"二者之间的内在联系，显示伦理必然；作为价值，"文化伦理"则向往超越，表达伦理自由。文化伦理宣称，当伦理在文化母体中找到存在的根据后，文化就具有了人格和责任，它必须对人类的现在和未来负责，为人类承担无法解构、不可拒绝的道德义务。

无论社会如何变迁，文化的延续性与传承性都是一个民族发展过程中的重要促进因素。以日本为例，尽管近代以来日本发生的事情在任何文明中都能看到，但它在追求现代化过程中保留传统习俗和象征的程度超过其他任何国家；如果没有这些传统因素，日本的连续性和身份意识也许就不存在了。[②] 但是，文化中存在的那种不变的内涵在我们的现代化过程中是缺失的。五四运动开始了一个全新的文化时代，但是这一场文化变革运动，并没有解决历史提出的主要问题，中国社会所面临的内

---

① 李萍、魏则胜：《文化伦理：存在与意义》，《中州学刊》2005年第6期。
② 李建民：《日本战略文化与"普通国家化"问题研究》，人民出版社2015年版，第10页。

忧外患的残酷现实，使文化革新让位于社会革命和民族解放，由"武器的批判"代替"批判的武器"。其后，挽救民族危亡的迫切性，决定了文化启蒙陷入低谷。不过，新文化运动留下的问题，以及知识分子自觉的"启蒙心态"，在未来的一个世纪里，依然影响深远。1949年中华人民共和国成立后，在完全不同的历史条件下，"新文化思维"与"无产阶级专政下继续革命"的理论嫁接，形成了延续数十年之久的"文化风暴"。20世纪50年代以来，中国社会发展的主线依旧是革命和变革，这种变革往往是整体性的，从经济基础到上层建筑，包括物质、制度和精神三个层面，都经历了巨大变化，计划经济、商品经济、市场经济、"文化大革命"，反对西方文化渗透，向传统文化回归，每个不同的历史阶段，文化都被赋予了强大的政治使命，而文化自身的建构和发展，仍旧是一项宏大的处于未完成之中的社会工程。

文化伦理是一个比较大的概念，那么，当我们从思想史出发，进入文学史来思考作为一个特殊的社会群体，作家的伦理观念和伦理想象与社会生活有着怎样切近的关联，可以说，我们面对的问题也许远比我们想象的还要复杂。一方面，社会生活与文学创作有着复杂的互动关系；另一方面，作家作为主体的人，其伦理信念和文化归属也未必是表里如一始终如初的。那么，文学的伦理旨归与社会生活之间，或者说与社会文化精神导向之间存在着怎样的关系呢？作家在把自己的文化伦理态度和文化伦理理想呈现在创作中时，他对社会生活的观照将会以怎样的方式影响社会文化精神建构？作家的文化伦理立场主要表现为两个方面：第一，作家内在的道德关怀。作家的道德选择和道德自觉表现在他的题材摄取、人物塑造、精神谱系和人文关怀上。从作家的主体性出发，我们可以更好地把握文学的社会价值和精神价值。文学所能够或者应该承担的不是社会使命，作家也不是社会生活的立法者，但是，伦理规范的形成与文学创作有着切近的精神联系，反过来说，作家的伦理道德情感对其创作同样会产生巨大影响。第二，文本中的叙事伦理。也就是说，作家在创作的时候，选择怎样的叙事态度和叙事方法，决定了作品的文化指向和伦理维度。这一考察视角有助于我们更好地认识作家与世界和生活的关系。叙事伦理只是一个作家的叙事选择，但其中蕴涵的伦理范型无疑超出了叙事本身，成为社会生活甚至思想文化史中极为重要的一

部分。

　　作家对现实生活的关注和承担，是一种自觉的使命和责任（这么说有先验的意味）。当代中国作家创作一直与社会生活和意识形态关系紧密，从伤痕、反思到改革文学，包括归来的诗人和朦胧诗创作，严肃文学的审美期待和现实关注有目共睹。当然，这种社会关注和苦难挖掘，与同样反映民族受难的俄罗斯文学相比，还缺少真正的精神深度。自由主义伦理与个性伦理的提出，让我们更清醒地认识到生存的目标和方式。先锋小说的叙事实验在今天看来，决不仅仅是形式上的革命，更重要的是残雪、余华、格非等人为我们提供了新的生命体验方式。突破生命表象的制约，让我们见出了人生和世界的残酷与沉重。当先锋作家普遍放弃了新锐的姿态，回归平时的生活本身，我们看到了这种转向的无奈和必然，而生命感知方式却重新变得平面和单调。把王朔小说和新写实小说看成文化伦理叙事的一个新的开端，应该没有疑义。此前所有追问和寻找的姿态都成了他们的精神对立面。调侃解构和零度情感取消了作家的主体意识投入，文学的精神指向开始向下走。及至后来何申、谈歌、关仁山等人的新现实主义小说创作，接续了新写实对现实灰色人生的关怀，或多或少体现了平民世界的苦难处境，尽管尚缺乏足够的思想深度，但是我们还是看到了作家不可能完全隐身的徘徊。余华、贾平凹、方方、刘庆邦、陈应松、尤凤伟等作家的小说都以历史反思、现实批判和人文关怀见长。虽不能抵达民族病痛的根源，也无法穷尽苦难的惨痛，当然我们也没有看到救赎的道路，但是那种疼痛还是很容易让我们回到问题的最初。也就是说，如果在体制之外，我们还能找到另外一个病根，那么，文化伦理显然是绕不过去的存在。荷尔德林在一首诗中说："生活乃全然之劳累，人可否抬望眼，仰天而问。"当下的主流叙事大都指向了无关痛痒的情感倾诉。还有一些肤浅的苦难书写背后是对意识形态的规避甚至曲意逢迎。市场以巨大的力量吞噬了部分作家的良知和真诚，直面现实的勇气因利诱而妥协。很少有作家意识到，应该从苦难的陈述中找到与现实的意识形态对抗的途径，在文化伦理意义上，超越单纯的人性追问，重构民族精神之路。当代作家的写作过程自身所蕴含的精神性追求，逐步遭到世俗生活的瓦解。作家应该保有的现实关怀显然不仅仅是直面苦难，或者以展览苦难的形式换取一己之利。更何况，更多的作家选择了逃避和粉饰。

　　王方晨的写作大都以乡土世界中的普通人为观照对象，那些质朴或狡黠的农民，那些泼辣或温婉的女子，那些无法实现的愿望，无法直面的惨痛，读来无不令人因心痛而感怀。《美丽慧芬》中的慧芬是个孤苦无依的少女，幼年时代就被叔叔占有糟蹋，她自己并不觉得有什么不幸。由于对一件美丽衣服的向往，而被老孙头糟蹋，在霍崮又差一点被四个流氓强奸。小说写到村人的围观与议论，同情中也不乏看客的无聊。作为底层的一员，她被侮辱被损害，却并不自知。慧芬的天性里有着倔强和敏感，对美的向往，对弟弟的照顾。那件美丽的衣服是慧芬对美好生活的向往，是一个象征物。虽然她以自己本能的生命力超越了一切的伤害，但她的不幸是触目惊心的。慧芬的爸爸在她弟弟出生那年就死了，淘井时卡井里淹死的。她爸爸死了以后，她妈妈脑子就不好了，年年都犯病，犯了病就不着家，一跑出去就不知哪辈子才能回来。不犯病的时候也不会拿针线，烧的饭也难吃，不是烧煳就是半生不熟。她记得她从五六岁就开始为家里人烧火做饭了。除了那个从没娶过亲的独眼叔叔外，她还有个姑姑。她去过姑姑家，姑姑家也很穷。姑夫是个酒鬼，又馋又懒。平日里姑姑也不大到村里来，也就过年过节来村里看看，一来就骂这个骂那个，还动手打她妈妈。败家精败家精，姑姑简直不会说别的话。妈妈好些的时候，她就逼妈妈嫁给独眼叔叔，嫁给那个不要脸的。她只有13岁，却能把家里所有的事情做得很好。小说中写道：

　　　　我要去霍崮看一件衣服，振华商店有一件非常非常漂亮的衣服！她止不住格格笑了。弟弟，她声音温柔起来。弟弟，你知道那件衣服有多好看吗？这儿，这儿，全是花边。领口这儿有两条带子，绸子的，摸的时候一定要小心着。我打眼一瞧就知道，绸子又光滑又软和。我还没穿过那么好看的衣服。等我有了钱，我一定先把那件衣服买下来。……

　　　　　　　　　　　　　　　　　　——王方晨《美丽慧芬》

　　慧芬比任何时候都更迫切地想看到那件新衣服。从她第一次见到它，就打心眼里喜欢上了。它悬挂在振华商店的货架上，悬挂在最高的位置上，没有一个人够得到它，振华商店的老板娘拿钩子也够不到，可她只是刚刚踏进商店的门槛，它就好像主动脱离了货架，长了翅膀一样，荡悠悠地朝她飘落下来。那时候，她就告诉自己，这件衣服是我的，我的……多么好看的衣服！那种漂亮的花边，光滑的丝绸带子，生生让人爱死了。哎呀，她不能再耽搁了，新衣服也等不及了！她再不来到新衣服跟前，新衣服就会伤心地飘落在地，一准任人践踏。可是等到慧芬再去霍崮，商店里那件美丽的新衣服卖掉了，不见了，慧芬心中的寄托、希望和念想也没有了，这一细节在小说中隐喻了美的毁灭。

中篇小说《柳柳谣》是红杏庄系列之一。在嫁到红杏庄之前，柳柳就盼着自己能尽快地嫁出去。婚事是仓促的，虽然没人逼她，没人逼她非得嫁给米米不可，但她仍旧感到一天也拖不得。每拖一天都会给她增加一份耻辱。因为她爱着的人不要她了，人家考上大学才半年，就从省城的大学里写来一封信，信上一遍遍恳求她忘记自己。不说分手，却说请她把自己忘记，让她感到尤为可恨。她想都没想，如果她不嫁给米米，还可以嫁给比米米更强的。柳柳嫁到红杏庄那年才19岁。证也没领，就被米米娶过来。红杏庄是个只有十几户人家的小村子，村里有人娶亲，就好比家家都跟着过了一回节日。柳柳将院门一闭，就是给这节日打上了句号。小说写到柳柳在杏林里遇见了蝈蝈，在新婚第二天，和蝈蝈在羊儿洼有了第一次。从此以后她认定，蝈蝈才是自己的男人。虽然柳柳对米米很好，又特别勤快，下地干活，赶集卖菜，种菜养花，日子越过越好。可是她的心里依然很苦。唯有和蝈蝈在一起时，她才会觉得自己是活着的。那一段对羊儿洼的描写，算是人物内心世界的外化了。那么爱干净那么漂亮的柳柳，和那么干涸脏乱带着邪气的羊儿洼，真的是巨大的反差，而这反差刚好是人物内心世界的直观映现，干渴、焦灼，带着隐约的破坏欲。

羊儿洼干干的，弥漫着腐草的气息，却像盛满了银色的水，柳柳身上霎时被浸透了。芦芽黄短，顶着她的脚掌，像在地下喊她躲开，声嘶力竭的。她连三齿叉也不想要了，抬腿想跑。可是她看到了蝈蝈。刚才她竟然没有看到，但他就在那里，高高站着，像在那里等候多时。迎着团团日光看他,他就像是乘着太阳车从东方来的,太阳车还在隆隆地响。

——王方晨《柳柳谣》

显然,小说中的柳柳是个过日子的好手。她从野地回到家,一刻也没闲着。做饭,扫院子,整理东西,还弄出些破衣烂衫,堆院子里一把火烧个精光。为了婚礼,家里预先收拾过,但经了柳柳的手,就另是一副样子,溜光水滑的。而且,柳柳对生活有着明确的打算。当初她通过媒人向米米家提了两个条件:一是分家再结婚,二是必有三间红砖到顶的瓦房。第二个条件看似不重要,哪家结婚娶媳妇不得先给口屋住着?其实很重要,依米米的爹娘,是先从老屋分出两间来给小夫妻住的,理由是这家业早晚也都得传给米米。柳柳坚决不答应,既然要过日子了,那就得有个过日子的样子。没口屋,没口锅,怎么过?后来,柳柳流产了。直到有一天,米米终于意识到,柳柳的魂儿不在这里。后来米米学会了卖菜,学会了走街串巷,和中老年妇女、年轻的小媳妇做买卖,得到了一定的心理平衡。等到大麦告诉柳柳,塔镇派出所把电话打到了她的家里,米米因为嫖娼被捉了现行,柳柳把米米从派出所领回来后,就不肯再回红杏庄了。她一边哭一边说:

现世现报,我可是没脸回去了,要回你自己回吧。你也甭跟我过了,只给我留下一杆秤就可以。那点家底子也够你再娶门亲,以后再找就找那脾气好的本分女子,能给你生养的。我在镇子里租间房,自己卖菜养活自己,不用你担心。就是只能挣碗饭吃,也强似成年累月在那野地里出苦力。我可是出够了!

——王方晨《柳柳谣》

两个人就在塔镇卖菜。日子过得风平浪静,后来蝈蝈出现了,柳柳依然无法克制自己内心的渴望。小说把一个乡下女子对爱的期待,对生活的无奈,对命运的反抗,写得一波三折。

《走失者》也是红杏庄系列小说之一,红杏庄与《美丽的慧芬》中的霍崮相比,更像个纯粹的乡村,霍崮是个大村庄,几乎就是一座城镇,跟莱河边上的塔镇不差上下。这里有照相馆，有饭店、车马店、成衣店，重要的是还有好几家商店。而红杏庄是个只有十几户人家的小村子。蝈蝈和大麦的儿子小志去镇政府上班，在食堂给人打下手。好歹也是镇上的人了。米米每次去塔镇卖菜，总会去看看小志，给小志捎东西，五花八门。捎过衬衫袜子，捎过鞋垫裤衩枕头肚兜，还捎过一次葱花油饼。也和厨师桂桂说说话。到食堂院子，有两条路，一是从镇政府大门进去，一是走那扇离镇政府大门百十来步的绿漆小门。大门并不禁止通行，但米米常走小门。米米要去食堂院子，瞬息之间，就成了一个影子。他轻飘飘的，悄无声息，在门口一闪，就消失了。他会很突然地出现在小志跟前，但并不让小志受惊，仿佛他一直就伴随在小志左右，像一团柳絮，在食堂院子里无声飘荡。写到小志，则是：坐在窗下，斜视着映在窗玻璃上的影子，摸摸自己的头皮，摸摸脸颊，摸摸嘴唇。他的胡子还很短，很软，也不黑，或许算不上胡子。他从窗玻璃上，看到了自己冷冷的、像是隐藏在黑暗里的笑容。在窗玻璃上，他就不完全是现在这个年纪上的小志了，只有明净的额头不变。那是一个真正的大人。

　　小志到镇上以后变了很多，和小白楼的七七相好，米米听到了各种传闻："小白楼的女人不会超过二十五岁，这是规矩。小志跑去玩了七七，小志那天去七七那里拿食盒子，顺便就把七七玩了。这倒也没什么。小白楼女人本来就是让人玩的。我没钱，又不能白玩。我要有钱我也去。小志玩了七七，我给他保密到现在。可是，梅梅勾引小志，我还要保密下去吗？实话告诉你，在我心里，梅梅等于老娘们儿。她都三十多岁了，没生过孩子也是老娘们儿！这老娘们儿在镇政府千人上万人跨，她就要对小志下手了！米米，你回红杏庄，让他爹娘把小志叫回去吧。"米米替风流的蝈蝈保密，后来又替变了的小志保密，他都不觉得自己是一个拥有秘密的人。再后来，红杏庄的很多秘密，需要他保守，他甚至都不想再到镇上去。他身在红杏庄，心早飞了出去。心飞出去了，他也能不让柳柳知道。红杏庄没一个人知道。不管从哪个角度看，他都像是一个乡村的守望者。事实却是，他的心飞到了塔镇的上空，俯瞰塔镇的一切。那些街道、楼宇、商铺、酒店、发廊，以及无数的人物，都在他的眼皮子底下。倒是大麦和米米的感慨道出了村庄的一个无需保密的现实:"村子里再好,也留不住你们这些男人哩。反正你们都要走的,那就都走吧。"米米说:"走了也是要回来的嘛。""外头有好东西等着你们,"彭大麦平心静气地说:"庄上的黄土草木能留住你们就出奇了。"这种出走,然后走失,在喧嚣浮躁的时代里,失去自我,失去方向,迷失和困惑,自我放弃和自甘堕落,成为当代乡土中国锋利而又痛苦的真实写照。

三 国民性的深度批判

说到国民性,仍旧离不开文化,五四时期鲁迅等人的传统文化批判,其着眼点和落脚点之一就是国民性批判。吃人的历史,吃人的筵席;做稳了奴隶的时代,想做奴隶而不可得的时代;争你们个人的自由,便是为国家争自由,争自己的人格,便是为国家争人格,自由平等的国家不是一群奴才建造得起来的……这些表述的核心就是鲁迅的立人。立人的根本就是改造国民性。胡适留给我们的思想财富之一即考察世界的眼光和解决问题的方法。回到当代文化体系建构,无论是林毓生之传统文化的"创造性转换",还是李泽厚的"转换性创造","转"都是必要的。我们一方面要认识到,文化具有强烈的历史延续性,[①] 另一方面也要认识到,文化不代表一种统一的特性,文化也不是静止不变的。[②] 文化自身的社会化过程是一种客观现实,但是,究竟如何进行文化的社会化却是一个非常复杂的问题。林毓生的立足点还在传统文化,只是换上了时代的新衣;李泽厚的立足点是现代中国,是旧瓶装上新酒。那么,儒家文化去除了其中的政治思想,保留其伦理思想,是否就可以实现这个转换了呢?在民间社会保留稳定健康的伦理追求,肯定是必要的,不过,没有现代公民的自我管理和参与社会管理的公共理性,仅凭伦理理想就能维系民间社会的正常和有效运转吗?显然不能,所以说,自由伦理与公共理性是相互依存的,或者说是民间文化理想的一体两面。近十年来的新左翼、新自由主义和文化保守主义三种力量的博

[①] 李建民:《日本战略文化与"普通国家化"问题研究》,人民出版社2015年版,第20页。
[②] 同上书,第57页。

弈，有太多脱离中国社会现实的表面文章，各自的利益之争大过了对理想社会建构之路的理性探寻，具体可操作的意见也很鲜见，虽然各自持不同立场的学者似乎都以自己的方式影响着国家的决策。当然，在文化层面，西化和传统化仍旧是两个各自为政的阵营。无论是文化激进主义，还是文化保守主义，都不能一劳永逸地解决我们所面临的问题。文化保守主义意欲何为？不转换肯定没出路，这基本上是共识了，那么，文化保守主义立场的有效性何在？其目标应该是思考人如何从机器、政治和物性中解放出来，获得自性。每种文化都有其自性特征，文化守成主义者大体是站在本民族文化的根性上去审视历史和现实的，对心性儒学和价值理性更为看重。就爱人与爱己而言，西方文化主张博爱，基督教人爱人如己，爱是向外的，相当于万圣节的糖果和圣诞节的礼物，上帝之爱理性恒定且具有超越性。中国传统文化的爱是宗法血缘社会的亲缘之爱，或者恩爱，是向内的，是关系网结的爱，环环相扣，血缘亲缘之外，基本是利益驱使利害相关，因而常因形势变换和环境因素而改变个人的情感立场。所以儒家讲修身，是成圣成德之哲学。这应该就是文化保守主义者的基本立足点，不在于社会发展的步伐，而在于人的文化自觉。

"思想产生思想"和"生活产生思想"并重这一理念，是对文化社会化过程的有力支持。[①]"文化大革命"结束以后，中国文学结束了一体化的文学时代而走向了多元发展，作家的文化立场与价值取向迅速分化，小说的叙事艺术产生了革命性变化。考察中国当代文学的发展，必然要看到中国作家的文化伦理立场与叙事艺术间的复杂纠结联系，即作家的不同文化伦理立场如何决定了他们的不同审美选择与叙事艺术，其叙事艺术又以何种方式并在多大程度上影响了其文化立场的表达。作为当下中国文学的重要现象，信仰虚无、思想肤浅，以及自恋情结的膨胀，游戏精神的泛滥，成为许多作家创作的瓶颈。独立性、思想性以及文化深度和崇高感在作家心目中日益坍塌，文学的想象空间愈加逼仄，文学面临着创造力匮乏的危机。作家身处社会变迁的历史过程中，对时代和生

---

① 李建民：《日本战略文化与"普通国家化"问题研究》，人民出版社 2015 年版，第 78 页。

活形态，对家国和个体处境，都有着自己的观察、思考，乃至痛切的体验。文学创作不可能完全绕开或者回避这一切。在这一背景下审视王方晨的小说创作，不难发现，他对当代乡村的认知和判断是建立在反思和批判基础上的。

《乡村案件》中七上村的鱼王，在塔镇颇负盛名。但凡在塔镇有些头脸的都吃过村长老万送来的鱼，这鱼就出自鱼王的鱼塘。在塔镇25个行政村的25个村长中，老万又有一个"送鱼村长"的雅号。最初鱼王却只叫高全海。工作组组长强暴了他媳妇，他媳妇跳河死了。从此高全海就变了一个人，整天不声不响。老万跟他从小要好，见他变成这样，觉得对不起他。当时，他即使在窗外咳嗽一声，工作组组长也不一定会得逞。谨慎不安地接触过高全海几次，见他并未对自己记恨，就从容多了。高全海包了鱼塘，养出的鱼没谁敢吃，他勇为天下先，也有表示歉疚的成分。时间一久，大家都把往事淡忘了，连鱼王为什么偏要在7月15日起鱼也都说不清楚了。

  鱼王，你知道了，我说这事你心里也不好受。但既然你想让我也跟着不好受，那我告诉你，我心里从来就没有不安。我为什么要不安呢？公狗母狗的事儿，真真假假，我怎么能知道？鱼王，你逼不死我。你让我厌烦起来，我也有办法的。我是七上村村长，村里的人、地，一草一木，都归我管。那时候，我随时都能把鱼塘收回村里！

  你看出我的真心了吗？咱商量一下，我不再提那件事了，让我们回到从前的样子。我没别的要求，不过是来搞条鱼，你只管包鱼塘。这个村长我还能再干十几年，不到把小杰培养成合格村长的那一天，我不会退的。你可以放心包一辈子。鱼王，现在我可是把话挑明了，你不同意，我没办法。你要同意，就请把这碗酒喝了。

——王方晨《乡村案件》

这两段对话让我们看到了一个村长在乡村社会生活中的位置。鱼王最后选择了打死村长，给死去多年的媳妇一个交代。肖涛在《冰刀功夫》一文中评价说：王方晨的语言感觉真好。怎么说呢？不怪也不奇，

不炫技也不藻饰，不克制也不率性，比海明威的冰山体更有味道。这味道纯粹是山东风格，是就着煎饼和本地老葱一股劲儿冲出来的，直顶得你鼻子火辣辣的，却又有说不出来的隽永韵味，可谓颊齿生香。当代小说发展至今，逐渐远离了风景描写，岂不知真正的小说家就要来一点雨夹雪的夺目观感，你看王方晨的描述："寒冬腊月，水泼到地上，能'刷'一声冻成晶亮的冰舌头。家家院子里，都有这样的冰舌头。一层层摞起来，高的有半尺。"这不就是俺们家的冬天嘛。它完全是照着童年记忆的画面场景给原样不变地搬过来的，却没有一点儿赘述，肃杀极了，妙趣横生，境界浑出。如果你觉得我夸张了，那么你再看这一段："鱼塘很小，也就一亩见方，被枯黄的土岸挤压着，像是要从地里浮出来似的。鱼塘东、南两边是沙果林，北边是麦地，一座两间的茅草屋筑在南边，给人一种阴暗的感觉。鱼塘里冰很厚，闪着灰白的光，靠南的边上有几处凿冰的痕迹，七八片大鱼鳞散落在周围，像几枚纽扣。"这简直就是一幅用细钢笔速写而成的取景，不由使你联想到宋元人的寒山瘦水图。我喜欢王方晨的这种描述，既能酿造出一种叙事的氛围，又让人感觉到某种逼人的杀气。小说就在这种被精心调适好的语境中展开了一场案件的追溯。……这就是王方晨小说叙事的魅力，我称之为冰刀体。这种文体实在找不到别的语言来描述，因为它来自于我作为读者的性情所至，也可以说是夫子自道。因此，冰刀体也只能限于本文，而不关联其他。冰刀体的叙述笔致就在上述我的品味中游刃有余地对着冰层来完成对烤鱼片的咀嚼享受，并饱含着潮汐样的形式意味。村长老万的死不过是一个叙事因子，抑或是契机或玄机，而这个玄机本身就属于第一层冰块。他到底死在哪里并不重要，重要的在于不断回旋地讲述他到底死在何处，也就是叙述人拿着冰刀掀开冰块引领我们找到他的尸骸，结果这冰块翻开随即又被不断地冻住，并形成新的冰层套装。我们（叙述人和读者）越是用力，越是人多劲足，越是相互参与的讯息杂糅混响，原来覆盖老万的那一层冰只能结得越厚、越多、越结实，千年难融。这也如同他对老高媳妇被凌辱场景 20 年的不断讲述一样。每讲述一次，老万看似获得了鱼（欲），其实也是死了一回。死了 20 年的一个灵魂，你可以想见他的身体躯壳应当如同圈圈年轮或者厚厚龟壳、密密蛇皮一样。王方晨的这篇小说叙事的力度压得非常稳，非常悠游，非常有耐心，手艺活做得也极其出色漂亮。读之，真有武林高手能以冰刀或竹叶来斩获你视觉的那份魅力。①

四　乡土中国的现代传奇

王方晨的批判是犀利的，他严肃、端正、冷峻，刺探时代疲惫的神经，击打日渐麻木的生活，对乡村世界的一切惰性，包括思想的、制度的、精神世界的、日常生活的，都毫不留情地加以批判，并且以寓言的方式，超越了乡土小说的初衷，给出了崭新的思想维度和思想空间。塔镇之外的塔镇，可以覆盖整个乡土中国漫长的历史，王方晨把历史装置在虚拟的塔镇之内，在时间空间化的同时，唤醒时间自身的痛感。

小说《喂，上树！》刊于《芙蓉》2011年第6期，也是一篇引起大家关注的小说。王方晨小说有种独特的味道。比如《猫样年华》对历史、现实和生存本质的抵达，荒诞的外形，沉重的思考，是具有穿透力的。这篇《喂，上树！》同样是一种有关存在的寓言化表达。一场大水，老婆婆失去了儿子儿媳，意外地救起一个小婴儿，还有大水冲上岸边的陌生男人刀疤，组成了一个临时家庭。"这家人住在水边。涨水之际，他们的家像个小岛。"小男孩慢慢长大，不愿意和人生活在一起，只喜欢待在树上。后来，小学孟校长劝说老婆婆和刀疤送孩子上学，小男孩逃学去了塔镇，结识了那些混混，性情有所改变，但仍然独来独往，最终死在红毛枪下。老婆婆和刀疤在众人善意的谎言里继续踏上寻找孩子的漫漫旅途。人生中何处有诺亚方舟？三个人组成的家，是个爱的独立空间，陌生人的爱是一种带有超越性的理想。当真是"若夫桃花水发，鱼苗风生，请看鱼郎归棹，别是一番行径矣"。生存肯定是第一位的，然而从来不是目标和标准，在众人眼光之外，篱笆墙内，命运的孤岛，世外的桃源，生活以何种信念得以悄然滑过光阴的羽翼？

我们自觉自愿地选择站在时代的泥淖中，经历过太多的世界与心灵的残缺，注定要成为一种生活的牺牲品。剔除了善恶对立的二元观，如何对活着有更冷静的认知，更切近的观察和更深刻的体认？王方晨的笔触越过

---

① 肖涛：《冰刀功夫》，《文艺报》2009年12月24日。

生活的表象，追问最本质的那一面。我们怎样面对自己？就像那个一直呆在树上的孩子，他是被动的逃避，还是主动的放弃？公共视野和私人生活就像一对怨偶，彼此纠缠，又相互敌视，相对于正常的世俗生活，树上的人生无疑是一个异己的世界。我们一面对超越现实怀有永恒的乡愁，一面又忍不住沉湎于庸常的岁月。在一种强大的制度里面，选择自己喜欢的方式，打破禁锢，践诺自由，很难。大多时候终究是迷茫的，生活没有方向，只是不断地滑行的状态。树上的生活是远离人群的，而且有一点儿俯瞰人间的幻觉，小男孩没有父母，不免带着孤儿心态，连青春都没有，其实置身的是虚拟的空间，另类的体验，包括与小女孩花金的性命相投，与丹春的遥遥相望，与刀疤和红毛的奋力追逐，还有后来的暴力模仿……令同情者经受了此起彼伏的精神折磨，留在死亡背后的是巨大的道德痛苦，仿佛一并的我们都跌入了带着罪感的生活深渊。

《喂，上树！》描绘了一个本真世界的毁灭，但不绝望。面对幽深的不见底的生活，理想社会本身很荒谬吗？自由真的只是一个梦想？那个一路向西的孩子，他的灵魂走上了为我们求取经卷的漫漫苦旅？西方，不是资本主义，不是极乐世界，也不是梦想天堂，或许只是作者的一个文化指向，一种心灵的救赎，一种信仰的重建。

那个孩子是人类的童年时代。是未知的希望，还是新世界的破灭？他的自由自在、无忧无虑，他对学校和人群的逃避，他奔跑，偷东西，袭击无辜的路人，这个孩子带给我们道德认知的困难。他的灵魂的双翼，一为现实，一为想象。设若将其看成有关存在的一个隐喻或者象征，摆脱集体主义的诱惑，个人主义的理想自由状态，最终被一枪击中，成为他人暴力的牺牲品。生活悲剧的替代者被投掷到残酷的玩笑里，在这出历史剧中，我们谁扮演了屈原，谁扮演了楚怀王？每个人都认为自己是生活的受害者。小说以寓言的方式完成了历史的修辞学，作为生活的污点证人，我们不得不承认清洁的精神不在，笔直的信仰一再拐弯，面对自由乌托邦的诱惑，我们不仅要接受道德的失败，还要接受个人主义的失败，甚至终极的仍旧是人道主义的失败。张熙若先生说过："中国数千年来的社会中是只有团体，没有个人的。一个人只是家族的一分子而不是一个个人，只是构成社会的一个无关重要的单位而不是一个有独立存在的个人。他的生命，他的思想，他的行为，他的价

值,都是拿团体做规矩做标准。离开团体,他就没有意义。离开团体,他就不存在。拿现代眼光看,这样一个人自然是一个不发展的人。不发展的人所造成的社会自然也是不发展的社会。"一个不自由、不独立、不健全的人,如何建设自由、独立和健全的社会?其实还是胡适和鲁迅的观点,人立而后凡事举。

贾植芳的两段话同样给我留下了深刻印象:"因为生命就是不断发现和重新认识的过程,世事变幻,人生沧桑,每一天都有可能发生意想不到的事物和情况,生命只有充分沉淀在生活的漩涡当中,不断催发新生,扬弃衰亡,才会有更大的收获。""有人说,中国现代知识分子都是些理想主义者与浪漫主义者,他们在生活中所上演的各式悲剧里,实际上正饱含着积极的历史性因素,正如马克思所说:历史的最后一个阶段是喜剧。"或许,我在《猫样年华》和《喂,上树!》中都读到了这种历史与生活的潜在表达。

忽然想起瞿秋白的《多余的话》。那样的生命悲情,让我一再黯然神伤。这篇文字给瞿秋白带来了聚讼纷纭的身后罪名,也为我们还原了一个真实完整的秋白。他的人格操守、人生梦想、内心履历,原本就不是壮烈辉煌,他消沉灰暗的悲剧情怀里,是对历史和生活的深刻质疑,包括为之献身的事业是否值得。他对历史对自己负责,死亡固不可怕,痛苦地自剖又有何难,深刻的怀疑里,是政治上的一地死灰。残酷的斗争,没有磨灭他心中温暖的微火,他不肯熄灭,也不肯借历史之手点亮生命的幽深隧道,就那样把真实的灵魂敞开给我们。这个罗亭式的多余的人,多余的话,对于他所面对的现实,他所属的政党,确乎是多余的了,而对于历史,对于秋白个人,却是一生中最真诚的一次内心剖白。饿乡的纪程,赤都的心史,那漫长的历程,那沉重的心狱,如何直面?又如何能一直逃避?狱中那些漫长的午后和深夜,秋白有大把的时间作为镜子,一面反观来时路,一面不断接近生命的终点,直至迫近最真实的自我。

第四章　世相人心的雕刻者

　　我们面对的到底是一个什么样的时代，祛除意识形态的影响和生存的幻觉，摆脱伪激进的革命观点，抓住现实的阴影，历史的尾巴，没有藏好的恶。作家如何站在历史与时代的转折点上，成为雕刻时光的大师，成为人生的解密者，这里面，既涉及作家的文化立场，也涉及作家的艺术审美境界。思考是思想形成的过程，思想是行动的初衷，乡村问题可能不仅是社会学家和文化学者感兴趣的，所有关注现实问题的人们都会思考当代中国所走过的道路和面临的问题，以及向何处去。这既是一个宏大的命题，也与每个人的日常生活息息相关。文学作为公共生活一个敞开的部分，承受的压力很大，同时能够抵达的时代隐秘的道路也很多。反思是一种更为理性的姿态，往往以历史学家最具有这种自觉，文学对面前的时代有着巨大的热情，然而并不确信可以一边有着俯视时代的思想高度，一边还可以认真地拥抱现实生活，所以，多半是沉溺其中，被不可抗拒的潮流裹挟而下。王方晨是清醒的，他的对抗姿态并不算最暴烈，却有着持久的韧性，那些模糊不清的时代暗影和幽灵，都被他揭了画皮，他爱着最本质的美和生活，却对丑和恶有着极端的敏感；他比常人更敏锐地感知生活和时代，尽管他的思想同样不乏乌托邦色彩，不是彼岸的向往，而是理想国的内在审美冲动。这种美学表达具有当代性，也具有超越性，在既有的时代秩序里发现裂隙，沿着精神探索的长途，重构文化和精神的现代性。在这个思想混乱的时代，很多人都急着开药方，可是有多少人看到问题的本质了呢？知识分子或者一个写作者，他的力量由何而来？所以，我们看到了王方晨整体上的寓言式批判，在细节处，我们看到了他作为艺术与生活的雕刻大师的功力。

一　执着于国民性和人性开掘

　　王方晨小说表现的基本上都是日常生活。表面看就是乡村世界的家长里短，有乡邻之间的鸡毛蒜皮，有百姓和村官的你来我往，有普通庄户人家的鸡鸣狗盗。不过，真的细心去读，会觉得有一种潜在的东西，很锋利，也很沉重，让人坐卧不宁，作家试图拷问什么呢？

　　王方晨喜欢灵异的感觉，《榆树灵》《人·土·灵》《巨大灵》很像一个系列，出走、回归，还是出走。那么，他追问的、寻找的、守望的、含着深情的泪爱着的，到底是什么呢？《巨大灵》写到了村委会改选，村民纷纷进城打工，以及村民集体上访乃至县里截访等事件，都是社会热点问题。小说沿着青年农民李保宁魂归故里和村长李保树在村里的活动这两条线索交替地推进故事。乡村是萧条颓败的，生活是怠惰无奈的。一个被全体村民背弃的村庄，巨大的阴影，不断的死亡和不肯离去的那个唯一。李保宁是一个追梦的人。他的飞机和金富贵的风筝都隐喻了飞翔的渴求，逃离，然而还是要回到地面。小说沿着很长的历史线索，展开的是追忆，是虚构，是象征主义的全部人生可能。正月十七要空村，空七日，谁在村子里谁家遭灾。七天时间，村子里只有村长李保树一个人。七天时间，却像七个月，七年，七百年。在这里，村子作为生存的空间，被时间无情地割裂分解，李保树听到"呜呜"的声音，仿佛大风刮过，其实是他内心的哭泣。李保宁是一个与众不同的人，有点"疯疯癫癫"，喜欢异想天开。他曾竞选村长，因为自己只是初中毕业而比不过"高中加强班"出身的现任村长、本族堂兄李保树。他追求爱情，妻子却离他而去。他一生的梦想是要制造一架飞机，像鸟儿一样自由飞翔，失败后他仍离乡出走，来到北京，仍然想实行自己的理想，但在去北京机场的路上，却被人骗到更远的地方，沦为某矿场奴隶式的黑工，受到非人的折磨和虐待。直到他死去，他的尸体被同村伙伴高全生背着回来，从16岁开始尝试造飞机的李保宁终于死在了远方。远方，意味着梦想，死亡却给梦想画上了永远的休止符。高全生背着死去的李保宁回乡，这个死在异乡的人，他的亡灵如何才能真正回乡？小说写出了我们对家园的背弃，以及灵魂无处安放的巨大的荒芜和悲凉。这不是

一部简单地描写农民工的底层小说，小说中不仅有理性的思考、人道的悲悯、黑暗的控诉，更有对于生命理想的独到理解。对于生存方式、生存状态和生存价值的思考，带给我们巨大的灵魂回响。一个理想主义者，注定会在残酷的现实面前惨败，李保宁死在异乡，他的亡灵走在回乡的路上，但这个曾经背弃他，又让他背弃的残破凄凉的故乡，如何安放这长着翅膀的亡灵？

对这篇小说，房伟和张丽军都有精彩解读。房伟认为：王方晨的小说创作，一直有着迷人的叙事魅力，那种对寻常人性的深度反思和理性宽容，对美好人性的坚守，以及对汉语智慧的迷恋和雕刻，在当代作家中是非常少见的。他仿佛一个有着清澈眸子，对世界充满了好奇心的孩童，敏感而真诚地观察着大地上所有悲欢离合的故事。他让那些苦难具有了悲悯的诗意，让那些沉重具有了轻逸的品质。从早期的《王树的大叫》《与悬铃木斗争到底》《兔子回来了》到这几年的《农事芬芳》《去往约塞米蒂》，他作品中独特的轻逸品质也愈发明显了。中篇小说《巨大灵》无疑是这一阶段王方晨小说最优秀的作品。它的出现，不仅对于当代小说有着积极的意义，而且对于王方晨的小说本身，也有着重要的突破作用。小说中，农村的破败、残酷的原始积累和现代化的转型，都化为一个巨大的时代背景，并没有让作品呈现出传统的批判现实主义的高高在上的启蒙笔法，而是用一种限制性的第一人称视角，将农村"幻想家"李保宁充满激情而又悲剧的一生流淌在笔端。那些生者和死者的对话，那些知识考古学般对乡村地理的细节再现，使小说有着一种迷人的叙事魔力。《巨大灵》的语言是轻逸的，故事结构也是轻逸的，王方晨以其跳脱、包容的笔触，将口语的原生态、诗性语言的飞扬、民间语言的野性与自由，进行了细致缜密的缝合，好似一块华美的挂毯，看似随心所欲，其实别具匠心，从而使小说既具有了现实的悲悯意识，又能脱羽而出，从一个更为文学化的角度，进行深刻的思考。[①]

张丽军谈到《巨大灵》时说，这的确不是一部简单地描写农民工的小说，不仅有理性的思考、人道的悲悯、黑暗的控诉，更有对于生命理想的独到理解。王方晨的目标已经不是一般农民工简单的生存问题，而

[①] 房伟：《现实之重与想象之轻》，《文艺报》2010年9月3日。

是生命价值问题，即用自己的激情和创造力为死水一般的生活带来新的激情，建立一个全新的"自我"。小说中，农村的破败、残酷的原始积累，都化作了一个宏大的时代背景，内化到小说的精神空间里去了。作者有一种迷人的叙事魔力，让人们阅读时在沉重中有一种轻逸，轻逸中又感到无比的沉重。的确，正如房伟所说，正是这种轻逸和沉重透出文学的巨大魅力甚或是魔力。它虽没被国内任何一家文学选刊或选本选载，但我注意到有关的一些评论还是相当中肯的。①

《鱼哭了水知道》这篇小说，还是写的底层的不幸。王方晨没有简单地写底层人的痛苦，而是把不幸和退缩、怯懦、疼痛，还有隐约的庆幸，自我安慰般地纠结在一起，写出了底层人无奈的处境，以及隐忍和软弱。本来巧玲可以留在村里，却偏要跟未婚夫梢子出来打工，说要亲手给自己挣份嫁妆。小说的焦点是梢子眼睁睁地看着巧玲被奸污。在一次去梢子住处的时候，两个人在屋子里说话，来了几个流氓，轮奸了巧玲。梢子被推出屋子，在门外无能为力。已经过去一个多小时，屋里的强暴还在继续。奇怪的是，梢子并不觉得时间有多难挨。梢子趴到窗口上往屋子里窥视过两次。第一次只看到转转的后背。第二次只看到皮扣朝他斜一眼。两次都没看到巧玲。他还试图跑到屋子后面，却发现根本没有通往屋后的道路。他跑回来，在隔壁的屋门前停下脚步。他在这里租住了快7个月，还从没见过左邻亮灯，也不知道左邻住的是什么人。窗帘拉得严严的。转转跟他同在宏运公司，皮扣的叔就是这排出租屋的主人老曹。屋子里一直没有巧玲的动静。他从屋子里退出去的时候，巧玲瞪大眼睛直直地看着他，似乎也没什么表示，但那种空茫的眼神让他想起来就觉得一阵头晕。接下来是派出所调查。警察孟钢因为愤怒于梢子的胆怯不知反抗而暴打梢子：

> 孟钢还没下车就抬腿将梢子踹了，梢子猝不及防，呻唤一声，跌倒在地。孟钢顺手把山地车一丢，嘴里依旧骂骂咧咧的："妈拉个巴子，你把我气死了！把二大爷给活活给气死了你他妈抵不抵命！"又连连踹了几脚。

---

① 《灵魂看见或听见：王方晨的新乡土叙事》，王方晨新浪博客。

孟钢说:"你怕挨揍对不对?你惹不起地头蛇是吧?那就跟他们拼啊!看谁心虚?你为什么不跟他们拼?你打不过他们,那就出去叫人!你是不是觉得女朋友被轮奸不算回事?你可够开放的!你特殊材料做的?我来问你,你爱惜她吗?我看你是只爱惜自己!你个老神仙,我不知道骂你什么好了。你他妈的,你这就该撞墙死去!二大爷眼看着你去死!你说话,快说话,你装死是不是?妈的,你老神仙,你特殊材料,你想死都死不了!"

——王方晨《鱼哭了水知道》

警察的暴力是出于对那些流氓暴力的愤怒,面对软弱的梢子,他的暴力并没有激发梢子的血性。那种说不出的痛,被身体的痛暂时覆盖了。冷漠残忍的现实生活,自我安慰的人生,还有老曹对玛丽的驱赶,梢子保护了玛丽,算是有所触动,或者反抗。房伟高度评价这篇小说:《鱼哭了水知道》是一篇挖掘人性至深,又有着生命的温度和力量的小说。在这篇小说中,不乏优秀中篇小说所具备的必要品质,例如,人物性格和情节之间的张力,诗意想象力的轻逸,穿云裂石般揭示人性的力度,以及看似漫不经心却处处匠心独运的细节。作家对人性复杂性的认识非常深刻而精准,更为难得的是,作家对此抱有一种同情和悲悯的态度,并能够从中找到人性的力量。小说写了两个生活在底层的打工族男女。这篇小说更像是一篇关于"软弱"的小说。梢子目睹了女友巧玲被三个坏男人强暴,却没能挺身而出。他的这种"软弱"的行为,使得他背上了沉重的心理负担。类似的题材在具体处理上,常会流于概念化和哲理化,或一味追求所谓的底层味道。然而,王方晨炉火纯青的语言功力,却十分巧妙地处理了这个问题。他通过细腻准确的人物心理把握,诗意而灵透的语言,优美的意象,给那些沉重的现实插上了想象的翅膀和自由的勇气,自由地飞翔在文学的天空中。在具体的写法上,小说则浓淡相宜,富于美学想象,该渲染描写的时候,精准无比,该淡化的时候,则云淡风轻、不着痕迹,而浓淡之处,全在于"反常合道"的艺术准则。在情绪激烈之处,如巧玲被强暴之细节,小说偏偏处理得波澜不惊;而在无人的旷野,无声流泪的梢子却令人感到于无声处听惊雷。如小说中常出现"大象"意象。"大象"既是梢子内心虚幻力量的寄托,是

他对快乐的憧憬，对恶势力的恐惧，也是他逐步找到自信和勇气的象征。小说最后写道："大象出现的时刻来临。大象穿越一个世界的风和雨，疾驰而至。轰隆一声，竟是大象的气味响起，随即淋湿了夜晚的每一寸黑暗。"在大象快乐的奔跑中，梢子和巧玲一起找到了内心的光明之所在。①

还有一篇揭示人性复杂性的小说也很有意思。《小人光乐》记述的是王光乐的职场荒诞剧。会场放屁，办公室斗鸟，蓝海压惊宴，树林打兔子，一幅接一幅的荒唐画，真的堪称淋漓尽致惟妙惟肖的当代官场现形记。作者笔法幽默诙谐，叙事轻松随意，那些辛辣的讽刺点到即止，那些人性的漫画线条简洁却回味无穷。小说刀锋犀利地雕刻了当代人精神上的病态，人性中的卑劣，就像一个铁笼子，或者一个黑屋子，监禁着个人的自由意志，鲁迅所说的暂时坐稳了奴隶和想做奴隶而不可得，依然没有任何改观。王方晨的小说无论乡土题材，还是小城题材，对人的关注始终如一。他矢志不渝地以人的命运、处境、性情和隐秘的梦想为骨架，耐心地建构自己的文学王国。

在王方晨笔下，比起那些对生活有反抗意愿却并无多少抵抗能力的孩子，父辈的刻画无疑更加成功（作家们似乎普遍有这个倾向：就如同梁生宝和梁三老汉）。孩子基本上是单面人，是生活的牺牲品，是黑暗世界的孤独游子，孩子身上只有生活重压，并无传统负累。而父辈是复面人，在父辈们身上既隐藏着生活和历史的复杂性，同时更显示出人性的复杂性。王方晨的语言富有浓郁诗性，但他笔下的乡村不是诗意的家园，基本上还是鲁迅先生所说的黑屋子，一屋子不觉醒的大众，还有坐稳了奴隶趾高气扬的村官及其走狗。对年轻人的塑造容易受到自身精神视野的局限，无法给出更立体的视角，抑或还是不期然地看出了内省的不足；而审问父辈就来得比较顺畅，因为这种拷问不是简单地指向成长，而是最终指向了生存和人性本身。如果放在大历史、大时代背景下，放在广阔寂寥的生活整体中，这种审问会显得更加生机盎然。

《生命是一只香油瓶》是《祭奠清水》这个小说集中给我印象最深的两篇之一（还有一篇就是《祭奠清水》）。小说写得很残酷。生命是一只

---

① 《灵魂看见或听见：王方晨的新乡土叙事》，王方晨新浪博客。

香油瓶，那里面曾经装着为了服毒自杀而赊欠的一斤香油。巴碧芬不堪买卖婚姻而服毒自杀。她的死为一场疯狂的"金钱"争夺战拉开了序幕。接着巴碧芬的"尸体"被卖，成就一段荒唐的"鬼婚"。在火葬场，巴碧芬奇迹般地死而复生，是那些赊欠的香油保护了她，生命的廉价让人心惊，在作家笔下，那么美好的生命其实是个负数。于是几乎所有长辈都希望她死，父亲巴相三甚至逼她再次自杀：生命无足轻重，"彩礼"才是关注焦点。巴碧芬看清真相，喊出了"我不想死了"，再度抗争。然而，最悲惨的一幕出现了，她被迫履行亡人之妻的义务。被两个凶悍的女人架着与死人亲嘴，终被逼疯。作者不动声色地撕开了人性恶的面纱，人性的阴冷、残忍和险恶，令人不寒而栗。"生命是一只香油瓶"，行走着的空洞的香油瓶。这个隐喻应该让所有活着的人感到不安。《咱家的月宫》同样在试探人性恶的深渊。父亲凤普是一个阿Q或"陈奂生式"的农民。房子是农民一生的梦想，比生命、人格、亲情、女儿一生幸福都重要。为了保住房子，凤普不惜主动让未出嫁的女儿桃桃陪合同民警乙楞睡觉，结果人财两空。为保住可怜的生存条件，人性很轻易地突破了道德底线，而没有什么挣扎。看这篇小说，令人很自然地想起《阿Q正传》。鲁迅先生批判的国民劣根性丝毫没有改变。那么，我们除了"哀其不幸，怒其不争"外，还能做些什么？作家的启蒙意图很明显，但是没有答案。小说结尾尤其让人悲伤。

《树上的孩子》写备受家庭歧视的小女孩呼儿，因为一场水灾受到外界关注，成为改变家庭命运的仙子，其实是父亲狗狗赚钱的工具。呼儿求水看似神话，其实是大声呼救，和《老牛为什么会哭》中半个人爬上大树遥望大青山异曲同工。一个要喊回奶奶，一个要追随爷爷，都是微薄可怜的一点儿爱的呐喊。《牛为什么会哭》中爷爷、老牛和残疾的孩子被生活和命运放逐相依为命，老牛的善良宽厚是残忍人性的对照，成为被遗弃的爷爷和孩子的神话般的温暖抚慰，这一点尤其令人忍不住悲从中来。父亲的出卖，乡邻的冷漠，外来骗子的残忍，把人性恶推向了极端。最终老牛被杀，孩子爬上大树试图自杀追随爷爷而去。大青山是灵魂的终极家园，却虚无缥缈。小说冷峻凌厉。《正午的气息》中的光棍汉小起儿诱使"我"打破宝贵的一罐猪肉。"我"和雁来一样都是生活的受害者，孩子们的暴力只能在猪身上获得短暂的宣泄，而猪却是雁

来唯一的朋友，那个阴险的小起儿则无疑是权力和生活暴力的象征。从某种意义上说，所有人都是生活的受害者，那么，这种人性恶由何而来？如何获救？土地精灵的出现复原了那罐猪肉（香气扑鼻的猪肉隐喻着对生活的所有美好想象和期待），这是作家内心的善良，不是生存的真相。

《死不了的小虾》中的小虾身份不明，人生晦暗，但是生命力顽强，父亲罗得宝多次下毒手，都没有得逞。战争、饥饿、水灾、谋杀，在顽强的生存本能前没有多少力量。饥饿年代为了一块窝头，罗得宝出卖了老萧的女儿。罗得宝是个较复杂的人物。他的身上有传统，有历史，有挣扎。作家从小虾的童年写到老年，小虾最后也成了父亲，这个人物于是也具有了多面性。《秀色可餐》中的父亲出卖了女儿丰子，谋划换回自己不愁衣食的下半生。结局仍旧是人财两空，自己落得个孤家寡人的结局。而女儿和自己的妻子则有了一个幸福美好的归宿。作家的人性撕裂之手对准父亲，却把温情的目光投向了玉芳、秀蔓、老成的女人和兰香这些母亲形象。《八月之光》同样是一个被侮辱与被损害者的故事。老成的女儿为了钱给她的老板，一个比老成年龄还大的男人生儿子。老成感到无比屈辱愤怒，一心想要拯救女儿，最终却无力改变。经过剧烈的内心挣扎，他最终只能屈从于现实。这是一个老实善良的农民，一个生活在社会底层的弱者，人生充满悲情。他无力抗争，至多是把许明友给他的钱扔到地上。要不回毛寿山欠他的钱，只好自嘲：你不是不给吗？我还不想要了呢！典型的阿Q精神胜利法。

以上几篇都写到了父亲，出卖孩子的父亲（小起儿是个想象中有暴力倾向的父亲，老成是个软弱的父亲，被动地接受了生活的侮辱与伤害）。在王方晨笔下，父性父权是个问题，自杀也是个问题，还有一个与之相关的出逃问题。清水和半个人是以死亡为出口，逃出生命的制约和生活的困扰。而丰子、小雪和眉豆都可以看成是离家出走。其中在精神出逃这一指向上，小雪无疑走得最远，她不仅突破了生存底色，而且践踏了她父母尊奉的传统伦理道德观念，好的生存真的有必要出卖自己才能达成吗？人生真的只有这一条路可以走了吗？作家没有明确的批判，也看不出多少同情，但是那种很锋利的思考，却洞穿了人物命运的一切虚妄。离开大地，被禁闭和隐匿的存在，被悬置的生命体验和绝对

孤独，这是当下歌舞升平的后现代生活不能承受之重。疼痛和人性分裂，是别人眼里的，小雪自身完全没有这种精神困扰，那么，出路在哪里？启蒙的方向在哪里？眉豆在村长的诱惑下，步上了小雪之路，走出乡村，奔向塔镇，那里是灯红酒绿的现代生活，是无数女孩子的梦想之乡，当然，最终必将成为梦想的葬身之地。就像张爱玲回应鲁迅的追问：走，走到哪里去，一声开饭，她们就会从楼上下来的。不觉醒，觉醒了无路可走，明白自己走着什么样的黑暗和荒芜的路，还要义无反顾地走下去，这才是真正的悲剧。

另外两篇《祭奠清水》《黑妮儿飘飘》则是关于寻找的故事。寻找一种自由，一种精神自由。在水上浮动的睡莲和黑妮儿（这个东西究竟是什么，不知道）看起来是同一意象。清水投水，金大筐掘堤，人物的精神质地不同，不过行为的隐喻姿态是一致的，那就是渴望一种突破，一种释放，一种回归。

对于人性的深刻体察，犀利揭破，一向是王方晨所擅长的。《乡村总统》中高夏至的变态，《甘蔗啸》中宝开的无耻，变成植物人的陶婉贞，吃喝嫖赌的马赶，挨打的红翠，饥饿的黑旺；这些人，一群群一队队地走在这个时代不断泛起的泡沫里，那些病态的时代氛围，错位的人生遭际，无望的情感煎熬，都在等待拯救。人性最幽深的地表之下，到底还隐藏着什么？在这个日渐混沌的时代，寻根究底的人生如何经得起一清二白的奢望？我们总是渴望一种穿透性的力量，照亮全部的精神暗区，在病态人生中获得抚慰和支撑，甚至拥有一种神圣的光亮，给人世间以彻底的涤荡。当然，我们也知道，除非虚构，否则人性本质决定了在坚硬的路面必有反弹，在晦暗的夜晚必有深渊。另外一篇《罗斯夫妇的夜宴》也很有意思。小说中的罗斯永远难忘自己的三个不眠之夜。每当回想起这段经历，罗斯都会感到，这形同自戕的行为，仿佛只有一个目的：成就一段婚姻，以将自己埋葬！这年的元旦，两人举行了俭朴的婚礼。罗斯明知自己走进了一个与爱情无关的婚姻，但他还不觉得自己是个例外，因此也并不觉得遗憾。作为电台情感夜谈星桥热线节目主持，纽兰有着双面人生，白天很严肃，夜晚很性感。一个虚幻的人和一种真实的生活，每一个人都在面对艰难的自我。这些小人物无疑就生活在我们身边，抑或就是我们这个时代的缩影和真实写照。

二 基于生命和爱的情感考量

与大多数远离故乡，侨寓于城市的小说家不同，王方晨笔下的乡土叙事很少有"田园牧歌"式的悠闲和冲淡。他以沉重的笔墨，描绘乡土世界的多元性和芜杂性，在现实层面，没有诗意，政治腐败，人性险恶，人伦扭曲，家园衰败，歌舞升平背后是代价巨大的破坏。对于生命和爱，他深藏内心，那些普通人的生死挣扎，在他笔下淋漓尽致，那些灯红酒绿下的丑恶嘴脸，在他笔下现出原形。朴实善良而又麻木自私冷漠，可怜可恨的村民，是他着力刻画的群像。

谁在书写沉默的他者？20世纪80年代末90年代初，翟永明、林白、陈染等女性诗人作家聚焦女性自身，形成影响较大的女性文学思潮。作为后现代主义和社会生活世俗化的表征，身体叙事构成了对宏大叙事的一种反抗。关注女性身体、内心、历史遭遇、现实处境及终极命运，是女性作家的文化自觉。反观男性作家写作，表达鲜明女性主义立场的并不多见，即使表现女性生活，也往往在社会意识形态的导引下，以故事演绎其悲剧人生。这种先验性是经由男性书写指认给女性存在的文化宿命。

王方晨的中篇小说《水袖》(《中国作家》2009年第7期)同样写女性悲剧，以细致笔触展示了转折时代在几位女性人生中的投影，以及各自遭遇的精神和心理创伤。由狂热的政治信仰到疯狂的欲望放纵，中间悬置着一个理想主义的孤岛；由闭塞宁静的乡村至浮华喧嚣的城市，淹没在时代生活背后的女人是沉默受伤的群体。小说围绕石家二姐妹的婚姻家庭铺陈笔墨，以回肠荡气的叙事讲述了自少女时代满怀生活憧憬，到严酷现实面前节节败退的无奈人生。姐姐主动辍学，希望妹妹努力读书。自己欲嫁李铜柱也是为着现实考虑。李国祥条件好且主动，翠莲就嫁了他。婚后生活幸福，对照妹妹的不幸，姐姐产生了负罪感。妹妹秀荷为爱情放弃学业，以绝食抗争嫁给金岁，此后一直在放弃，直至放弃生命。王方晨以一贯的冷峻探问人性的最深处，审视变形的灵魂和绝望的生存境遇。

翠莲承受了更多的道德负累和亲情压力，其实也是始终生活在别

处。年轻时在疯长的庄稼丛中，她觉得"自己不过是一半的活物，长着副绿脸的半人半鬼"。人生原无希望，似乎借助一个近于完美的婚姻获得了拯救。婚后多年再次路遇李铜柱，才算是与自己的青春永别。作为姐姐，对妹妹绝世的挚爱使她不停地走在漂泊他乡的路上，也想过逃避，最后却不得不直面死亡。秀荷是典型的爱情婚姻殉难者。宣称"一辈子只要一个字，爱，得不到，就死给你们看"。少女时代为爱情不顾一切，到金岁在保定木器厂有了别的女人，依旧执迷："等多少年，我都愿意。"最终绝望自杀，是对自己人生道路的清醒而彻底否定。为爱生死，一生围绕着男人画地为牢，这是女性真正的悲剧。玉凤同样是个悲剧人物，生活在最底层，出卖过自己，比姐妹两个更可怜，本想安稳生活，又上当受骗，还要勉力支撑。尽管作为第三者，应该受到更多的道德质疑，作家在小说中并未对其发难，而将批判矛头对准金岁。姚金岁曾是村子里的小能人，承诺给秀荷一生幸福，最终却成了秀荷人生悲剧的制造者。对于身处幽暗中的女性，男性的天空"晴朗得像是一把宽大的磨得雪亮的菜刀"。

波伏娃认为："女人并不是生就的，而宁可说是逐渐形成的。"金岁说："女人，女人，秀荷玉凤，包括你，你们的名字都叫弱者，而我的大名到死还会只叫姚金岁，爹给的名，祖宗给的姓。"无论作家如何表现女性的人生和命运，我们都不难看到性别书写的文化立场。正因为缺乏主体意识和理性自觉，三个女性都生活在对男性的近乎绝望的期待中。"人生最苦痛的是梦醒后无路可走。"（鲁迅《娜拉走后怎样》）这的确是最大的无奈。小说中被给定的女性命运，其实意味着一种文化取向，或者文化心理。翠莲也好，秀荷也好，都是人生的梦游者。在自己的内心里挣扎，突围与救赎的最终却走向了虚无和死亡。或许，这正是女性难以摆脱的历史困境和文化宿命。时代生活的暴力与女性自身的懦弱，不能不引发人们对非人处境及个体局限的思考。

小说题目很有意思。"水袖"既是压迫束缚女性的绳索，又是宣泄悲愤情感的有效方式，象征着女性命运的曲折轨迹。黯淡的岁月里曾经飞扬的人生向往，爱的花朵凋落，空留委顿的长袖散落一地，浮尘顿起，世事如烟，水袖一样的虚渺人生。女性向往自由幸福的愿望最终落入无限虚空。小说中多次提到毛主席像章和金色向日葵。像章是当年亿

万中国人的"图腾",狂热背后的非理性渗透进民族文化精神深层,在社会心理的沙滩上留下忠诚与背叛的空洞形式,映照向日葵灿烂阳光下的隐秘心事,时代烙印与精神伤痕历历如新。家园是个实存,也是个文化象征。秀荷前后经历了三个家:老家(父母的)、县城(一个人的)、保定(别人的),最终无家可归。这个忠于爱的女子走在孤独的人生裂缝里,作为被侮辱被损害的个体,其实并非孤立无援,而是拒绝他人的介入和自救,在爱情幻觉中沉睡,成为被自我幽闭的女性。为爱迷失的女性试图经由男性完成自觉和获救,最后发现置身的是一场噩梦。作家的清醒和冷峻令人震撼。王方晨在《水袖》中深刻展示了女性的生存困境,传统的、时代的、社会生活的、文化意义上的,并给予女性以极大的同情。小说并没有指出女性摆脱困境的道路,女性乏力自救,女性之间的拯救也不可能真正对抗强大的男权社会,男性进退自如,而女性只有不断自我伤害,直到与命运以死相拼。男权话语下的女性,始终隐没在历史的纵深处。如何才能够现身出来确认自我,是小说留下的永恒追问。

还有一篇小说,王方晨把生死放置在一起,突显生命和爱的价值。他喜欢写动物与人的陪伴,一方面,牛啊、羊啊、鱼啊、猫啊,都是人格化的,另一方面,又确乎是作为人类世界的镜像对照存在的。为动物赋予隐喻身份,是作家常用的叙事策略,虽然这些动物的日常性非常丰富,其内在心理世界,以及相互情感关系,对人类来说,仍旧是想象的产物。《牛为什么会哭》讲述的是人与牛之间一段催人泪下的故事。老牛狮心与爷爷、小油豆子相依为命。小油豆子先天残疾,父亲厌弃,只有爷爷疼爱他。爷爷去世后,老牛狮心成了他唯一的温暖和陪伴。后来,因为老牛踢伤了村长的狗,父亲残忍地杀死了牛。方奕是这样评价《牛为什么会哭》这篇小说的:老牛与人的真情以及小油豆子对爷爷的怀念在小说里相互交融,这与父亲的虚伪残忍、弟弟的歧视冷漠构成了极大的反差,浓郁的悲剧氛围也油然而生。王方晨结合写实与超现实主义想象的叙述手法,增强了读者阅读的新鲜感;以疑问句为题目,铺设悬念,新颖独特。与此同时,小说中人性善恶的对比、生命的坚韧与顽强也皆有力透纸背的力量;尤其是文中所暗含的作者的终极思考,也深化了文本的思想内涵与哲学意蕴。[①]

三 超越城乡差异的文化反思

王方晨从宏大的历史文化纵深处，发掘农民日常生存和精神世界的本质，以冷峻的眼光审视正在不断丧失的文化之乡。农民的生存状态和精神状态，始终是新文学关注的焦点。百年中国文学中的农民形象塑造，围绕着生存和文化两个向度进行，与生存相关的是社会革命、阶级翻身、改革和底层；与文化相关的是礼教批判、思想启蒙、文化反思和翻心。农民既是启蒙的对象，又是革命的主体；既是传统文化幽暗的负载者，又是现代社会光明的见证者。"五四"作家笔下的第一代农民形象，以知识分子拯救"老中国儿女们"沉默的灵魂揭开了思想启蒙的序幕。作家执着于对传统文化的吃人本质和礼教因袭的发掘和展示，农民生存关注让位于文化审视，"哀其不幸，怒其不争"渐成普遍的价值认同，批判的冷峻遮蔽了宽厚的同情，这一代农民是旧时代的牺牲品，是作家文化理想的反面对应物，缺乏自身存在的丰富性和自足性。20世纪30年代随着革命大潮推动劳工神圣观念的普及，作家笔下的农民形象逐渐高大，并且饱含革命激情，充满反抗和战斗精神，但是用历史文化眼光透视则不难发现，直至延安文学中的大批浮雕式群像，农民身上沉积千年的小农根性并没有真的消除，文化自觉和精神独立不能不经历特别长期艰苦的裂变过程。新时期随着现实主义的回归，新乡土小说对农民的现实生存关注日渐深入，制度缺失、社会不公、城乡观念冲突成为底层叙事的主要价值立场。对农民的社会身份关注遮蔽了文化身份反思，造成了新的视域缺失。

王方晨的乡土小说以独树一帜的冷峻和深邃，不仅书写当代农民的日常生活和精神困境，而且从不同视角揭示了正在失却的文化之乡。都市文化对乡村文化的压迫，以及乡土文化自身的衰微，民间伦理和人性本质的开掘，拓展了其创作的文化视野和思想深度。穿越现实生存和历史纵深，王方晨的乡土小说创作有两个基本价值指向：乡村政治批判和

[①] 方奕：《评〈牛为什么会哭〉》，王方晨新浪博客。

民间伦理反思。围绕农民的生存挣扎和心灵境遇，把人性的幽暗抽丝剥茧，呈现在物欲时代亮烈的阳光之下，建构起"塔镇"这个生存、精神与文化的围城。在王方晨笔下，农民的命运和生活始终处在两种力量的左右之下，一种是樱桃园式的经济陷阱，一种是塔镇和江草庙村式的政治游戏。这些生活在崭新时代的农民拖着历史的阴影，在晦暗不明的民间社会逶迤前行，尚不具备生存自觉和文化反省的力量。但从历史文化角度看，今天的塔镇与百年前的未庄又有什么不同呢？鲁迅的立人思想和两个时代的论断对于当下的农民生存依然有效，只不过越来越多的作家不愿意追问和揭穿这一点而已。王方晨的乡土小说因此呈现出独异的精神特质和诗学意义。

（一）压抑的现实生存和精神世界

老成（《八月之光》）是老一代农民的典型，忠厚、朴实，有明确的伦理道德观念，独自承担着爱的痛苦，不停地走在讨债和拯救女儿的路上。他想过安静的日子，可是残酷的现实最终逼得他铤而走险。范思德（《麻烦你跟我走一趟》）在多数人趋利避害向强权低头时，不踏石桥和柏油路半步，坚持蹚水过河，溜着墙根走路，始终以对抗的姿态面对各种威逼利诱，最终被派出所民警带走。这是两个不肯轻易投降和就范的典型，不过，他们的结局是失败的，依靠个人的某种信仰无法挽救正在失落的乡村伦理，那些飘在空中的人民币和满大街燃烧的柴草，无疑强化了小说的文化寓言色彩。还有一个特例是金小仙（《樱桃园》），这并不是一个完美的个案，因为她曾经被侮辱，而后被诱骗，最终惨死，这个悲剧更惨烈，坚持一种纯洁的生活立场只能是死路一条，这就是作家告诉我们的真相：这个时代洁身自好没有出路，同流合污为恶势力推波助澜才能活得更好。揭穿这种真相或许不难，难的是作家留给我们的思考：以怎样一种信念去面对这样的世界和生活。

在老成和范思德之外，更多的是凤普（《咱家的月宫》）和巴相三（《生命是一只香油瓶》）、狗狗（《树上的孩子》）这样的农民形象，面对经济和政治力量的双重压迫，出卖自己的良知，亲手毁掉女儿的生活，成为新的经济专制的帮凶。由此，王方晨发掘出乡村社会的真相和本质。那就是，虽然过去了一百年，但是生活在传统阴影里的农民，比起

鲁迅时代并没有多少长进，狂人中的大哥是吃人社会的帮凶，而巴碧芬的父亲同样是逼自己的孩子走向毁灭的主导力量。社会的性质改变了，从封建礼教的专制到现代经济的专制，人的命运，尤其是农民的命运并没有发生本质的改变；农民沉积千年的历史奴性与自欺，并没有随着时代变迁而自然地获得革新。在这一场经济大潮的冲击下，农民未能幸免地再次沦为时代的牺牲品。他们出于生存本能，争相走在去往"樱桃园"的路上，出卖自己的尊严，成为权贵的娱乐。樱桃园作为权力的乐园，带有氤氲的暧昧气息和深刻的象征意味。王方晨通过一系列生动鲜活的村长形象，展示了极权政治的精神暴力，以及这种精神暴力压榨出的懦弱的国民性。刘树礼（《说着玩儿的》）和来继（《跑吧，兔子》）、刘福采（《村长的原则》）都具有典型意义。这一系列专横的村长如老万（《乡村案件》）、王光乐（《乡村火焰》）、乔尚七（《村长的原则》）、王连举（《樱桃园》）、江福兴（《塔镇的塔》）等和他们的帮凶（镇上领导、警察、会计、有钱无良的商人等），还有那些怯懦的"臣民"，揭开了进入现代社会百年我们依然满身奴性的生存真相，双重向度的批判和反思显示出无比沉痛的犀利。无论是从外在的社会文化形态看，还是从农民自身的生存意识看，隐含其中的悲剧色彩，直指中国漫长的奴性历史和心理文化结构缺失。王方晨的乡土小说让我们看到了农民精神解放的历史何其沉重，道路何其漫长。

（二）冷峻的文化目光和历史理性

在农民形象的塑造中，新乡土小说与传统乡土小说一样不可避免地存在文化透视的精神暗区。20世纪30年代左翼小说中关于农民道路选择的思考和40年代表现农民翻身的光明主题中，都很难见到个性丰富的年轻一代农民形象。单薄的革命面孔取代了作为生存个体内在世界的复杂性和动荡感。年轻农民与父辈的冲突带有鲜明的教化色彩和意识形态规约痕迹。老一辈充当了愚昧、保守的落后势力，年轻一代以反抗为人生起点和行动指南。这种代际冲突进而被模式化和定型化，成为新与旧，传统与现代，向内与向外两种文化冲突的现实化，带有阶级论和进化论双重色彩。与两代人之间思想冲撞的外部环境相比，新一代的心灵视野几乎没有得到认真的关注。以人物之间文化身份凝固化的思想矛

盾，取代人物自身不断裂变的思想矛盾，使得这些年轻的觉醒农民在革命话语中获得了相应的社会身份，却失掉了文化依托，成为文化上无根的群体。新时期新乡土小说中，我们看到更多的年轻农民具备了另外一个身份符码，那就是城乡文化冲突的负载者——农民工。作家们倾力塑造的是年轻人离乡进程的种种遭遇，生存挣扎是第一位的，文化冲突是内隐的，真正从个体成长反观时代和命运暴力的反而不多见。留在土地上的年轻一代的复杂世界，更是被时代大潮夷为平地。虽然张继《乡村爱情》中的新青年形象打动了无数读者和观众，不过综观新乡土小说创作，王方晨塑造的那些在现实和命运面前节节败退的年轻农民，更有力地映照出现代乡土中国生命和文化的废墟。

在王方晨笔下，年轻一代同样不具备文化自新的能力，甚至比起父辈，在他们身上有着更浓重的旧中国儿女的烙印。几千年来的命运轨迹不断地重复，还是一个走不出去的塔镇。人与世界的冲突是内在的、无路可逃的。来继不断出卖自己，自轻自贱，渴望换得平安，小起儿游手好闲以折磨弱小的孩子为乐，在这些年轻人身上我们同样看到了阿Q的阴魂不散。时代和生活都不存在超然的旁观者，王方晨没有提供青年农民的先进分子，看起来似乎又回到了百年前鲁迅的现代起点，那么，比起那些被塑造出来的带领乡亲致富奔小康的先进分子，这些不得不留在土地上，游手好闲或者找不到人生方向的年轻人，是否更具有冷峻的现实意义呢？或许这也正是王方晨的历史理性和文化品格。

洞悉时代和社会生活的真相，去除温情的面纱和繁华的泡沫，展现在我们面前的依旧是哀其不幸怒其不争。而在那些被侮辱被损害的乡村女性身上，我们又见到了鲁迅笔下的祥林嫂、善四嫂子和爱姑的悲惨命运。受害者或者无力反抗者巴碧芬、桃桃、丰子、小雪、金小仙、眉豆、秀荷这一系列人物都有着相似的人生走向，那就是出逃和死亡。秀荷的绝望自杀，巴碧芬的生死不能，还有老成女儿的义无反顾，都是对这个不义时代的强烈控诉。是什么造成了她们生存的绝境？作家的批判意识非常鲜明，撕破历史的幽深与现实的蛛网，作家在揭示现实社会原生态的同时，对底层女性所遭受的肉体和精神的创痛表达了强烈的人道主义同情。

总之，当代农民的命运在乡村政治和经济大潮的挤压下越来越无法

实现自我觉醒和拯救，王方晨的知识分子启蒙意图相当明确。从文化意义上说，现代中国作家很少有人能够好好思考乡土中国，乡土被符号化了，成为政治革命的舞台，伦理革命和思想启蒙的对象，以及都市的避难所。对中国社会现实和历史问题的反思缺少足够的生命体验和文化自觉。乡土批判，精神断裂，历史阐释的焦虑和自我放逐的惨烈，在作家笔下不断延展。如何更好地表现真实的农民命运和丰富的生存现实，在对中国式乡村政治和生活方式的历史文化反思中，王方晨找到了自己的价值支点。

四 群体与个体道德理想重构

传统中国社会是一个伦理本位的社会，文学作为社会生活和历史记忆的文本形式，必然带有鲜明的伦理色彩。20世纪初，疾风暴雨式的五四新文化运动使中国社会开始走上艰难的现代转型之路，传统社会走向现代社会的重要标志是现代性的确立，而现代性不仅是一场社会文化的转变，环境、制度、艺术的基本概念以及形式的转变，不仅是所有知识事物的转变，而且根本上是人本身的转变，是人的身体、欲动、心灵和精神的内在结构的转变；不仅是人的实际生存的转变，而且是人的生存标尺的转变。可以说，这一身体、欲动、心灵和精神的转变是现代伦理转型的核心内容。中国现代社会伦理道德观念体系的确立是建立在西方现代社会伦理（资本主义精神）与中国多维度伦理话语（包括中国传统儒家伦理、革命空想伦理、中国后发型现代伦理）相结合的基础上的；一元的社会伦理精神革命在中国出现了多重形态的表现。

文学革命紧随文化运动之后，成为新文化新思想的急先锋，中国现当代小说创作充分展示了现代人内心的情感困扰和道德焦虑，从20世纪初国民性批判到21世纪初直面人性批判，中国现当代小说创作抓住的是现代中国社会转型中的人文内核。中国社会的现代化进程并没有真正完成，这种建设性的人性批判伦理叙事在当代小说创作中仍然缺乏足够的理性自觉，更多的作品还是对百年前传统伦理生活范式的简单反省，或是对西方社会伦理精神的引进，二者尚未能超越鲁迅所进行的国民性批判。而这正是众多学者思考的新文学发展的方向——在时代矛盾

与痛苦中寻求中国现代化道路上所需要的伦理人性或者人性伦理。通过百年小说史，透视百年中国社会伦理道德观念演进历程，应该说是一个值得关注的问题。

文化或者身份观念深刻地影响着人们的思想和行动。① 山东作家长于乡土叙事，并非因为城市化缓慢，或者缺少熟悉都市生活的作家，乡土情结主要来自于齐鲁文化传统，以及山东作家自觉的文化立场，关注乡土中国的历史与现实，疏离喧嚣浮躁的城市故事，所以山东文学一向以思想厚重，沉潜内敛，庄正严肃为特征。"当都市的繁荣奢华被描绘成迷离零乱、声色纵横的场景影像时，这意味着不单单是地理意义上城市与乡村之间的生活鸿沟越拉越大，而且在书写方式所隐含的文本背后也暗示出作家们向城市倾斜的身份归属和角色认同。城市题材的小说使开敞的、漂泊的、纵欲的、分化的、没有历史记忆的、全球化与现代性的种种诉说成为可能，而乡村题材则让与时代同行的话语叙述的推进变得艰难起来。乡村生活中所包蕴的现实与历史之间的多重复杂性也让许多写作者望而却步，因为他们知道自己用简单的想象只能涂抹在无定的城市上，没有人会为此较真；而对于乡村生活，如果没有切肤般体验，单凭浮泛的编造只会落下让人耻笑的把柄。因此，在这种理解基础之上，我们并不认为小说在选择城市题材和乡村题材、表现喧嚣生活和平淡生活之间有着孰优孰劣的差别。"②

新时期逐渐形成了地域文化研究中的"山东作家群"研究。主要有《山东当代作家论》《山东青年作家与齐鲁文化》《山东新时期小说论稿》《齐鲁文化与山东新文学》；论文主要包括《山东当代文学的基本内容略论》《山东文学坚守现实主义》《论齐鲁小说的"好汉"精神》《山东新时期小说道德精神状态的衍变》《山东作家与齐鲁文化研讨会综述》《山东新时期小说创作五人谈》等。新世纪承接上一时期文化伦理研究视角，包括《20世纪山东作家对齐鲁文化传统的继承与再创》《儒家文化精神对山东新时期小说的影响》《齐鲁作家的文化伦理立场》等文，认为道德理

---

① 李建民：《日本战略文化与"普通国家化"问题研究》，人民出版社2015年版，第6页。
② 刘迎秋：《论山东新生代的小说创作——兼与外省新生代比较》，《山东理工大学学报》（社会科学版）2005年第3期。

想主义构成山东作家文化人格中最为醒目的烙印。新生代作家受到重视，包括《山东青年作家论》《在坚守与内敛中蔚然崛起》《文学鲁军新锐小说家散论》《齐鲁文化与鲁军新锐小说》《论山东新生代的小说创作》《新世纪山东作家创作论》等文，论及山东当代文学创作态势，提出正视山东文学发展中观念陈旧、创新不足等问题。研究者普遍认为，关注现实、重视道德伦理是山东作家一贯的优势。山东作家普遍具有道德理想主义与文化忧患意识，具有强烈的现实关怀，执着于终极追问。乡土气息与地域文化特征鲜明；各体兼备，文化积淀深厚。多体现出对传统文化的回归和现代性反思，形成了具有特异性的民间道德世界。年轻作家更关注乡村社会生活，时代气息浓郁。或以先锋叙事反思人生，解剖人性；或强调都市与人性书写维度，对时代有细腻把握和投射。虽被称为鲁军新锐，但其文化姿态并不激进。从整体上看，当代山东作家群思想艺术特征鲜明。表现为从文化寻根走向精神寻根，关注现实社会，执着理想人性，坚守民间立场，对诗意乡土十分眷恋。其创作带有文化保守主义倾向。厚重的现实批判与灵异的原乡神话，温情主义的伦理雅歌与残酷主义的底层叙事，构成了山东文学的两大文化支点。其文化理想具有普世性。山东作家具有扎根现实生活和民间文化的精神向度与审美追求；山东作家群形构的历史文化语境与乡土中国现实变革有关。作为山东中间作家代表的王方晨，显然其文学创作也带有相通的文化底色和精神指向。

第五章　作为大地之子的艺术探索

文化本身也是一个受社会环境影响，是一个经过不断的社会化过程而形成的产物。[①] 王方晨出生在乡村，有着乡村和田野上劳动奔跑的生活体验和成长经验，乡村生活中有着他太多深刻的记忆，因此形成了他最初的世界观，来自于泥土，又居于其上，他关怀平凡的生命，却不原谅他们对生活的妥协。站在高于乡村的视角写作，王方晨的小说具有历史感和超越性。他把批判与同情融合在一起，克服了概念化的乡村书写，具有生动的画面感、坚实的思想质地和审美质感。山东作家的这种文化认同，来自于生活内部和历史深处，刘玉栋就谈道："对现实的关注，应该是脚踏实地的。比如我写农民，那是因为我熟悉他们。"[②]张继在一次访谈中说起：我是写农村题材小说的，我的所有作品里面差不多都有他们走来走去的身影，我把他们看作我的衣食父母，写他们的时候，我总是心怀虔诚。我们常说，鲁迅是站在世界看乡村，赵树理是站在乡村看世界。鲁迅笔下的农村是抽象画，是文化意义上的农村；赵树理的农村是工笔画，是生活意义上的乡村。王方晨的乡土叙事是工笔和写意兼有，生活和文化交融。

一　美与真实的艺术境界

王方晨是个勤奋的作家，他的中短篇小说创作成就突出。长篇小说芬芳三部曲《老大》《公敌》和《芬芳录》对乡土中国的观照，同样视角独

[①] 李建民：《日本战略文化与"普通国家化"问题研究》，人民出版社 2015 年版，第 77 页。
[②] 刘玉栋：《刘玉栋创作语录》，《红豆》2004 年第 6 期。

特,眼光犀利。《王树的大叫》《背着爱情走天涯》《祭奠清水》等中短篇小说集,作品题材多样,艺术手法多样,现实主义与现代主义形神兼备,善于表达社会生活中"个人"生存所经受的惨痛考验和人性尊严所面临的严峻挑战,他始终盯着脚下的土地,对于中国社会所经历的种种裂变和普通国人内心的创伤、人性的幽暗,都用力颇多,收获巨大。他的乡土小说既立足于乡土,又具有厚重的大地意识,以及一种愤怒的力量。他观察中国乡村社会,不仅看人们的日常生活、政治经济生活,还包括他们的精神世界,把乡土体验、现实批判、先锋意识缠绕在一起,形成了他独特的小说诗学。如潘光伟所言:"新鲁军"正在茁壮成长,特别是青年作家踏实刻苦、朴素稳重、内心平静、毫不浮躁的创作气质和修养让全国读者对他们充满了尊重与信任。这批"新鲁军"作家继承了山东文学创作的优良传统,大多数创作是以山东文学创作中所关注的"乡村"文化作为文学景观,呈现出一种乡村记忆和乡村现实的交织、乡村生命和乡村情感的凝结,朴素而不张扬,扎实而不浮泛,并在创作手法上不断创新和超越。①

阅读王方晨的小说,读者可能会对《王树的大叫》《樱桃园》《村长和牛》等篇留下深刻印象。也许"鲜红的樱桃实际上只是一种记忆",那些悲伤、疼痛和生活梦想编织成一个独特的意识世界。王方晨小说中有一种尖锐的东西,让人不安。小说的叙事方法,作家的精神追问,大地之下的人性深渊,都给人一种紧张感,被困扰又无从超越。那么,作家要告诉我们关于土地,关于生活的什么呢?是一些我们不愿意面对的虚妄,还是努力想要揭开某种真相,还世界和生活以本来面目?小说集《祭奠清水》一共选了《祭奠清水》《八月之光》《正午的气息》《黑妮儿飘飘》《生命是一只香油瓶》《死不了的小虾》《咱家的月宫》《秀色可餐》《树上的孩子》《牛为什么会哭》10 篇。

除了《秀色可餐》中女儿丰子和母亲玉芳两代女性的悲剧贯穿四季,《牛为什么会哭》中爷爷死在寒冷的冬夜外,其他 8 篇故事的背景都是盛夏。要么干旱,要么大水,惨烈的阳光,映照污泥浊水的尘世,裹挟着世俗人生的种种挣扎,多少让人有些心灰意冷。小说的叙事时空并不

---

① 潘先伟:《守望与奋进:新世纪山东作家创作论》,《时代文学》2008 年第 2 期。

是封闭的，隐含其中的价值立场也不是唯一的，从乡村到塔镇，从盛夏到寒冬，从大水到干旱，都是一种人世静观，那么流动其中的是什么呢？炽热的阳光里生长着卑微的生命，小虾、小雪、眉豆、克玉、雁来、巴碧芬、小呼、丰子、半个人、桃桃……这些被侮辱与被损害的小人物，最终或是远走异乡，或是疯了死了，或是依旧卑微地活着。作家没有血肉模糊的控诉，也没有尝试探究苦难命运的根源，小说基本上保持了冷峻、客观的情感基调，语言富有诗意和巨大的审美张力。作家甚至在苦难的绝壁上给出了童话般的奇迹，作为拯救的绳索，那么，一罐猪肉可以复原，一种破碎的生存如何还原？

在这里，唯一不同的是清水，也是一个弱小的孩子，其死亡也显然不是来源于现实生活的对抗，清水似乎原本就不属于污浊尘世，无论父母怎样爱他，他也不快乐，而那个静美的水下世界最终诱惑了他，清水的死亡是富有诗意的，那么，是不是作家试图以这种带有幻觉的诗意来抗拒纷乱的世俗生活呢？对于生存个体来说，显然这种选择是被动的，是一种妥协，死亡是对生的压力的最大的妥协。巴碧芬从自杀到不肯再死，直至最后疯了，都是反抗，反抗所有既定秩序和现实枷锁。丰子似乎原本就是个心智不健全的人，在冷漠和暴力下成长，被父亲卖给一个老男人，无知无觉地跟着岁月向前走，难道不也是一种对悲凉人世的抗拒！当然，作家给了她一个很温暖的结局，还是那句话：这是作家的仁爱，但不是存在的真相。小虾则是用活着，用顽强的生命力对抗不明不白的出身和无数次欲置他于死地的生活，命运在这种生存本能面前显得多么虚弱，这个人物身上附加的历史、时代影像超出了一个无赖式活法的本身价值。在盛夏的正午，大水滔滔，阳光烈烈，一个弱小的生命一步步地走进远离人世的深潭，实现了自我救赎；一个弱小的生命悬挂在树上形同蝼蚁，等待望不到结局的拯救。无论是生存还是死亡，都是艰难的，无论是现实主义的具象反思，还是唯美主义的抽象表达，作家笔墨减省，而力透纸背。

二 灵魂叙事与终极关怀

王方晨以"乡野先锋叙事"建构了属于他自己的大爱大痛的灵魂之

乡。施战军等学者评价说：由于人文文化因素的激活，其作品也便具有了当下中国文坛上相当罕见的"中国性"。他发现了乡间世界的丰富内质，那种情绪愤怒的现实主义引起了广泛关注。他的《乡村火焰》《王树的大叫》《说着玩儿的》等作品开创了一种引人注目的"乡土先锋"的叙述风格。他以先锋派的姿态开拓乡土小说的写作范式，把乡土体验、现实批判、先锋意识等"杂糅"在一起，使得乡土小说具有典型的"先锋"特征，被评论界称为"山野间的先锋"。李敬泽认为王方晨拓展了先锋的含义："现在有一个农民走在孤绝的路上，他使先锋这个词重新灌注血泪，他表明，生存的真正极限在都市，也在山野，本土经验中埋藏着最锐利的刀锋。"①面对复杂的乡村政治，苟安的奴性惰性，几千年乡土中国的历历伤痕，王方晨乡土世界里面的那种愤怒情绪到底是什么？那种先锋姿态对于乡土叙事到底意味着什么？追寻和沉溺，飞扬和凝滞，把命运的谜底放置在人来人往的村头树下，把大水中遮蔽的历史还原为尖利的衣食争夺，把悬挂在空气中的存在质疑粉碎为梦想的幻灭……这一切的背后是什么？是生命的旷野，人性的深渊，还是现实生活的密林，理想家园的远方？是一些我们不愿意面对的虚妄，还是努力想要揭开的某种真相，还世界和生活的本来面目？

（一）乡村政治隐喻

王方晨笔下塔镇的重要内涵之一是乡村政治的隐喻。隐喻是用其他事物来描述某种事物的一种手段。在经济大潮之中，乡村政治腐败，乡村社会秩序、道德伦理面临着前所未有的挑战，《乡村案件》《村长的原则》《乡村火焰》《乡村总统》《樱桃园》《塔镇的塔》《说着玩儿的》《麻烦你跟我们走一趟》等作品充分展示了种种乡村社会的怪现状和生存文化景观。

20世纪初，当中国革命面临向何处去的抉择时，对中国农民在革命中的地位和作用问题曾展开一场激烈的争论。20世纪末21世纪初，"三农"问题日益突出，乡村政治腐败如何清除，村民自治到底是必由之路还是一个浪漫想象，在农村发展和农民问题上再次发生重大分歧。中国社会与西方社会有着不同的历史路径，独特的社会历史条件孕育了

---

① 李敬泽：《山野间的"先锋"》，《东海》2000年第3期。

独特的乡村政治文化。"农业文化是一种彻头彻尾的男权文化。农村社会是一个绝对的男权社会,整个农业文明时代也是男性权威被强化、制度化、合法化。"①王方晨乡土小说中的乡村政治,同样是男权社会的缩影。兔子枪和塔镇的塔与未庄的长明灯一样,都是男性化的、男权的,是权力的隐喻。"跑吧!麦田里的人们,赶快拿起兔子枪来。紧紧盯着兔子跑去的身影,瞄准喽,开枪!无数矫健的兔子在凤祺老汉眼前出现了。兔子在闪光的麦地里狂奔不息。"麦田是大地的化身,兔子是弱者的代言,枪是暴力的极端,无路可逃是所有人的宿命。维特根斯坦说:"语言的界限就是一个人的世界的界限。"王方晨小说的隐喻语言非常独特,并且具有丰富的思想力量。

(二)现实生存寓言化

现实的残酷和内心的诗意以寓言化方式在王方晨小说中构成了某种张力意味。寓言既是一种思维方式又是一种叙事形式。王方晨写乡野的鬼魅之气,始于《斑斓虎皮》时期。此后的《鸡年月》《人·土·灵》等作品以不同的寓言化色彩,以象征主义和存在主义方式展开他眼中的世界和生活。这里面有对古典文学的继承和超越,也有对存在的哲学思考。"王方晨的小说有着丰富的寓言意味,他总是把他的人物置放在极端事件里,让他们在情节的旋涡里扎挣,起起伏伏。"②

寓言化是对现实人生更深邃的隐喻和凝视,话语内在的意蕴因而得以延伸,形成真实的震撼与诗意的表达之间巨大的审美张力。无论是乡村政治,还是民众生存,总有清水一样的生命诗意漫溢,也总有一头老牛可以慰安孤绝的处境,或者是一罐复原的猪肉抚慰了孩子受伤的心灵。寓言让作家找到了介于现实和超现实、此岸世界与彼岸世界的连接点,通过隐喻的转换结构,使表现空间和情感蕴藉得到了自由拓展。王方晨乡土小说中的童话和寓言色彩超越了人间道德的善恶之分,超越了国族伦理,显示出一种人类性的慈悲和爱。以超现实的美善对抗现实人生的罪恶,为人的根本处境作证,从而使乡土小说的内在精神达到新的境界。

---

① 李洁非:《城市像框》,山西教育出版社1999年版,第125页。
② 赵兰振:《阅读王方晨》,《作家文摘·青年导刊》2000年第100期。

(三)灵魂叙事

"王方晨的原则是'斗争',几乎所有作品中都贯彻着紧张的、不死不休的对峙,这种对峙不仅在情节的层面上、在人物关系中展开,在最多的情况下还是灵魂的对峙,灵魂在对峙中释放令人惊骇的能量。王方晨由此为自己开拓了一种可能的方向:在生存的最底部探索我们的精神极限。"[1]李敬泽对王方晨的理解相当深刻。王方晨乡土小说中的紧张感不是源自叙述语言和叙事节奏,而是来源于内在的精神冲突和灵魂叙事。灵魂叙事使王方晨的小说超越了一般的惩恶扬善和现实关注。

> 他再次仰望起傍晚色彩斑斓的天空,内心陡然充满了难以言传的喜悦,仿佛漫长的夏日,就是他们挥霍不尽的财富。老猫浑然不觉地向老鼠伸出胳膊。老鼠发觉了,也伸出了手。接下来,两具伤痕累累的身体,就抱着了。
> ——《游荡乡野间的奇情少年》

游荡在乡野间的两个少年互相抚慰,互相依靠,互相贴紧。这就是灵魂叙事。它通过灵魂与灵魂间的深渊响应,灵魂与灵魂间的互相温暖,呈现出生命的另一种形态。那个叫清水的少年如花的灵魂撞击着坚硬的现实,最终选择冲破污浊的尘世,投向纯净世界的怀抱。同样是灵魂叙事。

> 她的面庞几乎贴到一朵金黄的向日葵上面。她闻到了响亮的向日葵的香气。她蓦然想到了自己在李家庄的日子,每堵院墙下都有她手植的向日葵。她的目光也穿越二十多年绵长的岁月,投到了那个她熟悉的农家小院。在那每堵院墙的包围下,有着说不尽的少女的秘密,让她每每回想起来,都会止不住地嫣然一笑。
> ——《水袖》

《水袖》中对精神家园的守护和寻找,姐妹相依为命的情感磨难,

---

[1] 李敬泽:《乡土之路》,《文艺报》2002年9月10日。

都是灵魂叙事。

> 在清晨凛冽的空气中,那股芳香携带着遥远的信息,险些儿将她击倒。这时候她才想到,自己又不如秀荷明白了,村子里没了老屋,哪里还会是她们的家?接下来,她不免背着秀荷在县城的大街上兜起了圈子。
>
> ——《水袖》

家园的丧失首先在于主体精神的丧失,心灵的挖掘超越了女性生存主题,而具有了灵魂的深度。人与非人,生存与死亡,自杀与他杀,存在的真相与焦虑,在王方晨笔下,都以灵魂叙事的方式显示出超现实主义的哲学深邃。

每个人在特殊的境遇中,都会有不自由的感慨,即使是日常生活,也常有被现实围困的压抑,如何突破存在的困境,这是写作者思想的起点之一。王方晨游走在城市和乡村之间,他对土地始终保持着冷静的审视态度,当代中国作家很少有人大声说出:"土地,我恨你。"比起回乡的冲动,离乡的坚决,对于乡村孩子来说,可能更加刻骨铭心。王方晨与乡土生活始终保持着一种旁观者的距离。对于那些挣扎在贫穷落后和愚昧中的农民,他不是不同情,而是不愿意施舍廉价的同情,他悲愤、批驳,又忍不住给出超现实的出路。这种复杂情感恰好表明他严肃的写作态度。在一篇创作谈中,王方晨自陈:"我那么关注'人'。再进一步说,关注的是生活中所有处于非自然状态的'人'。……因为生活的非自然状态,我们感受到了诸多的恐怖、颠倒、苦恼、梦魇、缠碍。我坚决相信,自然的生活状态,绝非哪个阶层所独有。"[1]这应该算是他的内心剖白了吧。

三 现实主义与乡野先锋

复杂的乡村政治,苟安的奴性惰性,几千年乡土中国的历历伤痕,

---

[1] 王方晨:《人人皆上帝》,《北京文学·中篇小说月报》2004年第6期。

王方晨小说中那种愤怒情绪里面到底是什么？那种先锋姿态对于乡土叙事到底意味着什么？追寻和沉溺，飞扬和凝滞，把命运的谜底放置在人来人往的村头树下，把大水中遮蔽的历史还原为尖利的衣食争夺，把悬挂在空气中的存在质疑粉碎为梦想的幻灭……这一切的背后是什么？也许对于我个人来说，阅读同时意味着一种旅行，永恒地探问思想和生存的深渊……

（一）乡野的先锋

王方晨小说具有一种本质的先锋精神，这种先锋精神并不建立在标新立异的形式上，或者借助于某种观念进行标签式的说明。李敬泽在评价王方晨的短篇小说《说着玩儿的》时谈道："一个农民（小说中的人物）走在孤绝的路上，他使先锋这个词重新灌注血泪，他表明，生存的真正极限在都市，也在山野，本土经验中埋藏着最为锐利的刀锋。"同样，乡村政治并不仅仅存在于乡村。在小说《王树的大叫》中，乡村政治的舞台就已由单纯的乡村转移到了都市机关。我们看到了一个名叫朱萃娜的官僚，生活中我们却能看到更多这样的官僚，或准官僚。朱萃娜的恣意妄为固然可恨，但设若更多的人能坚守住自己人性的崇高，设若少一些自私，少一些懦弱，少一些得过且过的奴才哲学，滋生乡村政治的土壤又从何而来？事实上，生活中有那么多的人为得到一官半职或权势的青睐、为在乡村政治这只尔虞我诈的大锅里分一杯羹而蝇营狗苟。势利的中国人，最容易成为受尽屈辱的中国人。自我保护行为成了一柄锋利的双刃剑。在一次次的懦弱和妥协中，我们创造了连自己的根须都要被无情杀伤的土壤，此时饶恕不仅苍白，也已为我们无权使用。如果不给我们的品质中注入更多的高尚和勇敢，即使生存的状态惨到极点，也不值得有谁流出一滴同情的眼泪！自我拯救和奋发努力，在新世纪之初依然不是一句空话。在我们不再趋同一些伤害国家机体的世俗观念时，也许才能得到真正的进化。我提出为自己的《岁月》小说做责编，只是出于偶一心动，及真正做起来，又惶惶然如临大敌。但这个"先锋"的意义，也只不过是一种倡导，能有更多的佳作在《岁月》里出现才是目的。而文学上所

谓"先锋"的意义，究其实应该是一种先于人群的智慧的觉醒。①

（二）更高的写实

卡西尔认为："人被宣称为应当是不断探究它自身的存在物——一个在他生存的每时每刻都必须审问和审视他的生存状态的存在物。人类生活的真正价值，恰恰就存在于这种审视中，存在于对这种人类生活的批判态度中。"②那么，王方晨以悲剧之手拉开生存之幕，展示给我们种种不堪的真相，正如鲁迅所说：是"在高的意义上的写实主义者，即我要将人的灵魂的深，显示于人的"③。

不仅关怀现实、面对社会，而且要直面那个无比沉重的精神世界。中国文学一直以来都被要求关注人生世界，无论是旧社会的批判，还是新社会的歌颂，制度和生活是表现主旨，基本不触及人的灵魂。除鲁迅外，很少作家有勇气剥去生存的外衣，露出人性和国民性的悲剧本相。而超越现实性，揭开幽暗心灵的历史尘埃和精神麻木，比一般的社会批判要广阔、深邃得多。《乡村火焰》中所表现出来的戏剧冲突与心灵对抗具有代表性。"耿玉珍哑默地站着，眼前的空气渐渐透出了大火的闪光。……'好！'王光乐又一次发出了由衷的欢呼。在夜幕低垂的村子里，王光乐欢呼着走了下去。"黑暗与火光，哑默与欢呼，小说结尾仿佛一出戏剧落幕，而悲剧的尾声还留在无边的夜幕里。王方晨写出了许多挣扎在日常尘埃里的人物，这种挣扎无疑是缘自对生活和生命的悲剧式体认。不过，就像张爱玲参差对照的写法，即使笔下的人物再怎么刻薄、泼辣、窝囊、怯弱，她总在某一个瞬间，给他们深情的一瞥，这一瞥，就见出了人物心底最柔软的部分，也是人性中最温和而深藏之处。王方晨笔下同样是不彻底的人物，没有太好太坏，无论是被侮辱被损害的，还是自甘堕落的，或者助纣为虐的，都隐约着可怜与可恨，然而又有作家隐约的切肤之痛在里面。

王方晨和鲁迅一样，都对自己身处的人世有着不同于别人的发现。

---

① 王方晨：《"先锋"的意义》，《岁月》2000年第5期。
② [德]卡西尔：《人论》，上海译文出版社1985年版，第8页。
③ 鲁迅：《集外集·〈穷人〉小引》，《鲁迅全集》第7卷，人民文学出版社1981年版，第95页。

他的写作不仅是在现实的表面滑行,更非只听见乡土的哭诉,而且是能看到生命的宽广和丰富,能直面那些扭曲的灵魂,能以饱含苍生大爱的同情心,能在清水与浊世之间找到一条通道,能把生的沉重和死的轻飘合为一体,能站在乡村政治和农民命运之上,追问需要人类共同承担的"无乡之痛",能以洞彻存在真相的悲剧精神写出"灵魂的深"。王方晨自己说:"文学上所谓'先锋'的意义,究其实应该是一种先于人群的智慧的觉醒。"①在他眼里,乡村的破败,农民的苟安,村长的专制,由来已久而且不会轻易彻底改观。然而美善的光辉并没有彻底消失,"我不会刻意诗化乡土世界,同样也不会掩饰它。""我有不忍之心。我相信光明是存在的,即我不为,它仍在。"②灌注血泪,心存大善,诗意的激情,疼痛的乡土,构成了王方晨乡野先锋叙事的基调。王方晨喜欢让自己笔下那些老中国儿女置于一种极端的境遇,盛夏或者隆冬,炫目的阳光或者凛冽的冰层,"盛夏的田野上,绿色扑喇喇飞溅,光还在半空里就被溅成绿的了。"(《人·土·灵》)正是这样大红大绿的色调,对照那种拖泥带水的生活,更彰显出了世界的繁华和人世的荒凉。

四 生活史诗与民族寓言

小说究竟要告诉我们什么?没有人能轻率地给出答案,包括作家本人。那么,我们试图理解一个作家,探索一部作品,这种精神偏执的目的何在?回到最古老的起点上,文学是生活的意义追问和表达,是现实存在的精神对照。当下中国文学屡遭人诟病,与自身的意义缺失有着密切关系。市场化、消费性和游戏姿态不仅会毁了作家,也会彻底颠覆文学的价值所在。在这样的大环境下,仍然有作家视文学如生命,真诚写作,严肃思索,无疑值得尊敬。

说起王方晨的乡土小说创作,人们通常会提及福克纳。正如福克纳的约克纳帕塔法世系,马尔克斯的马孔多小镇,莫言的高密东北乡,或者鲁镇之于鲁迅,枫杨树故乡之于苏童,孙惠芬写歇马山庄、阎连科写

---

① 王方晨:《先锋的意义》,《岁月》2000 年第 5 期。
② 王方晨:《在文学中构筑生命故乡》,《山东商报》2009 年 2 月 23 日。

耙耧山，王方晨的"塔镇"同样充满了丰富的象征和寓意。王方晨"实际上在以写实的方式写寓言。他的每一篇小说，寓言的特征非常明显，却又写实，乡土生活的细节都非常真实，体验也非常深刻。他超越了现实的局限，主观地处理生活，反而获得一种真实的效果"①。读王方晨的小说，独特的叙事风格，执着的精神探索，大地之下的人性深渊，都给人一种紧张感和迫近感。土地，土地上生长的每一株植物，土地上行走着的每一个卑微的生命，在王方晨的笔下，无不呈现出旺盛的生命力和独特而沉重的生存挣扎。正是透过这些卑微的生命，王方晨以独特的眼光和笔法，为我们写下了当代农民和土地的文化寓言。

王方晨执意要在文化心理上画出民族的灵魂，写出其沉陷深渊的幽灵，以求精神的革新和灵魂的完善。在王方晨的作品中，透射出对国民劣根性的批判，他不是针对某一个人，而是针对所有国人的劣根性："势利的中国人，最容易成为受尽屈辱的中国人。自我保护行为成了一柄锋利的双刃剑。在一次次的懦弱和妥协中，我们创造了连自己的根须都要被无情杀伤的土壤，此时饶恕不仅苍白，也已为我们无权使用。如果不给我们的品质中注入更多的高尚和勇敢，即使生存的状态惨到极点，也不值得有谁流出一滴同情的眼泪！"②我们脚下的土地，正在滋生懦弱和妥协、卑鄙和无耻、瞒和骗、苟且偷生、得过且过，在这样的幽暗中，走出的只会是一个个幽灵。一个世纪过去了，鲁迅批判过的这一切，如今依然在乡村上空飘荡。只是鲁迅的书写是冷硬而峻急的，而王方晨以寓言、童话和伦理关怀的方式给出了不乏宽和、温暖的救赎。二者以不同的表现方式和相似的写作立场，成为百年乡土中国的灵魂见证人。

---

① 吴义勤：《王方晨作品研讨会纪要》，《时代文学》2006 年第 1 期。
② 王方晨：《先锋的意义》，《岁月》2000 年第 5 期。

第六章 "济南城"系列小说中的城市叙事

城市文学超越乡土文学，成为新世纪文学主潮，与20世纪90年代以来中国社会文化语境的变化有关，正是这种特殊语境改变了文学的生存环境与生产方式，导致文学审美范式的移换。21世纪中国的城市人口首次超过乡村，古老的乡土中国在城市化道路上一路狂奔。越来越多的人在城市的大街小巷穿行，越来越多的作家把目光和笔墨转向光怪陆离的城市。其实，仔细区分，大都市、大城市、二三线小城市、县城、城镇，差异巨大，县城和城镇在某种意义上更接近乡村。虽然，随着人、文化、资本和传媒的流动性加剧，城乡生活环境和生活方式的同属性增加，但是我们仍旧不难看出，中国社会的阶层差距在拉大，城乡的情感断裂在突显。城市生活的物质力量远远大过文化和文明的吸引力，有多少人在城市中找到了道德和情感的归属感呢？即使能够慎重地选择个人生活，不再迷失于城市的街道、声色和诱惑，即使个人祛除了各种自我设置的面具，这个世界仍旧携带着花样繁多的伪装。如何面对日渐庞大的城市和生活，拒绝被裹挟，被淹没，被同化，写作可能是一种有效方式。

一　城市化进程的文学表达[①]

20世纪90年代以来，中国社会经历了一个重要的转型期，最突出

---

① 本节部分内容来自张艳梅《城市影像中的文学理想》，《民治·新城市文学》2016年春季号。

的特征是逐渐从乡土社会向城市社会过渡。消费性、时尚化、后现代成为文学写作的几个重要标签。城市叙事逐渐成为主流，有着必然的社会基础。作为文化的一个组成部分，受大众文化时尚和流行特性的影响，20世纪90年代以来，作家写作中的城市色调逐渐浓厚，城市形象更加丰富，城市生存体验不断拓展，城市叙事终于能够与百年来占据新文学主体地位的乡土叙事分庭抗礼，并且逐渐呈现出强大的生命力。随着消费文化大面积的扩散与渗透，文学的通俗化与时尚化愈演愈烈，美女写作，美男写作，与出版合谋，与影视联手，文学作为一种文化商品的市场属性也被日益强化。如以"新生代""新状态""新体验""新新人类""身体写作""金童玉女"作家等为旗号的文学写作层出不穷，由此导致文学审美范式的转换，文学时尚化在审美表现形态上发生了重大变化，形成了明显的特征。20世纪90年代初，在市场经济建立过程中迅速崛起的商业文化，使长期占据主流和主导地位的严肃文化与精英文学仿佛一夜之间被边缘化，丧失了昔日的光环。随着社会文化语境所发生的悄然变化，文学的生存环境和生产方式发生了改变，新生代写作则完全摈弃对形而上的思考，以袒露直白的欲望表现，描画出商业社会里具有主导性意义的价值取向。与先锋作家和女性作家不同的是，新生代小说家不论在写作姿态、价值取向，还是在作品所呈现的美学形态上，都表现出对传统小说彻底而鲜明的背弃倾向和"断裂"痕迹，成为消费社会中特殊的文化语境的组成部分。

　　进入新世纪后，十年前人们关于人文精神的大讨论中所渴盼的人文精神并没有如期回归，消费文化语境下依旧呈现出与人们意愿相背离的景象——精英文学日渐衰微、大众文学持续兴盛。与之相应，一大批文学新秀带着新异的后现代体验进入文坛，这些作家作品作为新的社会文化语境的产物，是新的时代精神和文化逻辑的表征，呈现出一种新的美感形态，其文化价值的定位也就必然要放在消费文化的语境中加以判定。随着市场经济秩序逐渐建立，传统价值观念、行为准则已然发生深刻变化，一系列与市场经济体系相适应的社会秩序、价值观念、行为方式、生活方式迅速成为一种主导意识形态，波及社会生活的方方面面。这种影响一方面是潜在的，也就是说，文学艺术创作受到市场规律的内在制约，尽管仍有一些坚持文学纯洁性而保持独立艺术追求的作家，但现实社会已经或正在发生的变革，必然会对作家的艺术观念产生或隐或显的影响。另一方面，这种影响也会以一种比较直接的方式显示其无可阻挡的扩张和占有力量，即资本运作与艺术生产联盟。资本扩张的需要使其直接参与艺术生产活动，经济利益的制约无形之中改变了文学艺术的发展方向，纯文学理想被逐渐边缘化，相当一部分写作体现出媒体化、消费化、世俗化，甚至庸俗化趋向。

中国社会经济发展的一个最显著的标志是城市化进程不断加快。所谓城市化，"是指在以非农业性为特征的社区（即城市）人口集中的过程，在这些城市中，生产主要是围绕服务和商品而设置的"[①]。城市化进程加快，不仅意味着城市拥有更多的劳动力和消费人口，而且意味着现代都市文化的扩张和具有农业文明色彩的乡村文化的萎缩，同时还意味着后现代消费文化拥有更广阔的发展领域和蔓延空间。城市不仅是文化多元化的催生地和丰厚土壤，它每时每刻都产生着各种异质文化与时尚文化；而且是文化消费群体的聚集地，不同阶层的人汇聚在一起形成形形色色的消费群落。城市化程度越高，商品流通与消费水平也会随之提高。同时，以电子传媒为主导的新传媒技术的高速发展，迅速成为大众传媒的一部分并占据重要地位。正如麦克卢汉所言："媒介即是讯息，因为对人的组合与行动的尺度和形态，媒介正是发挥着塑造和控制的作用。"[②]因而在传媒时代，作家的写作立场、艺术追求、作品的生产形态和传播渠道都会发生巨大的改变。

新世纪十余年来，作家对城市生活的书写，城市空间的塑造，城市情感的探索，都在不断深入和拓展，北京、上海、广州、南京、成都、深圳、苏州等城市作家群不断壮大，学者和文坛对城市写作、城市文学、城市叙事的关注和研究也日益增加。我在《城市影像中的文学理想》一文中曾经写道：随着城市化进程的不断加快，当代作家为我们带来了大量斑驳陆离的城市影像，同时也为读者耐心地讲述着由乡而城、在城怀乡的各种故事，这其实包含着当代中国的隐喻，说它是近三十年中国社会转型的一个缩影亦未尝不可。综观近年来的城市写作，可以看

[①] 包亚明主编：《后大都市与文化研究》，上海教育出版社2005年版，第1页。
[②] 麦克卢汉：《理解媒介》，何道宽译，商务印书馆2000年版，第34页。

到不同代际作家的城乡生活体验,城市写作具有地域性和普适性,共时性和历时性,城市作为人的活动空间具有不断拓展性,作为一种文化本身又具有自我更新能力。每一种文化视野对城市的理解和塑造不同;每一代际作家的写作立场和视角也可能会有差别;面对这个泥沙俱下的城市化过程,置身其中,写作者有着各自的观察视角和呈现方式。城市叙事中包含着当代中国作家对历史、现实和生活的思考。"50后"的邓一光、何立伟、残雪、朱日亮,"60后"的刘亮程、胡学文、罗伟章、吴君、傅爱毛、姚鄂梅,"70后"的徐则臣、李浩、田耳、鲁敏、葛亮、王十月、王棵、朱山坡、弋舟、张楚、杨遥、金仁顺、刘丽朵、薛舒、李娟、曾楚桥,"80后"的郑小驴、蔡东、王威廉、蒋峰、甫跃辉、孙频、马拉、朱个、周嘉宁、毕亮、郑小琼、苏瓷瓷,等等,这些作家诗人的目光或犀利,或温厚,大都敏锐热忱,在这个纷繁变化的时代写下了他们各自带着温度和思考的文字。这些城市书写既有传统现实主义的自我更新,也不乏先锋叙事的探索自觉;既有现代性的寻找和建构,也有后现代的疏离和解构;既有温润的抒情,也有峻急的批判;既有山川草木的宁静,也有灯红酒绿的喧嚣。那么,这些小说、散文、诗歌究竟有着怎样的内在关联,才会以这样的方式呈现在我们这些读者和研究者面前?

  城市,既是一个物理意义上的生存空间,同时也是一种文化意义上的存在体系,在某种意义上还包含着意识形态的强大影响力和塑造力。正如卡尔维诺在《看不见的城市》中所写的那样,城市有着不同的表情和声音,不同的整体和细节,包括记忆的城市、欲望的城市、连绵的城市、符号的城市、贸易的城市、死亡的城市、隐蔽的城市等。城市比起乡村更复杂,更具有神秘性和陌生感,以及世俗性和冒险性。我们了解到的城市往往是概念化的,如带有强烈政治色彩的北京、重庆,经济金融重镇上海、广州、深圳,生活气息浓郁的成都、长沙,弥漫历史烟云的古都南京、西安,带有他者想象的香港、台北;或者是数字化的,一个城市的历史长短,面积大小,人口多少,有多少所大学,甚至有几本文学刊物,都可以量化。然而,即使某个细节烙印深刻,具体可感的城市仍旧存在于想象和虚构中。我们往往通过影视、摄影、旅游文字和文学作品来了解一个城市,而要真正理解和呈现城市生活、城市文化和城市性格，并不是一件容易的事。

快速城市化的历史进程改变了很多东西。人的身份转换，衣食住行，生活方式，悲欢离合的情感状态，土地和拆迁，离乡和怀乡，物欲和情欲，就像滚筒洗衣机里的衣物般紧紧地缠绕在一起。作家们在城市中心或者边缘地带漫游，在街头游手好闲，到处观望；或者脚步匆匆，用目光扫描城市每个角落；或者坐在橱窗里，端着一杯咖啡陷入沉思冥想。那么，是不是作家比起常人更容易在巨大的城市中迷失？较之乡村，城市更像一个迷宫，密集的分割，封闭的空间，纵横交错的人际关系网络，复杂多变的人性试验场，这些在作家笔下，可以看到各种不同视角和叙事方式的表达。阅读这些城市故事，在感受城市气息扑面而来的同时，也常常想起沙漠、田园。人类对地球的改造旷日持久并且历久弥新，城市与乡村都是人类集中居住的空间，不同的是，城市比起乡村，组织性、秩序感和压抑感更强烈，人性的诸多裂变常常令人类对自身充满迷惑并且深感恐惧。这些作为文学叙事的某种内在动力或逻辑起点，为我们形构了城市文学的多幅面孔。而"这些城市是众多事物的一个整体：记忆的整体，欲望的整体，一种言语的符号的整体；正如所有的经济史书籍所解释的，城市是一些交换的地点，但这些交换并不仅仅是货物的交换，它们还是话语的交换，欲望的交换，记录的交换"[①]。这段话向我们证明了，一个好的作家同时也应该是一个探险家和哲学家。在车水马龙霓虹闪烁的城市表象背后，发现那些常人看不见的凝滞和暗区，并且给出更丰富的表达和更深刻的阐释。

现代人不可能告别城市，就像我们不可能真的告别乡村、土地和自然一样。如何看待城市发展，以及城市化进程中的各种社会问题，是这些年来我关注的话题之一，包括城市化进程加快给乡村带来的深刻影响，城乡矛盾的制度性演变，等等。城市化进程的确不可逆转，但是所有农村都变成城市，大约是不可能的。而外物的改变，必然带来内里的变革。况且，农业文明本身并不是人类进步的唯一方向。作为感情的归宿，或者回忆的起点，乡村留在我们的记忆里。城市化是人类社会发展的大方向。和不同学者聊到城市化和城市写作这类话题，总会

[①] ［意大利］卡尔维诺：《看不见的城市》，张宓译，译林出版社2006年版，第7页。

有不同的走向，如生态环境、道德伦理、经济发展，等等，城市写作具有地域性和普适性，共时性和历时性，城市作为人的活动空间具有不断拓展性，作为一种文化本身又具有自我更新能力。

二　市民小说传统的再生[①]

现代市民小说，无论京派的老舍还是海派的张爱玲，其实都是知识分子写作，表面看是深陷于市民生活，醉心于日常描摹，其实背后隐藏着的始终都是一种知识分子的声音，高踞于世俗生活之上的关于社会人生的思考，或者饮食男女生存状态的观照。即使如苏青的沉溺，也还是隐隐透出女性自我救赎的挣扎与渴望，而这一对男权传统被迫的反抗就带出了丝丝缕缕的女性启蒙味道。当代市民小说的最大不同是放弃了知识分子话语和理念的支撑，鲁原认为：新市民小说是对政治话语、启蒙话语、人性话语、先锋话语的全面解构，并且凭借这种解构而获得自身卓尔不凡的价值和意义。

（一）当代市民文学的基本形态

当代市民小说终于从内容到形式全面回归民间，但是这种彻底的回归并不代表作家们找到了新的生存支点或者新的宣泄途径，可以一劳永逸地以展示民间生存的方式获得生存的意味和快感。李劼十年前就说过："王朔奠定了当代市民小说，不管将来的市民小说会不会写得远远超过王朔。"[②]从20世纪80年代中期王朔的"痞子文学"，到80年代后期池莉、刘震云等人的新写实小说，再到90年代邱华栋、何顿等人的新市民小说，当代市民小说发展大致上经历了三个各具特色的阶段。目前的论者大多站在两极，或立足于民间，认为当代市民小说应时代之势而成，记录社会发展，突破以往束缚，成就自身价值；或秉承知识分子传统，认为其欲望张扬和庸俗人生哲学缺少精神价值和美学意义。本节

[①] 本节内容详见于启莹、张艳梅《对当代"市民小说"的思考》，《文艺争鸣》2007年第10期。

[②] 李劼：《王朔小说与市民文学》，《几度风雨海上花》，上海三联书店1996年版，第185页。

力求客观审视，冷静反思。

新市民小说形成于中国现代化、城市化的文化语境之中，具有以往市民小说所不具有的独特话语空间和文化生成空间。代表作家主要分布在北京、广州、上海三大城市。如北京的邱华栋，广州的张欣，上海的唐颖等。当代文化生产模式引导并成就了他们的创作，他们站在现代城市文明的立场上，对其中蕴含的新的价值观念和生存态势有着切身的体验和认同感。因此，他们所塑造的"新市民"形象很自然地带有自身生存实感，并且在这份不断逼近的生存体验中，试探着表达一种精神上的突破渴望。这一点与王朔、池莉等人有所不同。王朔是以后现代的非理性嘲讽现代启蒙的核心理念——价值理性；池莉等人是以庸俗的生存哲学抹平世俗生活的精神尺度；这并不是说新市民小说超越了以往的市民文学，呈现出新的精神高度和价值取向，邱华栋等人的创作关注的仍旧是普通市民真实的生活和情感，表现他们的渴望与挣扎、痛苦与狂欢。只不过在欲望化书写的同时，让我们透过文字的表面看到了一个民族在特定历史时期欲望泛化与精神创伤形成的鲜明反差。从某种意义上说，新市民小说得王朔之形，蕴新写实之实。《上海文学》1996年第2期《再说"新市民"——编者的话》指出："新市民小说"运用民间性的、社会公共性的话语来表述老百姓对于生活、对于美好人性、对于社会进步的期盼；它欣赏并努力追求"精英文化"的个性与创造性，但其表述的策略却是大众化的而非书斋化的；它不拒斥知识分子对于终极价值与终极信仰的真诚追求，但它认为生活是实实在在的事，因此它更看重从平凡的、世俗的人生中寻找美，从充满人间烟火味的普通人身上表达对于精神的守望。当然，现在看来，这不过是新市民小说倡导者一厢情愿的心理幻觉。在小说创作中，以大众化的话语方式表达精英意识本身就是十分值得怀疑的，尤其是置身于当下这样一个由市场决定作家创作方向的现实情境之中。

(二) 截然的评价立场

对于当代市民小说，一直存在着两种比较对立的评价：一种是站在民间立场，认为当代市民小说对传统文学是一种巨大的突破，体现了鲜明的时代精神和可贵的平民意识，具有非常重要的文学史意义和美学价

值。还有一种是站在知识分子立场，认为当代市民小说沉溺于欲望表达和琐碎叙事，忽视了文学应有的启蒙理性和精神追求，是一种向现实生活的妥协和投降，失去了文学应有的积极参与生活、引领人生的作用。

鲁原认为："当代中国文学曾有过政治话语、启蒙话语、人性话语、先锋话语，它们甚至都形成一个时期文学的话语中心，然而这些话语都是知识体系构成的，并以知识精英为体现。它们既然是以知识体系为基础，就难免有它的虚幻性，而基于虚幻基础的文学，就难产生传世之作。新市民小说基于当今中国的社会变革，如果它真正深刻记录下历史变革时期人们的情绪、心理、欲望、追求、矛盾、困惑、探求的轨迹，以及新的价值体系的形成，那么，它不但可以获得新的话语权力，甚至可以成为新的权力话语。"①

肖佩华认为："在九十年代的中国来说，这些世俗化'顽主'形象无疑具有革命性的意义。一方面是对我国长期以来偏激的乌托邦式的理想主义的反叛，以一种更加实际和现实的观念来看待生活；另一方面，世俗化以休闲娱乐为主，这种趣味反感意识形态的霸权言论和知识分子的启蒙说教。王朔小说对意识形态话语和启蒙话语的痛快淋漓、毫不留情的颠覆是他小说流行的主要原因。"②

葛红兵认为："新生代小说的出现使文革后中国文学的审美格局发生了微妙的变化，一言以蔽之，就是群体性文学的消解和个体性文学的诞生。……邱华栋在《手上的星光》中说：'我终于决定，也许我会像王朔一样靠写作发财和挣得爱情。'何顿的《就这么回事》、《告别自己》、《无所谓》等小说充分表现了对世俗社会的价值认同以及对人的灵魂世界的否定和拒斥。在这一模式下的小说叙述是对个人化的经验行为的表达，是对'我的身体'的肯定和对过去我们所坚守的那些虚妄的超越身体的灵魂性的否定。"③

王丽霞认为："20世纪90年代的市民小说站在民间立场上，祛除

---

① 鲁原、赖翅萍：《新的话语权力与新的权力话语——新市民小说论》，《小说评论》1998年第4期。

② 肖佩华：《新市民小说的崛起与市民文化精神的凸显——兼谈王朔与池莉现象》，《湖北社会科学》2004年第7期。

③ 葛红兵：《新生代小说论纲》，《文艺争鸣》1999年第5期。

了以往宏伟叙事对日常生活的遮蔽,尽力凸显日常生活的原始性、自发性和恒常性,在对日常生活的本真书写中重构了一种新型的生存诗学:人类的基本生活就是这样,无可抗拒也无法回避,在某种意义上,无须修正也无须拯救,它以自己的力量表达了凡人的真理。"①

肖夏林认为:"新写实的原生态和零度情感原则,是现实主义的一次倒退。其零度情感原则取消和弱化了现实主义作家的现实批判精神和积极的人生态度,表现了一种对现实的妥协。"②

李新宇则认为:"从新写实小说开始,到九十年代的新状态和新市民文学……几乎到处都可以看到一种生存大于一切的价值观念。活着成了唯一的目的,为活着而活着,没有比活着本身更高的价值。因此,为生存而采取的各种行为都有其存在的理由。在一些作品中,金钱成了支配一切的杠杆,理想精神和人格追求在它的面前已经不堪一击。仿佛在进入市场去为自己的生存而进行各种搏杀就应该把一切精神价值和人格操守通通踩在脚下。因为精神的支柱是那么软弱无力,而用金钱编织起来的世俗世界是那么美好。大量作品表现了一种市民社会的生活方式与价值选择。一群又一群的作家通过生动的形象和逼真的细节告诉我们乌托邦式的人文理想失落的必然性和民间世俗价值的天经地义。"③

20世纪80年代以来的社会变革造就了新的市民空间,市民生活作为一种公共话语空间,成为精英知识分子和世俗知识分子反复论战的场地,文学真正介入当代市民社会,始自王朔,王朔对"城市民间"的关注,不仅为当代文学开拓了一个重要的表现空间,而且为此后的市民小说发展确立了鲜明的民间叙事立场。池莉、方方、刘震云的新写实小说以比较客观的叙事立场和叙事风格表现凡俗人生的种种本相,揭示生存本身的意义所在,舍弃了传统文学中观念性的道德标准与情感认同,一种民间的价值取向不动声色地突现出来。在一定意义上,新写实小说作家为民间生存划出了一个边界,即处于社会下层的都市民间的生存世界。依照民间的精神尺度,面对生存本身的严峻性,任何超越其上的思

---

① 王丽霞:《日常生活的诗学建构与价值确认——论20世纪90年代市民小说对日常生活的书写》,《西南交通大学学报》(社会科学版)2006年第1期。
② 肖夏林:《装在套子里的现实主义》,人民网文学书城之文学评论栏目。
③ 李新宇:《走出民间的沼泽》,《粤海风》1998年9—10月号。

想意识往往都会显示出它的空幻与虚弱之处，新写实小说因此以客观呈现的方式促使人们重新回到对现实生存的本真探求。方方《风景》的文化意义正是在于使我们对生存本身恢复了应有的警醒与思考。然而，作家在道德评价缺席的情境下，仍然给读者出了一个难题：站在怎样的立场上，对于七哥的生存哲学，以及生活在最底层的城市贫民的生存状态的理解才真正成为可能？这是方方回到民间叙事立场之后，依旧无法真正放弃的关于存在的理性追问。处于转型期的何顿和邱华栋等人，更清晰地看到了民间社会空间的不断拓展，在城市民间中他们既是观察者，又是参与者。从这一既介入又疏离的视点出发，二人的民间叙事具有了更真实的底蕴，但是一种潜在的对立性还是在文本中构成了不和谐的思想音符："邱华栋和何顿的城市故事，给我们描绘的是这样的一种两难情境：我们无法拒绝这种世俗生活，虽然这一切是那么的没有意义，可是我们还是要热爱这种生活。"①

当代作家很少有人愿意从权威意识形态和知识分子精英文化的视角来表现生活和思考生活，作家们正在努力获得大众的立场和话语方式；在价值观念层面上，不断认同民间价值。人们早已经熟悉池莉等人的新写实小说完全认同普通市民的情感态度和价值观念的事实。他们写小人物的人生烦恼，写他们对生活的无能为力，写他们不得不承认现实并在夹缝中委琐生存的种种无奈，然而，与启蒙主义文学完全不同的是，创作主体对他们只有"哀其不幸"而不再有"怒其不争"。……无论如何，理想主义者是可笑的，清高和坚忍无法与经济大潮相抗衡，最后都要知道日常生活的真谛。如此种种展示着大面积的民间化走向。大群作家对世俗情怀采取了理解与认同的态度。一些作家完全放弃了知识分子立场，不再以知识分子自居。一些作家虽然仍然站在知识分子的立场上，但已经放弃了指点迷津的叙事方式。他们不再通过自己的创作来教化民众或者唤醒民众，他们似乎已经明白，知识分子不应该要求每一个人都能够站起来，艰难地为追求主体的确立与生存环境抗争。而且，知识分

---

① 刘建彬：《城市民间的独特言说 ——何顿城市小说简论》，《山东师范大学学报》（人文社会科学版）2003 年第 2 期。

子已经死了，人已经死了，近代关于人的全部理想都是知识分子虚幻的梦。[①]

王朔之于城市，是一种共生共在的关系，但他始终置身其上，戏谑嘲讽是俯视的姿态；新写实作家并不局限于城市写作，市民生活是他们乐于以零度情感展示小人物悲欢的一块试验田；新市民小说创作对于城市的认识，对于城市生存感受的表达显然不是基于现代理性，更多的是属于作家个人的生存感受，那些城市的情绪、城市的生长、城市的诱惑与冷漠、城市的冒险和放纵、城市的自由与禁锢等，作家们带着轻松的表情和迷离的眼神审视和叙述着这一切。或许我们可以说，当代市民小说在精神领域放弃了主体的"思"，而是以"在"的方式提示生存，使得文学成为现实生活的一面魔镜，我们看到的越多，得到的就越少。

三 一个作家与一座城

王方晨近年来的"济南城"系列小说，引起了读者和研究者的普遍关注。《大马士革剃刀》获得了第十六届百花文学奖，深获大众好评。这也引起了我的兴趣。一个乡土作家是如何实现这个华丽转身的？那些深刻的乡土烙印在他的城市小说中还有没有蛛丝马迹？一个寓居省城的作家，在他的创作中，是如何处理城与乡二者关系的？有时候和作家交流，我会谈到小说的几个基本要素，即诗、时、史、事。诗，是现代诗学意义上的审美建构，小说同样应该不断推向审美的极致；时，是小说要有时代感，参与时代生活，透视社会问题；史，是小说要有历史感，有超越表象，呈现历史与现实本质的深度和力度；事，是故事，小说家要会讲故事，不仅要讲好中国故事，还要清楚地知道怎样的中国，谁的故事，是虚构的故事，还是非虚构的故事。

有关济南城市叙事的兴起和发展，其实是和当代文学发展的大趋势，以及中国社会发展的基本走向保持一致的。特别是最近几年来，有关城市文学的讨论和研究已经非常热闹了。中国正面临着从乡土中国到城市中国的转型，随着所谓乡村文明的溃散，乡土书写叛逃之后，人们

---

① 李新宇：《走出民间的沼泽》，《粤海风》1998年9—10月号。

的目光逐渐转移到城市文学上来,在这个过程中,对于作家而言,如何梳理和思考自己与城市生活在情感上、文化上、心理上的关系,是非常重要的。王方晨在融入济南的过程中,始终带着一种双重的目光去观察和理解这座城市。通常,土生土长的老城人看自己的城市,一方面确实更加原汁原味,另一方面也因为身在其中而对其变化缺乏敏感,或是因眷恋往昔而不能足够理性地看待城市的变迁。王方晨小说的独特性在于,他的写作带着深刻的乡土烙印,同时也带着行走的痕迹,由乡而城,是他文学叙事的重要轨迹。他来到济南城安家立业,这样的一种城市观察者和城市寄居者的双重身份,使得他对于济南城同时具有"外审"和"内审"的双重目光。在这种双重目光的注视下,王方晨对于济南城市的感受和理解就变得特别敏锐和理性了。

我们常说起城与人的关系,城市文学的核心依旧是生活在城市中的人的处境、状态、情感和精神世界呈现。对于城市文学到底该如何发展,其实,评论家和作家们的观点始终都是有分歧的。最明显的两极分化立场,一种是对于城市文化始终抱有激情,另外一种则是始终保持拒斥的态度。关于城市书写的形式,有城市史的写法,有地方志的写法,也有笔记小说的写法,不同的城市书写形式所表现出的城市面貌是不一样的。王方晨的"济南城"系列小说,没有选择城市兴衰的宏大叙事,而是以人为核心,以文化为灵魂,有着很鲜明的道德伦理倾向。这种对于道德的追问,对于过去时光的缅怀,对于济南的风土人情、人物造像,还是伦理道德的反思,都称得上是意味深长的。王方晨似乎更喜欢黑白的济南,而不是彩色的济南。《大马士革剃刀》《遗情录》《大陶然》《月亮的舞蹈》《神马飞来》等作品都值得我们认真阅读,他笔下的老市民、新市民,还有城市流民,都给读者带来了不一样的审美感受。从一个村到一座城,再到一个独立的文学王国,这是一条漫长而艰辛的朝圣之旅,王方晨打算将济南叙事写到什么样的程度,拓展出一个什么样的疆土,值得我们期待。

在这里,我们以《世界的幽微》《大马士革剃刀》和《大陶然》这几篇小说为例,解析王方晨"济南城"系列小说的文化脉络、思想纹理和审美取向。王方晨对中国民间文化和市井生活有着自己的理解,在文学创作中,能够不动声色地坚持自己的立场,对世事浮沉、时势兴衰都有自己

的看法。老实街在大时代中所经历的动荡起伏当然是中国社会的一个缩影，也是王方晨内心纠结的情怀。

（一）看这幽微的世界

《世界的幽微》以高杰和鹅的恩怨纠葛为主线，伴随着一条老街的存亡，缓缓展开。王方晨的叙述不疾不徐，一板一眼，是他惯常的强调，有些古旧的气息，有些簇新的锋芒，就像杂货铺和大超市，对照起来让人惊心，却又浑然天成地缠绕在一起。小说开篇写道：

> 我们老实街居民一向与人为善，但这并不意味着毫无原则。
> 在我们老实街，礼字当先。数百年之久，出出进进走马灯般，人夥矣。然而，不论三教九流，还是五行八作，只要能在老实街住过几年，无有不得教化之益者，正所谓蓬生麻中，不扶自直。
> ——王方晨《世界的幽微》

作者刻意强调老实街的街风民情，为后面高杰的出场、出走、出现做好了铺垫。而鹅的生活状态，最终选择，也都有了合理的依据。及至老街被拆迁改造，文化更替的隐喻意味就与道德伦理的冲突构成了彼此镜像。

关于《世界的幽微》的评论，王方晨做了一个简单的汇总，这里概要介绍一下（以下评论来自王方晨新浪博客）。吴义勤说：王方晨的《世界的幽微》，也是一个特别有意味的小说。老实街的高杰，一个少年追求编竹匠家的女儿鹅。鹅长得很漂亮，是老实街的街花。但少年本来是个小混混，不幸的是他爬墙头的时候摔倒在粪坑里面，这对少年心理的各方面影响很大，因此他长大后考上大学，又到美国去留学，然后回国，成了大老板。回来之后，一方面是鹅对高杰的态度，另一方面是舆论，老实街人对他的态度。人物之间几十年沧桑巨变，关于爱情、关于生活的许多世界观都发生了变化。但高杰最后的表白，在阁楼上的那一段感悟，我觉得非常有意味。这类小说已经不仅仅是对一个人简单的否定、批判、质疑了，里面有一种对人性的理解、对文化的理解，因此小说本身就变得非常丰富，从一个简单的批判性向更丰富的内涵转折了。

何向阳认为：在方晨的老实街系列小说中，有一个叫鹅的女性。他写到高杰，高杰是我们在很多作品中都能看到的人物，就是从混混到发迹，留学归来，当了大老板，我们可以在很多作品中看到，但是我们看不到像鹅这样的形象。她们在老实街本本分分地生活，但是她们的那种自由、率性的天真，仍然没有被都市化所泯灭。从鹅身上我看到了非常美好的东西。比如说在《世界的幽微》中，他这样写鹅的可爱。"鹅的春天来得晚，都春花烂漫的时节了，她才像蛰伏虫儿似的醒来。"她把花草插满了头，一个人在旧竹椅上蹦来跳去，就这样一个女性的形象，而她并不是一个很年轻的女孩子。她有自己的儿子，已经做了母亲。"她就像一脚送进了趵突泉，又一脚跳进了大明湖，一脚泉一脚湖，一脚湖一脚泉，很多人都听到那些竹椅在她的脚下嘣嘣作响。"那么一个可爱的、真情的、非常率性的女性，在已婚的做了母亲的人身上体现得非常美好。

施战军谈到《世界的幽微》时说：这样的小说，往往一个小小的细节就把人情冷暖尤其冷的那部分以及冷的来由呈示出来。在以往王方晨的小说里，这样一些微妙的细节并不太多，而恰恰在这个时候，人到了中年才真正出来。《世界的幽微》里面，有个女主人公在小卖店里面称盐和红糖的情节。后来，在奢靡的大酒店里，几十层的高度，沉浸在失败感中的女主人公挣扎着纠正红糖是红的，盐是白的。因过去的恋人的记忆失误，让本来已经建立起来的那种暖意，以这样一个小细节，又出现了极大的温差。比较细腻的这种设置，由王方晨写出来，我确实很惊讶。他过去不是这样，过去他常被他的观念、他的理性和对于这个世界偏于暗灰的认知，完全像梦魇一样地罩住。而如今，他开始变得通透，他开始由较劲变得苍劲，开始由沉浑变得灵透，同时他展现了以前并不充分发达的感受力。一般来说，越写感受力越差，越磨越钝，但是王方晨还没有，他心里永远住着一个孩童，带着一颗审美好奇心，这种审美好奇心使他看到很多别人看不到的细节，甚至是自己过去看不到的那种细节。

马兵认为：王方晨特别擅长给小说起名字，比如说《世界的幽微》，在我个人看来实际上就是他所有的小说中的某种隐喻。他所有的小说都写了两种世界的幽微：一种幽微指的是这种自然的魅性、不可解的玄妙的东西。还有一种幽微写的是人性阴暗的底本,这个人性的阴暗的底本是我们每个人都很难撇清的,自私也好、残忍也好、冷漠也好,这种幽暗恰恰是王方晨小说里最值得我们珍视的对于人性加以关照的视角。

阿探在《人性幽微的起底——短篇小说〈世界的幽微〉一窥》中写道:一条老街的消失,竟然源于一个人心灵的极致性扭曲,高杰的生命似乎就是在等待老实街消失的这一刻,而这一刻终于到来时,他却被鹅永远地抛弃了。这个从大世界回到老街的当代新人,他的极端心理至此全然真切地定格了,但文本绝不仅仅停滞在具象之上。在刺痛老实街众人的同时,文本意义不着痕迹地完成了抽象升华,这就是小说神魂的潜藏。作品表层是鹅与高杰的暗合与决裂,所有表象之下的深层却是传统与现代的对决,是传统遗存与现代经济的对抗。在抽象意义上,鹅与高杰分别成为传统与现代意义的载体,在传统与现代的对决中,小说对现代经济社会的极端性构筑了隐性批判。高杰是现代世界的幽微的化身,世界的幽微无异于中国当代颠覆性经济激变推进的抽象,它以血盆巨口,如此强势地吞噬了人们曾经拥有的心安理得的生活,吞噬得毫无遗存,将人们推进万劫不复的伤魂性长痛中。难能可贵的是,王方晨放弃了社会政治生活酷烈的正面叙事,选择了人情对政治生态的映照,选择了庸常世相对颠覆性社会激进的承载,将时代酷烈感化作了艺术的审美感:平淡中蕴藏的触动精神灵魂的震撼。如同《大马士革的剃刀》《麒麟》一样,核心主题似乎依旧是剥离世相的人性关注,是不变与骤变的人性行为语言层面的对决。在临近结尾时,小说的主题性意象才迟迟到来,而这迟迟到来的意象,却是在文本叙事的展开中积蓄已久的力量的总爆发,如火山炽热岩浆喷发的一刹那,惨烈、壮丽。传统在现实意义上似乎败给了现代,在精神意义上却依旧是胜者,而世界的幽微则是人心极致的病象的积聚,人之猛兽心态的写照。

通过以上评论我们不难看出,王方晨小说有着独特的美学追求和鲜明的道德倾向,这在当代中国文坛上无疑是非常难得的。说到底,成为一个优秀作家,文学审美自觉是一个重要尺度。这篇小说讲述的依然是老实街的故事。在这条街上发生过,也许还正在发生着许许多多家长里短的故事,正是在这些来自日常生活,充满烟火气息的柴米油盐故事里,生长着王方晨极简而又丰饶的艺术美感。小说以老实街为背景,以

高杰的人生经历为主线,写出了一个时代天翻地覆的动荡感和恒久不变的稳定感。高杰和鹅的感情并不成熟,少年时代的渴望里,有多少人生的理想可言呢?并不是鹅的存在,可以作为奋斗的目标,倒是那个粪池,那个仓皇逃窜的瞬间,定格为一生的耻辱,成就了一个孩子异常坚定的方向。读书,出国,发达,衣锦还乡,开拓市场,改造城市。对鹅的追逐与纠缠,比之年少时更像个无赖。小说试图表达的,沿袭了《大马士革剃刀》的道德思索。鹅作为老实街的代言人,独自养大来历不明的孩子,坚决拒绝高杰,是看破他用情的虚实不定,为了保住老实街而出卖了自己,向高杰妥协,这些底线和牺牲里,有着斩钉截铁地超越生活的原则,也有着太多拖泥带水的生活本身。小说结尾点题:"'在澳洲,有种野人,叫幽微。'他胡乱比画着,醉眼难睁。'三米多高,浑身长毛,吃腐烂的尸体……鹅,我就是……幽微。'他重新瞪起血红的眼来,竭力地瞪着。'走,走,你去告诉每个人,幽微来了,谁也躲不掉。'"这个"幽微",才是王方晨写作这篇小说的本意吧。

(二)一把闪亮的剃刀

王方晨发表于《天涯》的《大马士革剃刀》获《小说选刊》2014年年度奖之后,又荣获第十六届"百花文学奖"短篇小说奖,并被收入《第十六届百花文学奖小说月报获奖作品集》。"百花文学奖"的颁奖词是:"《大马士革剃刀》是对已然消逝之古城市井风俗的追述,却未停留于含情脉脉的怀旧。刀光凛然,逼使人们的目光越过旧时光的陈渍,透视情味高古的'君子之交'内部暗生的裂痕。情节中暧昧难明的关节点,寄寓着王方晨对于人性复杂面的深长思考。"

王方晨在《小说选刊》年度大奖颁奖会上做了题为"当济南遇上大马士革"的发言:

这是我第二次站在北京的领奖台上。22年前,几道街外,故宫附近,沙滩,我曾有幸与作古的汪曾祺老先生同台领奖。那时,我还是个年轻人,刚走出乡村不远,因叫惯了"大爷大娘",麦克风前,怎么也把"先生女士"叫不出口。一次意想不到的尴尬,让我回忆了半辈子。而现在,我已把"领导朋友"叫得像说"俺"一样顺口。"俺"不由想到,文学是"啥"?这个就是文学!它把寒冷、坚硬、陌生、威严、遥不可

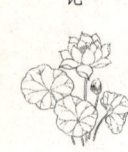

及,把"亲爱的玛丽"、咖啡酒吧、钢筋水泥、同志干部,各种的政治、科学、网络术语,把一切变得亲切温暖、触手可感。这就如同旧时王谢堂前燕,借助于文学的表达,而飞入寻常百姓家,使任何人都能在尊贵荣华的"荣宁府"信步而行。化神奇为普通,与化腐朽为神奇,同样显示着文学强大的力量。事实上,真的文学创作,重新给了这世界以浩漫的气息和新鲜的血肉,让它从陌生回到亲切,从自然回到自然,从常理回到常理。此刻,若问从心到沙滩、到东土城、到世界有多远,我想回答,在文学中,从济南到大马士革,距离已不成为距离。这就像我这样一个曾经老气横秋的人,见到每一个人,都像认识八百年,要么灵河岸边绛珠草,要么青埂峰下的石兄。而这也如同说,是文学让我发现了自己。当年,我从未想过终有一天自己也会变得很有趣,很快乐,不但惯于沉思,还有着强烈的表达欲望。所以,我感谢文学。同时,我也深深地感谢评委们发现了我的创作,感谢发现了《大马士革剃刀》这篇小说的《天涯》和《小说选刊》。是你们的肯定,使我有机会站在这里,使我再次与快乐在一起。我知道,发现的意义有多重大,也知道发现有多艰难。《小说选刊》其实是在做着披沙沥金的工作。过去数十年,由于《小说选刊》的打捞过滤,许多优秀作品得以免去遗珠蒙尘之憾,许多优秀作家,因此大放异彩。感谢你们让更多读者,认真思考《大马士革剃刀》究竟在写什么,思考济南遇上大马士革,经历了多远的距离,天地之间,还有多大的空白。

《大马士革剃刀》讲了一条老实街上几个街坊的故事。

> 老实街地处旧军门巷和狮子口街之间。当年,若论起老西门城墙根下那些街巷的声望,无有能与之相匹敌者。老实街居民,历代以老实为立家之本。老实街的巨大声望,当源于此。据济南市社科院某朱姓研究家考证,民国时期老济南府曾有乡谣如斯:"宽厚所里宽厚佬,老实街上老实人。"宽厚所是老济南的一家慈善机构。
> ——王方晨《大马士革剃刀》

小说从老实街的孩子"都已风流云散"写起。首先追溯老实街的风气。非要我们说出为什么,我们也只能告诉你,那是因为我们都是老实

街人。老实街居民向为济南第一老实,绝非妄也。若无百年老街的这点道德自信,岂不白担了"济南第一"的盛名?由此引出了在我们的记忆中,最当得起"济南第一"的大老实,正是老实街三十五号莫家大院的左门鼻。笼罩在济南第一大老实左老先生日久月深的威望之下,我们这些人,妇孺老少,驴蛋狗剩,都是他所呵护看管的孩子。就是这样的一条街上,生活着一代又一代守着老礼数的普通人。连新来的理发师傅陈玉伋也同样老实厚道。接下来,小说详述了左门鼻两次赠刀,陈玉伋二番送还的经过。虽然这一段细节凸显了小说开篇定下的道德感慨基调,但最核心的情节其实应该是剃猫和拆迁。这两个情节与老实街历史形成了两个重要镜像。

> 光身子老猫在济南大街上一路狂奔的情景,简直就是老实街百年未有的耻辱。当时还没容左门鼻赶到,本来行动迟缓的老猫竟一跃而起,未等人醒过神,就钻出人群,拼命向狮子口街跑去。从后面看,像是街上急速飞过一道稀软的橡皮,甩得空气噼啪作响。我们不约而同,与左门鼻一起,紧追不舍。那老猫跑到狮子口街,掉头向北,从一个小巷子里七转八转,到了车水马龙的泉城路上。此刻,我们都分明感到,泉城路就是济南的心脏,也是整个世界的心脏,鲜红娇嫩,如石榴花初绽。一只光身子老猫,穿过这颗心脏,出了老西门,又沿护城河跑了一里多路。我们都不知道它的意图。再往前就是大明湖,就见它跑着跑着纵身一跃,坠入河里。
>
> 胳膊拧不过大腿,既为老实街居民,还是老实些。跟政府对抗有什么好处?宽厚所街不是跟政府对抗过了?到底还是拆了,补偿费还损失不少。早早合作,每家补偿费还可多些。宽厚所街不宽厚了,老实街不能不老实。千古同理,老实人不吃亏。
>
> ——王方晨《大马士革剃刀》

小说留给我们很多疑问和思考,作者最终并没有清楚地交代剃猫到底是谁,是左,还是陈,这当然是叙事智慧,不过更值得我们思考的是小说结尾的那几个反问句。关于这篇小说,也有多位著名学者评论。王

干在《知晨昏，觉天地——王方晨和他的〈大马士革剃刀〉》一文中是这样评价的：王方晨的小说创作多年来收获颇丰，而我对他最为深刻的认识则来自他的《大马士革剃刀》。这样具有经典意义的短篇精品，现在较为少见。……《大马士革剃刀》这篇小说是王方晨的一个转型之作。第一，我认为它是一篇市井小说，而并非严格意义上的城市小说。中国小说真正进入有点现代意义上的小说作品是《水浒传》。《三国》《西游》都是写神、写英雄，《水浒》也写英雄，但是《水浒》设计了武大郎、潘金莲这样一些有市井味道的人物。王方晨的《大马士革剃刀》作为一篇市井小说，写两个剃头匠的市井生活，并且是发生在当今中国城市化、国际化、现代化进程中的"老实街"故事。他的最为突出之处，就是把市井小说放置在一个大的背景中来书写。第二，《大马士革剃刀》具有武侠小说的味道，两个市井人物暗暗较劲，像两个武林中人比拼武艺，他们是在比拼剃头的手艺，也是在比拼德行的标高，有点像倚天屠龙刀，这个屠龙刀则像大马士革的剃刀，因为武侠的一个特点就是较劲。它在某种程度上让人有了现代武侠小说的感觉。第三，《大马士革剃刀》还是一个荒诞小说或者叫哲理小说。它写两个剃头匠的日常生活，但是又很抽象。看了这篇小说以后，能让读者思考很多，里面的人物不仅是两个剃头匠，而像两支部队、两种政治力量在搏斗，这就有了抽象性。小说有些地方又是荒诞的，其中有个情节写把猫浑身的毛剃光，令人毛骨悚然，我认为这个好。至于能否把猫毛真的剃光并不重要，因为这是小说。……我觉得王方晨的《大马士革剃刀》是具有多重意义的艺术精品。既知晨昏，更觉天地，在《大马士革剃刀》之后，王方晨若再有一两篇这样的小说，那就很了不得了，离我们期待的目标也就越来越近。对他与此相关的"老实街"系列小说写作，我们拭目以待。[①]

杨剑龙在《一曲古旧老街消失的挽歌——读王方晨的〈大马士革剃刀〉》一文中写道：读《大马士革剃刀》，联想到汪曾祺的小说，那种用回忆视角叙写乡镇社会的人情美人性美，尤其是那种信马由缰的叙事方式。虽然小说采取了全知叙事视角展开叙写，但是小说中始终有着一些

---

① 王干：《知晨昏，觉天地——王方晨和他的〈大马士革剃刀〉》，《中国艺术报》2016年7月8日。

老实街孩子们的眼光。小说开篇就云:"我们这些老实街的孩子,如今都已风流云散。"在叙说丁研究家怒而疾书投于市长后,在陈述老实街人们老实之风的传统后,作家写道:"不论我们如何深刻理解老实街的崇高风尚,对刘家大院陈玉伋的遭遇仍旧感到极为迷惑。"自然而然地进入对于理发匠和小店主交往故事的叙写。"我们"进莫家大院玩耍,到左门鼻的小百货店买东西,获知大马士革剃刀的二送二还,看着街痞小丰踏入理发铺,参与追踪剃光了毛的老猫,参与弄下爬上房顶的小猫,给陈玉伋的闺女送行,参与了老实街拆迁的抵制。小说"我们"自知视角的运用,使作品具有了散文化的亲切和流畅。王方晨的《大马士革剃刀》如重回旧地的市民讲述已被拆迁老街的故事,温情中蕴含着悲凉,怜惜中透露出愤懑。行云流水的言语中,有对于真情过往的深情回忆;伤感悲婉的叙述里,是一曲古旧老街消失的挽歌。①

马兵的《市井道德、人间情味与"思想的骨骼"——读王方晨〈大马士革剃刀〉》一文,对这篇小说的剖析可谓深刻,他认为,王方晨的济南系列,包括这篇《大马士革剃刀》,以及《神马飞来》等,将目光从村镇转到城市,可又不是光怪陆离的大都市,而是老济南烟火气十足的市井人家,近似当年京派作家以"乡下人"的眼光观照城市的心态,倒是多了对行将消逝或已经消逝的风物民情的眷怀和体察,其中洋溢出的悲欣交集以及对传统现代转化过程与结果的思考,尤其沉郁,耐人回味。……在《大马士革剃刀》中,他要追问的是,作为文化基因或者说心理无意识积淀的"老实"除了给老实街的居民带来"道德自信"和淳朴的古风之外,还意味着什么?在一个道德剧变即将来临的过渡时刻,老实街的被拆迁与"老实"的样板意义的消逝,又传递着怎样的思考?……事实上,以"老实"命名一条老街道是有相当复杂的寓意在其中的。"老实"可以理解为一种德性,再扩而大之可以理解为一套良知系统。按照孙隆基《中国文化的深层结构》的说法,"西方人的道德是指个体对自己的'完整性'之维持,中国人的道德则基本上是指'社会道德',乃由群众压力或'人言可畏'所维持的,因此基本上仍然是一

---

① 杨剑龙:《一曲古旧老街消失的挽歌——读王方晨的〈大马士革剃刀〉》,王方晨新浪博客。

个人情化的因素。"①也就是说，道德感的维系要依赖世俗人情的制约，如此便不免导致一种泛道德主义的良知运作模式，即"每一个人都不是诉诸更高的原则，而是看大家都在做什么都不在做什么来作为是非定夺的标准。当每一个人都把'跟大家一样'内在化后，就要求别人就范"②。当然，这种逼人就范并不依靠暴力，而是依靠类似"人言可畏"的环境所形成的软暴力。比如在老实街，老实的定义并不是某种务虚的理念，而是由左门鼻这样的老街坊垂范出来的，于是，像左门鼻那样待人接物就成为老实街居民"是非定夺的标准"。左门鼻对陈玉伋的惺惺相惜正源于此。问题是，良知系统一旦固化，其对个人行为的宰制就是全方面的和铲平主义的。孙隆基在他的书中提到一个路德教背景的留学生对中国道德的观察："大家都说中国人是一个很道德的民族。但是，据我看，道德牵涉到自我的选择。一种从来也没有出现自我选择的状况并不能算是道德的状况。"③这个观察在某种程度上点出了问题的症结所在，缺乏自由选择的良知系统必然会使得某些希望保有个性自由的人感受到那庞大道德感的不能承受之重。④

　　熊延莲在《传统风流云散，呼唤美德回归——读王方晨〈大马士革剃刀〉》一文中写道：拆迁是时代变迁的外在表现，那么，拆迁仅仅是改造了城区，改造了城市规划吗？不单单如此，社会的发展变迁，改变了传统的道德，改变了淳朴的民风，像老实街这样的街巷随着社会的发展还剩下多少呢？现如今的社会，乡土或是底层抑或是诚实，还有多少传统的道德习俗传承呢？作者如温水煮青蛙般将残忍的社会现实剖析在我们面前，强迫我们去反思，社会的问题出在哪里？如老实街般崇德尚古的民风都去了哪里？《大马士革剃刀》充分表现了底层社会的丰富性、独特性，作者以其从容、纯净的叙述，探窥人性的繁复与幽微，文字洗练，展现出独特的风土人情和叙事艺术的不凡魅力，于旧人旧事中反映现实，让读者唤起中国乡村时代变迁的集体记忆，同时在回忆中找回传

---

① 孙隆基：《中国文化的深层结构》，广西师范大学出版社2004年版，第42页。
② 同上书，第177页。
③ 同上书，第192页。
④ 马兵：《市井道德、人间情味与"思想的骨骼"——读王方晨〈大马士革剃刀〉》，王方晨新浪博客。

统,并以此看到未来。[①]

这篇小说吸引我的,无疑是小说中的道德意味。当下的作家写作,或是有意识地回避道德追问,或是无意识地绕过,一个时代有一个时代的价值观,而且一分为二的道德判定和道德审判毕竟来得太过简单。这篇小说所要表达的深意,几位学者的分析已经很到位了。我颇感兴趣的是,无论是老实街的道德优越感,还是市井生活中并不张扬的道德氛围,或者是质疑者的道德疑虑、道德自省和道德负罪形成了泛道德化的语境,对个体的生活构成了无形的约束,当然,也是一种压力。猫被剃光之后,陈玉伋一下子变得病弱不堪,最后离开了老实街。而老实街也被拆迁,一切恩怨都像那剃刀上的一根猫毛,似有若无,记录着历史,也被历史淹没在尘埃里。写作者如同谱写乐章,总是把自己认为最美妙的音符连缀在一起,反复深化、延展,达成自己心中的主题。在现代意义上,道德感较之外化的标榜,更像是人内心深层次的精神需求。当我们身陷在物质的围困中,物质越强大,内心也可能越软弱。王方晨写出了人群中的道德困境,也以一人一猫的死亡,写出了生命的终极之界。

(三) 人生难得自陶然

《大陶然》同样是一篇典型的济南城小说。饮食男女的平凡琐碎日子,没有什么大悲大喜,就算瘸了腿,就算仍有欲望蠢蠢欲动,都敌不过各种计算和算计。今年网络流行的一句话是"城市套路深,我要回农村",这篇小说就是各种套路中的一种。也没有什么新奇。一对老年孤独的男女,各怀心事的儿女,在一场意外中,检出了人性的复杂,现实的悲凉。

> 在老工人乐队打镲的狄肇魁排练回来,抬头看见怀酽姬在前面走,蹑手蹑脚跟上去,靠近了,出其不意,"哐"的一声,打了一下镲。"你个死老狄!属驴的倒霉玩意儿,出门让你捡个大花圈!

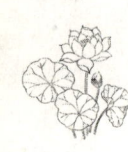

[①] 熊延莲:《传统风流云散,呼唤美德回归——读王方晨〈大马士革剃刀〉》,王方晨新浪博客。

头日埋，二日就遇上个扒坟的，想做鬼都不成！"狄肇魁笑吟吟说："老怀，打下镲，你也骂得忒毒了些。""这还毒？我说声驴，再没二傻子伸头来领的。"

——王方晨《大陶然》

这样的开场有着强烈的戏剧效果，老怀的怒骂、刻薄，看得出性格里的凉薄，本来就不是重情重义的人。等到意外发生：

狄肇魁一把没托住，怀酽娖就"噗嗒"从护栏顶掉到地上，顿时疼得叫唤起来。狄肇魁看她像猪一样滑稽，忍笑要扶她，她叫得更厉害，"死老狄，你忘了自己年纪了！"狄肇魁还一时犯糊涂，心想，我什么年纪？蓦然一惊，自己属兔，今年虚岁七十一，怀酽娖比自己小四岁，人生七十古来稀，怎么着也是老人了。再看看护栏的高度，狄肇魁不由惊了身冷汗。

——王方晨《大陶然》

我们才知道这是六七十岁的老人了。孤独是人生最大的敌人。近年来，写留守老人的小说很多，从不同角度，生活的艰辛，对孩子的期盼，情感的渴望，精神的空虚，等等。两个人的各种小冲突，斗嘴，意外摔了腿住在一起，老怀四十岁就守寡，而老狄也丧偶五年，一对老邻居似乎终于走到了一起，小说没有那么简单，老怀已经死心塌地恋上老狄的家，"我不能好。我不能好。我不能好。"狄肇魁倒糊涂起来。"你好不好的吧。""我好了就不能来了。"她身上颤动着。狄肇魁安慰她，搂住她的肩膀。"谁不能来了？"他说，"你在这里嘛。你可以在这里住一辈子。你在这里住到大明湖干。"老狄却突然翻脸，当着众多外人的面大声怒斥老怀："你本来知道嘛，这个世道，坑就一个字。……世道就是这样，哪管你精明一辈子，该失算还是失算。"他说，像对世界说，"既然自己掉坑里，那就自己爬出来。"说完健步如飞，向车流汹涌的经十东路走去。他灵活地躲开车辆的疾驰，来到道路中间的护栏下面，抓住护栏，双臂一撑，就轻松跃到护栏上面，但他没有翻下去。他高高骑坐在那里，好像在笑。小说结尾这个逆转，与老狄的忍气吞声和蠢蠢欲

动形成了鲜明对比，对比如此强烈，更映射出人心晦暗不明的深渊。小说的力量感和深度也就在这里了。

　　王方晨在创作谈《书写人性之妖娆》中写道：我在想，如将这部《大陶然》做成影片会是什么样子？第一个镜头，一老年女性怀着内心的神秘面朝观众静静走来，时不时不易觉察地莞尔一笑，下意识地比画出一些骚性动作，比如，像在典型的戏剧舞台上一样，悄悄做一下高贵而娇俏的兰花指。这样保持腰肢以上的近景长达一分半钟，绝对要让观众深刻记住我们的老年女演员，也由此真正考验艺术家在寂寂无声中的独角表演。然后，一声刺耳的镲响，女老年惊悚回头，如同大幕猝然拉开，锣鼓隐隐齐鸣，丁丁喹喹，"一个啷儿，二个啷儿"，开始演出我们热闹非凡的人间故事。生命已然老去，但人性无所谓老，它既不会随着年龄的增长有所减少，也不会因之增加更多。小说中有两个风烛残年的老人，也并不是越老越善。很显然，我着意描写了他们的心中之恶。社会上"恶老人"的故事屡见不鲜，可你非要我具体说出一两件，我反而感到自己一件也说不上来。面对小说中的人物，我却觉得自己能看到无尽的黑暗和绝望。《大陶然》写的就是这样的一对老男老女耗尽心力的斗法。配合他们的，还有老女一方的儿女。在将老男一方逼到退无可退时，蛰伏老男身上的恶终被激发出来。老男顽强地以自己的谎言和伪装，销蚀了老女防备的外壳，善也便显山露水，岂料等待自己的，却又是猝不及防的恶的一击。听上去，这会是一番善与恶的车轮大战。写到恶，我常感窒息；写到善，心中也难免会有融化的感觉。但我总不会刻意回避那些阴暗的令人深恶痛绝之恶。在我看来，不论善恶，都是一份人性的妖娆。人类的生存实际上得益于这份妖娆。正是有这份妖娆在，才使得我们的生活有着各种形态的呈现。而我似乎也不应绝望，因为历史和生活证明，人类总不会悲哀到连作恶都不会。早在很多年前，我得到了一份失去封面的《中篇小说选刊》，其中有篇小说叫《虚构》，另一篇叫《血泪草台班》。在我的印象中，那灰黄纸张似乎就是"文学"的模样。也就是从那时起，我发现小说后面的创作谈，无不要感谢《中篇小说选刊》的选载，这几乎成了惯例。现在我也有了感谢的机会，自然不可错过。感谢《中篇小说选刊》选载了《大陶然》这样一篇写恶的，同时也是一篇书写人性之妖娆的小说。①

马兵在《人有病,天知否?——读王方晨中篇小说〈大陶然〉》一文中,对这篇小说的内在意蕴有着深刻解读:《大陶然》(原载《上海文学》2014年第12期)写的还是济南故事,对世道浇漓的观照与思考、内蕴的批判指向却又辐射广阔,超逾地域之上,成为王方晨写给当下时代精神病况的又一份精准病案。……王方晨以"老人跌倒"为由头并将之细细铺展的用意,显现了他对时代之疾正面强攻的担当。当然,作为一个聪明的写作者,他并未在小说里重复一个"撞与未撞""有责与担责"的道德罗生门的新闻迷局,而是将老无所依的空巢之困与人性之幽暗关联在一起,更体贴也更内在地拷问了中国式老人之"恶"的根由。在当下的中国社会,脆弱的人际信赖体系往往会因为整体社会缺乏合理的制度载体而愈发变得岌岌可危,四处流布的不安全感就像无解的僵尸病毒,让每一个中毒者既成为信用缺失的牺牲品,又成为一个继续传播信用缺失的新载体,就如老狄恶狠狠地向世界宣称的那样:"既然自己掉坑里,那就自己爬出来。"人们过分的应激反应诱发释放出了被道德封存的对他人和社会的恶意,加速了情况的恶化。福山在《信任》一书中认为,信任在文化与经济资本的链条中有着至关重要的作用,它嵌入社会文化之中,是"规矩、诚实、合作的行为组成的社区中产生的一种期待"。有意味的是,尽管"信"乃儒家的元德之一,但中国却被福山划入"低信任度国家"的范畴。其实不止福山,从孟德斯鸠到马克斯·韦伯,对于中国社会形态中诚信的理念与实践都评价不高,这是因为中国传统的家国同构预制了以血缘关系本位的信任结构,让其对家族以外的陌生个体和社群本能地保持警惕和不信。比如,在《大陶然》中,老狄和女儿卫庆,老怀和女儿大桂、玲子和儿子大军便形成两个血缘利益共同体,彼此提防,暗中算计。更麻烦的是,在中国从"熟人社会"向"半熟人社会"再向"陌生人社会"的现代转型中,信用体系的更新与重组并不顺利,传统的人际信任资源存量式微,现代化的制度信任又没建立充分,无法真正嵌入嬗变的社会关系之中发挥替代功能,其后果自然便是无处不在的信任危机。就像小说里的老狄和老怀,他们有彻骨的空巢之

---

① 王方晨:《书写人性之妖娆》,《中篇小说选刊》2015年第1期。

痛，渴望暮年的心灵陪伴，又惧怕所托非人的信任风险，正暴露了社会化养老的不健全和养儿防老的不可信，这种落空之感当然会加重老人的防备和防范心态，以讹诈作为自保。这就是中国式老人之"恶"的吊诡和无奈！人有病，天知否？一向很会给小说命名的王方晨以"大陶然"戏谑然而沉重地将"扶不扶"的道德命题点染成郁愤的人性荒诞剧，老狄最后向天的镲声虚空却蓦地"就成了盛大的合奏"，作为看客的我们又何尝不是这合奏中的一名乐手或是一名听众呢？①

郑润良在《复杂人性背后的时代图景》一文中谈到《大陶然》：王方晨的《大陶然》从一对老人的斗法中鉴证人性的善恶辩证法。狄肇魁与邻居怀酽妮外出时不小心造成了后者摔倒，腿骨轻度骨折。怀酽妮小题大做，利用狄肇魁的善良，赖到了他家里。怀家人的贪婪引起狄肇魁的邪念。在他的诱惑下，怀酽妮失去了防备，并被扫地出门。小说对人物心理的微妙变化把握丝丝入扣，但对人性背后的社会图景的挖掘还有待深入。②

魏雪慧在《老年春梦的"陶然"终结》一文中写道：王方晨的中篇小说《大陶然》，依旧执着"济南纪事"，平凡琐事反映人性流变，王方晨以略带幽默与苦涩的笔调，颠覆了人世记忆中美好的"黄昏恋"，笔法老辣沉着，却不着痕迹，以"人性的贪婪与复仇"，展现了作家对中国当下社会洞若观火又悲天悯人的观察力与深刻反思。……《大陶然》实则一点也不"陶然"。一场老男老女演出的"老年春梦"，到头来不过是相互试探撩拨的人性表演。亲生儿女或见利忘义或与父亲决绝，而体验馆里的"儿女"们却是甜甜地左一句"爸"右一句"妈"亲热地叫个不停。小说中的悖论与荒谬，恰是直逼当下中国社会问题的利刃。③

---

① 马兵：《人有病，天知否？——读王方晨中篇小说〈大陶然〉》，山东作家网，2014—12—25。
② 郑润良：《复杂人性背后的时代图景》，《中篇小说选刊》2015年第1期。
③ 魏雪慧：《老年春梦的"陶然"终结》，《当代小说》2014年第12期。

第七章　长篇小说《老大》中的历史记忆及对乡土中国的考察

乡土中国的现代记忆以什么为主线？人？土地？文化或者政治？关于现代乡土小说的发展已是文学史常识，无须赘述。倒是何以有如此之状况，依旧值得一问。历史记忆的装置有很多种，博物馆、建筑、雕塑、影视，还有文字、图片和人自身。对于中国近现代史，满目疮痍的土地本身就是一种历史记忆。尤其是新中国成立前的土改，新中国成立后的合作化，新时期的土地家庭承包，90年代以来的新型农庄，在这一分分合合的过程中，土地，是时代变迁和社会动荡的忠实记录者。乡土小说中的土地情结来自于历史文化扭结的核心，静态的稳定性和自足性，动态的破坏性和承袭性，交替呈现。乡土小说一直以来都是有根的写作。传统文化、民间文化、地域文化、乡土文化叠加在一起，积淀为有形无形的影响。所谓大象无形，大音希声，这种乡土性渗透在中国传统文化血脉中，传统的"中国社会是乡土性的"，从本质上说它是一个"农业老家"[①]。土的传统和士的传统，是考察中国国民性最重要的两大视角。乡土写作是"将乡间的死生，泥土的气息，都移在纸上"[②]。土地，不用回眸，就能照见历史的来时路。

《老大》是王方晨在台湾出版的一部长篇小说新作。在这部小说里，王方晨给了中国乡村更广阔的时空架构，"核桃园"诗意不在，然而历史的浓重阴影依然让我们看到了中国社会逶迤前行的清晰轨迹。作者将乡土诗学与历史诗学合二为一，在个人命运的纵向上展开时代和社会生

[①] 费孝通：《乡土中国》，三联书店1985年版，第1页。
[②] 鲁迅：《且介亭杂文二集·〈中国新文学大系〉小说二集序》，《鲁迅全集》第6卷，人民文学出版社2005年版，第246页。

活的横断面，探究乡土社会缓慢向前的内在动力和自我瓦解的破坏力，以此为坐标考察土地、文化、历史和命运对于人的生存的影响。小说中历史维度、政治维度和文化维度以及日常生活叙事纵横交织，在城市化写作日益喧嚣的当下，王方晨对土地书写的执着，对发掘国民性幽暗的犀利，显得颇有些另类。乡村社会的秩序感是如何建立起来的，又是如何被打破的？从传统的族长到现代的村长，从文化专制到政治专制，再到经济专制，被宰制的人的生存如何获得解放？一场大火带出了宿命的味道，然而轮回和摧毁肯定不是答案，老大不在了，乡村也依然笼罩在权力和资本的阴影里，权力是拧紧乡村秩序的铁腕，资本则是摧毁传统乡土中国固有形态的最后一根稻草。经由新文学传统建构起来的那个历史的中国，在后现代的中国叙事中几乎被消解殆尽。王方晨面对乡村政治和乡土文化的巨大失败，不肯在时代的欲望面前后退，也不肯以想象的乌托邦建构纸上的原乡，他的基于土地反思的现实主义表达，在文化意义上算得上腹背受敌了。这种固执的文化立场，显然对于今天的中国乡村书写有着不可或缺的重要意义。

一　回望：个人传奇与历史册页

文学是历史记忆的特殊空间，其中，个人伤痕与公共记忆，往往互为表里。《老大》体现了乡村历史与文化的视野拓展，在政治与社会结构的思考，人文和日常生存的观照中，考察中国社会的结构性缺失。王方晨思考的基点是，家族与村庄、人性与秩序、传统与现实的消长。他表面上专注于一个人的命运史，目光却在打量几千年乡土中国最幽暗深邃的不知名之处。这种在历史中形成的整体文化记忆，带有家族历史与文化空间想象的双重审美倾向。哈布瓦赫认为，心智是在社会的压力下重建它的记忆，这其实是人们对社会的一种逃离："对过去的崇拜，没有使人们的心灵与社会结合在一起，实际上是将它们彼此分离，没有比这更违背社会利益的了。"[①]不过，对于个人而言，指向过去的记忆营

---

① 莫里斯·哈布瓦赫：《论集体记忆》，毕然、郭金华译，上海人民出版社2002年版，第90页。

造，带有心灵乌托邦的色彩，与指向未来的理想乌托邦形成建构意义上的回应。20世纪80年代我们怀念"五四"，90年代我们怀念80年代，现在我们怀念民国。这种怀念既是一种历史记忆，也是一种文化想象。回到土地书写，中国乡土文学有个大传统，包含着乡土文化的反思与重构，这里面有个人记忆、家族记忆、族群记忆等不同层面的文化投射。当然，反向的回溯往往意味着正向的眺望，乡土，从来不仅仅是一个民族背负的历史，还是每一个时代都要直面的现实。山东乡土写作有自身的传统。大传统是现实主义的批判性和理想主义的终极性，是以乡土为文化的对应物，把中国的历史和文化之魂系于土地之上。山东乡土写作是承继"五四"乡土叙事传统保持至今的孤独者，无论是张炜的田园理想主义，还是尤凤伟、赵德发、张继、王方晨等人的乡土现实主义，历史理性、人文理性、启蒙理性立场都很鲜明。这里面就涉及齐鲁文化自身的传统。齐鲁文化是传统文化的核心，而"五四"有着鲜明的反传统文化立场。那么，山东乡土文学传统的思想主线和基本立足点究竟是什么？李泽厚认为，转换性创造是当代中国文化建设的根本出路，这里面有对传统文化根基的体认，也有对现代文化转型的梳理。齐鲁文化同样正在经历当代转型，在这一文化背景和社会背景下的山东乡土小说创作，既体现了知识分子思想启蒙的精神追求，也包含文化保守主义的自然乌托邦诉求，还有现实批判基础上的道路探求。共同的支点是理想主义，也可以说，齐鲁作家的乡土写作有着相近的文化立场和道德理想主义情怀。

　　王方晨的乡土写作既继承了鲁迅的批判性思想资源，也包含着赵树理的回归性民间资源；既是个人的生活经验、情感体验、心灵轨迹的忠实记录，也是大时代共同记忆的一面镜子。有学者说，赵树理是站在村庄看世界，鲁迅是站在世界看村庄。换个角度看，我觉得赵树理呈现的是生活经验型的乡村，是身心俱在；鲁迅是思想文化意义上的乡村，是去国离乡的批判。王方晨选择了中间位置，这是一种历史观和世界观的自觉，是知识分子站在民间立场上的平视，比赵树理的视点要稍远一些，多了一份理性的审视；比鲁迅的大历史和世界性坐标要更靠近温热的土地，多了一份感性的投入。当然，并不是说王方晨比鲁迅和赵树理更了解中国的农村，应该说，他是在努力以自己的方式书写乡村。面对

乡村世界，童年的记忆，土地上的艰辛，给了他刻骨铭心的情感记忆；文化的瓦解和制度的腐烂，给了他反省乡村政治，思索乡村生活的勇气和方向。房伟认为：王方晨是一个冷静的人性探寻者。他清澈的目光和睿智的思考，挽留着那些正在消失的乡土中国的重重镜像，拷问着现代中国转型的种种世态人心，他以简约却富"内爆力"的语言诗学，悲悯的情怀与巨大的想象力，赋予了中国文学新的可能性的探索。① 这段话准确地概括了王方晨艺术世界的独特性。

《老大》从庄稼祥和父亲逃离核桃园写起。这是小说中乡村与都市分裂的开端。新中国成立以来，经过几次运动，中国在政治上高度整一，经济发展模式单一，文化意识形态单一，基本上不存在明显的裂隙。真正的分化始自商品经济提速。资本的介入，改变了政权一体化的社会格局，国家和社会开始分化，社会内部政治身份淡化，依照经济地位重新组合，社会各阶层身份逐渐明晰，形成了新的格局。而城乡分化与融合的过程，始终与土地、土地变革有关。对土地的质疑和追问，是一种对历史和时代，对生活和记忆的追问。土地留给我们的是怀念还是伤害？庄稼祥的回忆基本上限于自己的家庭生活，考上大学，考上研究生，遭遇袁广田的威胁，面对廉伯的追问，最后和父亲逃离乡村。在《论集体记忆》中，哈布瓦赫试图回答一个问题：社会为何需要记忆？首先，社会自身总是让身处其中的个人产生一种幻象：似乎今天的世界和过去的世界相比，总有些莫名的不完满。哈布瓦赫提到，希腊的哲学家们并不是把世界的末日看作黄金时代，相反，他们认为，世界的开始才是最美好的。许多普通人也使自己相信，和自己的童年和青年时代相比，现今的生活似乎有一种莫名的缺失感和沉重的压抑感。社会之所以需要记忆，是因为记忆赋予社会的"过去"一种历史的魅力，把最美好、神圣的事物贮存在与现今相对的另一个维度里。庄稼祥的成长履历谈不上有多么美好，多年以后的回忆，也算不上对现实不满的逃避，作者以这个私生子的个人记忆作为小说开篇，显然是有着他的特殊用意的。现代中国既笼罩在乡土中国历史的阴影里，又摆脱不了他者文化影响的焦虑，这种文化天平上的摇摆状态，与身份不明的庄稼祥，有着某种内在

① 王方晨：《老大》，台湾秀威出版社2011年版，封底房伟的推荐语。

的契合。

　　庄稼祥面对的问题，其实也是作者必须回答的问题。那就是，一个人，从哪里来？到哪里去？这是个哲学问题，如果以此暗示一个村庄的兴衰，反观一个民族的历史，那么，被遗弃和主动抛弃就更像是一种文化意义上的共谋。庄稼祥所感受到的迷惑和失重感，包围着有限的人生世界，武力解决不了问题，无论是别人对他施加的暴力，还是他与这个世界的各种冲突，都无法带给他真正的归宿感。这是一个出身不明，去向未知的人，构成了文化意义上的民族隐喻。他乡终究是异乡，没有退路，那些虚幻的乡愁，被王方晨束之高阁。祭祖、饥饿和战争是庄稼祥、庄道潜和庄至行记忆和复述的历史主体。廉伯的力量来自于土地的维护和背叛。这个村长，大作坊主，最早抓住社会变革的脉搏，成为核桃园的经济命脉。他的财富形成了新的权力重心。从政治轴心时代到经济轴心时代，廉伯的社会地位始终不变，他通过个人的威望树立起一种绝对权威，没有人挑衅他，他在核桃园有着至高无上的地位。没有他的参与，大大小小的村干部任何事都不敢自作主张。番薯开花预示着灾变，老族长根儿爷出面，要想拯救村子，必须祭祖。然后是修家谱，修祠堂，廉伯反对，根儿爷败退，甚至恳请廉伯出任族长。第二年的祭祖非常虔诚，真正让村人弯腰的，并不是祖先的在天之灵，而是大作坊的主人廉伯，这个隐身在神坛后面的人，冷眼看乡村社会的生死存亡。廉伯和庄稼祥这一对父子，从未相认，彼此隔绝，一个以出逃的方式，把混沌的历史抛掷身后；一个以征服的方式，改写了一个村庄的历史。离开核桃园，离开土地的庄稼祥，在城市中工作、结婚，却没有根，他的根也不在核桃园，没有后代不过是显文本，"我是在自己身上绝了的"，这句话有多重隐文本含义。绝望、断绝，指向个人与外界的关联，是当下与历史的裂痕；是追问悬置的乡村，向何处去。

　　作家是社会记忆的参与者和记录者，而且多半站在民间记忆的立场上。《老大》中，关于饥荒的记忆，关于战争的记忆，关于"文化大革命"、知青的记忆，关于改革开放、搞活经济的记忆，这些是大历史，个人的情感、家庭、婚姻是小历史，二者缠绕在一起，以个体记忆丰富集体记忆。民间记忆与官方记忆往往有着不同的视角，在一些情况下，它表现为大众和精英的区分，抑或所谓国家视野和民间视野的对立立

场。小说往往以虚构的方式接近真实，甚至比史书更具有历史现场感。那么，是否意识形态的影响会改写集体记忆呢？我们从十七年农村题材小说中不难看到，历史是以革命史的方式写就的，从土改到合作化，个人被异化成历史的字符。当然，个人的经历我们也不是完全看不到，遮蔽只是一部分，赵树理小说中的潜文本就是对那个时代的质疑。总体上，个体记忆和集体记忆有内在的同构性，是主观上的集体感强化了个人之间的共通性。雷颐认为：在历史叙述中，以个体经验为基础的"私人叙事"与以群体抽象为基础的"宏大叙事"构成了一对相互紧张的对应关系。① 当然，也有学者认为，个体叙事抑或私人叙事作为对历史叙事和集体记忆的一种"补充、修复、矫正和保存"，有着自身的意义和价值。尽管从外观看起来，"宏大叙事"居于强势地位，似乎给人一种强迫性，但并不必然构成对"私人叙事"的"侵犯、涂抹、覆盖或清除"，二者可以同时存在，或对立或区别，或两种叙事根本就是同一的。作家超越这种先验的差异，抑或模糊个体记忆或集体记忆的鸿沟，个人的过去甚至可以构造成为一个集体的过去，廉伯的成长史，是村人共同见证的，个人记忆反而掺杂太多主观想象，集体记忆修复了个体记忆的不足、局限和偏颇。

哈布瓦赫认为，"对同一个事实的记忆可以被置于多个框架之中，而这些框架是不同的集体记忆的产物"，同时，"集体记忆的框架把我们最私密的记忆都给彼此限定并约束住了"②。对于中国近现代历史来说，我们记住的往往是大历史，是剧烈的时代变迁给了我们考察历史和观察现实的坐标系，给了个体记忆的大致框架。乡土中国的土地和历史是纠结在一起的，没有作家可以超越这个维度，单纯地写个人的生活，个人的故事，所有农民的命运，也意味着乡土中国的命运，在乡土中国的现代化道路上，乡土小说呈现出集体记忆的巨大惯性，然而作家还是要赋予个体记忆以不可取代的意义，真正好的作品首先是鲜明的个体命运，个体记忆，在个体背后有一个整体的维度，历史渗透在个体生活之

---

① 雷颐：《私人叙事与宏大叙事》，《读书》1997年第6期。
② 莫里斯·哈布瓦赫：《论集体记忆》，毕然、郭金华译，上海人民出版社2002年版，第93—94页。

中。乡土小说行进在乡土中国的文化腹地,一方面讲述旧传统的消亡,另一方面重建新生活的体系,展示个人痛苦,隐藏时代的伤痕,或者刚好相反。正如王德威在《回忆的暗巷,历史的迷夜》一文中的叙述:任何"重述"创痕、"重启"回忆的努力,都只能以片断的、裂散的方式显现这努力本身的局限性……然而我们不断地写,是因为我们写不完全那伤痕;我们不断地追忆,是因为我们再也忘不掉,却又记不起那过去。①

二 反思:乡村政治与宗法异变

小说不负责探讨社会问题,尤其不负责给出解决问题的方案,然而我们仍旧期待作家关注现实,并且在对历史和时代的书写中,努力超越表象,寻找世界和生活的本质。新中国成立以来,对社会结构的改造首先从农村开始,自上而下大一统的格局,瓦解了乡村自治的基础。杨海坤在《乡村自治的历史根源、现实问题与前景展望》中指出:在中国历史上乡村社会里存在着的相互联系和作用的士绅阶层和宗族势力,以及以宗族为基础、以士绅为纽带而形成的保甲制度,是维系中国乡村自治的三大基石。② 乡绅阶层往往起着上情下达、下情上传的桥梁作用,在政治、经济、文化层面都具有不可忽视的影响力。这一科举制度造就的民间精英阶层,作为传统社会的中间环节,居于庙堂和江湖之间,是沟通统治者与人民的桥梁。传统法度是皇权不下县,乡村基本依靠乡绅和宗族治理,教化民众、承担赋税、维持治安和平衡乡村社会结构。乡绅与宗族力量多有重合,构成与皇权大一统相互动的地方自治基础。我们现在所说的乡村政治文化,是指一种富有传统中国乡村文化特色的建构与组织社会生活的方式,以及这种方式在其实际运作过程中所包含的权力关系、生活观念与思维方式、行为方式。概括来说,乡村政治文化主要有三个明显的特征:"崇尚权力与权威,强势权力、民间权威与分化

---

① 王德威:《回忆的暗巷,历史的迷夜》,杨照:《暗巷迷夜》,台北联合文学出版社1995年版。
② 杨海坤:《乡村自治的历史根源、现实问题与前景展望》,《江淮论坛》2010年第3期。

的、服从的、孤独的个人相互依存构成权力运行的基本结构；抹杀个人的主体性，以某种虚幻的集体利益替代个人独立思考，造成人们精神上的苟且偷安，封闭自守；在日常生活和文化观念上保持一种原始神话式的整体性思维方式，模糊个别与整体的界线，把个别等同于整体。"①

《老大》为我们揭示了乡村秩序的变迁和权力的异化。核桃园、庄家、廉伯三位一体，是乡土中国民间政治文化体系的缩影。一个鲁西南的小村子，带有浓重的传统文化烙印，又在时代大风浪中经受了政治经济浪潮的洗礼，作品所涉及的解放战争、农业合作化、人民公社、大饥荒的"瓜菜代"、"文化大革命"、知青下乡、改革开放等重大历史事件，基本上没有正面去呈现，而是以廉伯为核心的核桃园恩怨情仇、爱恨悲欢为主线，廉伯成为核桃园名副其实的老大，不仅因为他是村主任，而且在经济大潮袭来时，他又成了资本专制时代的带头人。政治经济大权独揽，使之在与代表封建宗法家族文化的根儿爷"宗族权威"一次次明争暗斗中，终获全胜。这种政治和权力的较量在《老大》中呈现出彼此印证的效果。王方晨的现实关怀体现在他不仅是一个写作者，还是一个思想者方面。他在思考、探寻方向和出路。对于乡村政治、乡村历史和乡村文化，农民的生存、心理和命运，他无一例外地有所追问。小说中表现为土地与历史的互文性，廉伯的一生不乏传奇色彩，其命运里的浓重暗影被一次次大火映照，格外惨烈。尤其是对丫丫和李麦的报复，都带有冒犯禁忌的意味。丫丫爱的是庄道潜，但是廉伯强暴了她，这个准乱伦的故事里有着阴郁的暴力。知青太白爱上了李麦，廉伯疯狂地报复。最后李麦死了，太白也死了。廉伯的报复方式是羞辱和践踏这两个人的尊严。在这里，性与权力纠结在一起，背后是几千年中国文化的阴影，是历史宿命的焦虑。这种焦灼感投射在丫丫、李麦、灵草和芒妹身上，这几个女子在爱的向往中，被现实生活一一埋葬。廉伯是乡村权力的异化，他并不是一个真正的现代农民，在他身上流淌着的是传统民间文化的血液，这种"土皇帝"的身份蜕变，显示了以封建宗法文化为基础的乡村政治传统在当代社会的延续和变异。小说以老大一生的奋斗史

---

① 李少咏：《乡村政治文化视野中的新时期农村题材小说》，《理论与创作》2007年第4期。

为主线，展开的是庄姓家族的变迁和动荡，以及外来者的遭遇，灵草、金元、袁广田、知青太白等人的人生历程，尤其是知青群体的内在分化，同样暗含着历史的见证和反思。在这片土地上上演的恩怨情仇，是土地的悲剧，也是人性的悲剧。从根儿爷到廉伯，再到庄稼祥，这是三代农民人生道路的浓缩。

廉伯的父亲庄至桓在战争中一去不回，母亲灵草当年是逃婚出来的，出身城里的中医之家，原本爱着药店的伙计，最终那个人假扮货郎带走了她，丢下了尚在襁褓中的儿子。幼小的廉伯成了孤儿。廉伯长大后认为是庄至行害死了父亲，要把庄至行烧死。丫丫是廉伯与庄至行博弈的第一个棋子，也是他报复这个世界的第一个牺牲品。廉伯和庄道潜争夺老村长庄至行的女儿丫丫，并非出自爱，而是因为权力，他要树立自己的权威。廉伯强奸了丫丫，丫丫死也不嫁给他，生下庄稼祥后跳河死了，这是廉伯的胜利，也是他的失败，加剧了他性格的分裂。因为父亲的死，孤儿廉伯从小拒绝与人交流，阴沉沉的报复着周围的一切，权力是他证明自己的武器。作为新乡绅的代表，廉伯身上具有文化双重性，包括国民性中的宗法观念，类似于传统乡绅的封建家长地位，而且在基层权力体制中部分地再现了传统乡绅的社会角色。等到辞了村主任的职务，凭借大作坊主的身份，他仍然具有绝对的权威，并且成为基层政权和农民之间的"中间人"，通过政治权力和民间权威的结合，决定着核桃园的社会秩序和生活秩序，甚至依然对人的精神世界有着巨大的笼罩。尤其是凭借商品社会建立起权力集中的家族式、宗法式统治，使核桃园成为一个独立王国。一方面，核桃园的执政者拥有基层干部与民间权威的双重身份，决定了乡土文化的结构，民间力量得以显现；另一方面，宗法社会的负面因素，加上经济大潮中泛滥的物欲权欲的结合，给了乡村政治畸形的发展空间，公权力和私权力共谋，民众盲从，在意识形态和社会生活诸多方面都存在严重局限。导致乡村政治生态恶化的因素有很多，王方晨以虚构的方式，接近历史的真实，探索历史的禁区，尤其是乡村政治的暗区。在对新时期农村社会现状的探索和思考中，当代"新乡绅"的概念逐渐浮现于研究者的视阈。政治学范畴中的"新乡绅"指的是市场经济体制建立过程中掌握农村一部分经济、政治资源，参与社会管理的富裕农民，由于他们在政治经济地位上与传统的

乡绅存在一定的相似性，逐渐被称为"新乡绅"。这一概念更多的是从经济意义上呈现农村社会阶层分化的。然而，传统乡绅社会身份的构成并不仅仅在于经济能力，也来自他们在宗族、道德、文化、政治上的强势地位，这甚至是更为重要的因素。① 新时期小说对"新乡绅"形象的塑造，体现出作家对农村体制改革的焦虑。社会转型期的乡土文化和权力体制在农村现代化进程中刻下了深深的烙印，正因为如此，乡土中国不得不背负着沉重的历史包袱蹒跚前行。② 中国传统社会的宗族现象非常复杂。从政治角度看，在中国传统社会中，皇权止于县，广大乡村普遍体现着宗法社会的鲜明特征，乡村自治的基础是宗族，祠堂、祭祖、族规，秩序井然，按血缘辈分划分等级，由族长、家长利用族规、家规对村落事务加以管理，对民众加以控制，推行儒家学说，倡导封建道德。从经济角度看，小农经济是宗族势力赖以存在的基础，由于小农经济条件下的农民具有天然的分散性和封闭性，社会化程度低下，因此宗族组织很容易在作为国家行政区划末梢的乡村地区获得生存空间。从文化角度看，以家庭、宗族为本位的宗法制度确立于西周，经过长期发展，逐渐形成了独特的宗法文化，具有较强的稳定性，其心理影响往往深深扎根于人们头脑之中，在人们的社会行为中内在地、隐蔽地发挥作用。宗法文化在长期的历史发展中已成为一种适应小农经济形态的较为完善的文化传统，它包含着血缘性、等级性、礼俗性、聚居性、农耕性、自给性、封闭性、保守性等特质，但它与当时的传统社会基本契合，能基本满足当时历史条件下调整乡村社会关系及稳定基层社会秩序的要求。③

作为一个虚构的村庄，核桃园经历了风风雨雨，从传统乡村到现代乡村失落的东西很多，道路依然模糊，就如同芒妹最终还是看到了生命里那场大火一样，也许，大作坊再次焚毁已经成了某种寓言。历史循环难以突破，而时间一路向前。乡村生活依旧笼罩在权力的阴影里，冲突和裂隙日益尖锐，像庄稼祥这样走出去的年轻人不会再回来，像金元这

---

① 刘畅：《乡村政治文化的嬗变——新时期小说中的当代"新乡绅"形象》，《南方文坛》2010年第6期。
② 同上。
③ 杨海坤：《乡村自治的历史根源、现实问题与前景展望》，《江淮论坛》2010年第3期。

种不在固有秩序里的流浪汉永远是乡村的边缘人。生存的稳定秩序来自于惯性，中国乡村政治生态的"体制性"与"民间性"，两者既存在冲突，又可能形成同构同谋的关系，由此维系乡村相对稳定的政治秩序。对于小说家来说，一旦开始具体时空坐标上的虚构，就必然会处于故事与历史的纠缠中：故事虚构中可以有历史，历史事实不存在虚构。马尔克斯等人的成功表明：在一位伟大的小说家手上，完美的虚构可能会创造出真正的历史。"表面看来，乡村生活与国家的革命政治之间干系不大，但事实却是乡村总逃不脱政治生态的两个层面：体制性与民间性。"[①]无论是在核桃园，在大作坊，还是在家庭生活中，权力的阴影无所不在，深刻地影响着民众的日常生活。《老大》中，根儿爷代表传统宗族力量，而廉伯则是新乡绅的代表，袁广田身上基本看不到任何传统文化的烙印，而且作为外来者，庄姓家族之外的强行介入者，袁广田是新型乡村干部的典型。他烧死了廉伯，毁掉了大作坊，逼疯了芒妹，作为凝固化的乡村的挑战者和破坏者，袁广田身上体现了复杂的人性和社会性。他是新型权力的代言人，在某种意义上也是乡土中国最后的掘墓人。

三 梳理：悲剧之源与乡土寓言

古老的乡土中国在传统生产模式和生活方式下，文化空间具有自身的稳定性、凝固性和惰性，以宗族文化为根基的乡土文化是一种与官方文化、主流文化、高雅文化、都市文化等文化类型相对而言的，具有民间性、非正统性、地域性、通俗性、边缘性的文化，是一种打上了深深的农耕印记、具有深厚的历史积淀的文化。[②]鲁迅《呐喊》《彷徨》中的乡村，是世界眼光里的文化象征，是民族心性的集中展示，所以鲁迅说哀其不幸怒其不争，是向传统文化寻找病根，探求出路的文化姿态，而且有着西化、现代化的大文化背景。及至赵树理时代，政治文化取代了传统文化，也拒绝了西方文化，革命文化、政治文化成为民众生存的大

---

① 陈树萍：《乡村政治生态的体制性与民间性以〈玉米〉、〈平原〉为中心的"王家庄"叙事之考察》，《山西师范大学学报》2011年第7期。
② 李少咏：《乡村政治文化视野中的新时期农村题材小说》，《理论与创作》2007年第4期。

背景，小说人物往往被符号化和工具化。赵树理把人放在生活里写，避免了同时代人的局限性，以民间立场沉湎于乡村文化趣味，丰富的日常性和生活的饱满抵消了一部分意识形态的制约，尤其是他对乡村建设有自己的冷峻眼光，潜隐的乌托邦理想让他的文字更具人文情怀。鲁迅的乡村考察来自于文化启蒙设想，赵树理的乡村观察来自于日常生活感受。王方晨对乡村政治的批判，对历史文化的反思，对个体命运的透视，大体上是现实主义的直面，也常以寓言化的方式表达。

谢有顺指出，中国小说有土地与历史两大叙事情结，新乡土小说叙事视角始终在城乡之间徘徊，核桃园是乡土社会的文化隐喻和现实缩影。庄稼祥是核桃园的叛逃者，当他在大都市无根可依时，他成了双重的异乡人。对乡土文化的自我拆解，外在的冲击往往只是一种表象，从内部分裂出的一种更坚决的背叛和拒斥，才是最根本的力量。从一部小说认识一个民族，奈保尔给我们做出了示范。对年轻的奈保尔来说，印度远离自己的生活经验，缺乏真实感，只是一个虚悬在时间中的国家。那么，中国作家笔下的乡土中国是不是真实的呢？我们习惯了在宏大的、史诗化的乡土叙事中，感受历史化的中国，比如赵德发的"农民三部曲"。而对正处于剧变中的现实乡村的书写，写作者们显然就没那么顺手了。很多当代作家并不擅长社会分析的笔法，也缺乏这种理性观照的耐心，乡土中国变成了想象的虚构，当然，《老大》还不及《古船》和《古炉》这样的作品那么厚重，不过，王方晨的小说叙事有种内爆力。从小说中的命运感以及挑战荒诞命运的执着里，看得出作者对于生活的独特理解。为了生活，父亲连夜贩鱼。炎热夏季棉田里的人虫大战，一幅绝望的生活图景。廉伯的死，芒妹的疯，都带有抽象的文化隐喻意味，报复、绝望、自戕，宿命论的因果循环。根儿爷是宗族文化的代表。他以祭祖、修祠堂等方式，试图固守民间文化及乡村社会的传统秩序，然而在老大的冲击之下，已经没有人再相信这些封建迷信了，大家更喜欢老大的新秩序。廉伯是新农民的当家人。这个阴郁的孤儿有着变形的权力欲望，他渴望掌握自己的命运，也渴望改变他人的命运。他的身上背负的是现代乡村的历史。袁广田和他本质上是一类人，为了个人利益，不顾及手段，这些看起来是乡村发展的带头人，其实从本质上看，是一种内在的破坏力量。作为核桃园第一个大学生，第一个研究

生，庄稼祥是核桃园文化的异己者。他把城市生活推进到沉寂的核桃园，打开了另一个世界的版图，以崭新的方式给乡村生活一个镜像。在文化意义上，这个出走者是土地的终极守望者。

乡土寻根具有深刻的文化社会学意义。作为历史的册页体现了一个民族自我疗救的努力。具体化、复杂化、细碎化的民族文化之根，是以什么方式生长的？小说家为自己的作品设置了一个历史的维度，这多半是传统的影响力和文化的自觉，谢有顺说：小说和历史是两个世界，不能重合，但有时小说也起着历史教化的作用。尤其是在民间，很多人是把小说当作历史来读的。鲁迅说过："我们国民的学问，大多数却实在靠着小说，甚至于还靠着从小说编出来的戏文。"①这是对中国社会的一种深切观察。小说和戏文中的历史，不是历史的正大仙容，而是别册，是以呼吸和韵律记载历史的起承转合。谢有顺认为：小说是生命与历史的同构，借由小说的书写，当下、此时可以成为历史的一部分，日常生活也能成为永恒的历史景观。②谢有顺这话说得有一定道理。如果我们说，赵树理呈现的是农民生活的真实性；鲁迅则主要展示农民灵魂的真实性。赵树理的乡村是一个更日常化的世界，以政权与土地为轴心，反映乡村政治、意识形态的影响，从土改到合作化的经济形态的变迁，农民生活和心灵世界的动荡，传统文化和民间文化的深刻烙印。而鲁迅则选择了历史的视角，历史理性超越了价值理性，在启蒙理性的主旨之下，面对宏大的时代转型及文化裂变表达批判和疗救的努力。王方晨自觉地继承了思想启蒙的传统，对于改造人心有着一贯的坚持，他以塔镇为中心，以樱桃园和核桃园为乡村缩影，呈现出农民和乡村所面临的制度危机、道德危机，乡土文化和农民精神的危机。追问形成这种精神危机的历史动因和文化背景，一方面是社会生活转型，发展经济给核桃园带来新的冲击；另一方面，以袁广田为代表的新农民离开土地，以钱权交易的方式坐上了副镇长的位子，商业社会并没有给乡土中国注入现代化的新鲜血液，资本专制与私权结合在一起，成为乡村社会的主导力量，袁广田比廉伯走得更远，更缺少人性，更疯狂。乡村社会缺乏自我

---

① 鲁迅：《马上支日记》，《鲁迅杂文全集》，北京燕山出版社2011年版，第386页。
② 谢有顺：《小说是活着的历史》，谢有顺新浪博客。

更新力量,在旧家族的沦陷过程中,每一个人都是看客和帮凶,芒妹的悲剧是中国乡土的悲剧,是乡村人生不幸的集中表现。文化转型比经济模式和生活方式的转型,要来得艰难而缓慢,乡土中国的困境最终表现为文化的困境和伦理的危机。

总之,在今天的中国,写作尤其是乡土写作,变得前所未有的困难。尽管充斥我们视野的是大量的乡村题材,然而真正触摸到农民命运本质以及乡村发展现实的太少。土地的悲歌,现实的压力,生活的疲惫,人心的动荡,信仰的荒芜,多以恩怨悲欢的背景存在,很难触及乡村世界的内核。改革之初,强调效率,追求发展;其后强调公平,追求正义;新世纪农村问题伴随着全社会的贫富分化,变得日益严峻。王方晨的写作从乡村政治反思层面看,其意义无可取代。他的写作呈现出一种奇异的思想质地,批判与反思之外,孤独的逃离者形象使之形成悲情风格。对土地、乡村、大自然的共同记忆往往分成两部分:一部分是与童年、广阔世界相连的记忆,是诗意的、感性的;另一部分是劳作,枯燥乏味艰辛痛苦,是真实而又严酷的。王方晨站在中国乡村的边缘,冷静透视、严肃记述土地上那些曾经和正在发生的故事,作为乡土中国的守夜人,他为我们带来了关于社会生活和生命存在的独特思考。

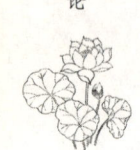

第八章　长篇小说《公敌》中的政治寓言及当代中国缩影

王方晨对中国乡村历史和乡村政治的书写一向用力很勤，而且眼光独到、入木三分。无论乡土写实还是乡土先锋，对于乡村历史及现状，人心人性，颇多凌厉透辟的观察和笔触。现代主义隐喻与传统现实主义相结合，带有一定的审美陌生感，而生活气息却又触手可及，内藏着冷冽的锋芒。其作品对中国乡村社会的整体观照，不仅具备历史眼光，更具有难得的现实批判勇气，既是指向过去，更是指向未来。近年来，王方晨的反思意识和问题意识不断向纵深延展，从长篇小说《老大》的家族史，到长篇小说《公敌》的乡村史，其文学叙事在思想追求上逐渐跳出了已有的乡村叙事窠臼，以更大胆的刀锋，解剖乡土中国的历史文化与社会生活本质。

《公敌》可以看成是一部当代中国的政治寓言。以佟家庄半个多世纪的风起云涌作为观察场域，以佟家兄弟和韩佃义的人生起伏为基本线索，以塔镇—佟家庄—老人宅为三个叙事支点，全面展开社会生活变迁和动荡的描写。小说整体基调凝重阴郁，乡村与城镇，贫穷与富有，腐败与奢侈，暴力与血腥，歧视与自卑，反省与救赎，死亡与绝望，紧紧缠绕在一起，揭示出鲜血淋漓的乡村发展和堕落的过程。这一历史进程对于当代中国，究竟意味着什么？这是我们解读这部长篇小说的关键。佟志承说："在我们这个时代，每个人都是受难者，概莫能外。"[①]"没有灵魂，这是我们整个时代的病。"[②]我想，可以将这两句话看成是王方晨写作这部长篇小说的初衷吧。

---

① 王方晨：《公敌》，《中国作家·长篇小说增刊》2012年下半年，第234页。
② 同上刊，第261页。

一 记忆·历史线索

  记忆有着高于同情的理性和尖锐。文学本身就是历史记忆的一种方式,记录一个时代的生活,回顾一段历史的烟云,在文字记忆中复现历史,无论是真实的历史背景铺陈,还是真实的历史因果追问,都给出了我们进入历史的种种线索。小说并不能解决历史遗留问题,甚至也无法真正还原历史。那么,为什么还有那么多写作者执着地表现历史,始终游走在历史与现实之间呢?作为记忆装置,大历史里面往往有着个人命运的小历史,尤其是近现代中国的革命史、乡村史,纠结着全部关于中国社会发展和个人生活的曲折故事。其实,任何一个民族群体的心理面貌都是在往昔历史与外来文化影响下形成的,在这一过程中,"往昔"起着重要作用。[①]《公敌》所表现的不是时代风云,不是重大历史事件,而是乡村动荡的政治经济层面,乡村社会凝滞不动的日常生活,以及不断分化瓦解的民间伦理体系。从时代转型的日常生活化与伦理化中,更能看出乡土中国的裂变。也就是说,在革命伦理退场之后,人民大众的自由伦理更能代表乡土中国的当代特质。城镇、村庄,既是生活的开放空间,在特定的语境里面,又是历史的封闭空间,所以百年中国文学史,从空间视角看主要是城市文学史和乡村文学史,虽然城市文学始终不够成熟。在隐喻意义上,历史的空间化本身意味着一种时间感。记忆,往往由个人记忆和集体记忆两部分组成。这也是历史叙事不可或缺的两面。在无始无终的时间流程中,记忆附着在有限的空间之上,从鲁迅的《故乡》到沈从文的《边城》,并非无路通往远方,然而这种不确知的未来,其着眼点其实仍旧是时间感的强化。丁玲的小说更具代表性,从《田家冲》到《在医院中》《我在霞村的时候》,再到《太阳照在桑干河上》,对中国道路和命运的思考以各种革命意识贯穿始终。方位感很明确,田家冲、陕北医院、霞村、桑干河……这些不过是记忆的载体,"在"何处,是个问题,"在"本身强化的此在,既具有历时性,又具有

---

① 李建民:《日本战略文化与"普通国家化"问题研究》,人民出版社 2015 年版,第 67 页。

共时性。所以，探讨革命意识的空间化，也是一个颇有意味的话题。

历史记录：《公敌》中，时空重叠交错感的强化，重建了我们思考问题的坐标，从而得以重回历史内部，在历史幽暗里寻找时间线索。小说采用的是全知叙事，有秋分爷爷的自述，有佟安福的自述，有蓝娣的自述，有佟志承的回忆。这些回忆零零碎碎地散落在几十万字的文本中间，需要我们自己去把它串起来，使其成为一个整体。这种时间空间化的叙事策略里面也包含着空间时间化。小说从蓝娣逃出翰童集团到老人宅寻求韩爷救助写起，到佟志承回到佟家庄接管翰童集团结束。叙事涉及的历史时段大约相当于新中国成立后至今的 50 余年。在这半个多世纪中，佟家庄由一个沉寂的小村庄成为经济大潮中呼风唤雨的翰童集团。韩佃义当年因为喜欢金枝而不得，远走异乡。多年后回到佟家庄，以暴力和阴谋为手段，夺回韩家祖坟地韩林，并且取得了佟家庄的统治权。佟家庄的村办企业由一个小小的建筑队起步，然后是农机厂。韩佃义手持红宝书，以一部《论语》治天下，打造了日益庞大的独立王国。他则不仅成了佟家庄人心中的大救星，他本人也以救世主自居。直到佟黑子长大，成为第二个心黑手狠的韩爷，韩佃义终于急流勇退，把翰童集团交给佟黑子，自己隐居韩林，开始自我反省。小说将近结尾处，韩佃义躲进自己早已掘好的坟墓里，与金枝永远地长眠在一起。这是小说主线。佟家与韩家算是对手。其实真正伤害韩佃义的是塔镇人，是铁匠金麻子。当年，佟安福深夜被绑架，在极端恐惧之下坚决辞职让贤；佟克宝也曾带头反对出让土地建厂，连夜号召村民摁手印抗议韩佃义。后来韩爷成为佟家庄的领头人，佟克宝临死前托孤韩爷，照顾黑子和佟志承。佟安福则从此置身世外，喝酒，说媒，对佟家庄的命运不再关心。后来去给翰童集团看地，守护那些小白楼里的女孩子，收藏那些女孩子给他的纪念品，在新的一年到来的隆冬，和窦校长、三大娘一起唱着儿歌走遍了塔镇的大街小巷。

历史转轨：小说通过韩佃义带领佟家庄人从白手起家到创建规模庞大的翰童集团，让我们看到了八九十年代乡镇企业发展的历程。1988年以前，在佟家庄，粮食无比骄傲，那还是农耕时代，并且每个人的脸上都携带着饥饿的深刻烙印。韩佃义离开佟家庄 23 年，回来时已经是人到中年，韩爷接替佟安福，把农机厂搬到佟家庄，弃农经商，发展经

济。历时十余年创建翰童集团。翰童集团交给佟黑子又 11 年。佟家庄日益富有，终于以不可阻挡之势包围、吞噬了塔镇。这一段历史是当代中国转型的记录。从计划经济时代到商品经济，再到市场经济，乡镇企业同样走过了一段曲折的发展道路。从 80 年代的黄金时期到 90 年代的停滞徘徊，为加速工业化进程，推动农村第一、二、三产业结构的调整，转移农村富余劳动力、农民增收、活跃和繁荣农村经济，起过巨大推动作用的乡镇企业陷入了发展困境。90 年代初，全国实行经济治理整顿，加之乡镇企业内在的缺陷以及财税、金融政策及竞争环境等的变化，乡镇企业严重受挫，迅速增长的势头锐减，一大批乡镇企业无利经营，濒临破产，还有一些只能维持简单再生产，步履维艰，经受了严峻的考验。《公敌》没有全面展开翰童集团经营和发展的过程，只是概要地介绍了其所属的娱乐业，包括餐饮、网吧、歌厅和各种娱乐场所，塔镇的领导们流连忘返，金乡县的领导们也频频光顾。王方晨的重点在乡村政治伦理和文化伦理，及人心人性的变迁，不过，我们依然可以从这个视角思考历史，理解作者的历史观。

历史哲学：1993 年，佟志承考上山东大学。佟志承希望一辈子留在佟家庄种地，韩爷劝他，佟家庄需要一个在外面吃官饭的人。佟志承最终还是选择辞职，与县委书记牟彦杰一起，这两个清官完全无路可走无家可归。最终先后离开官场，进入商界。佟志承是小说主要人物之一。与韩佃义的事业传奇，佟黑子的成长传奇，佟安福的人生传奇，完全不同，这个人物身上没有太多民间的杂色。读书，上大学，大学毕业，工作，升迁，厌倦官场，还乡。牵动他人生方向的除了韩爷的期待和交代以外，内在的是他对土地的感情。韩佃义，走出乡村，又回到乡村，最终改造了乡村；佟黑子走不出乡村，心不在土地，最终死在自己的土地上；佟志承热爱乡村和土地，走出去，又回来，但是回不到真正的土地中，新的翰童集团会走向何方？小说中，提到孩子们唱的那首儿歌：两只老虎，两只老虎，跑得快，跑得快，一只没有眼睛（佟黑子：乡村的固守者，看不清道路，没有乡村的未来），一只没有尾巴（佟志承：乡村外来者，回不到过去，失去乡村的历史）。不能不说王方晨在这兄弟二人身上，颇费心思。小说结尾，佟安福、窦校长和三大娘一起走过新年降临的塔镇街道，这三个人代表着变异的农民、知识分子和民

间异人，新的世界在他们的歌唱中无知无觉而又无可阻挡地到来。这也是个隐喻。无论哪一种在土地上生长的，都将迎来新的时代。我们唯有希望这个新的时代不是赫胥黎笔下的美丽新世界。佟黑子死了以后，佟志承和牟彦杰有过一次对话：大家都在刀尖上行走，都在惶恐之中。如何才能无根而固？韩爷最后说，没有我也一样。的确，好与坏。这个时代，总有人愿意活下去，韩佃义和佟黑子选择了自杀，一个钻进老坟，一个躺在老屋，都是给自己准备好了坟墓。就像那一场演出，每个时代，都有属于那个时代的狂欢……佟克宝曾经带头反对韩佃义，曾纠集村人联名上书"保卫土地"，但是最终并没有改变佟家庄的命运，改变佟家庄命运和发展方向的是韩佃义。可以说，历史的潮流滚滚而来，没有人能阻挡，甚至概莫能外。小说写到古塔被盗，象征着传统文化、传统文明的再次迷失，虽然红宝书依旧摆在翰童集团领导人的办公桌上，不过，从未在当代重新进入民众内心的仁义礼智信，早已被飞速发展的物欲洗劫一空，在这个没有历史、没有传统的时代，没有人知道自己从何处来，又将去往何处。

历史反思：半个多世纪的历史，小说大都没有正面去表现，包括三年大饥荒，十年"文化大革命"，联产承包，乡镇企业发展，农民工进城，城市化，等等，这些大历史都是作为小说背景出现的。正面表现的历史细节主要是饥荒和圈地运动。佟安福放卫星，周适忠偷粮。张岔楼张玉辉撕毁换地文书，蹊跷死亡。田葛庄的人被抓也是个细节。"先从大七上村买了十八亩地，又从张岔楼买了十亩，再加上从其他村子里买的三十亩，竟比过去的韩林扩大了五六倍。新买的地都荒着，韩爷没在上面种过一根草。后来人们打听到佟黑子曾提出过在韩林建座大宅子的，还要派些人来专门伺候，韩爷不同意，就只是把这两间看庄稼的屋子简单翻盖了一下。"更残酷的是翰童集团的恐怖主义。聂海文、金打孔对蓝娣的态度很复杂，蓝娣出逃失败，被聂海文关在笼子里，浑身沾满了鹅毛，供人娱乐；蓝娣从韩爷那里回到镇上，聂海文态度就发生180°转弯了。小说重点是改革开放以后的乡村变化，市场经济带来的乡村变迁。这种发展始终伴随着恐怖记忆：四把菜刀闹革命，佟家庄从此姓韩。韩佃义当了书记。佟安福辞去了村长职务，是因为有人深夜绑了他。这个人物在小说中塑造的也比较立体。为了迫使佟安福让出村支书

的位置，韩佃义使用了绑架手段，这种黑社会的非法行为隐含着执政的合法性危机。佟安福的恐怖记忆，源自漆黑夜晚的死亡威胁。以致佟黑子说看到了事情经过，他都坚决否认，也不许佟黑子说出去。别镇长的恐怖记忆，源自佟黑子当街砍人。被砍者居然毫无抗拒，还自我检讨，并且自以为荣耀。这是怎样深刻的悲剧？佟黑子刀劈老裴，别镇长心惊胆战，约见史白几，坦言道："塔镇哪有隐蔽的地方？"①别镇长感到无比恐惧，迫不及待地调到县城，可还是不行，又调到省城。"别鉴法感到了深重的恐惧，他简直是迫不及待地离开了塔镇，原以为到了县城感觉会好一些，结果那可怕的恐惧感仍旧紧紧追随着他，不过是过了一年多的时间，就又坚决调到了省里。"②佟黑子说自己不是人，是金银珠宝，是佟家庄的金身佛像，但不是人。一个孤独的孩子，受尽屈辱，然后成为施暴者。面对佟黑子的暴力，无人敢反抗，比"文化大革命"更可怕的人人自危。别镇长因为目睹了这一幕，无法战胜内心的恐惧，他的自我放逐，逃离塔镇，不仅是知识分子面对农民的软弱，不仅是现代理性遭遇野蛮暴力的恐惧，还有面对现实的深刻的无奈感。而佟志承感到塔镇到处都是眼睛，他走到任何地方，都仿佛被监视着。这就很像《1984》的情节了。传统农民佟克宝无力对抗乡镇企业家韩佃义，韩佃义领导农民走上与城市对抗之路，最终农村包围城市，占领城市。这个过程在小说阅读中，难免被贴上象征主义标签。佟安福守在高级公厕，看着小白楼歌舞升平，自得其乐。这个公厕更是意味深长，曾经像一条看家狗，看守着韩爷占有的土地，然后像一条看家狗，看守着韩爷占有的女人。佟安福原本是乡村政治的代言人，如今成为经济大潮的守护神，是背叛，还是坚守？这个人物的立场和姿态极具反讽性。

中国当代小说从新历史主义开始，对历史的拆解和建构同时进行，创造了新的叙事原型和审美范型。不过，相当一部分历史题材小说并没有历史感，而不过是在消费历史。消解了历史本身的严肃感，戏说和解构，带来更多历史理解的难度和误区。历史，具有被解释的某种可能性，也具有被叙述的更多可能性，在这个意义上说，小说中"克服记忆

---

① 王方晨：《公敌》，《中国作家·长篇小说增刊》2012 年下半年，第 176 页。
② 同上刊，第 177 页。

缺失的愿望"不是来自于历史本身的局限,而是超越历史叙事框架的主观意图。《公敌》即使不能说具有了立此存照的价值,也可以看成是阐释历史的一次漫长而又重要的思想旅行。

二 隐喻·政治寓言

隐喻有着高于生活的视角和超越性。隐喻是一种认识、结构形成、评价和解释世界的方式。借助于隐喻,不仅可以表达自己的思想,而且可以通过隐喻来思考、了解和表达人类赖以生存的世界。《公敌》中的政治隐喻,主要体现在红宝书和小白楼这两个意象上。《论语》体现了孔子及其门徒的政治主张、伦理思想、道德观念以及教育原则。在这些众多的孔子语录中,有大量的政治方面的主张或思想是使用隐喻表达的。小白楼的纸醉金迷与红宝书的仁德道统形成了强烈对照和鲜明反差。王方晨写作《公敌》之初,未必有关于中国历史和现实的政治考量,分析文本中的政治隐喻,或许多少有些一厢情愿,希望不算过度阐释吧。

恶托邦:《公敌》塑造了韩佃义这个复杂的人物形象。从家族矛盾写起,韩家人丁不旺,祖孙三人备受歧视,韩佃义恋爱失败,被金家人扫地出门,远走关外,然后为争夺坟地千里回乡,四把菜刀震慑乡邻,并接手佟家庄,从一个农机厂和包工队发展成乡村经济帝国——翰童集团。翰童集团不仅仅是乡镇企业的成功典型,乡村发展的龙头老大,塔镇的经济支柱,作为隐喻,这个统治严密的世界,是一个恶托邦的典型,也是现实中国的缩影。为了佟家庄的发展,为了摆脱贫穷和饥饿,为了向塔镇报仇,韩佃义一步一步、处心积虑、思维缜密地把塔镇变成了佟家庄的一部分。他不是武装夺取城市,他选择的是农村包围城市这一发展策略,相当于中国革命的政治路线图。然后是他的发展起步,依靠的是从曲阜,孔子的老家,儒家的源头请来的红宝书。这一红宝书指的是《论语》,不过作为隐喻,其意味是复杂的。借助儒家的仁义之说,韩佃义获得了道义上的制高点。然后是翰童集团不断壮大,韩佃义不断从道义的顶峰堕落到骄奢淫逸的低谷。从儒家修身齐家兼济天下,走向个人崇拜和全面堕落。翰童集团作为佟家庄实现富裕发达的黄金世界,

其另一面是乡民噤若寒蝉的巨大恐怖势力，这个近似于黑社会的庞大组织，有着严密的网络，随意的暴力，让佟家庄和塔镇民众人人自危。韩爷无疑是教父式的人物。从饥馑年代趴在地上的生死挣扎，到歌舞升平的娱乐场所遍地，翰童集团是佟家庄今昔对比的参照物，也是乡土中国前世今生色调驳杂的象征物。作为政治隐喻，翰童集团无疑是当代中国典型的恶托邦。

　　反乌托邦的预言家对邪恶事物的即将到来加以预警，希冀他们的预言不要变成现实，因为他们从内心深处对自己所预告的可怕前景的来临感到厌惧。在思想渊源上，反乌托邦小说与柏拉图《理想国》、康帕内拉《太阳城》、托马斯·莫尔《乌托邦》一脉的西方思想文化史上的重要作品有思想关联，是对浪漫的乌托邦思想加以反拨。他们以恶托邦的文学形式预测和描绘了这种极权统治下的意识形态与技术进步的结合所导致的异样景观，对传统田园牧歌式的乌托邦加以解构，对人类未来可能出现的恶托邦前景表现出前所未有的恐惧和绝望的情绪，对技术政治社会中人的存在危机发出警示。奥威尔《1984》与英国作家赫胥黎的《美丽新世界》和俄国作家尤金·扎米亚京的《我们》并称为反乌托邦三部曲，通常也被视为政治文学的代表作。在《1984》这部作品中，奥威尔刻画了一个令人感到窒息的恐怖世界，在假想的未来社会中，独裁者以追逐权力为最终目标，人性被强权彻底扼杀，自由被彻底剥夺，思想受到严酷钳制，人民的生活陷入了极度贫困。王德威在谈到恶托邦时说，恶托邦是和乌托邦相对出现的一个不同的观点。这个观点事实上是从 20 世纪以来才逐渐为作家以及读者所重视的。已经有文学史家和批评家指出，恶托邦的出现，其实是在西方工业革命之后，在资本主义文明兴起，以及相对的各种对抗资本主义论述的不同社会意识形态，包括马克思主义等的相互激荡之下所产生的一种叙事方法。这种方法投射了一个世界，这个世界其实是与我们现实世界生存情境息息相关的，但是在这个世界里，所有的情境似乎都更等而下之。在恶托邦里，人类文明社会看起来是一片纪律井然，一片和谐快乐的样貌，但事实上，在看不见的这只手的制约之下，这个社会里的成员在进退之间失去了分寸。

　　《公敌》中其实有两条线索，佟黑子试图不断扩大他的独立王国，打造更宏大的世界；佟志承则从外面那个世界走回来，回到蒜王大酒

店,回到佟家庄,小说中提到的李白《金乡送韦八之西京》中"狂风吹我心,西挂咸阳树"两句,是佟志承在与旧世界依依惜别,还是感慨前路茫茫无知己?韩爷是个交集。走出体制,回乡接手翰童集团的佟志承对官场和商场到底是个什么态度?小说写出了社会生活的一体两面:翰童集团是体制的内核,极权,专制,暴力,荒淫;县政府是体制的外衣,佟志承之所以辞官,是因为无法与官场腐败同流合污,那一碗掺满白色沙粒的大米饭,简直是这个时代的真实写照。小说中的时间线索是缠绕的,不是直线,也表明了作者的历史观不是进化式的。小说围绕塔镇和佟家庄,写城乡矛盾、阶层矛盾和家族纠纷。从空间上看,老人宅—佟家村—小白楼—塔镇—县城有着相互对照和彼此呼应关系。从人物社会身份上看,小说写到了农民、官员、商人、黑社会、小三等各阶层的不同道路和状态。在佟家庄,佟家是大户人家,而韩姓人家则备受欺凌,当年韩爷婚恋不成,远走异乡,多年后回来,韩灵想回佟家庄居住,依然不能。王方晨长于乡村病症的分析,无论是文化层面的反思,还是政治层面的解读,都具有历史深度和独立品质。前面说了,翰童集团的圈地运动类似于农村包围城市,如今,城镇化如火如荼,究竟会推进到哪里?在改革开放的30年里,中国社会最突出的阶级矛盾就是官僚资本家的形成。借助权力寻租,完成资本积累,成为资源占有者和支配者,形成权贵资本阶层,社会阶层不断固化。韩爷和佟黑子是自己的掘墓人;蓝娣是跑出来报信的反抗者;佟志承是那个不合作的孤独者。佟黑子是民间力量的象征;佟志承是官僚体制的代表。谁最终会成为人民公敌?

乡村政治:《公敌》和张炜的《古船》可以放在一起来看。《古船》以胶东小镇洼狸镇自土改至改革开放40余年的历史作背景,以洼狸镇隋、赵、李三大家族间的恩怨纠葛为主线,展现了新中国成立前后历次政治运动给宁静的乡土中国所带来的巨大震动和深刻影响。隋、赵、李三大家族的命运浮沉揭示了政治力量对人性的扭曲,政治运动对日常生活的僭越;同时,也是对民间文化和传统文化的深刻反省。从土改分浮财,还乡团冷酷屠杀,到大饥荒饿死人,"文化大革命"夺权,一直到粉丝大厂承包,倒缸扶缸,历史不断上演着荒诞戏。饥饿、杀戮残忍地吞噬着人们的生命。理性丧失,人性灭绝,洼狸镇上

血流成河的历史，也就是近现代中国的血腥史。在对历史的严肃拷问中，张炜直面政治恐怖和人性异化。历史充满了耻辱与苦难，而历史是由人构成的。一面是权力的兽性无限膨胀，一面是民众的尊严遭到无情践踏；一面是普通人的自相残杀，一面是对权力的无限崇拜，这种扭结在一起的历史，就是鲁迅批判的中国文化的总病根。隋家三兄妹的挣扎让人痛心，抱朴在老磨坊的静坐，见素的决然出走，含章最后举起的剪刀，都是反抗，只是选择了不同的方式。那种反抗的沉重和艰难，隐含着深层的文化焦虑。《古船》是对土改的反思，是对当代中国的反思，更是对人类生存方式的反思，张炜把对历史和政治的反思，提升到人类文化意识的哲学高度，从历史、文化与人性的角度与深度同时推进。《古船》充满着道德义愤的历史拷问、苦难拷问、人性拷问，在新时期文坛上堪称一声惊雷。何时才能真正摆脱权力与暴政的阴影？那些迷失的信念和传统是不是还能找回？文化重建之路在何方？李新宇认为，80年代中期作品"具有强烈的忧患意识和社会责任感，博大的爱心"。谈到《古船》，他强调指出，这部作品"以现代意识观照历史，审视历史，从文化视角的高层次上，生动而深刻地描绘了洼狸镇在近四十年间的几个重要历史时期的沉浮变迁"，"不但反映农村改革，而且反思民族性格，自我批判民族文化；不但继承了中国小说的传统，而且借鉴了外来的现代的表现手法；不但是张炜个人文学创作的里程碑，也是80年代中期中国长篇小说创作的重要收获"。张炜一直是有着沉重的道德感、忧患意识和理想主义色彩的作家，《古船》以真实还原历史血腥，严肃直面现实苦难为主线，在主人公抱朴的最终抉择中寓含了自己的期望：改革时期的民族文化人格亟待整合，民族发展要想避免重蹈覆辙，必须作出新的文化选择。

《公敌》则是以佟家庄半个世纪的历史变迁为主线，佟家庄和塔镇，韩家和佟家的恩怨纠葛，土地是一个重要的介质。在当代中国，城市化的历史，乡村改造的历史，从来不是一个话语系统。从新中国成立以后的土改、合作化，到中共十一届三中全会以后的联产承包，再到90年代土地逐渐集中，工业化用地，商业化用地，不断缩减农业用地。土地流转，改造的不仅仅是乡村面貌，还有乡村生活方式、乡村文化和人心人性。土地问题，始终是中国社会的核心问题。传统中国有着成熟的政治体系和文化体系。"文化大革命"之后的乡村变革，沿着城镇化之路向前，资本逐渐成为乡村破坏和重建的主导力量。在传统经济模式中，土地占有量决定了经济总量，近代以来，则是技术和设备占有，当代经济发展主要取决于资本占有量。《公敌》对当代中国土地流转问题有所记录和表现，不过还停留在圈地本身，没有探讨土地问题与中国社会结构变化以及民间秩序变化的深层关系。在这方面，关仁山的《麦河》做得更好。近二十年来，城市化进程逐渐加快，城市规模不断扩大，村镇融合，新农村建设规划在一些地区逐步推进，招商引资，村庄改造，集中居住等，乡村正在发生更彻底的变化，只不过，这种变化并非像政府设想的那样美好，各种问题和矛盾的激化正日益成为当代中国发展的瓶颈。如贫富分化问题、农业现代化问题、农产品价格问题、土地所有权问题、农村劳动力匮乏问题、农村基本设施建设问题，包括日益严重的环境污染、空村现象、伦理道德危机等。而在这些问题中，土地制度无疑是最重要的一个。土地流转问题是继包产到户以来农村土地制度的又一重大变化。正如《麦河》中陈锁柱村长所说的：由于农村种地分散且难以集中，土地种植的粗放，直接导致土地产量的严重下降。受到市场经济的影响，农民大量外出务工，这样的局面就产生了一个特殊的群体，老、弱、病、残、妇女留在家里，直接导致农业生产中劳动力十分缺乏，甚至出现了因劳动力不足而导致土地荒芜的后果。《麦河》对土地流转的完整清晰记录，也为现阶段中国农村的土地制度改革提供了很好的经验，面对日益激化的土地矛盾，应该怎样处理农民与土地的矛盾、土地和环境的矛盾、土地和发展的矛盾，这些都是值得我们深思的。

今天我们面对的依然是，如何客观认识新中国成立后经济畸形发展对乡土中国社会文化所产生的负面影响。乡村的解体、重建，这个过程非常复杂。农民失掉了土地，也失掉了作为农民的土地感情。佟家庄的农民在政治和资本双重威权的压迫下，过着物质富有精神贫瘠的日子。消费主义大潮，黑社会性质的民间权力，瓦解了原有的生产模式、生活方式和心灵安宁。在躁动不安的土地上，人们的心灵不断走失，遭受禁闭、残害，这种由于经济结构调整所产生的产业结构变化，以及生活状态变化，形成了新的精神专制。不过，这种政治经济结构并不稳定，乡

土中国所面临的危机，笼罩的阴影，不是佟志承这个读书人回来就可以扭转的。对此，王方晨自述说：《公敌》中有一女子蓝娣，本是一富豪的外室，却不幸对别人的承诺信以为真。在腐烂中求爱情，正是蓝娣的悲剧所在。当她向韩佃义举起猎枪，而又最终放下枪口时，她明白自己的敌人绝对不是哪一个人。他是所有人，而所有人又都是其自己的敌人，是所有在烂泥潭、"猪圈"中自得其乐地捆混着的国人。易卜生在《人民公敌》中写出了独裁者的自我埋葬。面对传统文化和民间伦理的丧失，面对自己亲手打造的经济王国，韩佃义守着坟地，不再踏入尘世。一支猎枪，让历史成为禁地，老人宅，没有任何希望的所在，最终埋葬了一个时代。佟志承作为时代的受难者，面对病态的时代，他的出走和回归，意味着双重的批判、否定和质疑。

　　小说中没有坚决的反叛，对于这个黑暗王国，佟志承并没有改造它的坚定信念，他一直在逃避，从小向往自然和土地，他并不是马克思意义上的社会改造者，只是个大自然的参与者。面对生活，其实，他始终缺少直面的勇气。辞官回乡，并不需要什么精神动力，只是换一种生活方式而已。况且，他的回乡直接带来了佟黑子的死。每个人都在和自己生命中的黑暗较量。韩爷如此，佟黑子如此，佟志承也如此。小说中，翰童集团是乡村发展的成果，也是改革开放的见证。就是这个乡村资本王国，统治着原本安宁的土地，恶势力的恐怖主义无处不在。在《公敌》中，佟志承和佟黑子两种不同价值观和道德理念的冲突十分直接：我们这个社会是应该建立在诚实温厚的生活信仰基础上，还是让谎言和腐败肆意蔓延、侵蚀社会的每一个细胞？佟黑子是菜刀的天下，佟志承是儒家的天下，他们都以各自的力量改变着这片土地，这么多年来，韩爷和佟黑子用暴力打造了这个王国，而在暴力中，有着佟志承和邵观无的政治力量蔓延。在现有体制下，官商从来都不可能完全分开。改革开放以来，全体国人只关注眼前的直接利益，这与政府的短视是一致的。而对于社会的长远发展，很少有人具有历史的使命感。至于全社会伦理道德秩序的瓦解，民族心理和精神创伤，则更少有人在意。小说并没有像易卜生和鲁迅一样，写出狂人一样的先觉者，因为意识到危机，成为唤醒黑屋子里的人，而是成了麻木不自知的民众的公敌；在政治隐喻层面，韩爷、佟黑子这样的乡

村统治阶层，最终成为全民公敌。

三　虚构·文化乡愁

　　虚构有着高于存在的视野和穿透力。中国传统文化源自乡村，礼失求诸野，正因为原有的乡土中国正在从我们的视野里缓慢消失，那种不安的感觉，留恋的感觉，如此强烈，对照当下生活的喧嚣混乱，难免生出更复杂的乡愁。王方晨不欲返乡，却忍不住仍要唱出这一首挽歌，作为浊世哀音。回顾20世纪乡土中国的现代化之路，无论是梁漱溟先生的乡村建设实践，还是费孝通的文化自觉，抑或是今天的新农村建设和城镇化进程，都需要我们重新反思。

　　梁漱溟强调乡村组织构造，认为乡村的破坏主要表现在政治属性、经济属性和文化属性三个方面。中国的自救之路在于建设一个新的社会组织构造。这种新的社会组织是中国固有精神与"西洋文化"长处二者的沟通调和，也就是要学习"西洋"的团体组织和科学技术，以此培养发展中国的固有精神即伦理情谊、人生向上的精神。梁漱溟把西方文化、中国文化和印度文化列成人类文化顺次发展的三条路向：第一条路向——西方文化，是以意欲向前发展为其根本精神的；第二条路向——中国文化，是以意欲自为调和持中为其根本精神的；第三条路向——印度文化，是以意欲反身向后要求为其根本精神的。西洋文化向外征服，所以有科学民主；中国文化向内寻求，所以有中庸调和；印度文化向后超越，所以有来生依托。中国正是由于文化的失败而引起现时社会组织的崩溃的。他说：我们如果要在政治问题上找出路的话，那决不能离开自己的固有文化，即使寻找经济的出路，其条件亦必须适合其文化，否则必无法找寻得出，因为这是我们自家的路，不是旁人的路（《乡村建设文集》）。也就是说，梁漱溟主张以儒家文化为本位，但并不全部排斥西学。

　　费孝通对于中国乡村文化用力颇多，他在谈到文化自觉时曾说："20世纪前半叶中国思想的主流一直是围绕着民族认同和文化认同而发展的，以各种方式出现的有关中西文化的长期争论，归根结底只是一个问题，就是在西方文化的强烈冲击下，现代中国人能不能继续保持原有

的文化认同?"①事实上,儒家学说对于乡土中国的社会伦理和政治运转,都起到了重要的理论支撑作用。无论是小到家庭、宗族,还是大到国家、天下,社会秩序稳定主要是在两个层面上:一个是个人与家庭,一个是个人与社会。儒家文化在个人修养方面多有侧重,却并非讲究君子洁身自好,而内圣外王依旧着眼于天下公器。作为政教合一的国度,礼教和制度从来都是密不可分的。费孝通从未把自己的思想放在新儒家的范畴中,他对中国乡村建设的关注,乡村文化的思考,制度的考察,都是建立在理性的经济人和社会人基础之上的。对照其思想来看当代中国的发展,我们会意识到更多的问题。

从《李家庄的变迁》到"佟家庄的传奇",可以梳理出半个多世纪中国乡村的发展轨迹。赵树理笔下的革命圣地,农民翻身当家做主人,到如今权贵阶层为害乡里,民众敢怒不敢言,依旧是鲁迅笔下的暂时坐稳了奴隶的时代。小说没有贯穿始终的情节主线,韩爷的经历,佟家庄的变迁,比起《李家庄的变迁》,更像一个反讽。征服塔镇,占领塔镇,这个政治寓言里还包含着文化意义上的反思和考量。过去的佟家庄不是世外桃源,如今的翰童集团也不是集中营。那么,王方晨在这个乡镇企业发迹史中还隐含着什么叙事意图呢?我们先来追溯一下乌托邦和反乌托邦的各种思想和理论资源。陶渊明的桃花源是一个与世隔绝的地方,时间是停滞的,不知有汉,无论魏晋,正因为空间上的隔绝,时间上的凝滞,才形成了这个文化自足体。这个地方在陶渊明那里被誉为神界。"奇踪隐五百,一朝敞神界。淳厚既异源,旋复还幽闭。"这里的"神",不是玉皇大帝位列仙班,而是超越世俗之神圣之所。梁启超认为,这个桃花源就是一个乌托邦。我们看到,这一思想与孙中山的天下大同,与马克思的共产主义,都有着某种外形上的相似性。朱光潜认为,桃花源是一个理想的农业社会,近乎老子的小国寡民和孟子的王道乐土,不过没有政府组织和社会制度,完全是浑然天成的人间乐园。对于当年的陶渊明,乡土中国之根系于农耕,日出而作,日落而息,时间是大自然赐予的,万物依自然时序生长,理想状态就是耕者有其田,居者有其屋,老人孩子怡然自乐,闲适简单的生活情境,平和自由的人情心境,这就

---

① 费孝通:《费孝通九十新语》,重庆出版社2005年版,第207页。

是一个纯朴的乌托邦。

中国文化中的乌托邦思想来自于生活直感，带有诗意色彩，文人情趣。西方的乌托邦思想则来源于社会考察，带有理性思辨色彩，是知识分子的理想社会蓝图。用今天的话说，属于顶层设计。托马斯·莫尔深受柏拉图《理想国》、奥古斯丁《上帝之城》的影响，当时英国正在兴起"圈地运动"，莫尔对这种现象极为愤慨，把这种现象称为"羊吃人"，认为造成社会不公正的正是这罪恶的私有制。《乌托邦》一书为我们描绘了一幅理想国的蓝图：重视农业生产，鼓励发展手工业，城市是人们活动的中心；破除私有财产，强调公共利益，个人服从集体，强调集体行动，社会以家庭为单位，国家对家庭及个人实施严格管理与指导；提倡社会和谐，国王或总督通过奖罚制度领导国家，共同富裕，政治开明；注重精神生活，倡导信仰自由，鼓励读书学习；反对战争，但不拒绝自卫战争、正义的战争。这是属于莫尔的理想社会。大约100年后，弗朗西斯·培根出版了《新大西岛》。在培根看来，仅仅靠变革生产关系、改进管理方法，并不能实现莫尔的理想，发展科学技术，揭示自然界的奥秘，从而征服自然、利用自然，才能使人类不断接近完美生活境界。培根的所罗门宫实际上是一所乌托邦式的教学和科研机构，在那里，众多的学者研究百科全书式的知识。所罗门宫的目的是"探讨事物的本原和它们运行的秘密，并扩大人类的知识领域，以使一切理想的实现成为可能"。在"新大西岛"这个理想的乌托邦国家里，他从全面改造人类知识的理想计划出发，根据他的百科全书式的知识体系，提出了一个在"新大西岛"中所表现出来的令人神往的理想教育方案。

鲁枢元在《古典乌托邦·乌托邦·反乌托邦》一文中指出，莫尔、培根的社会理想尽管各有侧重，但都是建立在柏拉图的《理想国》的理性主义传统之上的；陶渊明的桃花源则是建立在老庄哲学的感性社会理想之上的。前者是理智的、功利的、技术化的、权力化的、进取的、指向未来的；后者则主张"弃圣绝智""绝巧弃利""清净无为""质朴自然""收缩内敛""回归隐退"。就其期待的维度而言，二者是逆向运作的。前者要开启自然的蒙昧，介入自然，后者要返回原始的圆融，复归自然。从柏拉图的"理想国"到莫尔的"乌托邦"，再到培根的"新大西岛"，进而到康巴内拉的"太阳城"，哈林顿的"大洋国"，欧文的"和谐

村",卡贝的"伊加利亚",人们才发现最初期许的幸福并未随之降临,落地的"乌托邦"貌似一座光明璀璨的豪华大厦,实际上却成了一座约束、困厄人们的牢笼,按照韦伯的说法,那还是一座"铁笼"。进入20世纪,逐渐强化的"反乌托邦"运动引起世人的警醒。严格地说,只有莫尔与培根的这种"理想社会"才算得上社会历史学意义上的"乌托邦"。这种乌托邦与20世纪兴起的"未来学"属于同一血统,它们都以理性与知识为前提,以制度与管理为手段,通过改造自然、利用自然的途径在人间建立起一个富足、昌明、和谐、美好的理想社会,那是一个朝向未来的奋斗目标。①

  对照这一目标,翰童集团无疑可以看成是反乌托邦的典型,或者是王德威所说的恶托邦。韩爷本来是带领村民共同致富奔小康的乡村建设带头人,致富领导者,可惜,翰童集团并没有给民众带来精神和物质上的双重幸福。这里有严格的等级,暴力、毒打、关押,限制自由,花团锦簇的小白楼,也可以看成是王德威所说的异托邦,翰童集团则仿佛是中世纪里游荡着各种幽灵的古堡。小说多处写到对于灵魂的追问,那种无家可归的仓皇,无乡可依的疼痛,在佟志承身上表现得最为鲜明和深刻。这个自小不愿离乡的读书人,带着韩爷和全村人的希望,读大学,进城,当官,最终辞官回乡,不是他要和弟弟争夺翰童集团,也不是他要在佟家庄为王,他只是想找回自己最本真的生命,他真正喜欢的生活方式,是回到土地,他喜欢那个小螺姑娘,单纯天真,喜欢在一望无际的大地上,触摸自己的灵魂,当然,最终他从官场到商场,很多东西是他所不能左右的,他的县太爷身份依旧可以制造财富,他的人脉关系依旧被商人盯得很牢。他作为一个离开了土地的人,最终再也回不到真正的土地之上。即使佟家庄都已在他脚下,这个家园已不再是童年的梦乡,也不再是灵魂的皈依,这个人站在故乡的大地上,依然是一个现代文化意义上的漂泊者。他住酒店,到处是翰童集团的眼睛,依然活在韩爷的阴影笼罩之下。

  王方晨自述说:最初不过是想写一个带有黑社会性质的人物,一个地头蛇。此人作恶多端,人人闻之色变。难以想象的是,忽然有一天,

---

① 鲁枢元:《古典乌托邦·乌托邦·反乌托邦》,《阅江学刊》2010年第4期。

此人自杀身亡，据说因为厌世。什么能使一个心狠手辣的人"活够了"？的确令人深思。另外一件事是我在采访中了解到的。某地城乡接合部的一个村庄的书记，惹着了当地地痞，深夜被地痞劫持到野外，侥幸得以逃生。在书记的讲述中，我真切体会到这件事给他带来的巨大的精神恐慌。前者是小说中的人物佟黑子，后者是佟安福。一旦写起来，却又有了很大的改变，我意识到，自己是写了当代中国的乡村隐私。基于某种自尊，这段跨度不短的隐私甚至是不可告人的，所以我专门在小说中设计了一个章节，就是佟安福对外来人的声声叮咛：你要为我们的村庄保密！他还谈到：故乡是作家最早熟悉的地方，因此也最能唤起作家的人生记忆。其实一个作家最好的状态，应该是游子状态。远离了故乡，再看故乡，往往能够看得更清楚。当然，许多作家把故乡作为作品的背景，也跟作家本人的创作规划有关。与其说这样的故乡，是一种地理存在，不如说只是作家写作上的借用。至于我自己，这么经常地写到故乡，写到金乡塔镇，还有一点私心，那就是想拿整个世界的砖瓦，来建造这个已更多的是一种想象的家园。故乡的莱河改变流向，注入蔚蓝的大海；越过县境的丁公山，则是理想之国"三山县"，那里的海里，千帆竞渡。

　　故乡，对于王方晨来讲，是一种复杂纠结的存在。他反复书写塔镇，但并不是回归的姿态，他厌倦，甚至以刻薄的眼光，审视着这个乌有之乡，这个没有"好的故事"的地方。这里，不是甜美梦乡，而是噩梦惊醒之地。在那个簇新的时代里，有着那么多陈旧的东西。在这个失去规则的时代，上帝不再莅临，写作者是自己的立法者，探索更黑暗的存在，是写作者的使命。中国的历史与现实同样吊诡。现实主义也好，象征主义也罢，我们这个真实理性和日常的世界没有真实理性的传统，这一切都不过是我们必须面对的通往未来的可能道路。小说中的恐惧和不祥，充满了寓言色彩，这个村庄的故事不是以编年史的方式展开的，也不是完整意义上的家族史。这种历史回溯往往是以心理时间为次序的，童年时代的孤独如雾霭一样弥漫在佟黑子的生命里，这个流浪的野孩子从来没有拯救世界的形而上野心，他唯一的奋斗目标，也不过是为了给自己安全感，连这个也得不到，他就自杀了。也就是说，终其一生，佟黑子都没有为自己找到家园感和归属感。这个人物身上，同样隐

藏着很深的与日常生活隔绝的孤独。

这部小说是关于乡土中国的历史和现实反思。王方晨说：他有方向！他是一粒种子，只是暂时还没找到土壤。他不像好友牟彦杰那样在"政治上幼稚"，也不同于"在腐烂中求爱情"的蓝娣。对于官场规则，他谙熟于心，还搞了一套"护官符"给牟彦杰。他非不能，而是不为。他毕业于山东大学，接受的是高等教育。在他身上，透露的是人类走向现代化的信息。他把小红书和汉玉蝉丢于墙隅之举，其实就是于无声处进行的庄严的洗尽脸上灰的仪式。令人欣慰的是，这样的种子在生活中还有很多。小说中，老王语重心长："千万不要相信什么仁义道德之人。……不要相信清官大老爷，不要相信贤达模范，不要相信任何一个好人，不要总在这道德人品上费工夫……就对了。这都靠不住，讲这个是有别样目的的。圣人不死，大盗不止。你不明白？从上到下很多人还不明白，但我明白。"小说中还有一首《无情之诗》，也很有意思："多情自古无大家，方物从来宜无情。情到极处万事休，天聋地哑情不语。"作为一个对乡村政治有着深入思考的作家，王方晨不仅仅局限于批判，还有文化心理精神层面的解析，国民性和人性的探索，来自于鲁迅，也有属于他自己的艺术创造。这部面向广阔的乡村世界和乡村历史的小说，显示的是现代乡土中国的整体影像。小说开篇像探险、惊悚和武侠，那个阴森恐怖的老人宅，那片坟地，究竟埋藏着怎样的秘密，为什么不允许人进入？直到韩爷的墓穴出现，这个最黑暗的终极归宿里，终于回溯出历史的暗影和整体轮廓。小说并没有给我们历史的隐秘线索，作为执着于乡村文化探索的写作者，王方晨不断地追问中国历史和文化的本质到底是什么？他的才华和才情都是非常独异的，这使得他的小说世界呈现出丰富的异质和独特的格调。

附录一

访谈录：文学拯救了我

张艳梅：您是如何走上文学创作之路的，我们就由此开始对话吧。这个问题可能在不同的访谈中，您回答过很多次了，但是我有时候还是很奇怪，为什么有的人一生对文学毫无感觉，有的人会视文学如生命，这种感情的起因是怎样的呢，我真的是很好奇。当然，我也真心喜欢文学，不过，我从来没有想过要成为一位作家。

王方晨：我乐于回答你的问题。实际上我历来都是一个喜欢沉默的人，特别是在我的少年时期。沉默不等于没话说，或许沉默意味着有更多的语言需要表达。莫言小时候话多，我则相反，羞涩，话少，甚至没话。话少是不跟人讲，但内心里风云激荡，千伶百俐。与天空大地，与草木虫兽，滔滔不绝。歌唱、舞蹈、耕作，无所不能。想象力在沉默中萌发，成长，壮大。因为家境贫寒，小小年纪我就怕娶不起媳妇，常常无比忧虑，但我会把自己想象成一条小狗子，只要动作迅速，可以随时找到一条小母狗。村野里狂奔的狗群可没贫富之分，甚至不用穿衣服。这很丢人不是？越疯狂越沉默，匪夷所思。我可以成为音乐家、画家，但远没有成为一个作家来得更实际。在曲阜师范学校读书期间看过一首朦胧诗，大意是诗人歌唱自己的使命，说是带着纸和笔来到人间之类的。一张纸和一杆笔，就可以让人从事写作。

但从头说来，还是小时候乡村的穷困造就了我的现在。穷困能够让一只桃子拥有天上的滋味。因贪图豆沫的美味，我把自己撑得动弹不了，这又是一件说起来好笑的事情。有一天中午，母亲用杵碎的黄豆做了一大锅菜汤，真是好喝。我喝了一碗又一碗，直到再也喝不下去，只好背靠土墙，鼓着肚子，伸直两腿，在地上坐了大半个下午。那个年代，几乎没有什么不是好东西。能吃的虫子、草梗，最普通的蔬菜，生瘟病而死的猪羊鸡鸭，无不为人所向往。

　　冬天，生产队弄了些榨过油的棉籽饼，分给社员。家家用棉籽饼掺上些地瓜面蒸窝窝，咬都咬不烂，跟吃棉花套子一样，却吃得喷香。我忘不了一位大婶子边吃这棉籽饼窝窝边赞叹的神情。不知为什么，我独忘不了她。"香。"她揪一块窝窝头填到嘴里，使劲嚼着说，神情是一种由衷的无比满足，从此成为我难以磨灭的记忆。冬天不仅缺粮，还缺蔬菜。生产队分过一次甜菜渣，是从县糖厂拉回来的废料，现在只能是给猪吃的。人们把甜菜渣晒干，以便做菜时取用。有一回，母亲去看望姥姥，父亲在家给我们兄弟炒了甜菜渣。吃着吃着，我蓦然发现了一颗炒熟的羊屎。

　　那真是中国人的一个"美好"年代，一根草棍也会在人们眼中化为金条！穷困中，人们斤斤计较、锱铢必争，好像《红楼梦》里说的一群"乌眼鸡"。

　　离开乡村，却是奢望。

　　在我们的学校教育中，有个词组常被提到，就是"三大差别"。"三大差别"之一就是农村与城市的差别。其实差别无处不在，又岂止"三大"？我们每天都能感觉得到，整个村子里，有小队长大队长之分，社员中有贫下中农、地主富农之分。村子里的工作组、下乡来的公社干部，都与村里人不同。直到现在21世纪，社会上还有不少人坚持阶级论调，让人难以理解。最起码这种阶级划分从组织分工上就行不通。即使在同一阶级内部，也有贫农、下中农、中农的分别。再细化，贫农也会有很多分别。那么，这不就是说大阶级里还有小阶级，小阶级里还有更小的阶级，至于你自己，究竟属于哪个阶级呢？倡导阶级斗争，无疑是鼓动你跟我斗，我跟你斗，斗成一锅粥，因为任何人都不属于严格意义上的同一阶级，任何人都有被斗的可能。

　　我家是中农，在贫下中农阶层中偏于落后，连欺负地主富农的权力都相对于贫农阶层有所减弱。我年纪还小，但我仍隐隐不服。看来，本性中的追求平等，几乎是与生俱来。不过，村里人几乎都穷得穿不上裤子，地位高下还没有足以让一个中农子弟昼夜难安。与公社下来的外来

人相比，我却感到了天差地别。他们来到村子里，特别是那些工作组人员，有时也参加劳动，但是，他们并不像村里人那样真正关心收成，因为他们不在土地上吃饭，不挣社员的工分，随时都可以从村子里离开。他们召集会议，坐在社员的前面，指指画画也是工作。他们拥有迥异于社员的身份，只是暂时停留在村子里而已。他们属于另一个光鲜的世界——是"公家人"，也是城里人。

对"城里"，作为庄稼人的后代，我有着天生的掺杂着思慕的敌视。那里有一群人，不事稼穑，却过着另一种相对优越的生活。对这种生活，我们既好奇，又恐惧。

能够跳出农门的村里人，凤毛麟角，但跳出农门，在新的时代开启之后，已经成为可能。通过数年寒窗苦读，我以优异成绩被曲阜师范学校录取。但我的第一志愿却是济南的一家电子工业学校。在我的内心深处，我依旧最希望成为一名"工人"，没想到我将成为一名老师。在曲阜师范学校，每个学生都得到了解放，再也没有应试教育下学业的压力。一进校门，我就立刻显示出了与众不同，可是师范学校并不是为培养作家而设的，我也没想到自己会成为一名作家。

三年学习结束，我被分配回老家县城的实验小学。我当上了尚被"城里人"歧视的小学老师，新的生活和工作压力接踵而来。我为自己的前途感到苦闷，无法看到生活的亮光，但有一张纸，一杆笔，这对穷人来说，非常容易得到。于是，就有了我的小说处女作《林祭》。它发表在我现在供职的《当代小说》杂志上。当发表的消息传来时，我下意识地想到，自己的生活将会从根本上得到改变，而改变我的生活的也只有文学：一张纸和一杆笔。我还记得课堂上一个聪明俊俏的孩子问我：

"老师，你怎么这么高兴啊？"

接着，我的一个女同事也七仙女下凡般地赶来祝贺：

"方晨，你的小说发表了吗？"

穷困，常常让人老成。我所经历的这一切，基本上都是实打实地为改变处境而努力的，只是恰巧，它与文学发生了联系。为什么偏偏与文学发生联系？依然是因为穷困。文学低廉的成本，几乎所有人都支付得起。从而你可以理解为什么会有那么多人热爱文学。我们有一支庞大的文学爱好者队伍。

不管别人怎样，是穷困让我跟文学发生了不解之缘，让我在文学中纵情发挥自己的想象力，大胆展示个性，以人间未有的嘴唇，滔滔不绝地与世界进行对话。你想一想那样的声音，它响亮或低沉，美妙宛如音乐，但从不会吵到别人。你想一想，那是文学。它来自穷困，却又超越穷困。错过它的人，简直就是不幸。我有一个观点，受苦受穷本没什么，但我们不能白受。不论是一个人，还是一个社会，都不能白白付出代价。

你没有想过成为一个作家，但你在做作家所做的事情嘛，因为你也在以沉默的文字，与世界进行着热烈交谈。只要你愿意，就不会吵到别人。

且容我妄下断语：文学为"穷人"而设。

张艳梅：您的小说创作有乡村题材和城市题材两部分，大多数当代中国作家都差不多，是不是因为多数作家小时候在乡下住过，有生活经验和感情基础，后来进城，对城市生活有所了解，就会转而写身边的人和事？那您自己如何评价您的这两部分作品，更喜欢乡村题材，还是城市题材？我觉得您的乡土小说在当代中国文坛上很有艺术个性，城市题材就没有那么个性鲜明了，这个问题，您怎么看？

王方晨：一辈子生活在农村的作家，在当代中国可能还没有过。农民子弟面临的现实历来都是怎么样离开土地。当兵或考学，是曾经的两条道路。现在容易了嘛，只要你想出来，随时都可以走开，这说明社会的确有了进步。

作家写作，当然是写自己熟悉的最为顺手，最愿意选择容易表达自己的情感和思考的题材。乡土题材的创作，对作家有着永久的魅力，那是因为他所描绘的大地上，似乎布满了永恒的生活场景和文学的基本元素。山川草木本身就带着古老的诗意。你听听"小白菜儿"这个词儿，说在嘴里连楚楚可怜的样子都有了。你想那首简单的儿歌，小白菜儿呀，地里黄呀，三两岁呀，没了娘呀……感情若用得深些，泪都能掉下来。我们熟悉了乡村，但大多数作家，比如我自己，离开乡村的日子更久。我重新有了自己熟悉的生活领域，再去写它，不足为奇。

问题是，你写出了什么样的城市。

在美国，福克纳属于乡土作家，但他纯粹描写乡村的作品似乎也很

少。你看他多少作品中有摘棉花、锄地、收割？福克纳的很多故事发生在小镇或县城，发生在古老贵族衰败的"大宅"别院。严格意义上的城市，在中国作家笔下，究竟有没有出现过？我写了小镇、县城，算不算城市？我写了省城、京都，就一定算城市？我想做一个设计，城市和乡村的区别，就在于城市和乡村与大地的距离。乡村安睡于大地之中，城市与大地之间，则有一层薄厚不一的玻璃。但这并不等于说，城市不接地气，而是说城市与大地之间的连接是某种特殊的物质。当旺盛的地气，能够在文学中奔突着穿越这层物质，城市文学也就摇身变为乡土文学了。我倒是期望我们的城市文学在乡土藤蔓的拼命追捕中，稳稳地立身于大地，向着天空越长越高，成为一种形象鲜明的文学种类。

我习惯于创作乡土文学，但我不排斥进行城市题材创作。以前我曾开玩笑地对人说，我是以写乡土的方式写城市。我视城市的广宇高厦为穴，视水泥为石的精华，尽管我放大了乡土的自信，哪怕我写出了自己满意的作品，却连同更多的城市作家的巨作，都不能散发出更多的自然气息。就艺术的审美来说，自然的气息恐怕就是城市题材文学作品创作的弱项。城市远比我想象的要强大，简直就是怪物。瞧，回到"童话"了！但是，假如我写到济南的一位失节高官，在护城河边行走时落水，其身体漂过金山寺遗址，漂过杨柳下的白石桥，漂入大明湖里去，从北水门出来，渐沉于小清河，请你不要以为我在写城市文学。在我眼中有那么多的原始的元素，想不"乡土"都不成。我希望能有一个中国作家说，我就想当一个乡土作家，哪怕我写的是北京！哪怕我写到了"大马士革"剃刀！

张艳梅：很多年轻作家都是以成长小说和青春叙事走上文坛的，而且在写作中留有深刻的个人生活和经历的烙印，您的写作从一开始就没有局限于个人生活和情感视野，您是比较自觉地表现更宏大的世界，还是有意识地回避了青春的记录？

王方晨：唉，我少年老成啊。在村子里，我想多干活。在学校里，我想教好学生。不管"玩"什么，我都觉得自己玩不起。个人的生活烙印在我的创作中也随处可见，只是的确没有被我突出，或者已被我掩盖。在写作中，我总觉得自己的个人生活并不十分重要，外在的世界更值得表现。我自己算什么呢？大张旗鼓地描写自己的生活和情感经历怪难为情的。我从小就老，倒是现在，心思活泛一些了，但，迟了吧。

张艳梅：我手里有一本《背着爱情走天涯》，在孔夫子旧书网上买到的，最初读的时候很意外，原来还写过那么多爱情故事，这算不算青春的痕迹或者怀想？

王方晨：我可不是和尚啊！爱情经历也是颇丰富的哩。在村子里，我小小年纪拼命干活，小小的心灵里整天暗自琢磨，那些大人看我这么能干，将来肯定愿意帮我找个女人，就免了我去做小狗子了。十六七岁开始正式恋爱，二十多岁才成家，跨度可够大。从根本上讲，我觉得自己是颗情种，像张生、贾宝玉，像希思克利夫、渥伦斯基、葛利高里，像所有爱情故事里的那些男主角，可是，在坚硬的现实里，这颗情种却注定只能长出一个最普通的小芽。与大部分人一样，我过着最为平常的日子，每遇诱惑，一律"发乎情，止乎礼"。其实，惊天动地的爱情最好只发生在文艺作品中，对于每个普通人而言，难说不是一种不幸，但人类对美好爱情的向往却永无休止，也永无穷尽。爱情之所以如此珍贵，是因为真正的爱情不会那么轻易降临。你看《背着爱情走天涯》里的作品，大多写的是爱情的遗憾。其实，书名是出版商起的，依着我，就叫"醉花阴"。我有个长篇的计划，好多年了，写人皆好色，嗯，是要写人面对爱情时的俗念。

张艳梅：您的早期作品中有一篇《祭奠清水》，一部小说集还以此为名，想来您也喜欢这一篇，当初为什么会写这样一个带有浪漫和神异色彩的故事？总觉得这篇小说"祭奠"一词背后，有些个人的伤怀，这个问题有点八卦了，呵呵，还有《歌逝》《霜晨月》，那种轻灵的风格在后来的创作中不太能看得到了，我觉得挺遗憾的。

王方晨：当时我就是要写一个干干净净的小说，自然想到了"池塘"。在我们的村庄里，就有这么一个池塘，可却是一个泥坑。有一年回老家，我专门去村西的坑塘看过，面积小了，池水却一如二三十年前那样混浊，塘边鸡屎鸭屎遍地。

你没法想象，一到炎热的夏季，这样污浊的池塘当年对村里人来说，却如同一个人间乐园。白天，孩子们冲破大人的禁令，纷纷在水中戏耍。天一黑，收工的大人也要来，池塘里就挤满了大人小孩的身体，语声水声喧天。如今出现在我眼前的池塘，不复有往年热闹的景象。我

要用文字创造一个清洁的天地，显然，这样的天地，过去没有，现在同样亦难寻觅。

小说写出来，果然马上得到了《人民文学》李敬泽的首肯。我觉得在李敬泽身上，是有一种清洁的精神的。他想从我这里看到的，也许就是那种清洁的锋利。所以，在此之前，当我试图有所改变时，他曾向我发出警告，认为我在"变来变去"，以致有些"抓不住"我了。在他看来，我有可能走入"繁复"里面。又过了几年，在万松浦书院，他向我举过一个例子，认为张炜从《一潭清水》开始是"一潭清水"，就一直是"一潭清水"，从没有变。我理解他的意思，但是我觉得自己的写作，只有表现形式的不同，从早期到现在，应该讲，本质也是一以贯之的，感伤而纯粹的文人或诗人情怀延续至今。之所以形式上会有所不同，一则因为我感到自己有更多的东西需要表达，二则因为我对艺术的宽广十分迷恋。在艺术上，我感到自己是完全敞开式的，这也是读者看到我的作品表现手法多种多样的原因。所谓的现实主义、现代主义、表现主义、象征、意识流、魔幻等文学因素，几乎都能从我的作品中找到，只不过有的在这方面强烈一些，有的在那方面强烈一些罢了。在文学风格上，或许这篇作品较为伤怀或轻灵表现得比较突出，那篇作品则狂暴或凶猛体现得较为鲜明。事实上，作品常有力度，也算是我的个人风格吧。

在《祭奠清水》以后的作品中，《喂，上树！》的风格就与其一脉相承，只是一个向水而生，一个腾跃于树巅而已。《喂，上树！》是一篇完全脱胎于梦境的作品。李敬泽看过后，惜乎其结尾写松了。它清洁异常，像水洗过一样，的确没有写出锋利，而我恰恰着意表现的是一种亘古宁静的生活状态，我要的就是那从容不迫的仿佛从此走入永恒里的结束，以对本真世界加以描述，让人看到另一种现实。后来这篇作品发表于湖南《芙蓉》，若顺利地发表在《人民文学》上，当有不同的境遇。我自己也是非常遗憾的。

我敢肯定你所说的"轻灵"的风格不会在我的创作中消失，个人的伤怀其实已经伴随了我的大半生，而在它难以抑制地达到极为强烈时，它已有了另一种面目：愤怒。如果有必要，我会从愤怒中刻意隐退，退到柔软的伤怀，因为在很多时候，伤怀可能更容易引起读者的共鸣，愤怒则会让人望而却步。

张艳梅：如果让您给自己的写作划分阶段，您觉得困难吗？早期的写作和近年来的写作，您有自觉地追求某些变化吗？或者说金乡背景、济南背景的小说写作，会有某种地理上的漂移和心理上的位移？当然，在本书的后文中，我会就您已有的创作全貌谈到我的印象和评述，但现在我想听听您自己怎么说。

王方晨：非要划分的话，也并不难。

从1988年我发表《林祭》到1998年写出"兔子系列"那几个短篇，这可以归纳为一个时期，算是早期吧，凑巧是一个10年。涉及的作品有《林祭》《山泉》《绿地》《霜晨月》《谁》《小庄》《赶着驴车向北走》《死去的土》《上学》《甘蔗啸》《黑罐出世》《秀色可餐》《笑里沉沦》《猫样年华》《乡村式复仇》《银杏树的颂歌》《向您致敬》《老子天生是好汉》《我是如何成为一名蠢货的》《田素娟海上行》《等待提拔》《小丁局长》《一声响亮》《落花流水》《牡丹花开》《獒狗》《生意》《逍遥生》《心眼儿》《福气》《猫狗游戏》《小镇上的"公家"大叔》《窥视》《地啸》《斑斓虎皮》《响桶》《歌逝》《村长和牛》《女人之围》《生命是一只香油瓶》，还有长篇《老大》，这一时期是以"兔子系列"为标志的。

除此之外，还有一些因为时过境迁而不宜发表的压在箱子底的作品，比较突出的有写精子命运的《太一》、完全意识流手法的《参加葬礼》《夫子生气》、荒诞的《国王驾到》、写动物的《狼行无双》、写个人与祖国命运的《嘎达梅林》、表现人性庄严的《尘埃中的马》，以及《霉菌》《伤心茶室之歌》《女红》《丑八怪》《龙卷风》《草包先生》等。

这看上去非常庞杂，但我对文学的探索却是统一的。不论是从文学形式还是从文学内容上讲，这种探索都难能可贵。

处女作《林祭》和随后的《山泉》中就已出现了"村长"，而同时期的《老大》写的却是"支书"，证明当时并没有十分在意"村长"的称谓问题。我把"村长"叫"村长"，实际上是感到这种称谓可能显得更古老，似乎比较通用，抛弃了某种历史条件的影响，有不受时空限制的诗意，而且能够保证政治上的安全。在曲阜师范学校看过一本小说《村庄》，作者是很多读者并不熟悉的现代作家李健吾。这个小说描写的乡村给我留下了很深的印象。所以我写乡村，常常会一下子跳到他那个时代去。后来我不是写过一个《小庄》么，就是我对李健吾的致敬。乡村在我笔

下总有一种古旧的色彩，原因就在这里。《林祭》中那个并未出场的村长是个扒灰头子。要说书记扒灰，似乎不大合适。

等到1989年前后的《龙卷风》《响桶》，就出现了一个小镇，福克纳对我的影响渐渐开始真正凸显出来。

这些作品或将笔触延伸到东北的大兴安岭、内蒙古边境，或进行现代派文学实验，或反思"文化大革命"的历史，文学形式多样，文学内容不一，但有一点却一直保持到20多年后的现在。那就是我一贯的文学姿态。我明确地意识到自己的创作，骨子里有一种纯朴而优雅的风格追求。这种姿态十分契合我对自己的人生想象。天空大地之间，一个郁郁寡欢的小王子漫步行走，虽然他曾臆想去做一条小狗子，但那也是一个小王子在想。同时，这些作品又有一个共同特点，那就是常常能够体现出生命的坚毅。对此，我作品的责任编辑也当面指出过：你擅长写各种环境下的人的毅力。策马而去的自由精灵姐霞（《霜晨月》）、骑虎消遁的畸恋青年树生（《斑斓虎皮》）、窒息于黄泥下的村庄拯救者玉乾（《小庄》）、投火而死的道德狂徒廉伯和甘愿枯耗生命的芒妹（《老大》），也都给人留下了优雅而孤傲的背影。

中国文学进入20世纪90年代，几乎所有的现代派文学探索都戛然而止，从此又回归到现实主义文学传统。与山东另一位乡土作家张继相比，我的这些作品虽然创作得比他要早，并受到了一些肯定，却仍然较之沉寂。我认为，这跟我创作的审美处理有关。我又搞了一点美术嘛，所以喜欢将现在做旧，给作品添加时光的黯淡陈渍，注意留白，设置残缺、间隔化效果。再加上大行其道的"现实主义"创作风尚，张继热火闪亮的"村里"情调，远比与其迥然有异的个人化优雅更易为主流文坛所瞩目。但不管怎样，我砥砺前行，涵光化剑，在我文学创作的第一个十年结束之际，写出了《歌逝》和"兔子系列"四篇。事实上，《歌逝》落败，"兔子系列"遇阻，我也由此面临着整个创作生涯的提前结束。

我决定放弃，我早就知道自己与那位优雅而哀伤的小王子相差万里，而在我与文学告别之前，我准备背水一战，做一次最后的冲击。于是，我放弃孤傲，走进当地我曾不屑一进的一家图书馆，从杂志上抄录通信地址和那些看上去比较顺眼的主编、编辑的名字。而在此之前的七八年里，我竟连一本文学刊物都很难见到。另外，我从河北一家书店邮

购了一册"报纸杂志"通信录，按图索骥，开始大批向外投稿。从此，我开始了自己文学创作的第二个十年。

为追求文风的典雅，在《斑斓虎皮》的结尾处，我特意生造了一句煞有介事的古语："虎从心上生。"而在《乡村火焰》中，乡谚俚句再不用我费心生造，而是羚羊挂角，捻之即有："棺材里伸出个屌来，哭不得笑不得。"——冒犯！那年我被派到一个县里，第一次从一位村书记的口中听到这句话，立刻想到将来什么时候一定会因这句话而从我诞生一篇生动精彩的小说。

母亲从金乡来我家，向我讲述了一件发生在村子里的事情：一个无辜的人被村干部诬赖，遭到派出所拘留。我以此事为素材，写出了《乡村火焰》。前后写出的还有《说着玩儿的》。我把两篇稿子寄出去后，暗暗计算着时间，三四天收到，三四天看，六七天过去，我十拿九稳地对同事说，《人民文学》将要发表我的两篇小说。晚上，我接到了李敬泽的电话，《乡村火焰》《说着玩儿的》将一起在《人民文学》推出！月底，李敬泽又打来电话，说他考虑了一下，还是把《说着玩儿的》发表在浙江的《东海》上，他正主持《东海》的一个新锐小说栏目。接着就有了他专为《说着玩儿的》写的精辟短评《乡野间的先锋》。

这两篇小说在2000年年初发表之后，影响挺大，分别被《小说月报》和《小说选刊》选载。《人民文学》给《乡村火焰》配发的编者按也非常给力。我记得编者按上是这样说的，"村子"存在着一种至高无上、尽在把握的权势话语，这种话语解释一切而不被一切所解释，它带着一种日常的惊吓和伤害。由此，写小说的王方晨实际上涉及了一个社会学的研究领域——中国的乡村政治……以后见到李敬泽，我问，《乡村火焰》的编者按写得那么好，你写的吧。他说是程绍武。这出乎我的意料。小说还被《作品与争鸣》选载评论，是一致的赞赏，并数次入选不同的文学选本。当年申报鲁迅文学奖，我没报它。现在想来，若报它，获奖的可能会很大。《说着玩儿的》发表后，《收获》的编辑朋友对我说，看到了李敬泽对我的推荐……

新千年即将到来之际，一位县区宣传部的朋友顺便来我家坐，禁不住向我讲起他部里同事的荒唐遭遇。我当时就说，我想写这个！

小说写出来，就是《王树的大叫》。当时这篇小说反响相当不错，

《小说月报》《小说选刊》同时选载，却是发表在东北偏远的《岁月》杂志上。我在图书馆注意到《岁月》，是因为陕西红柯在上面发表了《赶着毛驴上天堂》。我还由此把自己的一篇压箱底的旧作改名为《赶着驴车往北走》。《王树的大叫》被选入《北京文学》的中国最新文学作品排行榜，听说他们做事严肃得多，对很多文学作品都会认真研读。直到现在，你看，《北京文学》也是在认真"做好"文学，令人敬佩。据说，《王树的大叫》在第二届"鲁奖"评选中入围，惜败。网上有抨击"鲁奖"评选的一篇猛文，说到赵德发的《杀了》、我的《王树的大叫》、毕飞宇的《蛐蛐》等所表现出的短篇小说的智慧和力度，全部强于那些获奖作品。《中国文化报》曾发表一篇文章，也肯定了《王树的大叫》的社会担当。

　　我讲这些的目的，非为炫耀，而是要说明一个问题，从我创作的第一个十年，到第二个十年，到底发生了什么不同。显然，在作品的明晰化、风格的写实方面，较过去更加突出。另外，本来就非常关心社会问题的我，从写作《乡村火焰》《说着玩儿的》《王树的大叫》起，开始勇敢地直面现实。施战军还说我"胆大包天"。我不大想再兜圈子了，就像我不再接受曾经缠在自己脖子上的围巾一样。等我在一些场合再看到一些人脖子上缠着花围巾，特别是那种似乎品位很高，不为保暖，只为修饰的大围巾时，我都会忍不住窃笑。嘿嘿，怎么像是上海的"老克腊"？

　　总之，我终于跟"现实"发生了较为密切的"联系"。从"虎从心上生"，到"棺材里伸出个屌来，哭不得笑不得"，就很能说明这两个十年的区别。但归根到底，我的生活经历和经验注定不会让我在俚俗上放纵，基本上还能做到质而不野。

　　这第二个十年的最大收获是，我从第一个十年的《响桶》走来，历经《生命是一只香油瓶》"兔子系列"，显现"塔镇"轮廓，到《日本是一个省》《乡村火焰》《说着玩儿的》《扑满》《黑妮儿飘飘》等坐实，逐步形成庞大的"塔镇"规模。

　　除了上面已经提到的这些外，这期间的作品还包括《塔镇的塔》《人·土·灵》《庆典》《乡村案件》《玉米人生》《樱桃园》《麻烦你跟我走一趟》《冯积粮》《巨大灵》《群英会》《小金的原野》《去往约塞米蒂》《农事芬芳》《花炮》《鱼哭了水知道》《树上的孩子》《少年兮归来》《乌黑妈妈》《鸡年月》《八月之光》《暗处之花》《水袖》《喂，上树!》《石头开花》

《夏季口令》《一只鸡蛋》《村长的原则》《兔子回来了》《心眼儿》《一九七〇年的乡村幼儿》《大声歌唱》《祭奠清水》《正午的气息》《一树桃花》《绿叶门》《万宝的亡灵》《炸日本面包》《游荡乡野间的奇情少年》《美丽慧芬》《牛为什么会哭》等。

当然还有其他，它们则属于"塔镇之外"，计有《毛阿米》《吃掉苍蝇》《死魂灵》《人都是要死的》《小人光乐》《金银岛的红烛》《舅父》《世纪之垒》《我是你的大玩偶》《美丽的自行车》《大气突围》《与悬铃木斗争到底》《高老头和水仙花》《大豆的归途》《将军与故乡》《局外人》《螳螂之恋》《到灯塔去》《桃之夭夭》《士兵在歌唱》《一个局》《给老许一千年》《美丽时代》《一度丢失的十三亿分之一》《小石头的天堂》《唐砝的大地》《水洼》《东八区的温度》《红雨纷纷》《爱情猪皮戒》《北京鸡叫》《夏季口令》《小表叔》《罗斯夫妇的夜宴》《善行记》《黄豆历险记》，等等。

不管是在"塔镇"，还是"塔镇之外"，这些作品俱反映了广泛的社会现实。2005年，《人民文学》杂志和山东省作家协会联合召开了我的作品研讨会，李敬泽在会上说道，包括他在内，"我们的评论界也没有对这种不一般有一种很清楚、很准确的认识"。我自己想，也许是因为创作规模过大，让人不大好下口吧。

2008年以后到现在，还不到十年。那年，我想把自己思谋多年的长篇《公敌》完成，却又隔三年才得以如愿。其他中短篇创作，《柳柳谣》《走失者》《东三条牲相》《大马士革剃刀》《麒麟》《蹈与月亮》《大陶然》等是代表。至于与此前两个十年相比有何不同？文学嘛，本来是见仁见智的事情，我自己确实也不好多说什么。但我肯定，我不会把摘掉的围巾再围上去。

最早我在金乡，以后我在东营，现在我在济南。地理背景上的改变，自然会影响到心理状态。这种改变常常会使我想到，你一个地域，或一种既定的观念，无法捆住我。过去，在我这个穷孩子眼里，金乡县城很大，我没能从西关走到东关，搞得东关在我想象中一直很神秘。但现在看，它实在很小呢。

张艳梅：说说塔镇吧。小镇文学有着成熟的叙事传统，从鲁迅的鲁镇开始，小镇在新文学史上，是革命者、知识分子、农民、小市民，三教九流汇集之所，是中国都市和乡村的中间地带，塔镇同样如此，那

么，您最初是如何想到"塔镇"这个地理标志物的？这么多年来，当代中国社会不断发展和变迁，您反复书写的"塔镇"，在一系列的作品中，有着怎样的叙事轨迹？您觉得塔镇叙事是与社会生活同步向前了，还是拉开一定距离看乡土中国的当代身影？

王方晨：在《响桶》中，"小镇"鲜明地初露端倪。我暂时没有给它取名字，与现实对应的是金乡县的高河乡。随着写作的深入，我需要更完整地审视我和自己的祖辈生活的那片土地。福克纳也常写到小镇，显然，小镇具备比单纯的村庄更为广阔的生活场景。对于一个热爱乡土写作的作家来说，似乎小镇那么大的一块地域，就足够大了。如再扩大到县城，几乎就是"奢侈"了。而在实际写作中，我贪婪地把小镇扩张成了县城，并为了表达方便，还给它取了个具体的名字：塔镇。这个"塔镇"化用了金乡县城，叫它"塔镇"，是因为金乡县城里就有这么一座古塔。《塔镇的塔》中介绍说，塔镇是金乡县城的旧址。它的具体位置，我看应该是在金乡县城之南，基本上包含现在的金乡镇，重合于之前的城镇、城郊和乡。为了丰富塔镇的地理含藏，我甚至一直在把北京、济南的街巷搬往塔镇。

当代中国社会不断发展和变迁，我的塔镇自然也免不了"与时俱进"。在《日本是一个省》里，塔镇有个最突出的地标，是一个澡堂子。十几年后，你看《公敌》里有什么？大都市里的种种，塔镇也应有尽有。

塔镇大地上的乡民习惯于从村子里出来往北走。塔镇好像成了他们心中的"皇都"。这倒没怎么变。也有往南走的，很少。《鸡年月》里的褚天来，赶着他巨大的鸡群，逃匿于重峦叠嶂的丁公山里，那是为了避乱。《公敌》里的蓝娣，也在逆着乡民向丁公山奔逃。等待她的美好的三山县，究竟又在哪里呢？

塔镇从战乱岁月起，至当下，与社会同步向前。但艺术的表现形式，并不是与时代越近越好。美，或许真的就是距离。

张艳梅：说起塔镇，想起福克纳，福克纳的约克纳帕塔法世系，邮票大的故乡，很多当代中国作家受其影响，您觉得福克纳对您的写作影响很大吗？还有哪些西方作家影响了您的创作？您觉得作为一位成熟的作家，是否仍旧需要不断学习和借鉴西方作家的文学思想和艺术技巧？

王方晨：影响是挺大的。没有福克纳，我不可能那么快写成小说，

一下笔就"成了"。年轻时期,人们往往感到自己有非常多的感情和想法需要诉说表达,这些东西全部涌到一起,容易造成拥堵和急促。但是福克纳,他会让你一下子放松下来,让你处于必要的沉静之中,忘记你是在讲一个故事。至少福克纳提醒我,不要急,慢慢来。我从容舒缓地开始了自己的讲述,从根本上避免了初学写作者容易犯下的虚饰、用笔过猛、情感泛滥等毛病。慢下来,你会变得老道。我至今对福克纳的艺术感到惊奇,他不过是平静地描写着某种日常生活的场景,比如在《喧哗与骚动》里,班吉看到有人在打球,你打一下,我打一下,昆丁意图自杀,路上碰到一个去钓鱼的孩子,扯东扯西,他们的母亲在家里,叫一声这个,叫一声那个,迪尔西在厨房里抱怨着忙来忙去,看上去真的没有发生值得一写的事情,但写来写去,一部蕴含丰富的世界名著就写了出来。对比福克纳的作品,你会感到那种传统的线性叙述,是多么单薄、笨拙、无趣。

福克纳给我的警示就是,写小说可以从写最平常的东西入手。不过现在看来,也有不利影响。有很长一段时期,我为解决自己作品的可读性而感到困惑,因为福克纳在中国读者看来,情节进展较为缓慢。但我对福克纳的敬意丝毫不减。我真的认为,写好小说的前提,就是你在写作中一定要忘记你是在写一个故事。只有这样,你的小说艺术形态才可以是完全开放和宽广的。作家面对的不应该是某一类型的读者,而是整个世界。

另外一种是跟米兰·昆德拉、马尔克斯、萨特、加缪、陀思妥耶夫斯基、左拉、尼采、波德莱尔等对我的影响没有不同。福克纳让我明白,我在做什么。我写过《人·土·灵》,村民勇敢地反抗不良村长二朕,但二朕却受到上级保护,最终村民落败,其中一村民辛禾还因道德丑闻而自杀,土地里的精灵德伦爷吃二朕的酒尿吃上了瘾。《小金的原野》中延续《人·土·灵》的故事。被迫出嫁的辛禾的女儿小金回村寻求庇护,村子依旧处于紧张的关系中,对其不幸无暇以顾。在上级的撮合之下,敌对的村民与二朕握手。但狂暴的风尘骤起,小金渐渐消失于污浊的原野里。这两部小说所显示的主题,应该是一句质问:是什么败坏了我们的大地?

这片古老的大地失去了原本的祥和,只剩下狂暴和唯利是图。那一

切田园应有的美丽的诗意,去了哪里?这是我的散文诗《我的自述:好的故事》所发出的一声声追问,也应该是我所有作品的追问。有人说,评论界对我的"不一般"没有很清楚、很准确的认识,我却感到对自己的定位非常清楚和准确。我承认,这就来自于福克纳。

如果需要我再提到一些西方作家的名字,我想提美国的马克·吐温,俄国的屠格涅夫,英国的哈代、狄更斯、艾米莉,法国的雨果、巴尔扎克、司汤达、福楼拜,德国的托马斯·曼、歌德等。还有一部作品像是进入了我的梦境,那就是杰克·伦敦的《马丁·伊登》。主人公沉于碧海的情节对我产生了很大诱惑,以致我在少年时期看过之后,暗自决定活到36岁就坚决像马丁·伊登一样在水中死去。不过,我现在早已超过了36岁。

我们自己的生活和视野毕竟有很多限制,不断学习和借鉴西方作家的文学思想和艺术技巧,可以打破这种局限。没有这样一些西方文学大师,我可能成不了现在这样的作家。我会成为什么人呢?孔乙己比较接近。呵呵,"茴"字有四个写法。

张艳梅:您在小说中,反复写到樱桃园和红杏庄,这两个具体方位与塔镇构成了某种对照和分裂,在文化学意义上,它们共同形构了您的文学地理图志;在叙事学意义上,这两个空间的能指和所指,是否有所不同?

王方晨:集中提到"红杏庄"的目前有五部中篇,包括《农事芬芳》《走失者》《柳柳谣》《野孃儿弄刀》《少年兮归来》,一个系列,构成长篇小说《芬芳录》。

设计"红杏庄",是我想写出中国村庄所能呈现出的华美的极致。它相对于其他村庄,情况比较单纯,只有几户人家,好像一个逃逸于世外的王国,蝈蝈就是这个王国里的国王,随心所欲,却深受拥戴。他热爱红杏树,家里保留着方圆二十里内唯一的一片红杏林。他雄心勃勃,计划改造被人遗忘多年的荒滩——羊儿洼,以增加土地。红杏庄的一切似乎都为蝈蝈一个人所有,但威胁仍然存在,其中来自儿子小志的无形的对抗让他尤为不安。同时还有村里一位垂死的老人宝柴历年来时常做出一些古怪的举动,每日散布一些胡言乱语,那些通灵的语言也让他感到迷惑和很不自在。蝈蝈要改造羊儿洼的消息传出,宝柴就躺进了棺材。野姑娘艾乔为报复他的计划，闯入杏林，持刀砍了他所珍爱的杏树。他处在一种莫名其妙的狂躁之中，毒打了儿子小志。开垦新土的准备工作紧张地进行着，蝈蝈积极联系挖泥船，却突然武断地决定将小志送往塔镇。小志没有任何表示地顺从了他，不料艾乔放弃自己的羊群，追随小志而去。村里与蝈蝈有多年私情的风骚女人柳柳冷眼旁观，一语道破了他对艾乔的隐秘欲望。挖泥船来到了，全村人进驻羊儿洼，似乎每个人都沉浸在即将获得新土地的无边欢愉之中。一天，小志和艾乔蓄谋回村，有意选在他家的杏林苟合，以向蝈蝈示威。蝈蝈得知后万分沮丧。他想从柳柳那里寻求安慰，但柳柳毫不留情地对他发泄了她的不满，并以小志和艾乔之事对他极尽羞辱，宣布了他们父子之争中他的必败。他在狂怒之下，独自走回红杏庄，用木棒打死了躺在棺材里的宝柴。羊儿洼正在消失，一片崭新的肥沃的土地即将被开垦出来，蝈蝈隐约听到脚下的大地正一声声地呼唤着他的名字。日月同耀在这片曾经野趣盎然的土地上……

  我自己亲口说出这个故事，是因为它又是一个极易被人曲解的小说。小说人物的举动，以平常人的逻辑来看，会让人感到难以理解。蝈蝈为什么要打死宝柴？我告诉你，宝柴本身在小说里象征着我们古老的大地，蝈蝈没有想到的是，他实际上是在摧残他所热爱的大地或自然。

  这个小说不像一般作品那样明了，应该说是采取了象征主义的手法。看过这部小说后，李敬泽用"雄奇绚烂"来形容它，我觉得比较准确，而它正是我专为李敬泽写的。不料，他虽认为我找到了真正属于自己的创作路子，却暂时不想发表"福克纳风格"的作品。

  在这个长篇访谈中，我一再地提到李敬泽，是因为多年来，认真通读过我的作品达到20篇以上的评论家，全中国不超过5人，而李敬泽就是其中之一。你让我掰着指头说，我也只能明确地讲出4个来。可能这也是不少作家在中国面临的可悲现实。

  红杏庄的村民，蝈蝈、小志、柳柳、米米、艾乔，在走出红杏庄后，红杏庄就跟塔镇的其他村庄无二，就跟樱桃园一样了。樱桃美酒夜光杯。疯狂的樱桃！

  现实的中国乡村和高度象征的中国乡村，这就是樱桃园和红杏庄的区别。但它们并非并列的关系，而是红杏庄要在樱桃园上面，华美炫

目，可以用《农事芬芳》的结尾来描述它。

张艳梅：近年来的乡土小说塑造了大量的村长形象，大都是乡村政治和乡村伦理的破坏者，这种平面化概念化的写作，是对乡村生活的简单化处理，其实远离了本身非常复杂的真正的乡村社会，您觉得您笔下的村长形象塑造有什么不同之处？

王方晨：在中国的权力结构中，村长的级别最小。在现实中，是没有这个"官"的。它是中国作家独特的臆造，代为行使村书记和村主任的权力。因为"官"小，又无中生有，不免被中国作家可着劲儿地糟蹋，但它实在又好不到哪里去。你的准确的描述应该是："近年来的乡土小说，塑造了大量的村长形象，大都是乡村政治的执行者和乡村伦理的破坏者……"

我的小说中也有不少"村长"形象，也有不少描写"官民"对立内容的，但这只是乡村生活的一个方面。我认为自己已经写出了"村长"的人性和社会复杂性。早期《老大》里的廉伯，值得挖掘吧。他可不简单。《山泉》里的村长，简直就是德行高尚的圣人，一生致力于找水普济村民。未过门的儿媳与人通奸，面临山民严惩，是他挥手制止的。没有仁爱和宽容，又哪来汩汩而出的山泉？《村长与牛》写了村长与牛的感情和他对贫弱者的关爱，十分动人。《鸡年月》里的麻村长，是另一个时代里的受害者，被村民褚天来冒险下葬。在有一些作品里，村长如同没文化的土豪，也是有历史原因的，但作风尚显淳朴可爱。《一只鸡蛋》里的村长乔尚七，对不争气的村民倍感无奈，一旦发现上级夸大造假，便暴怒出走。《村长的原则》中的村长，对公平的认识令人忍俊不禁。《樱桃园》里的村长王连举身上也有善念，但可悲之处是不觉悟。他最后同样沦为"塔镇"捉弄的对象。因为腿瘸，在地上站都站不住，只好揪住樱桃树枝，像一个陀螺一样旋转，把杀死了老婆而又苦于不被人承认的小木匠都给逗笑了。《麻烦你跟我走一趟》中的村长以为正义在握，犟劲儿上来，跟不走败德者所修路桥的范思德好有一拼。在《巨大灵》里，村民们不约而同地背离村子时，村长李保树感到极为恐惧。他小心地拉拢曾在《一只鸡蛋》里出现过的金富贵，去济南接回死尸时还不忘为自己配副眼镜……这些都是个性化的复杂表现。《农事芬芳》里热爱土地的乡村王者蝈蝈，基本上等于是村长，但他身上所表现出的人的多面性不容忽视。《公敌》里韩佃义的身份比较明确,像廉伯一样争到了村书记的位子,后又当上经济集团总掌舵。这个形象的包含,也不是一两句话能够概括的。

有些村长在我的作品里其面目怎么变得可憎起来了呢?这跟发生在现实里的事件有关。母亲向我讲了村子里的事,我写了《乡村火焰》。老家的人向我发来求助信,我也曾郑重地去济南找朋友帮忙解决问题,却被告知有一种禁令,是要保护干部。这非常荒谬啊!我能做到的也只有这样了,即把事件写进小说。这就有了《人·土·灵》《小金的原野》。我在愤怒中写出了他们的冷酷无情和百毒不侵,因为我无奈。

乡村生活并不只有"官民"对立,就像我明确写某些村长穷凶极恶的也只有为数不多的几篇。村长形象之所以在乡土小说中出现频率较高,那是因为毕竟他在现实村庄中的位置最为突出,是乡村生活不可回避的焦点。几乎所有事件都有可能与他发生关系,如果作家试图绕之而行,那么,你所描写的乡村难免残缺,与真实的距离不就更远了吗?所以,这没什么奇怪的,也没有不应该。

我认为,关键的问题不是你写没写村长,写了多少村长,而是你写的村长,有没有生动的血肉。你要问我写的村长与他人所写的村长有何不同,我回答是一言难尽!你说,要写一个新的村长,是一个新人,他在改变乡村。

有啊!《乡村总统》里的村长名叫李根呢。这是按《小说选刊》提出的要求来写的小说,一不小心又被我写"庞大"了。但那村长到底能够做些什么呢?不用回答谁都明白。如果我虚构一个村长,既有文化,又有追求,他打造了一个理想国,你认为可信么?你说,可以写他的失败。但这个人的现实依据又在哪里呢?如果世上并不存在,你非得弄出一个来,我觉得这不是真实的文学。不管怎样,我会仔细思考这个问题。

张艳梅:您一直致力于乡土中国的书写,我在一篇文章中,谈到您和鲁迅、赵树理乡土写作的差异,您是如何看待中国乡土文学传统的?又是如何理解今天的中国乡村形态的?据统计,自2012年起,中国城市人口超过农村,这是不是意味着中国不再是一个农业大国?您觉得未来的乡土小说写作会向何处去?

王方晨： 我觉得中国自古以来就是一个大乡村。你去济南老城区的街巷看看，试着想象一下，你会感到跟古老的乡村没有什么差别，那可是仅仅几十年前的城市的黄金街区。中国乡土文学传统延续至今，而且永远也不会断。回头再看《红楼梦》，是不是也像是乡土文学呢？那么，有一天，我们现在所写的反映城市生活的作品，也会被后人视为乡土文学写作。

在《老大》里，举行过一次隆重的乡宴。我对农村的这种场景比较熟悉。它曾经是幼年时期的我十分盼望的，因为可以趁机好好吃上一顿。主办乡宴的人家，忙活几天后，宴会结束，剩菜也不会被倒掉，而是集中在盛器中混成了大杂烩，东家西家地陆续分送干净，没人觉得不洁。现在什么情况呢？可能不大送了吧。

我还在农村生活的时候，过年过节，人们十里八乡地走亲戚，亲戚家一般都要留饭。几年前就听说，现在变了，走亲戚时把东西一放，说说话，不吃饭就回来了。

实际上，我们的乡村生活正渐渐与城市趋同。可是，我认为，中国将来是不是农业大国，并不是以人口的比例来衡量的。中国走向现代化的标志，实际上不是农业人口的多少，而是不再存在农村与城市的对立。你看，很多人谈起农民，就像自己比他们高一等似的。如果有一天，在我们的眼中，农民不再是意识落后、目光短浅、思想狭隘的贫贱者形象，而实际也正是这样，就说明我们的社会真正进步了。

未来的乡土小说当然要写好他们的未来，写出那时的社会生活和人物的命运，即使你写的不被归为乡土小说，再经过上千年，后人会发现这老古董，你不叫它乡土小说，就再也找不出别的恰切的名字了。

其实，我们慢慢地活着，就是把自己活成了乡土。不要怕脸不白，因为你终将很黑。

张艳梅： 我觉得《老大》这部长篇小说对中国乡村社会的理解，是比较接近现实主义的，用现在流行的话说，就是接地气，当然，也不乏叙事上的探索，这部小说您写得比较早，您觉得多年后回头来看，《老大》在您的文学写作历程中，有着怎样独特的意义？

王方晨： 1988年，受处女作《林祭》发表的鼓舞，我创作了一部内容丰富、长达五六万字的中篇小说，也果然得到了某杂志社编辑的赞

赏。由于大环境的改变，小说没能发表。一直到1997年，我决定以数人的角度来重写这个故事，讲清它的前前后后。坦率地讲，这种讲故事的方式受到了福克纳的影响。我最早的中篇是从廉伯本人的角度讲出来的，后来却分别从庄稼祥、庄道潜、庄至行、芒妹各讲了一遍。这就是长篇《老大》。这种讲述的方式，注定了它的现代派文学气质，而它实在又是非常写实的。我没有一点出版社的关系，就决定自费出版用来评职称。你看到了那本书，就是《榆树灵》。呵呵，后来它还坏过我的一次"大事"。那年申报"二十一世纪文学之星"，很多评委知道我出版过这本书，坚持了入选"二十一世纪文学之星"的青年作家不能出过书这一原则。《榆树灵》你看过的。当年施战军看了后对我说，书中不少场景的描写具有经典意义。2011年，它在台湾正式出版。台湾作家杨明曾称赞我在《老大》中对死亡的独特处理方式给予她启发，你对《老大》的阐述也非常深刻。澳大利亚有个中国文学研究者，叫黄惟群，看过《老大》和我的其他一些作品后，说我在全国的位置"应该再提一档"，认为我被低估了。他无所顾忌，敢于批评，你注意过这人么？

这部小说从头至尾都似乎有一种光在里面，几乎把它照得通体透明。那也许是盛夏之光吧。盛夏季节，稼祥返乡，揭开了廉伯悲剧的一页。依我看，小说独特的切入点、对当代农村道德现状的探索性解构、叙述方式的不拘一格、扑朔迷离的时空处理、情感的强烈、语言的纯净等，似乎都使整个作品散发出一种浓郁的精神气质，因而呈蔚然之态。

我在作品中就逐渐将在近代农村社会里所形成的道德结构进行了一些分析。中国的文化传统在中国农村社会的发展史上体现得十分充分，其特点亦即"乡土"特色，如费孝通先生所言"乡土中国"。廉伯与庄道潜等俱代表来自土地的道德。廉伯具体表现为尊严和力量，后者则是另一种力量，那就是无力量。两者是一种维护与背叛、有力与无力的对应关系。庄至行、根儿爷庄等体现了旧的土地道德法规的式微和一种无价值的形式。一直与庄老大若即若离的稼祥，其实继承了老大的精神，但又对那种古老的道德有种深沉的反思和为达到接近的背叛，反映了一种来自土地的道德的蜕变。芒妹、李麦则代表了土地道德的美好和自我牺牲精神，与此对应的袁广田，又体现了土地道德的邪恶和投机，以及自私自利。袁广田的畸形和扭曲，同时也根植于如此的土。

一切有悖于"传统"或"土"的道德的人，都受到了来自土的诅咒。他们艰难跋涉，但最终还是为了重归于土——一种自然。"自然地生存"最主要的内容则是爱和尊重。除"人"与"土"的紧密联系外，又有区分——那就是本土的人与"外人"。塔镇（农村调查员、政府，等等）、现代文明、"流放"的知青都带有浓厚的象征意义。

在对人的内心冲突的描绘方面，我追求能够达到一种精神气质上的深度。善的苦难、热爱的苦难、心灵创伤，与生命历程和社会进程巧妙地结合。个人生存所经受的惨痛的考验，人性尊严所面临的挑战，依靠创作的想象力和生命激情（感情力度），都得到了一种深刻的阐释，同时给了小说一种内在的紧张节奏，创造了一种"雷霆之所，风暴之乡"的艺术氛围。

我认为，这部小说虽反映了一定的社会现实，重点却是描写人类的悲剧，所以才让人感觉艺术上更率真和纯正。等我老了，我倒想再捧一部《老大》出来。

张艳梅：《公敌》是您最新的长篇小说，这部小说以佟家庄半个世纪的变迁，观照历史，反思现实，有着沉重的批判视角和鲜明的寓言色调，您在不同的访谈中，也谈到了这部小说的写作初衷，以及小说的主旨。我想知道的是，您在小说中所体现出来的复杂的文化立场，其精神和思想内核究竟是什么？或者换个说法，您试图要为日益颓败的中国乡村开出什么药方？当然，这不是文学的任务，我只是想知道您的思考指向哪里。

王方晨：我在《老大》中剖析了生命悲剧的人性根源，在《公敌》中则侧重于揭示生命悲剧的社会根源。人类经历了无数苦难，付出了沉重的代价，却没有创造出人间天堂。尽管佟家庄人创造了庞大的乡村帝国，整个儿吃掉了"塔镇"，住进了高楼大厦，但他们失败了。这个看上去无比辉煌的乡村帝国，并没有人们期望的美好，没有能够慰藉人们的心灵，使他们感到安宁、温暖、祥和，而是处处充满着惊惧、颠倒、梦魇，家园仍在被强暴、败坏，大地仍在哭泣。韩佃义达到了事业和人生的顶峰，却抽身而退，去专注守护埋藏在自己心底的那份久远的感情。佟黑子为所欲为、恣意凶悍，却寒不自胜，无法消除缠绕在自己心头的孤单和飘摇感。你曾提出疑问，佟黑子当街劈人，这还是不是法治社会？显然，就连被劈的老裘也没有认为这是"真正"的法制社会。拿鸡蛋碰石头，老裘还没这个胆量。给老裘招来这"飞天之祸"的，却是自己的一个不大庄重的带有讨好意味的举动：在佟黑子肩上拍了两下。朋友之间拍两下无关紧要，关键是佟黑子跟老裘还不算朋友，顶多是老裘要入伙；更关键的是时机不对。事情不大，言语不重，但恰巧佟黑子急需利用，急需向对他表示怀疑的世人露出自己狂暴的本来面目。在人们的好奇追问下，老裘哑然，他自己也终于恍然明白过来。

权谋啊！无处不在的权谋啊！祸害中国人千年的权谋啊！

《公敌》里充满了权谋。你看韩佃义的发迹史，其实就是一出权谋史。什么"小红书"，什么"做大事"，新村典礼，灯会活动，哪怕搞了宇宙节，也都不过是权谋史中的一环。他精心打造着复杂的社会关系网络，连佟志承的人生都提早规划过了。同时明了权谋的佟志承给朋友牟彦杰开了道"护官符"。那是一次调侃似的交谈，却让我在写作时不由得心颤。

这样的权谋能够带给人们安全感，那就怪了。中国历史上的无数权谋之争证明，哪怕你做到了宰相，也常常命悬一线。历史给予人类的教训，到了以现代文明为主导的21世纪，不能不被记取。权谋不就是中国乡土文化中最核心的一部分嘛。我在《公敌》里写了一群人所呈示的生命状态，寄意于对乡土文化中落伍于时代的成分的批判。以前好讲封建意识，现在不大讲这个词儿了，想换个词儿，我看还真不好换。如果要为中国乡村开药方，我开的药方也只能是向现代！改革开放之初，政府大张旗鼓地宣传"现代化"。我这样讲并不违背什么大政方针，但我得指出，现代化不仅是指生产工具和技术的现代化，更重要的是人的现代化和制度的现代化。缺少了制度这个前提，佟志承即使承接了大任，又能有何作为？韩佃义在人生顶峰做下恶事，几乎就是必然。佟志承的将来显然也没有得到保证，抑或不过是又一个轮回。

我不是社会学家，只能说到这里。我对自己的欣慰之处在于，我写出了这些人在某种历史阶段所真切感受到的生命的焦躁。哦，好清晰哩！

张艳梅：山东作家大体上有着文化保守主义立场，无论是张炜的精神探索，尤凤伟的历史反思，还是赵德发的宗教情怀，都有着对当下生

活的反省和拒斥，有研究者认为，这种保守主义倾向造成了山东作家的自我封闭，我觉得这种保守性反而是超越性，当代作家对自身存在，对社会发展，对人类整体，缺少终极关怀和观照，而山东作家在这方面做得最好，意义最为深远，对此，您怎么看？

王方晨：不错。我们没有总是跟着跑。山东不靠南不靠北，它就像中国的"中土"，而的确正是中国传统文化的龙头所在。这保证了山东作家在文化立场上的沉稳和自信。我的观点是，保守但不能"固守"，思想要通达。跟着跑一跑，或许也没坏处。跑不出去再回来，筋肉强大了，眼练明了，看得更广，更远，走得更踏实。就怕那块巨大的传统文化的翳布，"悄悄地蒙上你的眼睛"，掉进一片黑暗里，猜不出你是谁，幸而那些优秀的山东作家，都能做得很好。对当下生活的反省和拒斥，也是为了擦亮眼。没有反思精神的作家，实际上非常值得怀疑。

张艳梅：有研究者提及，在山东作家中，您比较独特，无论是艺术气质，还是审美风格，多数山东作家，尤其是乡土小说作家，都属于现实主义写作，风格质朴平实，生活气息浓郁，地域特征鲜明，而您的写作，带有先锋色彩，又与其他先锋写作的山东年轻作家邵风华和王一等人不同，您是有意识地特立独行，还是从根本上不认同这种现实主义追求？另外，您觉得齐鲁文化对您有影响吗？如果有，是什么样的影响，如果没有，能说说为什么吗？

王方晨：我觉得我还算一个文人。当年我不想一辈子当一个庄稼人，对城里人又有一点抵触，但我可以跨界，那就是成为一个文人。本性上呢？我传统而不保守，宽容但有原则，又比较率真，可能就是这些形成了我现在的样子。在艺术的追求上，也与之相关。总之，我的写作重感性和理性的结合，还是带有强烈的个人化风格的。很显然，现实主义并不是文学创作的唯一途径。

我生活在山东，至今我也很少走出过山东。要说影响，我认为更重要的是生活的影响。至于齐鲁文化与其他的什么文化甚至世界文化相比有什么不同，我真的不清楚，但我相信，所有的不同都是形式，本质上并没有多少差异，就好像在古老的膜拜仪式上，这个部族是宰头牛，那个部族是杀只羊杀只鸡，目的只有一个：敬畏上天公正的意志。

孔子"割不正不食"。那天，我突发奇想，如果我是孔子的小跟班，那些"割不正不食"的食物，孔子可以给我吃。

张艳梅：能谈谈您对莫言的看法吗？不想谈也没有关系。我认为，莫言是把中国经验与西方叙事结合得最好的当代作家，您怎么看？另外，中国传统小说艺术、民间艺术，也对莫言的写作有所影响，您认为您的写作中也有这种质素吗？或者谈谈一个成功的作家应该具备哪些艺术品质？

王方晨：莫言能够成为世界性的作家，在我看来，绝对是因为他写出了人类在各种悲苦境遇下的欢乐精神。这一点显然中国的读者包括那些评论家至今为止还没有充分注意到。中国经验、西方叙事方式，以及其他，都不过是一个作家创作时的工具，好比纸笔，好比铁匠的砧锤、木匠的锯尺。那种从作品里散发出来的强大的欢乐精神，才是最易打动人的。把酷刑写成了一场狂欢的戏剧，也只有出自莫言笔下。那年我看完他的《生死疲劳》，禁不住写下四个字：莫言知人。我想，他为世界接受的另一个原因，是他深深地受到了福克纳艺术的影响。当时风靡文坛的马尔克斯、卡夫卡、川端康成都不行，唯有福克纳。因为福克纳，莫言的小说艺术呈现出了开放状态，与自由的欢乐精神相匹。有机会我会问问他，看他怎么说。

我的创作也有你说的传统小说艺术的、民间艺术的影响，而且还挺重。私下认为，这种影响可以增加作品的文化色彩。你看到过吧，我的作品中散布着不少民间歌谣。每当插入了那些谣曲，作品的格调也就跟着悠扬起来。两只老虎，两只老虎，跑得快，跑得快……你听！这是我听过的最为滑稽可笑的儿歌。怎么就一只没眼睛，一只没尾巴呢？真是欢乐！

一个成功的作家应该具备的艺术品质有千万种，但我最看重的是作家深刻而独特的内心体悟。事实上，正是这种体悟打开了作家所面临的坚硬的现实世界。

张艳梅：最后一个问题，您青春时代写过很多诗歌，当然现在可能也在写，说说您对诗歌的理解吧，诗歌和小说，哪一个距离您的精神世界和文学理想更近？为什么成了一位优秀的小说家，而没有成为一位诗人？

王方晨：世界是一位母亲，诗歌就是孕育于母腹的胎儿。那是精华和精华的结合，世界的光明和希望。我早不写诗了。我觉得自己一直都

在努力把诗性化入小说创作，以期把自己的小说创作照亮。我没有成为不断写下诗行的诗人，是因为我自知承受不起那胎儿的孕育，但我可以做一个舒适的摇篮，既送给婴儿，也送给羊，甚或送给花朵。

谢谢你让我做起诗来了！

二〇一三年十月十六日

附录一 访谈录：文学拯救了我

附录二

印象记：我眼中的王方晨

认识王方晨之前，读过不少他的小说，而且印象深刻。被称作文学圣徒的王方晨究竟是一位什么样的作家呢？

2008年暑假，去东营黄河入海口，朋友临时客串导游，介绍了油田的历史，黄河沉积退海的变迁，湿地栖息的鸟类，高高低低的湿地植被，等等。一路上越走越开阔，走很远都没有看到什么人，细雨蒙蒙，路上的车也很少，满眼的绿，在悠然的雨丝里，心醉神迷。每日禁闭在城市中，困守在书房里，突然走出来看天高地远，一眼望去烟波浩渺，不期然地就有了出逃的快乐。而更快乐的是专程拜访了山东青年作家王方晨。

在见到王方晨之前，看过山东师范大学李掖平老师的那篇《文学圣徒王方晨》，总以为圣徒大概是接近不食人间烟火的境界了，心里猜测也许他对世俗生活完全没有兴趣。意外的是，聊了一下午，非常快乐，也很感动。王方晨说到了他对文学的感情，对生活的理解，以及他的理想。

文学是我的皈依

说起文学，谈起小说，王方晨滔滔不绝、非常投入，他说：文学拯救了我。像我这样的人，如果没有文学，真的不知道如何面对世界。幸好有了文学，我才有了一个让自己的生命踏实坚定的支撑。文学是我的寺庙，是我的道观，我在里面念佛，我在里面修炼。说到这里，他还做了一个双手合十的姿势，满脸微笑，满眼虔诚，完全没有开玩笑的意思，那一瞬间，我深受感动。感动于他对文学的执着和单纯的爱。

谈及写小说，他认为小说要写大，如果只是局限于自己的那点感受，没有深厚的生活基础，就会和生活有隔膜的感觉。有的作家以主观想象去把握生活，我们读着很生硬；还有的作家受传统观念制约，反而过分用力去写一些东西，我们看了觉得别扭。真正好的小说可以带给我们对生活更深刻更高远的认识和理解。

提起文字带给他的快乐，他显得更加专注，仿佛一个人进入了神游物外的境界。回忆自己常常因为一字一词细细推敲，认真玩味，灵感突临，跳出来一个好句子，自己会觉得很得意时，他的表情变得更加丰富而且生动，似乎文字带给他的快乐无人可以理解，他的语调同他的文字感觉一样带出了音乐的韵律。我忍不住哈哈大笑说：我看您有点儿走火入魔。也许，正是这份专注和投入成就了王方晨。

说到山东文学，他说，山东文学是内敛的。我接着说，山东作家很质朴，有很好的文化传统，也有不刻意迎合时代的沉潜，不过，始终还是要走出去的。王方晨点头表示认同。

生活就像窗外的花园

美感。聊了一会儿，王方晨抬头看看窗外说：我家楼前就像一个小花园，大家每天上下班来去匆匆，只有我一个人会专注地看。我几乎不怎么看电视，觉得生活本身更值得关注，而且生活中有很多东西值得我们去发现。说到这儿，他随手拿起一本杂志，说起他曾经写过童话，又说起自己对童话的理解，我忍不住插嘴说：您的小说有的情节也写得像童话。他笑得很开心，像个孩子一样。

痛感。王方晨给我介绍他已在东营生活了整整19年，这里的土地盐碱化得很厉害，很难长树。我说：我看城市很干净，城区规划很好，看不出来有什么特别。看起来很适合生活。他摇摇头：你去看看湿地，看看一望无边的泥巴，都是泥巴，就知道了。树很难扎下根去，土都是咸的，真的是杀得脚丫子疼。就像《王树的大叫》中我写到的那种疼痛的感觉。说到这里，他稍有瞬间的沉默，似乎那种真切的疼痛就在脚

下……既能感受到太多人已经麻木了的熟视无睹的生活的美好，又能清晰地映现那种太多人已经麻木了的熟视无睹的疼痛，这是属于作家的敏感，也是作家难得的责任感。

乐感。说到圣徒，王老师摸一把自己短短的头发，又笑了：也许我太热爱文学了吧，不过，我可不是不食人间烟火，你看我刚刚学了开车，生活有很多东西我要学习，像什么车啊，时装品牌啊，好多好多，要写好小说，就要好好了解每一种生活方式……不管怎样，还是文学最能带给我快乐和满足，文学就是一种生活状态。我赶紧表示认同：对于您来说，文学不是外在于生活和生命的一部分，而是变成了生活和生命的常态，不可分割。

坚持走得更远

说到他即将发表的中篇小说《乡村总统》，王方晨说：我一直在努力写出真实的乡土，而不是那种虚假的乐园。对于太多农村孩子来说，乡土就是一个火坑，时刻想着逃离。而我从小在农村长大，感受到了太多炎炎烈日下的劳动艰辛，没有亲身体验的人是根本不能想象的。不过我一直在想，土地是不是只能带给人苦难和禁锢呢，我们热爱土地，是因为它能给我们自由、舒适、幸福和安宁，乡土本身不应该永远是一种枷锁，而应该成为生命的理想所在，基于这种想法，我会觉得自己站得更高，内心的视野更开阔。我接着他的话说：您小说中的诗意不仅来自语言，而且来自生命自身，还有一以贯之的激情。是生命的激情带来浓烈的诗意。批判现实，追问理想，从现实主义到浪漫主义，您没有任何界限地超越了。王方晨一展他那透明的笑颜，肯定是我说到了他的心里，我也笑了。

附录三

王方晨作品研讨会实录

时　　间：2005 年 10 月 12 日
主　　办：《人民文学》杂志社、山东省作家协会、东营市委宣传部

张炜（书面）：我在许多年里，一直关注王方晨的作品。他创作之活跃、笔力之雄健、个性之独特，每每让我感到惊讶。山东当然是写农村题材的作家居多，但几年来仍然苦恼于不能有更多的令人耳目一新的农村题材力作出现，不能有更多的发力深长的后起之秀登场，而王方晨的创作在极大程度上弥补了这个缺憾，他以坚守执着的精神，以蓬勃旺盛的生命力证明了自己，也证明了山东文坛。

长期以来，我们在写作学上总是强调"怎么写"，而多多少少忽视了"写什么"。纵观新时期的文学创作，我们终于发现"写什么"毕竟也是非常重要的。因为我们从一些创造了重要文学实绩的作家身上看到了一个事实，即他们的笔很少涉猎或从来就不曾沾染某一些领域。王方晨在"写什么"的选择上，恰与优秀作家们是一致的，他们选取的写作对象充分表明了一个作家的自尊。而这种自尊从来都是伴随着一个作家远行的重要因素。

山东作家扎实用功，但并非个个都具有这种自尊。所以我认为，王方晨既是非常朴实的作家，又是非常了不起的作家。

王方晨的文字让我想起了美国的福克纳：专注于邮票大的一小块地方，从平凡的乡邻生活中孕育出现代传奇。这是独一无二的生活，又琐碎又隐秘的生活。这种生活包含了一个时代的全部信息，甚至是整整一

个时代的软肋。从王方晨这里，我既感到了自己所熟悉的那片土地与之差异巨大，简直是迥然不同；同时又觉得他所描述的这一切，就足以托举当今中国的全部不幸、怪诞、奇异和华丽。我这样说是指王方晨写出了当代中国生活——其千变万化和光怪陆离的依据和基础。

我认为，山东已经出现了倔强有力、卓尔不群的中青年作家，王方晨就是其中之一。他们没有沾染这个时期的浮躁病，正一步一个脚印地往前。

李敬泽：王方晨对我个人、对《人民文学》来说，都是我们的人，因而我是半个主人了，同时《人民文学》又是主办方之一，我就是整个主人。我对王方晨的人和作品都是熟悉的。每隔一段时间，王方晨就会对我进行电话轰炸，电话接起来，你根本就不用说话，只要听就可以了，说的全是文学。王方晨作为一个作家，无论是做人还是写作，都有他自己鲜明的特点。刚才张炜讲到"倔强"，我觉得很能体现王方晨的写作格调和形成文本的过程。王方晨的作品会让人感到他暴烈、坚决、悲凉。有时候我想，王方晨的这种力量来自何处？

我们的批评家、小说家都在不断发出疑问，中国如何出现伟大作品，怎样写出中国人的精神。但我感觉他们并没有思考过中国人精神真正的质地、真正的特性究竟在哪儿？大家太过于自信，以为中国人写出来的肯定就是能够反映中国人精神气质的作品。我想，这也未必。

有一个现象，很多作家在用其他国家的理念来阐释中国的事情，不管写"文化大革命"，写改革，写日常生活，落笔就是《圣经》，始于《圣经》，结于《圣经》。当然这也没什么不好，但背后的问题是，我们是不是在拿《圣经》的逻辑来想象中国人的精神？"五四"以来，我们的文学界习惯于以西方文化的观念作为参照，如今我认为，有些问题还是需要正一正的。比如，关于中国人，文学界总爱讲"灵魂"，实际上我们仅仅是在最近的一百年里才开始讲灵魂的。一百年前，在中国有"灵"，有"魂"，但无"灵魂"之说。灵魂从哪儿来？基督教。我们有一个希伯来式的灵魂，这个观念可谓根深蒂固。但实际上，观照中国人的话语、表现方式，进入我们的日常、民间生活，恐怕不是这么回事。中国人讲"心"。近一百年来，我们可能忘了对中国人之"心"的捕捉。拿西方背

景下灵魂的想象,并借之加以分析中国的事情,是进一步的发现,还是根本的误解?以希伯来式的框架对中国的事情加以过度解释,是不是会离中国人的心更远。或许我们会从大众评书里感受到中国人的心的存在。

我认为,中国的作家真正重要、艰巨的任务是考虑如何抓住和表现中国人之心,而不是以希伯来传统下的观念对中国人进行过度的无休无止的解释。这是中国的小说家非常艰巨的任务。目前具有这种自觉性、有这种本能的中国小说家很少。具有这种强大本能的作家,我认为莫言应该算一个。莫言作品真正贴近了中国民间对人、对自我、对心、对世界的想象方式。但有一个问题,为什么莫言拥有如此多的作品,也产生了巨大的影响,可直到现在也不是被我们的知识分子所充分阐述的作家。我想,根本的原因就是他所提供的东西并不是被我们的知识分子所容易并乐意接纳的。从这一点上来说,王方晨的成就虽与莫言相比还有差距,但他对自我的想象、感受方式,的确抓住了中国人之心的气质。

王方晨作为一个作家,无论是做人还是写作,都有他自己鲜明的特点。1999年,最初看到这个作家的作品时,就觉得很有特点,很不一般,而这种特点和不一般历经数年时间,尽管王方晨的作品在不断发表,也不断引起反响,但包括我在内,我们的评论界还没有对这种不一般有一种很清楚、很准确的认识。这可能与我刚才说的有关,我们都有一个希伯来式的所谓"灵魂"观念,我们都不知中国人之心,恐怕问题就出在这里。

另一方面,王方晨已经有了非常好的、非常强大的自觉,但是,他太暴烈。即使再汪洋恣肆,小说也应该是一匹戴着缰绳的烈马。几年来,我接触过众多作家,却很少见到有人对文学创作持有如此高度的关注。我们相识七年时间,每次谈话,王方晨几乎没有说过别的。我也希望王方晨继续保持这种对文学创作的高度热情。这里有另外一种可能,王方晨作为一个作家,不仅要把自己的东西抛出去,还要把世界的东西拿过来装在自己心中。只要王方晨还在不停写作,我愿意经受他的电话轰炸。

李贯通:通过阅读王方晨的作品,我认为,王方晨是齐鲁大地上一

位最具先锋性、最具前卫性的作家。他的先锋性表现在，他虽然描写了那块"邮票"大小的地方，但已经注入了多元的文化要素。与80年代的作家相比，既不单一，也不单薄。在王方晨的小说中，他所描述的过程固然精彩，但结局往往大大不同于山东作家的作品。由于多元文化的观照，他的小说结局无一不是多变的。过去在小说家眼里，条条大路通罗马。实际上，如果不通罗马或许更接近生活的本质。在王方晨这里，就是这样的。这是一种很高的境界。别人往往专注于自己作品中的人物要得到什么就一定到手，而在王方晨这里就是得不到手。他还描写了大量的死亡主题。这是相当深刻的。他的作品揭示了生命的价值意义，不是展现生命，而是体现生命。

王方晨在小说的选材上也有独到之处。他的作品以农村为主，既有写城市的，又有写城乡接合部的；既有虚构的，又有纪实的，几乎是全方位的写作，验证了文学先锋性、多元文化对他创作的塑造作用。同时，他的作品具有当代性和现代性紧密结合的特点。20世纪的世界文学充满了大量变形、夸张的描写。王方晨在作品中大量地写出了各种出人意表的幻觉，他把真实和幻觉糅合在一起。虽然要将两者合而为一相当困难，但方晨却做得相当成功。

除了王方晨的幻觉描写受西方影响之外，我还感受到王方晨传统文化精华的积蓄。他的生活经历跨越了不同地域，对齐鲁文化有一种真正的理解。他继承了齐鲁文化积极向上的因素，把自己对齐鲁文化的深切感受和认识融进了文学，使得他对生命的把握相当到位，相当准确。

从他的小说《祭奠清水》中也可以看到，他的作品除了暴烈外，还有缠绵的唯美的东西。这篇小说显然受到了《聊斋志异》的影响，小说写得特美，使我耳目一新。我认为，王方晨是通过传统文化精华的继承而形成自己的表现风格和表现力的。

另外，尤其使我感动的是，王方晨在作品中所体现的对生命的敬重。我们从中可以感受到他对生活的正确理解和对生命的敬重度。

王方晨小说采取的是一种自由写作的方式。在他的《八月之光》里，你会看到他几乎是想怎么写就怎么写，由老成到女儿，到羊拐子，一些很有可能被我们这一代作家大刀阔斧剪裁掉的场景，都自然地涌到了王方晨的笔端。而王方晨如果不写这个，作品一定会苍白许多。我认为，王方晨很善于描写在一种原生状态下发生的事件，同时又能够使其带上浓厚的象征意义。他把生活中有象征意蕴的东西选择出来，它们并不浮艳琐碎，这就显示了王方晨这位北方作家的叙事力量。归根结底，王方晨作为一个作家的立场、他创作的价值体系，是建立在深厚的民间关怀之上的。

刘玉堂：十几年前，我在《山东文学》工作，王方晨有十几篇作品留了下来。当时有个编辑陈文东谈这个作家不得了，他跟山东土生土长的传统作家不同。

后来，我省首届齐鲁文学奖评奖，看到了王方晨的《王树的大叫》。随后注意到在国内多家重要刊物上，王方晨发表了一大批作品。我感到非常震撼。一个作家在短时间内发表这么多作品，而且保持在同一个水平线上，艺术上不掉，难能可贵。我看王方晨的《祭奠清水》，觉得非常美，怎么看都有意思，体现了他作品的多义性。王方晨的创作理应得到更高的赞誉。他的作品体现了北方作家的创作特长。

吴义勤：王方晨这个人，我感觉就像一个教徒，他以教徒的姿态来对待文学。他是一个天生的小说家，有一种小说家的气质，跟莫言很像。当初，看到王方晨的作品，以为出了第二个莫言。但与莫言相比，他几乎不是这个世俗社会的人，反而有助于他创作力的发挥。

第二个方面，王方晨的创造力惊人。很多人短暂地爆发，昙花一现，使人产生疑问：青年作家创作的长度怎么这么短？这反映了作家创作力不足的问题。王方晨却有着强大的创作力，同时他又是一个很独特的人，一个天才的作家，一个教徒。他从本质上具备了一个天才作家的很多非常态的因素。

关于王方晨的作品，我同样认为他贴近了中国人之心，他写出了中国人的性格、形象。他有自己处理事件的方式。在他的小说中，所有的人，各种类型的人，男男女女，正常人、残疾人，老人小孩，性格都有力度。那种坚强的力量让人过目不忘。《祭奠清水》中清水的义无反顾，《绿叶门》中垂死的老汉，心的强的程度，我们在别人的作品里很少看到。还有《斑斓虎皮》中的哑巴，《万宝的亡灵》中的瘸子老宁，性格都

是很坚硬的，是中国人很韧性的性格。他把人性中恶的东西，可怕的东西，夸张地表达了出来，也正体现了王方晨写作的能力。王方晨彻底打破了自身经验的界限。他处理事件的方式，很难从逻辑的真实角度去理解。自我经验，超自我经验的界限在他这里被完全突破。其实，他持有的是一种万物有灵的观念，他在以诗人的态度去写小说。在他的小说里，物不物，我不我。这可能跟他对待事件的态度——暴烈地处理事件有关。他的小说甚至不存在物我、现实超现实、此岸彼岸的界限。同时，这些界限的打通，为他处理事件的方式带来了很大的自由度，这也是王方晨小说的一个重要特色。

王方晨有很强的乡土体验，他实际上在以写实的方式写寓言。他的每一篇小说，寓言的特征非常明显，却又写实，乡土生活的细节非常真实，体验也非常深刻。他超越了现实的局限，对主观地处理生活，反而获得一种真实的效果。

王方晨的创作个性很奇特，处理事件主观、夸张、变形、荒诞、幻觉等因素，作品中比比皆是。但他又害怕读者读不懂，这就出现了一个对自身经验过度阐释的问题。我认为，这是他对读者的不信任。这种阐释也可能出自他个人的太过于强烈的愿望。

他的小说本身是一种混沌的风格，他的难能可贵之处是把生活和世界的混沌状态体现了出来，但同时又有清晰的一面。

施战军：我和王方晨是多年的朋友。他在文学上取得了骄人的成绩，在全国也是处于前列的。早在1993年，我就接触到了王方晨的小说，当初就感到很新鲜。刚才敬泽先生是从小说精神的角度概括了王方晨的创作，吴先生又作了希伯来式的分析，两者相映成趣。

王方晨有两种东西对我有很大的触动：一是他作品中人物的精神气质，我认为，用"倔强"、用"暴烈"不如用"英勇"这个词来表述可能更准确一些。他面对生活的英勇，他对生活的处理方式，都融入了他的作品之中。有一次，我看他写的《乡村的火焰》，被里面的文字、故事吓了一跳，当时就想到，能够这样写作的作家肯定是一个胆大包天的人。他的文字的行走是亢奋的，并且全篇这样，相信这与他面对文学时的态度有关。

在王方晨的作品中，还有一种很少被人写出的"魅性"。这也是王方晨小说的异质。他是一个心中有"鬼"的作家。很多人写农村，写乡村，而他写乡野，写乡野间的鬼魅之气，他的一篇小说就题为《游荡乡野间的奇情少年》。一种冥冥之中的力量，控制着他小说中人物的命运，把握着命运的神秘的走向。非人而人，人而非人，许多人死于非命。在这方面，我相信王方晨已有充分的自觉性。但有一个问题，王方晨的创作又给人一种走过来走过去的印象，他从这里出发，走进那种愤怒的现实主义里去，有一天他又走了回来。比如，他写乡野的鬼魅之气，早在《斑斓虎皮》这个时期就有了。这种东西更多的则是对古典的东西的继承萃取，并尽量地做到了出乎其上。

我们因王方晨而谈到了莫言，随之有个问题摆在我们面前：中国的乡土文学何去何从？魅性，可能是出口。我们中国的文学传统经历了太多的曲折、浮沉，从莫言开始才一点点地被激发。我们传统文化中神秘的东西被正面地表达出来，王方晨应是突出的一个，从《王树的大叫》到《祭奠清水》，已臻于成形。

王方晨被他内心激昂的东西激荡着，常常不能自已，但他现在已经成为一个非常有特色的重量级的作家。对王方晨，我充满期待。

李掖平：王方晨的创作给我带来了真实和震撼，首先是他这种井喷式的状态。一个年轻人，经历中到底有多少资源供他开发，使他在短短几年间，就抛出这么多的作品？为写他的评论，我用了整整一周的时间看他的小说，才大体梳理和廓清出个眉目。他的勤奋，他的近于疯狂似的写作让人惊奇。写作已经成为他的一种生命的自然状态，除此之外，别无他顾，我想，这也是成就他的一个重要因素。

我看王方晨的小说，感到他主要是在那里想。他是以一个乡间思想者的身份进行写作的。他主观写作的痕迹明显，他在那里思考乡间、扣问乡间，廓清乡间一些理性的东西，并以主观战斗精神拥抱现实，但他的载体却是一个想象的乡村世界。在这里，不是说想象与现实到底有多大的距离，而是由此产生的一个问题，那就是，在王方晨以想象力的极致描写乡土人生的时候，他在什么意义上是现实的，他如何通过想象界定从历史到现实再到未来于当下的位置。

王方晨的现实主义小说在两个路向上都表现出了承传和超越。在他的小说中，他对民间文化的负性因素、国民劣根性的发掘，保持了尖锐深刻的解剖力度，他以思想家的身份承传鲁迅，对乡土人生的现代理性、现代文明背景下的国民性进行观照。另外，为摆脱思想者的痕迹，他明显地接受了沈从文、汪曾祺的影响。既发掘、批判、挑剔国民劣根性，又努力发掘生活中温情、朴实的东西，抒发对美好人性的赞美。王方晨自觉地完成了对新文学的承传，同时又有所超越。他对美好人性的发掘，并不是站在作家的立场上、置身于外地进行的，而是努力变成作品中人物自己的生活状态。

王方晨的历史题材小说给了我更多的惊喜。他以自己的方式还原历史，背离了一贯写革命历史发展过程中红色人格的成长模式，体现了历史的另一种真实。他的《日本是一个省》既有史的力度，又有新的创意。

另外，我觉得王方晨的小说结构很好，但有时表现出他对读者的不太信任。他的感觉直达莫言的鲜活别致，但语言素朴在某种程度上又打消了读者的想象空间。如《王树的大叫》，当时我看了之后建议不把"大叫"写出来，但王方晨说："我写王树必须大叫！"

黄发有：我从王方晨的小说中看到许多世界经典的同题作品。一个好的作家敢于挑战经典，这种勇气是应该肯定的，但经典的影子会对他形成遮蔽。

王方晨的叙述，是那种典型的倾诉式的叙述，是一种强制性介入。这种燃烧式的叙述，给人一种擦枪走火的味道，枪响过后，立刻留下灰烬。很显然，王方晨是燃烧式的作家。他的作品有种诗性的东西。从他的作品中，我们看到了他所呈现的对象的复杂性，他做到了出乎其外，入乎其内。综观他的作品，我们发现他的人物基本上都是焦虑的。我认为不是不应该焦虑，而是不应该太焦虑。他的语体基本上都是梦呓式的语体。一切伟大的艺术经典都是这样的，但必须有所控制。

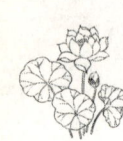

附录四

王方晨创作研讨会纪要

时间：2016年5月8日上午

主办：中国作家协会创研部、山东省作家协会、济南市文学艺术界联合会

主持人：张柯　李掖平

发言人：吴义勤　杨学锋　刘溪　胡平　何向阳　施战军　王干　邱华栋　王春林　刘颋　张丽军　张艳梅　房伟　马兵　李掖平　王方晨

贺　词

王方晨创作研讨会5月8日在济南召开，我因事不能与会，遥致衷心祝贺。

我与方晨相识多年，上世纪90年代曾为他写过一篇短文，题为《山野间的先锋》。说的是，方晨的写作深深地植根于中国乡野，同时，他的小说又由乡野的复杂经验出发，力图抵达对人的现代乃至后现代境遇的洞察和想象，他的乡土叙事与中国现代以来的乡土叙事传统有一种紧张关系，他独调别弹、孤身犯险，行于乡野而怀先锋之志。

自那时起，很长的时间过去了。方晨仍是方晨，执着是他的根本禀赋，他一直坚持着走在他独特的艺术道路上。

因此，开一个会很有必要。请来各方贤达，在各种角度、各种观点的交锋中，一方面使他的探索和坚持的意义更为明晰，另一方面，也可

能使他的路更宽、空间更广大。

　　方晨以小说为生命，他是我所见过的最为纯粹的写作者之一。这样的写作者格外孤独，他需要友谊，也需要真诚的回应。作为老朋友，我衷心地祝福方晨，祝他越写越好。

李敬泽
5月8日凌晨

　　祝贺王方晨的创作研讨会召开！

　　方晨执着坚毅，坚持写作几十年如一日。他来自农村，熟悉乡土，与时俱进，能够准确地把握当下农村所发生的深刻变化，对新一代农村人的心理刻画入微。他的小说其实已经很难用"乡土"来限定，他写的是超越城乡的当下中国人的生活，揭示了当下中国巨大变化中人的精神的丰富层面。

　　再次祝贺！

莫　言
4月9日

张柯：在近30年的创作生涯里，王方晨执着于乡村文化探索，被誉为"山野间的先锋"。近年来，他先后创作了以《大马士革剃刀》为代表的、以济南历史文化为背景的小说，并且引起热烈反响，王方晨也由此成为济南都市文学书写的代表性作家。

吴义勤：王方晨是创作力非常旺盛的作家。我对方晨的印象有这么三点：一是方晨对文学非常虔诚。他对文学的态度是非常纯粹的，跟他所有的谈话、电话、微信都是谈作品，这么多年来一直是这样，这一点我印象非常深。

　　二是方晨的创作力特别了不起。30年创作600多万字，而且保持着一个均匀的节奏。一般情况下作家可能在某一个时段会面临一个瓶颈，方晨却保持着一个均匀的创作节奏，每年都有好作品出来，这一点在现在的青年作家里是很少见的。一个作家要有爆发力，但是更要看他的耐力。写作就像一次长跑，我个人觉得在当代青年作家里，王方晨几

乎是耐力最好的运动员。

三是方晨有特别强的文化自信心。每部作品出来，他都会谈论这部作品如何。我觉得这个特别好，搞创作的人对自己的作品要有信心。特别是当年我在山东有段时间，方晨曾改写世界名著，那一大批作品也写得非常好，写了可能有一二十部，这些都是他自信心的表现。

王方晨600多万字的作品，已经确定了他独特的质地和品格。他的作品，质地是很坚硬的，你说是理念也好，或者他对这个世界的认识也好，是灰暗的，探讨的是我们这个世界，或者人与人，或者人内心里面比较灰暗的那一部分。有时候你会觉得他是一个悲观主义者，或者对这个世界是一个怀疑主义者，有的时候有一点情绪，有愤世嫉俗的感觉。读他的作品有时会感觉非常沉重。他对人的一种认识，有批判性，也有对人无可奈何的那一面的理解。2006年，他的一个作品《暗处之花》，我看了以后觉得很有震撼力，小说对人的反思力度非常大。去年国内的长篇里面也有这一类作品，比如说东西的《篡改的命》，就写人对自己命运的反叛。像东西的《篡改的命》这类小说，人是被动的。在今天，人到绝望之后，所有反叛世界的手段都没有之后，他决定把儿子的身份改变，将儿子寄存到城市里一个仇人的家里。《暗处之花》这部中篇小说就是写一个人如何主动地隐藏自己的身份。王方晨着力写城市和乡村的巨大文化冲突，就是这样一个农村的女大学生，因为考上了大学，就要切割跟乡村所有的关系，切割跟父母、兄弟、农民的关系，这种切割有时候觉得是非常残酷的，但有些时候确实是一种心理呈现。大家进了城，说都在怀念故土，可能并不是这么回事。真正来自底层的农村人，进城之后是怀念乡土还是切割乡土，这个问题很尖锐。王方晨在2006年就谈到过这个问题，这篇小说有它的意义深刻的地方。特别是到最后，这个女主人公误把父亲推下楼摔死，匆忙匿尸之后与她男友的那段描写也是很具反讽意味的，有很值得回味的地方。这篇小说特别好。

方晨近些年的小说又有了一些变化，特别是老实街系列小说。这些小说对世界的态度开始发生改变，不是那么坚硬的、批判的、质疑的态度了，而是有了温柔的或者稍微温暖的东西。这个改变的维度就是把文化自信的东西和人性结合起来，注入了人性的内涵，在人性的表达里面有文化的思索。他的《世界的幽微》，我看了之后觉得是特别有意味的

一篇小说。老实街的高杰，一个少年追求一个编竹匠家的女儿鹅。鹅长得很漂亮，是老实街的街花。但少年本来是个小混混，不幸的是他爬墙头的时候掉进粪坑里面，这对少年的心理各方面影响很大，因此他长大后考上大学，又到了美国去留学，到世界去了，然后回国。回来之后，一方面是鹅这个女性对高杰的态度，另一方面是舆论，即老实街人对他的态度。人物在经历了几十年的人生沧桑之后，关于爱情、关于生活的许多世界观都发生了变化。但是高杰最后的表白，在他阁楼上那一段感悟，我觉得非常有意味。这类小说已经不仅仅是对一个人简单的否定、批判、质疑了，里面有一种对人性的、对文化的理解，因此小说本身就变得非常丰富，从一个简单的批判性向更丰富的内涵转变了。

同样包括《大马士革剃刀》，这是在2014年中国文坛上影响比较大的作品。

还有一部中篇小说叫《鱼哭了水知道》，这部小说也非常好。梢子和巧玲是两个在城市里打工的最底层的人，当巧玲被几个流氓强暴之后，他们的人生发生了改变，这是一种对生活绝望之后的反应，我觉得提供了另外一种解决的办法。有一些作品也写到女性被强暴之后接下来的生活该怎么办的问题，就是说爱情该怎么办、家庭该怎么办，这是一个很严肃的社会问题。但是这个问题，有的时候很多作家主观的解决方案，实际上脱离了主人公的生活处境。《鱼哭了水知道》完全从主人公的生活处境出发，你会觉得这样很残酷。男主人公的女朋友被强暴，他自己只能坐在外面磨刀石那儿，也没任何的反应。后来女主人公的姐姐说，你喊，你反抗，但是他无力。这个女主人公怎么反应，自杀还是该怎么怎么样？这反而是生活中真实的态度。这种面对事件的处理态度，我觉得可能在生活里面反而是一种真实的态度。这一类小说也体现了王方晨的一种非常新的对人的探索，也是对人的一种理解。有的时候可能理解比高高在上的那种同情还重要。

王方晨的小说在今天确实有值得我们好好探讨和分析的地方。王方晨这么多年的创作历史，已经形成了他创作的一种品质和路径。我相信方晨会一直写下去，而且会写更多、更好的作品，也会给我们更多的惊喜。

杨学锋： 王方晨是山东作协的第一批、第四批签约作家，是文学鲁军的中坚力量和优秀代表。今天张炜主席因参加别的活动而不能参加研讨会，他委托我代他讲几句话。他首先是要对这次研讨会表示衷心的祝贺！他说：王方晨是山东充满活力并产生重要影响的作家，他创作的作品不仅数量多，而且富有激情，很多是具有很大影响的优秀作品。

《人民文学》杂志社与山东省作协曾于2005年共同举办了王方晨的作品研讨会。11年过去了，王方晨同志在文学道路上砥砺前行，潜心创作，又进入一个创作的丰硕期。作为国内文坛十分活跃的"60后"作家，王方晨的创作起步于20世纪80年代末，他创作起步早，创作时间长，创作数量大，而且质量普遍比较高。迄今为止，他已经发表六七百万字的文学作品，几乎遍及全国重要的文学期刊。很多人惊叹他的旺盛的创作力，其实，这是与他的勤奋和刻苦分不开的。王方晨出身于农村，从小养成了吃苦耐劳的习惯，他把这种习惯放到了文学创作上，无形当中就把自己变成了一个在文学沃土上的耕耘者。方晨播撒汗水，也收获了丰硕的果实。他以小说作品的文学品质和艺术感染力证明了自己的才华，也以创作的实践证实着自己长久不懈的努力。早在1993年，他就荣获了中国作家的优秀短篇小说奖，《王树的大叫》也曾获得山东省首届齐鲁文学奖。他用7年时间创作的长篇小说《公敌》糅和了家族史、分配史、人物志的写法而被称为中国当代纪实体，荣获第三届泰山文艺奖文学创作奖。

昨天很多专家在一起说，如果文学界要评劳动模范的话，王方晨应该是首选人之一。王方晨的创作虽然历时漫长，但其创作轨迹清晰可循，一方面，他沉思于自己的乡村记忆，执着于乡村文化的探索，很容易让人把他归入乡土写作的类型，而且他的确在乡土写作领域取得了令人瞩目的成果，这不仅体现在他创作的大批中短篇小说之上，而且他的长篇小说"乡土与人"三部曲《老大》《公敌》《芬芳录》更是集中代表和反映了他的乡土写作的成绩。另一方面，他的笔触也常常延伸至历史的幽暗处，延伸至战火纷飞的年代，延伸至现代的都市。

在最新一期《中国作家》的访谈中，王方晨说了一句生动形象的话：在现代城市中，重新找到亲切的村子。在王方晨这里，乡村记忆不仅存在于古老的乡村，还存在于我们生活的城市。在我们生活的每一个小区、每一条街道、每一间办公室，大家经常谈论一个作家的文学特质，

王方晨与众不同之处就恰恰体现在这里。他的笔触总是能够犀利地直达生活的本质，又像是从幽深的大海里捞起一颗颗珍珠。我们非常惊喜地看到，当他把《大马士革剃刀》这样的精品佳作奉献在人们面前时，读者的赞叹之声不绝于耳。

李敬泽书记曾经给予王方晨高度评价，他说：王方晨少有地捕捉到了中国人性的气质。莫言先生说：王方晨的作品揭示了当下中国巨大变化中人的精神的丰富层面。刚才吴义勤书记从这三个方面对他的创作也作了概括，施战军主编也曾经明确地肯定王方晨作品中所包含的中国性。这恐怕就是王方晨能够保持旺盛的创作力的根脉与源头。

李掖平：像刚才义勤、学锋和各位同志所说的那样，在文学创作领域，王方晨是一个虔诚的教徒、圣徒，他把所有的精力和心思都放在文学创作上，所以才能有今天丰硕的成果。

胡平：王方晨在全国青年作家中是非常突出的，他的先锋性是非常显赫的，在全国都是突出的。我读了不少他的作品，这个给我印象很深。他创作小说与众不同，这个不同可以理解为对小说样式利用的不同，所以他在当前的小说作家中很值得研讨。这个会开得非常必要，有没有这个会也确实关系到对王方晨的认识深度。

我主要谈谈对他的先锋性的理解。

他的作品有些是传统形态的，包括像《牛为什么会哭》，虽然这里面有些玄幻，牛也说话了，但倾向是比较明确的。和《乡村火焰》是一样的，都是直指乡村现实的，直指恶势力的，批判性也很强。王方晨这些作品里面的村长是不会有好人的，所以批判性很明确。这一类小说基本上还是传统形态的，但是他的其他类型的小说就复杂得多了，不能读得马虎，读马虎了，你就肯定要读第二遍，否则可能看不清结构。最主要的是，刚读他的小说可能找不到读小说的立足点，不知道站在哪儿，往哪方面用情。比如说《拜芝麻》里面，走了两条路，小引一直是受尊敬的，进城了；一条是农民的路，大引是走了乡村的路，自给自足，多子多福。表面上大引功课不好，不如小引，除了早早结婚外，没弄出什么名堂。可是小说发展下去，我们就会发现小引从来就没幸福过，晚

婚、考职称、找个女研究生当老婆，又受气，最后还早早地死了。如果这是一个过去的作品也许会这么写，就是说以小引为立足点，写大引，让人感觉还是大引过得好。农民离开了土地，还有什么意义呢？可是王方晨显然也不是这个意思。大引虽然比小引强，在围追堵截中生了5个孩子。可是我们读到最后会发现，作者对大引也没有赞赏的意思。大引的大儿子学大引，18岁就开始生孩子，他生的孩子和大引最小的孩子差不多大，这就是很反讽的。说明作者实际上对农民的这两条路都不赞赏，他看待生活非常冷静，似乎写出这两条路都走不通，对当下农民的困境作了一个很冷酷的写照。

我觉得，过去的小说主要是写理想和现实的冲突，不论是正剧和悲剧，理想倾向都是明确的，都是可以找到的，所以我们在读小说的过程中就很感动。

王方晨的小说不是这样，他主要是写现实和现实的冲突，而理想和现实又是相对立的，所以王方晨的先锋性也就表现在对传统美学、小说美学的颠覆上。过去时代的作家对生活持有坚定的看法，突出主题、冲向纵深极致，感情效果倾向于单纯和强烈，可是像王方晨这样的当代作家对世界的矛盾性及人的自我矛盾性发展认识极为敏感，就像沃尔夫所说的："过去一贯是单独的、孤立的发生的各种感觉，现在已经不复如此了，美和丑、兴趣和厌恶、喜悦和痛苦都是相互渗透。过去总是完整地进入心灵的各种情绪，如今在门槛上就裂成了碎片。"所以，像黑色幽默这样的一些现代作品，它是集华丽与恐怖两种不协调的情绪于一体的，喜和悲都无法收到传统喜剧和悲剧那种情感发泄殆尽的效果，产生了一种压抑和解脱之间的审美意念。王方晨的作品，读来读去，就觉得是这样一种味道，两种对立的东西都没法达到传统喜剧及悲剧的效果，而是一种压抑和解脱之间的审美经验。他对现实的认识显然是更复杂和深刻的，而且可以为了理性牺牲情感，把感情变为认识，是以激发理智为最高要求的，所以他的作品有一定的哲学意味，他甚至是把文学作为哲学来看待的。所以，他的小说很有特点。对他的小说，你的感受不在那个读的过程，而更多的是在读之后的思索，这种思索是陌生的，也是很有诱惑力的。

这种特点在他的很多作品里都有，像《大陶然》。你读里面的老狄

和老怀那两个老人，读着读着，读到后来，突然间老狄和老怀就翻脸了，读者就觉得反应不过来了，一下子就迷失了方向。按照过去的小说的写法，前面写写写，写到三分之二的时候，到最后的结果就只有一个，就是这一对鳏寡老人因祸得福，因为这样一段事故反而成就了一段好事，有了同居的条件，成就了一段姻缘。如果这么写怎样呢？这个小说就不错，这就是传统小说，是一个很好的喜剧。但是，王方晨一定不这样写，他一定会把读者给颠覆了，他认为人性没有这么简单，所以这两个人就是以翻脸为结局。这个老狄和老怀谁的错呢？读到这个时候，我就开始重新想这个老怀，这个老怀其实是有错的，她虽然跟老狄关系好，但她后来是赖在他家，这是阴暗的一面。而这老狄也不是省油的灯，他发现了这一点之后，慢慢地不动声色地引诱老怀，最后两人还发生了性关系。王方晨不是像传统小说那样，一头是理想一头是现实，老狄和老怀都是现实，是现实赤裸裸的冲突。所以王方晨的小说和其他作家的很多小说是不一样的，摆脱了我们很多现成的观念，能够发现世界和人类生存本身的荒诞和非理性，他看得比许多作家更深，他笔下的悲剧有时候是一种无法解脱的悲剧、本源的悲剧。所以我觉得他的小说读到最后确实是有哲学的，有哲学的思考。

正是因为他有这样的世界观和哲学底色，就使得他由乡村题材向城市题材转变的时候毫无障碍，不需要重新适应。实际上他写塔镇、写乡村，也从来不是单纯地写乡土和农民，而是写人性、文化和现代人的生存困境，这样他就可以轻易地转向城市，比如《大马士革剃刀》。许多作家转向城市的时候有些不适应，但是他完全适应，因为他的路数完全适合城市的题材。

《大马士革剃刀》是我非常喜欢的一个短篇，我把它选入了我编的一个年选里面。这篇小说通过一条老的街、一把剃刀、一只被剃得精光的猫，把人性延伸出的那种隐蔽的东西挖掘得淋漓尽致。正是因为王方晨认为世界是复杂和深不可测的，所以他总是小心翼翼地、避免直接道出故事的真相，在艺术上显示出他的特点——他的每部小说都只露出真相的三分之一，其中三分之二需要读者从字里行间去寻找，这造成他的作品的一种迷离色彩、一种特殊的诱惑力，同时也是他的叙事技巧。比如《丰柔的买陂塘》，表面上很诗意，好像是一首诗，实际上是很残酷

的。这个丰柔没招谁没惹谁，一塘鱼就被毒死了。为什么会被毒死呢？作者也没有明写，也许还是跟丰柔嫁给了军官有关，正如她爹所说的，"内要伶俐，外要实在，纵有托塔之力，也要做低头之人"，这就道出了那个村庄世道人心的那种险恶。

　　《鱼哭了水知道》，我觉得是他排名第二的作品，也是非常好的作品。梢子的女友被坏人强奸了，他一句话就带过，也不写心理活动，就是写这两个人的那种平静——令人窒息的平静，他们说了什么、做了什么，这都只写了三分之一，其余都是由读者慢慢体验的，那种想象空间的确是无穷的。像《乡村火焰》这样的作品写村长不怒而威，你读这篇小说的时候会感觉到一切悬念、一切争斗都是在空气中发生的。他的这种写法、这些特点，让我感觉到王方晨对文学的那种痴迷一定是到了极点，他对这篇小说的研究一定是到了极限。所以读这篇小说也能够读出作者的全身心投入。

　　至于希望呢，我希望他写出更多像《大马士革剃刀》《鱼哭了，水知道》这样的作品。这样的作品不仅意义复杂含蓄，而且意向的情节非常生动，比如像《大马士革剃刀》写那条街"宽厚所里宽厚佬，老实街上老实人"。那个剃刀、那个猫、那个左门鼻好几十年还在等着把这个院子交回给主人，这种意向的东西、形象的东西更生动。这些作品是上等的文学砖瓦，可以造出更华丽的房子。方晨那么投入，前景无限，而且在全国青年作家中他的探索性这么强，还有道理可说，我觉得这太棒了！

　　何向阳：王方晨创作 30 年了，这个会议我们很早就开始筹备，因为方晨在鲁院学习，今年我们就赶在 5 月份召开。刚才大家也都讲了，方晨写了 30 年，他起步很早，20 多岁就开始在全国很好的杂志上发表他的作品。30 年 600 万字，我觉得这个倒不是重要的。方晨也获奖无数，杂志的奖，中国作家奖，包括百花奖，各个层次的奖都获了。获奖也不重要。对一个作家来说，重要的是什么？30 年来他有一以贯之的东西，他仍然没有放弃圣徒式的虔敬之心，这种虔敬之心落在纸面上确实给了方晨一种独特的风格。

　　刚才我在接受采访的时候也谈到了，方晨的创作分为两大段。前段可以说是他的塔镇，塔镇这样的一个风景，写乡土的、乡村的、地标性

的，形成了方晨对乡土的思索。最近作为后半段的起始，就是写老济南人，当然，这里头也涉及旧城改造，涉及对市民的重新关注，对城市老实街这样一个系列的关注。这两个段，一个是乡土的，一个是城市的。当然，在一以贯之的这个段当中，我觉得他贯彻了他的价值观，就是儒家文化的真的、暖的核心。当然，他在叙述当中非常有先锋性，他有他的齐文化的影响，他有奇谲的句子和玄幻的妙想，两种文化在他身上都有所体现。给我印象最深的是，他对中国传统文化中优秀成分的吸收，这在人物身上体现得非常好，不是一种意念性的，或者表面性地把这种文化放到他的文字当中，而是通过人物的一种性情，比如说他的自由、率性，他的天真、纯朴。王方晨在写这些人物的时候，把自己的性情放在这些人物的身上。

今天是母亲节，我又重读了王方晨在广州发表的《妈妈奶的难日》。坡老娘51岁生了个孩子，体现了这样一个母性的精神，对另外一个孩子尧尧的那种母性的精神，最后为了尧尧生了自己的孩子。别人都认为她肚子那么大，是不是长了瘤子，要把她送到医院去，实际上她是怀孕了。她重新做母亲的那种喜悦、那种刚强、那种执着，都得到了很好的表现。方晨作为一个男作家，能很好地体现出女性的坚韧，让坡老娘义无反顾地生下这个孩子。50多岁，无论从生理上还是从社会的看法上或者别人对她的曲解上，一般的女人都无法承受，而她却坚决地要把这个孩子生出来，她对生命和对生活的理解，集中在这个行为上，有非常坚韧的一方面。王方晨赋予了这个女性一些现代性。在他老实街的一系列小说中，刚才义勤也谈到了鹅这样一个女性。他写到高杰，高杰是我们在很多作品中都能看到的人物，就是从混混到发迹，留学归来，当了大老板，我们可以在很多作品中看到，但是我们看不到像鹅这样的女性。她们在老实街本本分分地生活，但是她们的那种自由、率性、天真仍然没有被都市化所泯灭。我在鹅身上看到了非常美好的东西。

比如说他写《世界的幽微》，他在这里写鹅，写鹅的可爱。"鹅的春天来得晚，都春花烂漫的时节了，她才像蛰伏虫儿似的醒来。"她把花草插满了头，一个人在旧竹椅上蹦来跳去，就这样一个女性的形象，而她并不是一个很年轻的女孩子。她有自己的儿子，已经做了母亲。"她就像一脚送进了趵突泉，又一脚跳进了大明湖，一脚泉一脚湖，一脚湖一脚泉,很多人都听到那些竹椅在她的脚下崩崩作响。"就是这种可爱的、真情的、非常率性的性格,在已婚的做了母亲的女性身上体现得非常美好。

另外,他的《干卿何事》也是一个老实街系列。他也写到了鹅,鹅可能是贯穿在老实街系列中的一个主人公。他写到她的夏天,我看了也是非常感动的。"鹅有信心过一个一生中最美好的夏天,每天她都能闻到一股柔柔的花香,店里没人的时候,她就四处嗅,就像身边生着许多花树,海棠、樱桃、李子、桃杏,生着许多花,牡丹、芍药。她常常闻到荷花的香,大明湖里荷花正开着呢。"我觉得这完全是诗意的,这是女性从春天到夏天的体会,从她身上散发出一种青春昂扬的、一派天真的上古神话的芳香。这种文字所散发的芳香,在老实街系列当中有很好的体现。比如:"一天早上,鹅去涤心泉汲水,踩了一块石头,回来就受了孕,生下来就叫石头。"这完全是神话传说似的,当然我们无法考证石头的父亲是谁,但是石头的母亲就是鹅。王方晨把上古神话色彩的这样一种东西放在里面,把母亲的形象塑造得非常可爱、天真,而不是我们常见的忍辱负重、辛辛苦苦或者血泪斑斑的那样一种母亲。她有一种女性、女孩子的天真烂漫,是一个美好的纯洁、纯情的女性形象,这个是老实街的很大的突破。

我在他的短篇当中也看到了像老实街系列那样有意识地去写"我们老实街居民""我们老实街人"。一开始就是讲古说书的风格,是娓娓道来式的。我很欣赏这种文笔,我们很多作品失掉了这样一种中国古代传统的、从古典精神拿来的东西。当然,现代文学的发展已经一百年了,可能砍掉了或者删除了很多这样一种娓娓道来的、缓慢进入的、说书式的、讲故事的风格。在他的作品里,他也保存了。

他的句式,我也非常欣赏。在艺术探索上,他非常注意对古典风致的那样一种保存。比如,鹅下班回来,一眼看见竹篮放在自己床上,就怒了。他说"就怒了",不是说采用现代的叙事,而完全是非常凝练的,语言非常白,但是又非常浓缩式的,他这种好像是对欧化的东西的反叛。所以说,王方晨的先锋性不是体现在语言形式上的这种,而是体现在他的思想、他的认识和他在人身上的发现上。他所发现的东西,有人性的内涵,但是他在语言上还是保存了中国传统的、古典的风致,这种风致在他的短篇小说中体现得非常好,我非常欣赏。

我们在二三十年代看到沈从文甚至其他一些写乡村的小说家,都保存了一种古意的东西。在现代文学传统中,尤其是80年代欧式语言进来之后,很多先锋派用长句子。方晨却有意识地把这些句子浓缩,更凝练地通过白描的手法表现出来。比如说"鹅娘瞑目而卧,一动不动",这完全是非常古典的。像这种"瞑目而卧",完全是从古典的文学中出来的东西,从语言方面来说是非常好的。

总之,女性形象的描写,包括老实街的复述的表现手法,他常采用"我们""我们""我们"的口吻,不是高高在上的,完全是一种谈心式的进入方式。另外,他对上古神话包括对古典文学语句的拿来、保存,我觉得这都让我感觉非常美好。

借创作30年的方晨的这个研讨会,向方晨表示祝贺。希望方晨能5部、10部、15部地把老实街系列写下去,作为你这个阶段的代表作品继续写下去。

施战军: 距离上次召开王方晨的研讨会已有11年了,那次会我印象特别深。"山野间的先锋"等很多说法,都是从那个会上形成的,那个会上每个发言的人都很激动,后来方晨他们整理出了一个大概的发言提纲。可以看到,那个时候大家还处在比较年轻的血气方刚的状态里,到今天十几年了还剩下什么?结果我发现,发言的大部分人的激情没剩下什么,但是,方晨的激情还在。

我们对方晨的作品太熟悉了,对他30年的创作大概有个模糊的印象,他有"三体"。

一是体量。方晨是一个有体量的作家,这在山东确实很少见。山东这边除了张炜之外,在量的方面确实是没有太大的,有的是属于中等的量,大部分量比较少,像张炜这样的量,应该说文豪这个级别是非常正常的量。一般大师级的作家到最后的时候,一大排书甚至一架书都是他写的。山东人尤其对自己的要求太严苛了,做学问的时候,老师不断告诉你十年磨一剑吧,坐冷板凳吧,要压抑成这样。对创作来说,能写出来的还是要写。有的作家产量很小,是因为他确实写不出来了,是自我的一种恐惧,等等。文学创作可能越写越有感觉。体量上,方晨在这方

面确实非常突出。

这个体量还有一个色彩,你把王方晨的小说目录拿过去看以后,会发现他的许多小说里面都有"大"这个字,《王树的大叫》《老大》《大陶然》《大马士革剃刀》《巨大灵》。他很喜欢"大"这个字。他在写人间日常的东西时,那个小的前面也要加一个"大"的限词,比如"世界的幽微"。王方晨内心里面有这种体量的借喻,对他来说有一种暗示作用。他的创作从体量上看,他的爆发力是很难想象的,他抓住一个方位,能写出一个什么样的东西,你很难去想。现在很多作家下一部要写什么或者看他的小说题目,往往能猜出他写的是什么。方晨的创作爆发力感觉像核弹头一样,永远处在爆发的状态,这是方晨的一个特点。体量可以包含很多方面。

二是体认。方晨一直想看清这个世界,无论是城市还是乡村抑或是个人的人生或者是周围的各种生命的人生的那种面貌、背后的一些真情、真相等,他一直想体认出这些东西来。他用了很多很多的手段、办法、体裁、故事。他体认的方式或者他的抓手也不像一般的作家。一般的作家是要找到自己的一个领域或者一个渠道,不断地在这里面去找,然后回答自己内心里提出的疑问。有些人用的是把一个西瓜切成很多半的方式,方晨绝不是光吃西瓜的,玉米、烤地瓜,还有冰淇淋,什么都有,他什么都拿来看看,看其是不是体认这个世界的一个借口、一个推手或者一个把手,等等。他体认的这种兴趣、体认的很宽的选择面,这也是一个很奇妙的存在。像这个年龄的,即60年代末70年代初的这些人,每个人的体认方式都有一个很基本的逻辑。事实上这是一拨人,但是他从来都不让人抓到他到底是什么,我们只能是那种描绘,而没法做出实质性的描绘,只能做出一种大致的描绘,比如"乡野中的先锋"等来描绘他,很难说他是一个什么什么作家,这是因为他体认方式的那种驳杂和他个人兴趣方面的丰盛带来的。

三是体面。王方晨的所有表达价值上的没完没了的质问、探寻,有那样的一种价值,我觉得就是"体面"两个字。比如道德问题,过去山东的作家是抓住道德不放的。王方晨很妙的一个地方就是把那种属于伦理学的、属于社会的、属于生活的那种东西转到文人层面。这个文人层面就是由道德转为体面,这是属于人的尊严。正因为这样,方晨的创作

力才不可断绝。

这事实上是关于体面是如何沦丧、如何模糊、如何被撕碎的。他一开始感兴趣的是这个东西，像早期的《乡村火焰》等。那时候的王方晨相对来说是一个狰狞的作家、一个放火的作家，而且那时候他是最早以激烈的抗议方式来写作的。《乡村火焰》确实是这样的，这还是程绍武改的标题，原来的标题可能更吓人。但是，他那个时候的放火跟后来他这种情绪的方式不一样。你看他写的乡村生活，有很多人物、场景，事实上他那时候的视野是窄的，是因为他追求尖锐造成的。他放火事实上也是在这一个地方关上门或者拉起闸来点把火，是关门放火的方式，他那个抗议的范围相对来说还不大。这时候他注意到了这一点，慢慢地开始往下调整，就是对于体面如何来揭示，由沦丧开始去看这个体面能不能重新建构出来。他向这方面转的时候，一开始转向由激烈的抗议到执着的抗辩的过程，这时候他的脾气还在。王方晨是一个脾气比较大的作家，特别是在作品里面。吴书记说得很准，当年他是一个愤怒青年，就是那样的一个作家。像刚才向阳摘出来的那些美的句子，尤其是描写女性的美的句子，在过去确实非常少，也有，但常常在写鬼灵鬼气的地方才来劲，那语言才上来。他写非常糟糕的现实生活的时候，那种美感完全被他的愤怒淹没了。这是那时候的王方晨。

到后来，他开始变宽了，有一些作品慢慢打开了，我就不多举例子了。他开始向执着的抗辩转型。在这个转型的过程里面，王方晨展现了他自己多种可能性，包括他开始尝试写长篇，王方晨开始意识到了过去的那样一种情绪和方式对于小说尤其是比较长的、比较大的小说的建构的影响。

他的体面的第三阶段用"冷静"这个词不太准确。冷静、冷酷，有的时候甚至是冷漠的一种宽量，或者叫宽解或者宽悯。他和这个世界开始有了和解之心。但是在和解里面，王方晨不是一般的作家，他过去是拿滚烫的开水浇向他自己愤恨的那个事物，他用自己的激情要烧毁或者要烫坏那个事物。到后来写真正宽悯的这种情绪的时候，水的温度几乎到了零度左右或者零度以下，没有太多的温度感。但是，在这个时候他确实变宽了。有时候我们回到温暖的写作的时候，世界又变窄了，王方晨这时候意识到了这种危险，他的世界依然是宽的，从第二阶段开始打

开之后，他敞开了，由过去关门式的封闭，然后中间经过打开，现在到了敞开。

敞开以后，就说到老实街系列了。

这个老实街系列，《大马士革剃刀》是他最近阶段的名作。老实街是一个载体，承载着济南老街的变迁或者搬迁、猫的活动、人的活动等，事实上这篇小说里面有好几件事情。一条老街的拆迁或者新变，他在里面设计了好几个世界。刚才胡平老师说他的作品有哲学的感觉，确实是有这个。在这篇小说里面，他把过去放下的东西又找了回来，那个狠劲、那个较劲。王方晨过去的小说用两个字来概括就是"较劲"，他把那个"劲劲"的感觉又拿了回来。看了《大马士革剃刀》以后心里特别复杂，他对人、对城市是那么爱，但同时又是那么哀其不幸怒其不争，或者说爱不起来，恨得要死，就是那样的一种感觉。

像《鱼哭了水知道》和《世界的幽微》这样的小说，有的时候往往一个小小的细节就把人情冷暖尤其冷的那部分或者冷的来由，即何以如此、何以这么冷说出来了，以往方晨的小说中这样一些比较妙的细节并不多，而恰恰在这个时候，人真正到了中年才出来。我记得小卖店里面称盐和红糖的那个地方，明明是红糖，红糖是红的嘛，盐是白的嘛。本来已经建立起来的那种暖意，一个这样的小细节，这个温差又出现了。比较细的这种设置，后来由方晨设置出来，我确实很惊讶。他过去不是这样的，他过去被他的观念、他的理性和对于这个世界的认知，偏于暗的、偏于灰的认知，完全像梦魇一样地把他罩住了。他今天开始通透了，他开始变得苍劲，开始变得灵透，同时他有了以前没有的那样一些感受力。作家一般越写感受力越差，越磨越钝，但是方晨他有这点好处，他心里永远住着一个孩童，永远带着一种审美好奇心，这种审美好奇心使他看到很多别人看不到的细节，甚至自己过去看不到的那种细节。

如今王方晨对济南这个城市还要继续往下写，如果他要形成一定规模，肯定有很多理论的元素、现实的元素。比如香港这个地方，每次去香港以后最烦的就是提"我城"，每个作家、每个作品里面都讲"我城"怎么怎么样，从老到小都在说，我城不我城的，跟文学有啥关系？文学最终还是要写人、写这个世界、写对这个世界的审美感受。但是王方晨

用"我们城"来说济南。"我们城"和"我城"真的不一样。我们面临"我们城"三个字的时候,那个体面感还是非常强的,"我城"是虚弱的表现、心虚的表现,只有心虚的人,只有感觉我应该得到的东西没有得到,才会整天"我我我"的。"我们"就不一样了。

王方晨很大的变化就是对体面的三层变化,就像中国的文学一样,就是所谓的中国故事,中国故事大体上经历了过去抗议性的写作到这种辨认性的写作,再到今天这种冷静的、打量的、记述的,但是内里面有一种宽悯之心的写作,这种写作使得我们中国文学有了和世界文学对话的可能。仅仅用抗议的和辩论的心态看,中国文学永远是报告文学,永远是社会认识材料。我们出访的时候,看到人家图书馆里面的架子上,中国作家的书都是放在社会研究之下的,日本文学甚至越南文学都在文学架子上。为什么?中国文学让我们看到中国的政治,人家认为你没文学,就因为你的那种主题价值太明显了,人家是把你当成一个新闻、当成材料来看的。但是今天真不一样了,今天我们再去的时候,中国文学的架子上就是中国文学作品。方晨一直到今天的调整,使得他的作品不仅有中国故事的特点,也有了中国范儿。

王干:对王方晨的名字和作品我是早就知道的。我对他最深刻的认识来自《大马士革剃刀》,当初我们的编辑小郭把那篇小说给我看,我觉得很有意思,看完以后拍案叫绝。我说这一篇好,很少能看到这样比较经典的短篇小说了。

刚才义勤、战军、向阳都讲了,王方晨是非常有爆发力的长跑运动员,一般长跑运动员有耐力,但是爆发力不够;一般爆发力强的,耐力又不够。像王方晨这样既有爆发力又有耐力的不多。

好多年前,我把作家概括成两种类型:一种是流星型的,就是说有一些作家他把最深的所有的精力、心血、热情在短时间内爆发出来,特别是在北京,有些人一出来就光彩耀目,而且让人感觉有着眼睛睁不开的光芒,但是这些作家一生的才华好像在那一刻全部都爆发掉了。十几年前,上海的卫慧、棉棉她们出来,也是像流星一样,光彩很亮,而且动静很大,但很快就陷入了无边的黑暗之中。这就是一个流星型特点,从黑暗之中突然起飞,然后一亮,然后又坠入无边的黑暗之中。去

年在杭州西湖开新锐作家研讨会，杭州有两三个女作家写得不错，她们一弄出来，就好像要把一生的血肉、一生的热情撕裂开来一样。当时我讲希望你们不要成为流星，希望你们能够写得长一点。

王方晨显然不属于流星型的作家。为什么？他写了这么多年，他的代表作到《大马士革剃刀》才出来。有一些属于恒星型的作家，你不注意观察，你好像就看不到他的光芒，因为它没有拉着一个长尾巴在天空里呼啸，这颗星过两天能看到它，再过两天还能看到它，今年看到它，明年看到它，后年还能看到它，王方晨就属于恒星型的作家。起初看到他的时候，在漫天的星星中，他就是那么一颗星星，但是过了几年之后，"方晨星"还在那里。我们需要流星型的作家，但是还是鼓励恒星型的作家。如果都是流星型的作家，文坛就太喧闹了。今天你爆炸了，明天他崛起了，至少从稳定性上来说不好领导。实际上，王方晨这颗恒星发出的却又不是那种幽暗的光，他经常发出明亮的光。

为什么要做一个恒星型的作家？文学是一个寂寞的事业，别看王方晨写了600万字，我知道很无聊，很寂寞的。我估计他30年也就开过两三次研讨会，更多的时间是在黑暗当中自己跟自己较劲儿。看天上的那些恒星也都是很孤独的，也是碧海青天夜夜心。向王方晨这种坚忍的、持久的、对文学的无限的爱表示敬意，因为那种流星型的很多是玩票性质的。

王方晨的创作量很大，要把600万字都看完，这是不可能的事，他写得比我们看得快。我重点讲他的《大马士革剃刀》。

《大马士革剃刀》获得了《小说选刊》2014年年度茅台杯优秀短篇小说奖。我们那个奖还是经得起时间考验的，因为我们每年只选三个中篇、三个短篇，每年选择好小说都费尽周折，有时候好小说太多，有时候好小说太少，有时候一年下来没几个像样的文本。但是王方晨的《大马士革剃刀》是脱颖而出，当时我们全票通过。

《大马士革剃刀》这篇小说实际上是王方晨的一个转型之作，它是一篇什么样的小说？第一，我觉得它是一篇市井小说，不是真正意义上的城市小说。中国小说真正进入有点现代意义的小说是《水浒传》，以前的《三国》也好，《西游》也好，都是写神，写英雄，《水浒》也写英雄，但是《水浒》设计了武大郎、潘金莲这样有市井味道的人物。至于

王方晨的《大马士革剃刀》，它是一篇市井小说，写两个剃头匠斗艺的故事，是放在今天这么一个城市化、国际化、现代化进程中的一个老实街的故事，他的市井小说放在一个大的背景中写，所以有意思。

第二，《大马士革剃刀》有点武侠小说的味道，两个剃头匠在较劲，看谁的手艺好，有点像两个武林中人比拼武艺，他们是在比拼剃头的手艺，有点像屠龙刀，这个屠龙刀有点像大马士革的剃刀。因为武侠的一个特点就是较劲，是你的武艺比我高一点还是我比你高一点，就是较劲，它在某种程度上让人感觉到现代武侠小说的味道，有点像金庸的小说，也有点像古龙小说的味道。

第三，《大马士革剃刀》还是一个荒诞小说或者叫哲学小说。为什么说它是一个荒诞小说或者哲学小说？虽是写两个剃头匠在斗劲、比手艺，但是又抽象。看到这个小说以后，我一下子想了很多，好像不像两个剃头匠，而像两个领导在斗，像两支部队在斗，有时候想想又好像两个党在斗，有它的抽象性。荒诞是什么？王方晨小说有一个特别有意思的地方，比如这个里面写剃刀，当时我看到把猫浑身的毛剃光以后，我一下子就感到毛骨悚然了，我说这个好。后来我想了想又觉得不可能，为什么不可能呢？你给猫剃毛，不可能把它剃光光。但是这个不重要，为什么不重要？这是小说。

我就想到了《红楼梦》，大家说它是现实主义小说，但是里面的很多内容是荒诞的，但是荒诞又非常高明。原来我觉得这部小说有点看不懂，最近我突然看懂了，就是胡太医开虎狼药。后来我看到有个研究说这个太医是庸医，但是我想这个太医是莆田系医生，是不敢糊弄皇上的，当太医是要经过考试的。这个胡太医用虎狼药是写什么？其实大家都没注意到，我突然明白了，胡太医给谁开虎狼药？给晴雯。这个小说深，晴雯是怎么回事？晴雯和麝月两个人吓鬼，她没吓住麝月，自己却冻感冒了，贾宝玉又不敢让贾府的人知道，他认识胡太医，就找胡太医给她看病、号脉。曹雪芹太厉害了，晴雯很漂亮，但是从来没正面写晴雯怎么漂亮。王熙凤讲丫头里面她长得最好看，王夫人说她的眉眼之间有点像林黛玉，贾宝玉也喜欢晴雯。晴雯仗着颜值高，在这个贾府里很任性。

这个里面写了特别有意思的，就是说这个医生来给晴雯看病，因为

男女授受不亲，一个红幔子里面伸出一只手，这个手的指甲有三寸长，这个三寸指甲用凤仙花染得通红，没有写晴雯的脸，只写她的手指伸在外面。这个时候，胡太医一看扭过头去，老妈子赶紧把一条手帕盖住她的红指甲。这个胡太医当时肯定没号脉，乱了。他就胡乱地开了一些补药，胡太医胡开的虎狼药。感冒是不能补的，是要泄的。这篇小说利用开虎狼药这一情节，就把晴雯的美丽、妖娆、性感通过两个手指头写出来了。

后来我想一想也不对，三寸长的指甲长在那个地方，怎么工作？指甲三寸长怎么长的？就像那只猫全被剃光一样，只会想三寸长的指甲很动人。胡太医胡开虎狼药其实就是写晴雯的漂亮。这个地方已经够漂亮了。到晴雯临死之前，曹雪芹还没有忘记晴雯的指甲，晴雯后来被赶出大观园以后，贾宝玉偷偷摸摸地去看晴雯，晴雯这时候就说，都说我跟你有那么一种关系，我其实是枉担了虚名。所以她很懊恼。晴雯特别多情，她说，你把你的棉袄脱给我，穿在我身上。我死了以后，到棺材里面我还感觉在怡红院一样。这个晴雯很痴情。这个时候晴雯跟贾宝玉要了个小棉袄穿在身上，然后把她的指甲铰下来，就说这是我的指甲，我把我的指甲给你，你也不要瞒，你就说这是指甲。这时候写的指甲也特别好，说这个指甲因为生病只剩了两寸了，没有写颜色，写了"像葱管一样的指甲"交给了贾宝玉，这根葱管很细、很白、很嫩。

王方晨的小说里面有些荒诞，但是小说的一个最大特点是把真的写成假的，把假的写成真的。把真的写成真的，那叫新闻；把假的写成假的，那也叫新闻。所以我觉得王方晨的《大马士革剃刀》是具有多重意义的小说，《大马士革剃刀》让王方晨从二线作家变成了一线作家。王方晨以后再写一两篇《大马士革剃刀》这样的作品，那就很了不得了，离我们期待的目标也就越来越近了。

邱华栋：跟王方晨认识了很多年，两次交集都在鲁迅文学院。第一次是在2004年，我们是鲁院第三届高研班的同学。到了2015年，我们俩又再度在鲁院聚首，我当了管教学的副院长，他来鲁院深造，来到鲁院的第29届高研班——深造班学习。因为是金子才会回炉，王方晨又回炉了。我们再度相遇非常感慨，过了十多年，我们在文学道路上一路

狂奔。此前我们已经奔走了30年，30年我们都走在同一条文学小道上，我觉得这个非常好。在鲁院相遇，我们俩四手相握，久久不语。

王方晨的创作，我还算比较熟悉。我喜欢做一些数据分析和统计。谈到他的作品，几年前，我专门建立了一个文档，把这些年他发给我的稿子全部归纳在一个文档里。作家的写作，到一定年龄了需要清理一下自己，不断地问自己你是写什么的，然后，把这些作品做一些整理。我们鲁院的同学祝勇，现在是故宫的研究员。有一次，祝勇见到我，非常认真地跟我讲，华栋，我们要以全集的方式来写作。我说，什么意思？他说，你要想象你死了以后你的全集是什么样的，你要以这个结构来写作。我一听就傻眼了。祝勇是站在那里严肃地跟我说这个话的。回到家，琢磨了好几天，我觉得很有道理，因为你必须对你的全部写作有一个整体的考虑。于是，我见到方晨，也就郑重其事地对方晨讲，方晨，咱俩要以全集的方式来写作。方晨回家想了两天，觉得也有道理，然后，就开始整理稿子了。

这样，他把他的稿子整理了，把目录排好，共有一二十本。然后，我看他写的这600万字是怎么构成的，中篇有多少，短篇有多少，主题相近的，要归类，等于你有几个百宝箱，这个箱子放几篇，那个箱子放几篇。他整理出了几大系列，包括"我们市"系列、"战争与人"系列、"塔镇"系列，每个系列有多少篇目，我们一块儿琢磨了好久，准备找个机会，推出王方晨全集的第一部分的时候，就这么用。

王方晨的创作体量大。我觉得，他在中短篇方面创作的成绩很高，他已经写出了一些名作。王干曾以分析《红楼梦》的热情分析了他的《大马士革剃刀》。战军兄把他的一些小说里的"大"字拎出来，也成了一个系列。从中短篇角度考量，他已经写出了一些名作，像《王树的大叫》《祭奠清水》《乡村火焰》《牛为什么会哭》《大声歌唱》《大马士革剃刀》《拜芝麻》等。有十多篇我是非常熟悉的，放到30年来的当代文学的格局里，都是非常重要的收获。

读王方晨，我也经常想起福克纳。福克纳的作品把美国南方的历史和《圣经》的原型故事建立了一个对应关系。王方晨的作品大量地涉及乡村、小镇和城市，这些小说也建立了跟中国传统的人文、文化、伦理的隐秘关系。假如我说他是山东的福克纳，不知道有没有人反对，我说

他是中国的福克纳，也靠谱。他和福克纳的写作，还是有一种关系的，因为在内心里，他们有一个地域性的东西在不断成长。

我想以"内在的爆破，紧张的巨灵"来形容王方晨作品的基本精神气质，我还想以"疯癫的大地与奔走的人"来谈他的写作与他的资源和背景的关系。在他的小说里，我感觉，大地本身在抽搐、在运动，而人也在四下奔走，同时，他的很多作品在情节上有一种张力。小说里面有张力的，要写得好比较难，在这方面，王方晨做得特别好。

前段时间，我读到一个匈牙利作家马络伊·山多尔的长篇《烛烬》。在这部长篇里，山多尔写了两个80岁的老头，过了50年重新相遇，回忆起自己多年以前的纠结，两个人谈了一晚上，就这样结束了。但这部小说的内在张力特别巨大，像这种张力，在中国作家的笔下特别少。王方晨作品在张力的显现上特别巨大。他的作品里面涉及很多人物的塑造，里面都有一种紧张的精神状态，巨大的灵魂在旋转，他着眼于描绘他们灵魂的肖像，这也是他的一个突出特点。

最有意思的是，我特别注意到他写的"世界名著"系列，《八月之光》写了两篇，《高老头》写了两篇，《一生》《鱼王》《猫与鼠》，还有《金银岛》。这些作品都发表了，而且是在《天涯》《山花》上，在《上海文学》发表了《死魂灵》，另外还有《到灯塔去》《樱桃园》。这个系列我觉得是罕见的，也是中国作家的创举。一是跟自己较劲，二是可能想找到一种互文性的和经典作品的结构挪移。这组小说是王方晨作品里非常独特的系列。他一方面是致敬，另一方面是他把这些文本所唤起的经验，巧妙地挪移到自己的写作资源里，进行一个建构。比如《鱼王》，他笔下的《鱼王》，跟阿斯塔菲耶夫的不一样。《不中用的狗》，跟伯尔的不一样，完全是他自己的经验，除了题目是一样的之外。唯独那篇《红楼梦》我没敢看，不知道他会把《红楼梦》"搞"成什么样。这个系列是他的创作中非常有意思的系列。

王方晨作为1965年后出生的山东的中青年作家，是一个实力派，成就卓著，也最有代表性。我提两个小建议。第一，我们还得坚持按全集写作的构想，还是得想一想，下一步怎么把自己的写作再清理一下，看看自己的全部写作怎么构成，还是要系列化，强调出写作的符号，比如，世界名著系列16篇就特好。这个系列挺重要的。第二，今天早上

七点多，我接到了一个作家的电话，他兄弟姐妹好几个，为他爸爸去世以后他们家那套房，兄弟姐妹之间争了十多年。讲到这儿，我们着重探讨了一个作家本身对善恶的宽度的理解，并谈及帕慕克最近的长篇小说，叫《我脑袋里的怪东西》。这篇小说塑造了一个小贩，这个小贩叫麦夫鲁特，是土耳其街头卖酸奶的小贩。帕慕克写到了一个非常普通的、善良的、世俗的穆斯林在这个世界上游走，是对西方世界说的，现在有极端穆斯林分子，但是还有大量善良的、普通的、世俗化的、可爱的穆斯林。这里面，我们谈到关于善与恶的宽度。

最早接触到的王方晨小说里常有很残酷的故事。当然，他已经发生了重大改变，有了更多温暖的东西。作为一个作家，我们需要思考如何塑造人物，带给人希望和信心，在理解善和恶的宽度上，做得再好一些。在这方面，我们作家，包括我和王方晨，都可能有更大的作为。

王春林：王方晨写作 30 年，600 万字，我想到一句话叫"卅年辛苦不寻常"，这么大的成就，写了这么多的东西，我要想在短短几分钟内谈他的作品是不可能的，所以我只能谈谈对他部分作品的理解和认识，叫做挂一漏万。我想表达三个意思。

第一，从文学地理学的角度谈一下王方晨这些年来从事一种文学地标式的建筑，他的文学塔镇和他的文学老实街。都说一方水土养一方人，一方水土其实也只养一方作家。观察现当代的创作，尤其是乡村小说创作，就会发现很有意思的现象，很多作家都以纸上建筑的形式建立自己的文学根据地，或者都有自己文学的地标式建筑，鲁迅先生的鲁镇，沈从文笔下的湘西，贾平凹的商州，莫言的高密东北乡，张炜的半岛或者高原。王方晨建立了两个系列或者两个文学根据地，他的第一个就是文学塔镇，基本上是完成时的状态，然后就是文学老实街。

他的文学老实街到底怎么定位？我这儿想多说两句，就是它到底是城市小说还是其他性质的小说。他写的是济南，但不是现代意义上的城市小说，我同意王干的说法，它其实是一个市井小说，市井小说其实是一种乡村小说的变体。为什么说它是乡村小说的变体呢？这里面有一个关键性的问题，就是城市和乡村的区别到底是什么。现代化的城市是一个流动性很强的陌生社会，人和人之间都是萍水相逢的，你和我之间、

和他之间都是不熟悉的、不是知根知底的。和城市的陌生、城市的萍水相逢这样一个流动性很强的特点相比较，乡村是什么样的世界？乡村是互信非常突出的，是一个熟人社会，不要说左邻右舍、张三李四王五，对你家的情况很了解，甚至再追溯得远一点，什么上辈五代都知根知底。所以说这个乡村社会跟城市社会是两种不同性质的社会，一种是流动性很强的陌生社会，一种是稳定性很强的熟人社会。从这个角度来看他的老实街系列，他的老实街也是写的稳定性很强的熟人社会。所以，与其说它是一个现代性的城市小说，倒不如把它看作市井小说或者乡村小说的某种变体，我觉得应该这样来理解，也是王方晨的一方文学根据地。

第二，王方晨的小说是对乡村政治生态的一种透视和表现，这是非常突出的一个特点。这方面引人注目的就是长篇小说《公敌》。《公敌》里面对韩佃义这个人物的塑造，写韩佃义曾经到东北流浪，最后回到了他的故乡，然后是他如何通过各种各样的权谋手段，怎么样最终打造一个带有明显的集权和专制性质的经济实体，这个带有乡村地主性质的翰童集团，一方面是在发展和推进当下的中国乡村经济，这是毫无疑问的。另一方面，我们注意到，在推动乡村经济发展的同时，他也把翰童集团打造成一个森严壁垒的专制王国。其实，这部小说从象征的隐喻的角度来看，和当下中国的政治社会体制、整个社会运行结构之间的联系非常紧密。他这是对乡村政治生态的一个批判性的考量和思考，同时也是对中国社会深刻思考的结果，入木三分地塑造了一个成功的人物形象。韩佃义这个人物形象能让我们想到张炜笔下《古船》里的四爷爷赵炳，想到李佩甫《羊的门》里面呼天成那个人物形象，还能够让我联想到河北作家关仁山最近的一部长篇小说《日头》，《日头》里他也写了一个乡土政治强人权桑麻。这是一个乡村人物谱系，只有当代乡村中国才有可能产生、形成的一个人物谱系。韩佃义当然可以当之无愧地列入这个语系当中，这个有关乡村政治生态的，就是《公敌》。

另外一个是各位提到的短篇小说《乡村火焰》，写一场纵火案。写纵火案的目的不是追究到底谁放的这把火，到最后读完小说，我们也没有发现他提供的答案，或者王方晨本来就没想写这个东西，到底谁放的这一把火，他并不关心。他是要写什么呢？有这么几点是值得我们思考

的：第一，村长家的柴垛被烧，本身就说明了乡村中尖锐矛盾的存在。那些村民们不管谁放的这把火，他肯定对村长充满了仇恨。这个村长肯定是凭借他手中的权力欺压他，肯定有这种过程，否则他不会无端地放这把火。当时，他敢怒不敢言，没有别的方式发泄这个愤怒，只能放这把火。这是第一层意思。第二，更关键的是，他要通过这篇小说、通过这个纵火案，写出乡村的政治生态，把村长的行为写出来。有三个细节我觉得很关键：一个细节就是写村民的老婆，她非常泼辣，叫耿玉珍，她怒气冲冲地去找村长算账，是要发泄自己的怒火和不满，结果村长打了一个电话，她的态度一下子就软了下来，倍感无力。这样一个细节耐人寻味。再一个细节就是火灾发生以后，村里面的人们自发地凑钱重新弄一个柴垛，村长没有命令，什么都没干，村民们自发地有这个举动，这个细节很重要。第三个细节是被抓走的那个叫王贵锋的，他被释放回家以后，村长对他一手软一手硬的那个措施，然后翻云覆雨的手段，他面对村长发出的那种谄媚的笑容，通过这个把他骨子里的奴性写出来了。这三个细节放到一块儿就写出了乡村专制权力的牢不可破。

第三，对现代性隐痛的一种捕捉和书写。现代性是当代中国绕不过去的一个话题。现代化、工业化、城市化对乡村直接形成了巨大的、方方面面的冲击。非常重要的一个方面就是造成了许多精神隐痛。小说能干什么？小说最拿手的就是能把现代化冲击之下的精神隐痛给表现出来。不管是王方晨的塔镇系列还是老实街系列，其实都是在表现一个共同的主题，都是在思考表现现代性主题所带来的精神隐痛。

比如刚才何向阳提到的《妈妈奶的难日》，写一个50多岁的女人又生孩子，她为什么又生孩子？她的孙子叫尧尧，那个孩子因为他父母都到外地打工去了，不回来，他是留守儿童，又特别渴望母爱，他每天看着跟他同龄的名叫素素的小女孩，村支书的孙女，人家每天有她妈的奶可以吃，而他奶奶的乳房是没有奶水的。看到这个以后，那个坡老娘就说要生一个孩子。尽管年龄这么大了，还是要生一个孩子，然后真的就生了一个孩子。何向阳老师主要关注女性生命的维度，我主要是从现代性冲击的角度来理解。其实，这个坡老娘再生一个孩子带来的非常朴素的问题是伦理的困境问题。她生下来的这个孩子跟她的孙子到底是一个什么样的关系，孙子是叫她妈还是奶奶，他们之间到底是兄弟关系还是叔侄关系？这其实是现代性的冲击所带来的乡村伦理道德困境，我觉得这就是精神隐痛。

刚才大家分析了《大马士革剃刀》和《世界的幽微》，我觉得这个系列也是在写现代性的冲击，也是在写现代性冲击之下的精神隐痛。像《世界的幽微》写高杰和鹅之间的关系。最后几句话是非常具有象征意味和隐喻意味的。高杰喝醉酒以后说："走，走，你去告诉每个人，幽微来了，谁也躲不掉，世界的幽微来了。"世界的幽微来了，在这儿其实就是暗示现代性的一个巨大的怪物。结尾，她和高杰的故事被演绎成一个巨大的怪物，这个巨大的怪物是什么？我觉得就是一个现代性的捕捉。所以，对现代性隐痛的捕捉和表现，也是王方晨小说非常朴素的特点。

王方晨的塔镇基本上是完成的一个状态，而他的文学的老实街才刚刚起步，希望王方晨在他今后的创作中，能够用他坚实的、优秀的作品把老实街也打造成一方具有标志性的文学地标性的建筑。

刘颋：昨天晚上见到王方晨时我就说：排除艰难万险，只为见你一面。有很多很多次的机会跟王方晨见面，我们已经通过很多电话、发过很多邮件，稿件往来也有很多，但这次真的是第一次见面，所以不管有什么样的困难，我也一定会来的，这个我已经做到了。

我也想简单地交流一下，就是多年以来读王方晨这么多的小说所沉淀下来的一些感受，但今天的时间的确是太有限了，我就不展开说了，简单地说说我的一个最直接的感受。

在我们看过的那么多小说和小说家里面，王方晨是一个非常纯粹的小说家。我在这里想强调"纯粹"，他只为写小说，而且他只为他自己写小说。王方晨的小说语言文字和他的叙事主旨之间形成了很大的张力，我想就这个话题稍稍展开一点。

刚才向阳主任已经说到了他的文字，我想再说一下。王方晨的小说语言文字非常干净和内敛，他的语言始终是收着的，安静而不张扬，文字中间的信息密度很大，句子非常结实。如果我们仔细地分析一下，他的句子里面基本上由名词、动词构成，少有形容词，表、定、状、补修饰的成分都比较少，这就让他句子的信息密度特别大、特别厚实。为什

么读他的小说不是一件很容易的事情？我觉得也是和他的这种叙事语言有一定关系的，这是王方晨非常明显的特征。

　　语言是干净而内敛的。说到他的小说，王方晨的小说显然不是追逐故事的，他是要对不同的生存环境中的人的境遇和内心的困境做出表现，这好像是敬泽书记说的话。无论是乡土题材还是城市题材，能看出人物的内心情感是四处奔突的。在我的阅读感受中，我始终觉得王方晨并不是在意在小说中一定要写出一个特别具有典型性的人物形象，他似乎更在意的是刻画出这样一种人物"欲突围"的状态。他小说中的人物始终处在对自己的处境和困境的突围状态中，当然这个突围始终不是最后能够成功突围的状态，所以说是一个"欲突围"状态。外在的瓶颈与内心隐匿的躁动和不安，形成了极大的反差，小说因此获得了叙事的力量，这应该是王方晨小说的又一个显著的特点。他有一个人物形象，大家都看过了，而且这个人物形象就是两个短篇中的白齐格，一个是《炸日本面包》中的白齐格，那是回乡，那是女英雄白齐格，那是呼啸而归的白齐格。虽然她回到乡村中，但是她面临的是乡村对她的不认可，包括她自己的母亲对她的拒斥，可她依然带着从城市呼啸而来的女英雄的姿态，试图征服乡村，征服她的乡亲、亲人、朋友们。另一个在《麒麟》里面，那是一个陷落在城市生活中的白齐格，女英雄的光环已经彻底地褪掉了，她只是一种困顿、一种挣扎。曾经伴着她一块儿回乡的有点像陪伴人一样的，虽然也可以解释说是她的男朋友或者男人，但事实上后来在《麒麟》里也交代了，她回乡了，相当于是一种租赁关系，把小州给带回去，给他钱。就是这样的一个小州，虽然后来他们真有情感和故事发生，但白齐格所面对的这个小州，毫无例外地成为叛变者，不再陪伴着她了，而他对白齐格也充满了嘲讽。这样的一个小州，最后带着队伍去视察的时候，掉到黑熊洞里面，被黑熊瞬间给撕裂。就这样一个小州，王方晨都没有给白齐格留下来，他让小州尸骨无存。白齐格能看到的只是没有了小州之后的、他被撕裂的那个熊洞的最后的一个画面。这样的一个女英雄、这样的一种分裂、这样的一种困境，如果说前面作为女英雄的白齐格还带有一点点的自信和努力去突破她的困境的话，那么后面的白齐格其实已经陷落了，虽然她依然想挣扎、想突围，但是生活的茧或者说城市的这个大茧把她困得更厉害了。所以我觉得王

方晨的小说中，像这样有意思的形象还有很多，而且他们基本上都处于突围的状态中或者叫"突围ing"。

我记得好像很多老师也都说过，王方晨的叙事中有大量的留白。大量的留白艺术是王方晨小说艺术的一个潜在的特点，内容的表达、情绪和心理的刻画都是点到为止，留给读者大量的填空题。比如说《大马士革剃刀》中的那个猫毛，比如说丰柔最后的哭，还有清水的死。清水的死完全是一个寓言。《乡村火焰》最后那个村长的那句"好""很好"，包括他的笑容和步伐，都是王方晨有意压缩了他的笔墨，有意给大家出了题，有意让大家完成他的叙事，这也是他的一个特点。

王方晨的小说寓言意味非常浓郁。王方晨写作的时候，他的那支笔让我想到了两样东西，就是解剖刀和显微镜。我感觉王方晨在写作的时候是一手拿着解剖刀，一手把着显微镜的。他不仅仅给我们呈现出人的内心，人性中的幽微、阴暗，其实，他似乎更在意发现一些别人没有发现的，也许是幽微的，也许是阴暗的，也许不是那么阴暗的，就是人的心的因子。我感觉他不是一定要对现在既有的道德伦理，既有的人性的恶的层面进行批判，他其实更在意的是如何呈现别人未呈现的，如何发现别人没有发现的，所以他一手拿着解剖刀，一手拿着显微镜。这是我在阅读过程中对作者写作姿态的一个想象。

说到他的寓言意味特别浓郁，就是刚才说的他对于约定俗成的所有的伦理、认知、探究，其实是带有一定的怀疑态度的，无论是我们认定的好的，还是认定的不好的，他都带有一定的怀疑，都要用自己的笔去验证，用自己的文字去表达。这是一个方面。

另外一个方面，我感觉王方晨的写作呈现出一种非常孤独的姿态，读他的小说我会想起堂吉诃德的独战风车，他所要呈现的不是对某一个流派、某一种主义、某一种理论的验证或者积极阐释，就像我刚才所说的，他始终想要发现别人之未发现、呈现别人之未呈现。有几个文本比较有意思，一个是《说着玩的》。其实我最初看的时候，觉得这个文本完全是非常任性的文本，任性得有点不管不顾，明显地不太符合常理，一句话就可以被上纲上线，然后中间人的命运、人的性格、人和人之间的关系由这么一句话就可以发生翻天覆地的变化，而且人的上和下、人的高贵和卑微，也由于一句话就可以颠来倒去地发生着改变。这真的是

一个非常任性的文本，但我觉得王方晨在这中间想呈现的，的确是我们人性之间的良善与丑恶、凶险，倏忽之间就会发生的转变和变化，而这种变化和转变也可能是没有理由的，只是一时的被情绪所左右。这是一个非常冒险的文本，但其实是一个挺好玩的文本。

还有一个是大家都说到了的《大马士革剃刀》，我倒是觉得其中的左门鼻和陈玉伋这两个人物，更像是寓言中的人物，更带有一种象征意味，而且它可能呈现出来的就是作者王方晨对于我们的人心、人性，对于我们曾经梦想中的一种良善，还有在良善之后所隐藏着的倏忽而逝的，连自己都把握或者捕捉不到的不那么光明的地方。王方晨努力想要表现的其实就是这样一些东西。

依然还是那句话：王方晨总是试图呈现出大家都没有意识到的或者忽视了的或者没有看到的心智或心念。应该说，王方晨这种创作的努力是非常值得人尊敬的，起码我是崇敬的。

张丽军：非常高兴来参加这个会议。第一，方晨老师取得了新的突破，达到了一个新阶段，这也是他的一种成长。第二，今天有很多老师和朋友到来，我非常高兴，对我来说这既是一种交流，也是一种学习。

王方晨这几年的创作可分为三个阶段两个传统。第一个阶段是他的《王树的大叫》《祭奠清水》《生命是一只香油瓶》的时期。这些小说给我很深的印象，他对生命的疼痛感、人性的黑暗、历史深处的探寻，这种思索、这种写作是来源于中国乡土文学传统的，是鲁迅的传统，有很强的国民性的批判传统。对于乡土文化、人性政治的思考，是在这个维度上展开的。

上次开会，听李敬泽主席谈到乡土写作是很重要的传统。在这个传统里，在众多的作品里面怎么写出新意来，这是很难的东西。山东文学有很浓的乡土传统，怎么写出新意来？我个人认为，王方晨的写作尤其对于女性形象的书写，刚才向阳老师也谈到这一点，他在《生命是一只香油瓶》里面，在塔镇这个对比空间里，塑造了巴碧芬这个女性形象，我们看到20年代的乡土文学写到被侮辱、被伤害的形象，这里面同样是如此。由于家庭生活穷困，巴碧芬的父亲收了很多彩礼，他把得到的彩礼用于她弟弟订婚的彩礼，这激起她的抗争，她以自杀的方式去抗

争。她死了，死了以后，她父亲又第二次把她卖了一回。死了以后还可以有价值，可以去跟另一户人家死去的儿子结冥婚。王方晨写出了人性的残酷。一般作家的小说到这里就停止了，但王方晨没有停止，继续探索。巴碧芬没真死，又活过来了，这肯定出现了新的难题。她父亲收了两家的彩礼，看他怎么处理这个问题。这个对她父亲和周围人都产生了挑战。她父亲很为难，跟她说，还不如你死了呢。她必须死，她要活着就没办法解决问题了，无法解决生活的两难问题。我们看到，人性又再一次被逼到了极限，非常像鲁迅的极限性写作，一定要把她逼到最极端，写出人性那种复杂的东西。小说结尾，巴碧芬被人按住与死人亲嘴，她被逼疯了。这种疯肯定是另一种抗争，是我们不想看到的事情。王方晨的写作把乡土文学的传统写出了新意，别开生面，具有新的创作特质。《祭奠清水》里面写得非常系统。这是他早期创作阶段。

　　方晨老师到了济南以后又是一个新的起点，我感觉好像是他经过了重新思考后的再出发，他的作品呈现了新的面貌。这段时期，他井喷式地创作了一系列作品。刚才战军老师提到了体量，这对一个作家尤其是新生代作家是非常难能可贵的。王方晨在塔镇的写作里面建立了乡土帝国，现在他开始重新书写。他依然写人性，我们看到里面的细节特别生动。《公敌》里面，黑子拿着菜刀，他要建立新的权威。怎么建立权威？用暴力的方法来建立。他砍了人，人家没有告他，而且服气了，这是乡村暴力的丛林法则。这是恶的展示。里面还有个韩爷，这个韩爷形象也写得很丰富，韩爷在村子里有无上的权威。韩爷早期的发迹史和他个人的情感显示，好像他是个完人，既有仁义又有权威，但是他背后的情感以及他和几个女人之间的关系，人性深处的欲望，和政治、仁义的纠结，这种纠缠和纠结反映了人性的复杂。放火、愤怒，都有一种情绪的存在，很纠缠，王方晨一定要把恶呈现出来，立体地呈现出来，这是他创作的内动力，他要把人性的鬼给提出来，这在他的小说中是非常丰富的，而且他所建立的这个文学系列，成为他的乡土文学的进一步呈现。

　　王方晨写济南都市文学系列，是一个新的成长。他已经从那种愤怒、焦灼和黑暗中渐渐地往外成长，他发现了新的维度。刚才邱华栋老师提到了善恶的维度，他小说里面关于人性的复杂不是在里边呈现出来，不是仅在里面纠缠、纠结，而是从里面走出来了。《大马士革剃

刀》不是困在里面，而是回顾地、反观地来看。"我们这些老实街的孩子，如今都已风消云散"，先以一种回顾的眼光来看，不是一个人物形象的存在，而是获得了一种新的历史感。同时又有现代性的维度，里面有乡土文化、乡土政治，这是现代性的维度，这个背景非常宽阔。在今天的城市化背景下，人心、人性到底向何处去？我们在宽厚里看到仁义，他看到了仁义的另一面，想继续捉这个鬼。他写人性已经不再是愤怒，而是出离了愤怒，更多的是一种悲悯的情感，是同情的，是宽厚的。这是王方晨本身的变化。这种道德的逼问也是山东文学的传统，也是文学鲁军的传统。在新的经济时代下，像写木匠的孩子，怎么来处理？这是一个道德困境。方晨立足于这一点，对这个形象进行了新的探索，写出了老实街系列。

我们如何与无边的黑暗抗争？人性的光亮在哪里？如何抗击孤独、抗击残酷、抗击冷漠？仅仅是人性的问题吗？它的复杂在哪里？对这些问题还需要进一步探索。方晨老师已经从愤怒、放火的感觉里走出来，这就是一种成长，这里面对人性的思考就是更宽广的维度，就是善恶的宽度。

上次鲁院办回炉班的时候，有一次我和方晨老师坐在一个房间里交流，方晨老师就说：你看我们这一批"65后"作家都将年过半百，如何与这种时间的流逝相抗衡？方晨老师做出了很多的努力，也取得了成效，30年写出600万字，这就是一种努力和抗争。方晨老师在中国乡土文学的传统和文学鲁军的传统中创作出具有新的高度的作品来，这不仅仅是一种文学地理的坐标，更是新鲁军的代表、新一代中国作家的代表，希望方晨老师继续努力、继续成长。

张艳梅：这些年一直关注王方晨的写作，也写过一些文章，总体印象是王方晨的写作具有坚实的文学质地、宽阔的文学视野、纯正的文学品位、多元的文学才能。无论从早期的《祭奠清水》《王树的大叫》，还是近年来的《大马士革剃刀》《世界的幽微》，以及长篇小说《老大》《公敌》，都显示出了艺术和思想的坚实质地。无论是乡村还是城市，历史还是现实，无论是新老市民、新旧农民还是知识分子，他的写作都带给我们一个对文学视野不断打开的过程。同时，他的写作既不迎合时代，

又不会疏离生活，他的小说对当代人的精神、情感和心理世界都有深刻的探寻。王方晨在小说创作上成就最高，诗歌、随笔也都有可圈可点之处。

这次来开会，我还有两个目的。第一，我想看看，十年之后，各位老师对方晨的评价有什么变化。十年前，李敬泽老师说方晨是"乡野的先锋"，吴义勤老师说他是"诗意的寓言"，战军老师说他是"英勇的写作"，掖平老师说他是"文学的圣徒"。十年之后，各位老师对方晨的评价又有了进一步的延展，给了我很多非常有益的启发。

第二，就是对我正在做的王方晨研究有所丰富和深化。我那里有一个山东作家研究所，准备出一套"山东作家论"丛书，其中有一本是我写的《王方晨创作论》。这次来，听到了很多让人耳目一新的非常有价值的观点，尤其是战军老师说的从窄门到宽门再到无门，华栋老师说的"疯癫的大地与奔走的人"，类似这些表达都对我深有启发。尽管书稿去年就已经完成了，因为还在编校过程中，很高兴有机会把各位老师的观点吸收到书中。下面，我就把《王方晨创作论》这本书稿的大致内容向各位老师简单地汇报一下。

第一章是王方晨的文学世界。包括文学圣徒的精神王国；纯净高远的文学理想；哲思独运的文体之美；超越乡土小说的界限。第二章是王方晨的文学地理学。包括"红杏庄"的文学版图；"新塔镇"的文化隐喻；老济南的道德视阈；齐鲁文化的历史气韵；"北方"的诗性与童话。第三章是乡土中国的精神守夜人。包括乡村社会生活批判；乡村政治制度批判；国民性的深度批判；乡土中国的现代传奇。第四章是世相人心的雕刻者。包括追踪幽微 执着于人性反思；基于城乡变迁的伦理反思；超越城乡差异的文化反思；背叛与维护的理想化重构。第五章"老济南系列"中的城市叙事。包括城市文学叙事中的济南；由乡而城的双重眼光；一座城市的多重文化色调。第六章是作为大地之子的艺术探索。包括语言之美与意向之繁；灵魂叙事与终极关怀；现实主义与乡野先锋；生活史诗与民族寓言。第七章是长篇小说《老大》中的历史记忆以及对乡土中国的考察。包括回望：个人传奇与历史册页；反思：乡村政治与宗法异变；梳理：悲剧之源与乡土寓言。第八章是长篇小说《公敌》中的政治寓言以及当代中国缩影。包括记忆·历史线索；隐喻·政治寓

言；虚构·文化乡愁。还有个后记是永远在路上。等书出版后，送给各位老师批评指正，谢谢。

房伟：首先祝贺方晨兄的研讨会胜利举行。前面各位老师都讲得特别好，对我特别有启发。我就谈一点我对王方晨短篇小说创作的一些想法。除了各位老师阐述的角度，王方晨还是一个小说的文体家。他对汉语小说的文体是有贡献的，特别是对于新世纪的短篇小说创作。

我平时阅读一些短篇，就发现了一个问题，短篇小说在80年代有个辉煌，随着90年代长篇的崛起，短篇小说的领域、表现题材变得越来越狭窄，主要集中在田园的乡土抒情和都市情感这两块上，这是90年代的变化。到了新世纪，这个情况变得更加明显。我有一个阅读体验，就是拿到现在很多新锐作家的短篇读不下去，一篇小说一共才一万字，读到1000到1500个字，还是抓不住它，在故事、语言和形象上都抓不住。刘颋老师刚才说的一句话，我觉得对我挺有启发，她说，我们现在如何让小说既好看、好读又有深度，还有一个文字的内敛，这是对小说家提出的要求。像近几年来集中体现在王方晨老实街系列小说中的那些变化，从2006年以后就有了，他的中篇也呈现出这样的特点，写法上表现为先锋与传统的一个结合；内容上实现了从历史和现实两个维度的突进。这是我对他短篇创作的一个集中认识。

王方晨继承了沈从文、孙犁、汪曾祺的文化抒情小说的味道，同时又有非常神秘的东西包含其中，比如他的《去往约塞米蒂》《正午的气息》，有点神神怪怪的气息，我们也看到了像《聊斋》这样一种古典的文人小说传统。他的短篇小说应该更像一种新的人文小说，我是有这样一种阅读体验的。

我写过一个稿子，题目是"关于王方晨短篇小说艺术魅力"，今天由于时间有限不再展开。我想分析一下他的小说开头，它们表现了他叙事的角度。比如，王方晨特别擅长运用限制性的视角来写他的短篇小说。他的短篇小说的节奏感、叙事的角度、叙事的眼光、叙事的声音还有叙事出现的声响，给我留下的印象非常深刻。

比如《麒麟》这篇小说我非常喜欢，开头他这样讲道："文昌阁的钟声最不靠谱，花十块钱可以敲三下，没板没眼，不听也罢。"这里面我

发觉，他在短短的一百字出头的开头之中，用了七个"不"字。他用这个"不"，其实使他的小说开头形成了一个非常好的抑扬顿挫的特色，而且还有一种象征意味，与文昌阁的钟声这样一个象征意义形成鲜明的互文。像这样的小说开头，平常很难读到。王方晨的短篇小说是可以朗读的，我们阅读时有非常强的美感，这是非常好的。这里面又写道："白齐格常把窗子闭紧，钟声却仍然能够透进来。那里住着几个老道，真不真假不假，不知搞的什么鬼，一下钟声就是一个心愿。""那叫什么心愿哪！虚浮不定，忽长忽短，藏藏掖掖，该叫'心律不齐'才对嘛。"接着，"白齐格听进耳朵里，嘴角就不禁露出微微一笑"。我觉得，他的这种语言的感觉真得非常好，语言有种诗意、诗词的节奏感，而且在王方晨的小说中，往往在开头和结尾会给你一个出其不意的、意想不到的象征性的东西。

除了大家说的《大马士革剃刀》的象征性，或者被刮掉了毛的猫外，还有大家刚才分析的《鱼哭了水知道》，这里面写的梢子，写到最后，我特别留意观察了一个小说家在开头和结尾时候的处理。他写到梢子静静地在这个地方等着，他知道大象的声音来了。我看到这一笔的时候觉得太厉害了，只有一个非常优秀的小说家才能写出这样的语言。大象和这篇小说没有关系，但是突然出来一笔以后，让我们联想到很多的东西，全部都在不言之中表达出来，包括它的象征性、语言的限制性视角，我看到很多小说家的小说，很难有贴切的角度，写着写着可能就忘了，比如说写一个瞎子，写着写着这个瞎子看见了什么，在写的时候出现了一些纰漏。而王方晨在这方面的表现就很好，给我们很多非常好的感受，比如说《祭奠清水》，他开头写道："能够接近清水，一直是俺们的奢望。"虽然用语很简单、很质朴，但是诗意化非常强，给人的感受非常好。

马兵：非常高兴有这个机会对方晨老师的作品说一点自己的感受，我要讲的最主要的部分，前面的老师都谈到了。我侧重谈一点对方晨老师济南故事写作的想法。

我非常认同刚才老师们所说这些作品的笔法接近于市井小说。能够在市井的框架里面写出一个城市的性格，其实是很难的事情，就济南这

个城市的描写而言，之前有《老残游记》和老舍的《济南的冬天》，在老舍的《济南的冬天》之后，在一个很长的时间段里面，济南缺乏自己的城市性作品。王方晨在他的济南老实街的故事里面再次让我们看到了一座城和他的性格之间的关系，做到这一点其实非常不容易。

方晨老师的小说有一个非常大的特点，他特别擅长给小说起名字，他的小说的名字都起得非常漂亮，比如说《世界的幽微》，在我个人看来实际上就是他所有小说中的某种隐喻。方晨老师所有的小说都写了两种世界的幽微：一种幽微指的是这种自然的魅性、不可解的玄妙的东西，比如大家都提到的《祭奠清水》《牛为什么会哭》，像《祭奠清水》里面这个水鬼，他好像既是一个水鬼之惑，又像是自然被毁掉的某种隐喻。这里面其实是一种幽微。还有一种幽微写的是人性的阴暗的底本，人性的阴暗的底本是我们每个人都很难撇清的，自私也好，残忍也好，冷漠也好，这种幽微恰恰是王方晨小说里边最值得我们珍视的对于人性加以观照的视角，这是非常非常独特的。

我想回应一下刚才向阳老师在发言中所提到的他非常爱用"我们"，这个也是给我很大感触的。这个"我们"确确实实有向阳老师所说的作为一个市民的共同体。他有这种所谓的城市记忆，也关联着都市老实街人的价值判断和情感情系。除此之外，它还隐含着一种看与被看的关系。这个"我们"，既是小说中市井道德的正面塑造者，又是道德负面泥潭的一个共犯。尤其在《大马士革剃刀》里面，我们其实也是不可解的这种道德幽微的旁观者甚至是一个同谋者。他在"我们"的视角里面，还有他作为小说者所隐含的一个视角，这里面也构成我们某种程度上的消解和批判，还有这样的意味在里面。

刚才很多老师都提到方晨老师的小说有古典的风致，我也非常认同，他自己说他的小说有这种作旧的积习。向阳老师举了一个特别的例子，就是"她一下怒了"，类似这样的笔法在他小说中总是能够见到，然后给人一种惊喜。我觉得这真是挺难的，体现出他对于传统叙事资源的现代转化的想法。

再一个就是说，他的小说还有一个特点，就是他故事的散和长。他的小说其实并不太好读，或者读起来不能马虎，不能马虎的原因也是因为他其实把故事打散了，而且把故事的某些核心情节藏了起来，需要我

们自己在头脑中补全关于这个故事所有的关节性部分。但是因为读者在阅读这个故事时关注的侧重点不一样，同一个作品所激发出来的解读向度是完全不一样的，所以他的小说的丰富性在某种程度上来自于读者在阅读过程中通过头脑补充形成的，这也是他把故事打散和延长之后所获得的某种阅读效果，这也给予我很深的印象。

王方晨：尊敬的吴义勤书记，尊敬杨学峰书记，尊敬的各位领导，各位老师，各位专家：

你们辛苦了！

感谢中国作协创研部、山东省作协、济南市文联，感谢大家给予我的支持和关爱，感谢为这次研讨会付出心血，而未能到场的李敬泽主席。你们为我的创作，甚至为我的生活，提供了那么多有益的帮助，我铭记在心。

这些天我一直在想，如何写这篇答谢词。最后我确定，九九归一，言以明志，因为我所能发生的觉悟，我所能实现的创作走向，才应是大家最值得和最高兴看到的。我想当然地认为，大家会期待我，做一个有情怀、有境界、有思想、有担当的"四有"作家。但是，我却仍旧真诚地要求自己，每时每刻，都要从最简单、最平凡的做起，那就是为人厚道，做个善良的作家，并时时对生活、对世界充满朴素的感激之情。然而我亦知道，任何一种美德其实都代表着一个人的勇气。我们的写作尤其不应该忘记的，就是这些缘自于人类精神中的美德，与社会所发生的冲突。呼唤美德回归，或使蒙尘的美德重新闪耀光芒，既是写作的根本意义所在，又是一名从事有关人类精神工作的作家的责任。从这点来说，秉持美德的写作，才能与写作的意义和责任相符。

感谢文学，让我得以成为质朴的文学人。感谢大家能够无私地给予我的创作以宝贵的批评建议，我将认真听取，并将在今后进行更深入的领会、吸收，也恳请大家继续给予我更多的鞭策和激励！

祝大家身体健康，生活幸福！

李掖平：各位同仁，这是一个非常实事求是又非常接近文本、靠近文本机理走向的研讨会。各位作家对王方晨创作所显现出来的思想艺术

特色进行了全方位、多角度的解读，不管是向阳的"我们"视角的解读，还是战军从体量、体认到体面几个维度的梳理，以及王干先生将《红楼梦》的细节描写与王方晨《大马士革剃刀》里面的刻画进行的对比，还有华栋从如何以全集式的方式系统安排自己的今后、理清自己今后的创作以及进一步拓宽善与恶的包容度问题，以及王春林把他的济南老实街的撰写定位于另类乡村小说别题的这样一种批评，刘颋老师对他语言运用所具特色的分析，包括义勤一上来全方位地对王方晨的创作自信力、创作自定性和创作持续性的分析，我觉得都是特别符合王方晨创作特点的。而且更为可贵的是，很多专家还从期望和建议的角度给王方晨今后的创作指明了一个路向。比如说解决读者在阅读过程中因为故事的打散和隐藏而感觉"隔"的问题，比如如何拓宽善与恶的度的问题，比如他怎样在叩击人性暗门的同时，更烛照以善、真和美的光芒问题，以及他在文学修辞上如何既保持着"我们""俺们"这种时代的大的群类的目标，又能够在这种群类的展示中标志出自己的鲜明特色，等等，这些问题的建议和思考毫无疑问将会对方晨今后的创作起到非常重要的指引性。

因为习近平主席也反复强调，文学评论说到底绝不只是唱赞歌和大声叫好的，而是要实事求是地通过考辨文本来看这个作家为当代文坛、为当代文学的书写留下怎样独特的自己的印记的。因为只有这样，中国当代文学的格局才能够经由无数作家的个性化的完善和补充，真正搭建起一个包罗世间万象、洞彻人类幽微，烛照光明未来的和世界对话、和世界文学相比肩的中国当代文学格局，这既需要在座各位的共同努力，又需要像方晨这样优秀的作家更加坚定地保持自己的文学自信力，努力向深度、细度、个性化开掘。相信在各位的努力之下，中国文学真正成为世界文坛格局当中一道最亮丽的风景将指日可待。

谢谢各位领导、专家，谢谢方晨，谢谢前来听会的各位媒体的朋友和我们年轻的学生们。

附录五

关于王方晨"济南叙事"的座谈

时间：2015 年 7 月 8 日
地点：《当代小说》杂志社
参与者：
房伟　山东师范大学文学院副教授，文学博士
张艳梅　山东理工大学文学与新闻传播学院教授，文学博士
马兵　山东大学文学与新闻传播学院副教授，文学博士
苏婷　济南市委宣传部干部，文学硕士
洪晓萌　山东师范大学中国现当代文学专业硕士研究生
陶迁　山东师范大学中国现当代文学专业硕士研究生
张丽军　山东师范大学文学院教授，文学博士
王方晨　作家，《当代小说》副主编

房伟：大家知道，王方晨的写作以乡土小说为主，但他也有相当一部分城市文学作品。在他的文学疆域，早已形成了一套由村、镇、县、市一直到省城（济南）组成的比较完整的地理构架，其中的"济南小说"渐渐形成一个有趣的系列。具体说来，短篇中的《大马士革剃刀》是王方晨关于济南小说中"老实街系列"小说的首篇。《麒麟》讲述的是某高档小区一位神秘女人的生活经历和生命感受，故事面貌亦真亦假。这篇小说其实就是他的"塔镇"小说的一个典型的延续，里面的女主角白齐格也是他另一篇小说《炸日本面包》中的女主角白齐格，是她曾被村民百般猜疑的都市生活的描绘。在中篇小说里面，《大陶然》具有很浓厚

的城市底层生活气息。《女病图》写了几位生存感特别缥缈的女性,她们中间既有高雅的知识分子,也有粗俗的市井人物。《神马飞来》也是一部纯粹的济南小说,写的是一个受伤女人的故事,也是一个纯情故事。这个女人年轻时候因为名誉问题,不得不从济南老火车站附近繁华地带嫁到济南郊区,后来在那里度过一生。《舅父》写的是燕子山下一位成功商人的故事。《猫样年华》写的是山东大学一位老教授的曲折人生经历。《暗处之花》对山东某大学一位女博士的深刻描写,简直匪夷所思。在长篇《公敌》里面,也有相当一部分有关城市的篇幅。我只是抛砖引玉,诸位也可以借由王方晨的创作,共同探讨一下当代城市写作的叙事内含和新的生长点,对当前国内城市写作必将大有裨益。

张艳梅:当代城市叙事的兴起和发展,是跟中国社会发展的大趋势保持一致的。十年前,特别是最近几年来,有关城市文学的讨论和研究已经非常热闹了。中国正面临着从乡土中国到城市中国的转型,随着所谓乡村文明的溃散,乡土书写的叛逃,人们的目光逐渐转移到城市文学上来。在这个过程中,对于作家而言,如何梳理和理顺自己与城市生活情感上的、文化上的、心理上的关系,是非常重要的。

像大多数作家一样,王方晨也不是一个城市土著。在融入城市的过程中,他始终带着一种双重的目光去观察和理解城市。通常,土生土长的当地人看待自己的城市,一方面确实更加原汁原味,另一方面却也因为身在其中,或是对它的变化不再敏感,或是眷恋往昔,而不能足够理性地对待它。王方晨的独特性在于,他的写作带着深刻的乡土烙印,同时也带着行走的痕迹。由乡而城,是他文学叙事的重要轨迹。他来到济南城安家立业,这样一种城市观察者和城市寄居者的双重身份,使得他对于济南城同时具有"外审"和"内审"的双重目光。在这种双重目光的注视下,他对于济南城市的感受和理解都变得特别敏锐和理性。他的城市书写所具有的独特艺术表现力,在以往同类城市题材作品中也是少见的。

对于城市叙事到底该如何发展,评论家和作家们的观点始终都有分歧。最明显的两极分化的立场,一种是对于城市文化始终抱有激情,另外一种则是始终保持拒斥的态度。对于城市书写的形式,有城市史的写法,有地方志的写法,也有笔记小说的写法,不同的城市书写形式所表现出的城市面貌是不一样的。我认为,在以《大马士革剃刀》为代表的

王方晨小说作品中，他没有选择城市兴衰的宏大叙事，而是以人为核心，以文化为灵魂，有着很重的道德伦理倾向。不经意间，我们总能发现作家在小说中所体现出的对于道德的追问，还有对于过去时光的缅怀。这在某些评论家看来，或许是一种一厢情愿的无效固守。他们认为，这个时代已经不具备那种共同道德性，因为每个人都有他自己的道德评价尺度。但我始终认为，某种文化保守主义立场是非常有意义的。无论是对于济南的风土人情、人物造像，还是伦理道德的反思，王方晨小说都称得上是意味深长。这是作家十分有意义的坚守。

很多作家似乎更喜欢黑白城市，而不是彩色城市。在他们的城市印象里，内在的黑白要重于外在的彩色。比如王方晨对老济南和新济南的情感取舍，我们多少能够在他的作品中看出一点倾向。他笔下的老市民、新市民，还有城市流民，可以说是形神兼备。从一个村走到一座城，再走到一个独立的文学王国，这势必是一条漫长而艰辛的朝圣之旅，王方晨不是唯一。我们的作家打算将他们的城市叙事写到什么样的程度，拓展到一个什么样的疆土，都非常值得我们持续关注。

房伟：优秀作家的创作，一定会有"一以贯之"的东西，一定会有一个始终如一的灵魂。所谓转型之说，不过是作家潜在的某一方面品质得到了彰显，并肯定与他先前的创作有着内在联系性。王方晨的创作，覆盖面很广，既写乡土，也写城市，笔下的人物，既有农民，也有小市民、知识分子，但他的创作始终不散漫，这种"一以贯之"，亦即"深刻而又感性"的文学性。

王方晨是一个小说高手，读者对他和文体大家汪曾祺所作的自然的联想就是证明。他的作品具有突出的文学性，而他深刻的思想则往往附着于他优秀的文体之上。现在的很多作家，尤其是年轻一辈，虽然可能名气较响，但作品的文字功底往往不过关，作品很粗糙，经不住推敲，而王方晨的作品文学性十足，文字功底扎实精美，技艺纯熟。不管是长篇、中篇还是短篇，一直保持着稳定的高水准，不会起伏很大，这非常考验作家的写作能力。

严歌苓有一篇文章叫做《文学的训练》。她说，一个作家之所以成为作家，除了天赋之外，还应在文学上有大量基础训练，包括人物设置、细节把握，整体叙事节奏和叙事语气的锻炼，这也是写出好作品的关键。

中国文学最终的评价，还是要看文本自身的文学性，而不是靠某些概念性的东西。我们当今的文学太容易被一些符号和概念化的东西所吸引，而忽略文学自身的文学性。这其实是"抓住芝麻，丢了西瓜"。一句很简单的话，一个人物的小动作，写出来就能有韵味，就能动人心魄，既让人深思又能余音绕梁。这可是太难了！这才是文学作品真正的价值所在。

再从"城市叙事"的角度讲，我们知道，要想写好一座城谈何容易，一方面，随着全球化的进程，大家的接受经验越来越类似；另一方面，我们对不熟悉的东西往往有很强的排斥心理。因此，要想写好一座城，作家就必须做到"以城动人"，在有关城市的，熟悉的经验与陌生化的审美感受之间找到恰当的平衡点。写城市的作品并不少，但是很多作家的作品读起来往往有一种"隔"的感觉，就是不能打动你。

我看过很多非专业的读者，包括"80后""90后"读者，给王方晨作品所写的评论，引发了我很多思考。这些读者，很多并不了解济南，年龄层次上也远离王方晨所塑造的新旧交替的"文化济南"，但却都在王方晨作品中找到了自己心向往之的东西，与作品产生了强烈共鸣，这说明作家在时代共通要求，与超越时代的作品文学性上，取得了很巧妙的艺术平衡，塑造了独特的艺术品格。如《大马士革剃刀》这篇小说，它里面所写的人物，既有传统伦理意义上非常温暖的东西，像剃刀的"两借两还"，又把人性的复杂性和微妙之处表现出来了，体现出一种复杂的思辨过程。

王方晨作品的演化，始终有一个很可贵的坚持。从之前的乡土作品，比如说长篇《公敌》，到现在的城市作品，他始终对人性和文化保持着深刻的观察和思考，并赋之以高超的文学性表达。他的小说创作实际上是对我们这个时代的一种提醒。从写作的潮流来看，他的创作其实是一种逆潮流。他并不盲目，而是遵循着自我的价值尺度和创作风格。虽然他的作品的写作手法和题材不断变化，但他一直沿着自己的道路前行，一以贯之。正如张爱玲所说："自己的园地，自己的根，长自己的树，开自己的花。"这是一个锻造作家的过程，同时也是淘洗读者的过程，培养核心读者的过程。核心的读者有了，才能有"核心"的创作。

最后再谈点题外话，莫言获诺奖后，中国当代文学的出路在哪里，一直被大家议论着。我觉得历史题材是很重要的突破口。世界对中国有

一种好奇，我们几千年的古文明、百年的苦难和几十年的发展奇迹，都深深地吸引着世界。中国真正具有符号象征意义的文化，其实还在历史这里，在历史题材的作品中。所以我建议作家们，将城市叙事拓展到更多的历史领域，从而丰富自己的文学王国。

马兵：刚才两位老师说得都很充分。关于城市写作，现在已经有一些很固化很符号的东西。王方晨之外，写济南的作家作品也颇有一些，比如台湾作家张大春的《聆听父亲》等。总体来看，存在两种常见的方式：一种是调动城市地理、城市地标的镶嵌式写作，另一种就是能够写出城市性格的写作，这类写作是尝试以城市的某些地标去透视这个城市的文化和性格，而且这种透视本身，就含有整个城市以及在城市里所居住的人的一种文化底面。比如透视城市，我们就想弄清楚城市性格的底面是什么？城市人道德感的底面又是什么？王方晨的城市小说，总体上倾向于第二种写作方式。无论是《大马士革剃刀》还是《大陶然》《女病图》《神马飞来》，他所表现的都是我们惯常认识的城市和城市民众，但他所透视的却又都是我们熟悉到已经无法轻易察觉的城市的底面和城市民众的底面。

在读《大马士革剃刀》和《大陶然》的时候，我一直关注在这种道德读解的背后到底隐藏着什么东西？在这种信任读解的背后隐藏着的又是什么东西？王方晨这些济南系列小说非常重要的一点在于，他的作品里面有一种非常纵深的思考，真正触及人性最深处。文学最根本的目的，是处理人类最基本的恐惧，王方晨的这些小说基本上都涉及了人类的这种普遍的基本的恐惧，道德的不堪承受之感，信任的危机感。在某种程度上，这也表现了济南这座城市的某些性格特征。

还有一点很重要，即王方晨的济南系列小说，比他之前的一些作品，我个人认为，有了一个很大的改变，即它们在可读性上有了提高。他之前的作品总需要我们特别专注地阅读，因为作品的内涵通常不是外显的，而是放在故事底下，隐藏得很深，需要我们费力地挖掘，比如《农事芬芳》。但近年来的这些济南系列小说，我们在阅读中感到比较轻松，但同时又丝毫没有降低作品的深刻性，故事性和文学性得到更好的融合。《大马士革剃刀》的出现，使他历来对小说技巧的考究，终于被人所认识了。我认为，他跟汪曾祺最大的相通之处，在于文字功夫。他精于炼字炼句，总有一种飘逸的东西，意韵绕

梁，气度开阔。

我感到非常有意思的一点是，对于一个城市的最好的叙说者，往往并不是这个城市里土生土长的作家，而是从外地迁移过来的，甚至是一个像刘锷那样的匆匆过客，就好像京派作家里面除了萧乾以外，几乎都是外地人。本地作家写本地往往因为太熟悉，太想将城市代入作品，结果反而容易将一些外在的东西强加于作品中，对城市性格失去理性分析，而外地作家却能够站在逻辑陷阱之外，对城市做出公正的判断和独特的理解。我觉得，这样的现实对我们的作家进行城市文学写作是一种潜在的激励。

陶迁：对于王方晨老师的作品，我最熟悉的还是长篇《公敌》。《公敌》被人称为"目下长篇小说创作的突破之作""中国的当代纪传体"。它涉及了很多有关城市生活的内容，却不能算严格意义上的城市小说，但它却是王方晨老师构建自己文学地理空间的重要作品。我借此机会向王方晨老师请教一下。

《公敌》这部小说实际上有两个关键词：一个是历史，一个是佛。连接这两个关键词的是小说里面的一句话："心生，则魔生；心灭，则魔灭。"《公敌》体现了王方晨老师对历史的重视。小说里面还有一句话，即"历史是人生的最高境界"，这句话和余华《在细雨中呼喊》中的"我们不是生活在土地上，我们是生活在时间里"，有异曲同工之妙。《公敌》立足乡土，写出人的历史，土地的历史，城镇的历史，当然归根结底还是人的历史。通过回味历史，对历史发生质疑，从而寻找某种失落。在这个过程中，主人公们开始"破执"，逐渐归于内心的空寂，达到佛所谓的空。小说中的韩爷最终回归韩林就是一个典型的例子。请问王老师，对于我说的这一点您有何看法？

王方晨：你的看法新颖独特，恰合我心。《公敌》这部小说其实说到底就是一部寻找灵魂的小说，整个作品就是走在寻找灵魂的路上，如佟志承在家和故乡的往返。我们每个人都不例外，在现实中往往表现出内心的不安，因为我们似乎找不到甚至觉察不到自己的灵魂。《公敌》中的这句话——"我明白了，你我都在惶恐之中。"——就是对你这种看法的证实。你对《公敌》的关注，让我想到一个问题，那就是乡土写作和城市叙事的分野。我可以肯定地告诉你，乡土写作和城市叙事并没有

严格的界限。两者没有更高，或者更低。任何的割裂都是对文学的伤害。

苏婷：对于文学我只能算是门外汉，我就简单地说两点。第一，王方晨老师曾说，他要表现的城市应该是世界的城市，我觉得这个说法特别好。我有一个疑问，就拿济南来说，济南本身是一座有两千七百多年文明历史的古城，而且它也是沿海大省山东省的省会，但是对于目前济南的发展，很多有识之士都心有不甘，认为济南不该止于此。济南虽然包容，但同时也有一种同化作用，似乎来到济南的人士都会慢慢地归于小富即安的状态。拿济南和青岛相比，可以发现这两座城市的城市性格差别非常巨大。青岛人的城市自豪感非常强烈，并且一定要表现出来。济南几乎就是从不自豪，从不表现出来，并且对外地人没有任何的排外，似乎济南的包容有点过分了。我们对于济南城市发展的不满足感，可能更大的一个原因是我们自己的文化没有挑出来，没有立起来。

王方晨：我认为，这关键还是一个视野问题。再说那篇《大马士革剃刀》，有些济南人在潜意识里会觉得大马士革怎么跟济南有联系？说到济南，似乎就该老西门、芙蓉街、剪子巷、油旋、烤地瓜之类。如果没有后来这部小说所产生的影响，恐怕误解和不解还会更多。当你想着大马士革与济南相距不远，甚至纽约就在济南眼前，而且济南不光是老济南，它还是现代的济南，未来的济南，所有中国人的济南，虽然这并不十分现实，但是当你这样想的时候，你的胸怀就大了，小说的格局自然也就大了。写北京，写海口，写长沙、武汉，都是同样的道理。

苏婷：为什么现在要提中国梦，是因为现在中国的经济总量已经达到这样的水平，经济基础决定上层建筑，当经济发展到一定的水平，人们必然会要求与此相适应的文化和艺术。

第二，因为我本人是"80后"，学广播影视出身，我感觉我们这一代，大部分人的主流文化是通过影像来理解世界的，文学的东西相对来说少一些，但是，文学和美术应该说是影像的基础。文学和影像相比，它的基础作用还要大一些，所以文学如果能够跟影像相连通，做到文学的影像化，它的影响力会更大，包括对作家而言也是一种启发，因为这样的话，作家的思想和主张就能够影响到更多的人，而且，现在影像的影响力毋庸置疑肯定要远远超过文学。

房伟：苏婷说的影像的影响力远远大于文学的影响力，目前还不好下这样的判断，因为这个问题很复杂，牵涉到很多层面，而且这是一个长时间的问题，需要有足够的时间来比较。

苏婷：房老师说得没错。我的意思更准确地说是，影像影响的更多的是金字塔的基座，是80％，而文学则相对处于金字塔的顶端，倾向于思想艺术层面。因为对于我们这一代人来说，其实身边真正读书的人很少，我们更多地接触到的是影像。

马兵：苏婷的意思其实和房伟老师的意思并不矛盾。苏婷所说的，其实就是房老师说的那个纯文学读者的淘洗过程，真正的核心读者的淘洗过程。

苏婷：对的。而且一般而言，影像的东西特别直观，特别生动，而文学需要想象力，由于人类天生所具有的这种惰性，他们抛开文学而选择影像就变得很自然了。莫言最早被大家熟知，也是因为他的《红高粱》被张艺谋改编成电影，这也是影视对于文学的普及作用。所以对于王方晨老师的一些小说，包括济南系列小说，我觉得是不是可以涉及一些剧本的改编？这样或许更能够起到宣传城市和城市文化的作用。

王方晨：愿望美好，我乐于接受。以前也有过一些将小说改编成剧本，改编成影视之类的想法和行动，结果大都半途而废。我们掌握不了生活的变数。

张艳梅：是不是跟一些作家的文学性过于突出有关系？

房伟：的确有关系，但我觉得王方晨的很多作品，比如《大陶然》就可以改编成剧本。这篇小说的文学性和故事性都很好，口语化，闪光点随处可见。《神马飞来》也写了一个妙不可言的故事。躯体衰老，但心灵依旧年轻。倾听一个耄耋之年的老人燕语莺声地抒发自己的少女情怀，会有一种什么样的感受？甚至《大马士革剃刀》也可以做成一部很奇妙的电影。问题在于，不是作家的文学性过高，而是很多影视界人士的理解尚未达到必要的高度。

洪晓萌：刚刚听了各位老师的发言很受启发。我想提一个问题，我在读《公敌》的时候，感到那个韩佃义是一个道德自省者的形象，当代乡村的哈姆雷特。托尔斯泰也写过这种心灵的辩证法，像这种自我的救赎思想，在这部《公敌》小说里面有很浓的迹象。但是像一些佛性的东

西，实际上在这部小说里面也有传达。请问王老师，佛性的东西和西方那种天主教宗教意识在您的作品中是什么关系？

王方晨：简单说，作为一个刀枪不入的无神论者，我在这些宗教当中找到的是一种共性，其实就是两个字：心灵。只要人类有心灵，就会有数不尽的哈姆雷特。

张艳梅：王富仁老师写过一篇谈许地山的文章，他就说，很多作家的宗教意识其实并不仅限于信仰哪一种宗教，而是一种情怀，是一种宗教情怀。佛教的修和度，西方基督教的忏悔和救赎，其实目的都是一样的，就是救。

王方晨：作为一个中国作家，不光是要寻找各种宗教的共性，还要寻找各种文化的共性。

洪晓萌：我读了您的《公敌》和城市小说，感觉您小说中塑造的塔镇，已经成为齐鲁文化一个地标式的东西，而您对济南的书写，更是结合了济南的文化性格。济南并不是我们传统意义上的那种"欲望的都市"，或者说原罪开始的地方，其实济南是一个烟火气十足，比较接地气的城市。我虽不是济南本地人，但以我对济南的了解，我以为济南有两个显著特点：一是老，二是慢。

王方晨：每个城市都有很多的侧面。你说济南不是欲望的都市，其实它也是欲望的都市。你说它是老旧的，它也确实有老旧的一面，但同时也有新颖的一面。世界的真实面目就在于它拥有各种侧面。对于作家而言，关键的是他从哪一个侧面介入进来。一个作家能够占据或者说是拥有多少侧面，以及从哪一个侧面介入，这是最重要的。话又说回来，有些人喜欢现代，有些人喜欢传统，有些人喜欢涓涓细流，有些人喜欢繁华喧嚣，各种人的观点自然都是不同的，而允许各种意见、各种观点的存在，这是现代文明的一种最好的状态。

张艳梅：正像前面房伟所说的，随着全球化的进程，在这种大的形势下，城市的面目越来越相似，你拒斥它也不可能。

王方晨：对，就像有些人说的，济南高新区这边的一些新鲜事物并不能够代表济南，那我就想问，为什么不能代表济南呢？难道只有几块石头、几眼泉水、半碗甜沫、两根油条才能够代表济南吗？世界是有其丰富性的，既然存在，就有他一定的合理性。我们应该承认世界的丰富

性。一个真正的作家不光要能够写出生活中的有，还要写出没有。

洪晓萌：每座城市都是说不尽的，就像这个世界是说不尽的一样。我特别有感触的地方是，《大马士革剃刀》这篇小说里面包含了很多的象征意味。猫被剃光了毛，所有的人都在看它，猫受不了外界的这种注视，于是就跳进河里去了。我觉得这个象征意味同时也适用于那个叫陈玉伋的老剃头匠。为什么陈玉伋回去后没多久就死掉了，也许就是因为外界像看猫一样看他，他感到了压力。这个象征意味似乎还适用于老济南。济南这座城市相对于其他城市可能发展得没有那么快，它会不会也处于这样一种尴尬的处境里？还有就是那个拆迁的意象，原来那个老实街是一个类似于密闭的空间，可是随着拆迁，老实街里面的人物一下子就暴露在一个大的空间里，这是不是也有一个被围观的意象在里面？还有一个细节，小说最后在垃圾堆里捡到那把剃刀，然后打开之后上面粘着一根猫毛，风一吹便随风而逝，这是一个非常模糊暧昧的意象，我觉得随风而逝的不仅是这根猫毛，还有它代表的一个时代的感觉。

王方晨：《狼图腾》在热映嘛。我们人类往往都过于看重自己，动辄"重于泰山""万物的灵长"，事实上一个人的逝去有时是非常轻易的，我们的生命其实没有想象中的那么坚实。轻于鸿毛，适用于绝大多数，甚至适用于所有人。生得赫赫扬扬的人又能如何？花落花飞飞满天，何处有香丘？这还有个丘。随花飞到天尽头，更多的人说完就完，别说丘了，痕迹都没有。亲戚或余悲，他人亦已歌。或许可以说，世上所有的文学都在表现生命的遗憾，《大马士革剃刀》不例外，《公敌》也不例外。而且每个人都在被注视，不仅是那只被剃光毛的猫，而且是无处可逃的塔镇居民、老实街、老济南，还包括在座的你、我。

张丽军：虽然在现代化的进程中，在全球化的趋势裹挟下，城市之间的发展不可避免地会出现同质化的倾向，但是有一点不能忽视，每个城市本身固有的传承下来的独特内涵依然是不可磨灭的，城市传承的独特性依然是这个城市的精神内核。我们中国当今的"现代"，说到底，是被移植过来的，是被再生产出来的，传统文化依然是最深的根基。对于城市叙事，我们要呈现出城市的这种独特性，对于作家的创作，还要允许作家拥有自己的独特性。这两种独特性非常值得和需要去探究、追寻。这个过程也必然是一个漫长的过程，也是一个作家努力建构自己文

学地理坐标的过程。王方晨已经写出了包括《大马士革剃刀》在内的一系列成功的城市小说,而面对自己脚下的这块土地,作家可以把写城市与写自己的城做一个更好的结合,我们在这方面都很有期待。

王方晨:这个提法很好,"吾从周"!我是有念头写出一座"我的大城",让这座"大城"深深地打上一位作家的烙印。不光是对于济南,对于"塔镇""小王庄""清水塘"都是如此。我相信还有很多作家正在苦心经营着他们的"大城"。他们也将耗尽自己所有的笔力,写出"我"的省,"我"的国,"我"的时代,过去和未来。毫无疑义,优秀的文学创作必须要有全新的创造,不仅塑造人类的朋友,而且要塑造人类的"公敌"。作家绝对不能满足于"吃现成",满足于既有的一石、一水、一花、一草、一口音、一俚语,要有能力创造出属于自己的生动的"方言"。总之,文学对于我们每一个人来说都是开放的,城市对于我们来说也是开放的,生活对于我们来说也是同样。我们应以开放的姿态迎接我们的文学,我们的城市、生活和命运。

今天大家对"城市叙事"的讨论很充分,你们的真知灼见,令我受益匪浅,不但适用于我,也适用于更多的作家。如果还有什么需要我强调的话,我要说,实际上"乡土"才是城市叙事的"最高境界"。

附录六

王方晨创作年表、获奖及研究情况

2016 年

中篇小说《嘎达梅林》，《飞天》第 1 期，《小说月报》中篇专号选载。

短篇小说《世界的幽微》，《天涯》第 2 期，《小说选刊》第 4 期选载，《中华文学选刊》第 4 期选载。

中篇小说《拜芝麻》，《中国作家》第 5 期。

中篇小说《河水、门墩儿和鱼仙女儿》，《星火》第 4 期。

中篇小说《遗情录》，《红岩》第 4 期。

短篇小说《花局夫人》，《芙蓉》第 4 期。

短篇小说《阿基米德的一天》，《人民文学》第 7 期。

中篇小说《陪土豪上路》，《长江文艺》第 8 期。

中篇小说《玉米人生》，《红豆》第 9 期。

长篇小说《芬芳录》，《雨花·中国作家研究》第 4 期。

长篇纪实文学《人生四季之上学季》，太白文艺出版社。

2015 年

短篇小说《丰柔的买陂塘》，《广州文艺》第 1 期。

中篇小说《女病图》，《青年文学》第 2 期，《作品与争鸣》第 4 期选载。

中篇小说《青铜坠落》，《鸭绿江》第 2 期。

中篇小说《人人都来打老虎》，《绿洲》第 2 期。

中篇小说《全民告朕记》，《长城》第 3 期。

中篇小说《元宝的耳语》，《江南》第 4 期。

短篇小说《镀金鸟笼》,《创作与评论》第 7 期,《长江文艺·好小说》第 9 期选载。

中篇小说《断指记》,《解放军文艺》第 7 期。

短篇小说《麒麟》,《作品》第 9 期,《小说选刊》第 10 期选载,入选《中国当代文学经典必读·2015 短篇小说卷》《2015 年中国小说排行榜》。

长篇小说《老大》,山东文艺出版社。

2014 年

中篇小说《少年兮归来》,《时代文学》第 1 期。

中篇小说《美人儿无敌》,《绿洲》第 3 期。

短篇小说《妈奶奶的难日》,《广州文艺》第 3 期,《长江文艺·好小说》第 6 期选载。

短篇小说《月亮的舞蹈》,《长江文艺》第 3 期。

中篇小说《遍地英雄下夕烟》,《江南》第 2 期。

短篇小说《大马士革剃刀》,《天涯》年第 4 期,《小说选刊》第 8 期、《作品与争鸣》第 8 期选载,《小说月报》第 9 期选载,入选《2014 中国年度短篇小说》《中国当代文学经典必读·2014 短篇小说卷》《2014 年中国短篇小说排行榜》《2014 年中国小说学会小说排行榜》《2015 中国好小说》《第十六届百花文学奖获奖作品集》,中国小说学会 2014 年小说排行榜。

中篇小说《黄豆历险记》,《芙蓉》第 5 期。

中篇小说《大陶然》,《上海文学》第 12 期,《中篇小说选刊》2015 年第 1 期选载。

长篇小说《公敌》,湖南文艺出版社。

2013 年

中篇小说《神马飞来》,《红岩》第 4 期。

短篇小说《东三条牲相》,《作品》第 8 期。

中篇小说《野孃儿弄刀》,《长城》第 6 期。

中篇小说《一个人的桃符纪》,《陕西文学》第 3 期。

2012 年

中篇小说《善行记》,《长城》第 3 期。

中篇小说《美丽时代》,《红岩》第 2 期。

长篇小说《公敌》,《中国作家》2012 年下半年长篇小说增刊。

2011 年

中篇小说《赶着驴车往北走》,《岁月》第 1 期。

短篇小说《水妮子的火》,《啄木鸟》第 2 期,获全国公安文学奖。

中篇小说《走失者》,《青年文学》第 3 期。

短篇小说《我系一个兵》,《解放军文艺》第 5 期。

中篇小说《小人光乐》,《广州文艺》第 6 期。

中篇小说《喂,上树!》,《芙蓉》第 6 期。

短篇小说《美丽慧芬》,《天涯》第 6 期。

中篇小说《向您致敬》,《长江文艺》第 11 期。

短篇小说《心病》,《啄木鸟》第 11 期。

中篇小说《女人之围》,《福建文学》第 12 期。

长篇小说《老大》,台湾秀威出版社。

2010 年

中篇小说《柳柳谣》,《飞天》第 3 期。

中篇小说《巨大灵》,《江南》第 3 期。

短篇小说《小学校里的半个政治家》,《天津文学》第 4 期。

中篇小说《鱼哭了水知道》,《山花》第 5 期。

中篇小说《罗斯夫妇的夜宴》,《时代文学》第 5 期。

短篇小说《小石头的天堂》,《天津文学》年第 7 期。

短篇小说《猫狗游戏》,《作品》第 11 期。

2009 年

短篇小说《一树桃花》,《朔方》第 2 期。

中篇小说《暗处之花》,《山花》第 4 期。

中篇小说《小表叔》,《小说月报原创》第 4 期。

中篇小说《水袖》,《中国作家》第 7 期。

中篇小说《乡村总统》,《长城》第 5 期。

中篇小说《乡村案件》,《长江文艺》第 6 期,《北京文学·中篇小说月报》第 7 期选载。

中篇小说《去往约塞米蒂》,《广州文艺》第 10 期。

中篇小说《舅父》,《时代文学》第 11 期。

2008 年

短篇小说《黑罐出世》,《岁月》第 1 期。

中篇小说《夏季口令》,《解放军文艺》第 2 期。

短篇小说《北京鸡叫》,《山花》第 2 期。

中篇小说《猫样年华》,《特区文学》第 2 期,《北京文学·中篇小说月报》第 4 期选载。

中篇小说《乌黑妈妈》,《百花洲》第 4 期。

中篇小说《环肥燕瘦》,《特区文学》第 6 期。

2007 年

中篇小说《石头开花》,《山花》第 1 期,入选《2007 中国短篇小说经典》。

中篇小说《花炮》,《芒种》第 1 期。

中篇小说《水洼》,《解放军文艺》第 4 期,《小说月报增刊》第 3 期,获年度军旅优秀文学作品奖。

中篇小说《东八区的温度》,《长城》第 3 期。

中篇小说《红雨纷纷》,《百花洲》第 4 期。

中篇小说《爱情猪皮戒》,《时代文学》第 5 期。

2006 年

短篇小说《唐砫的大地》,《当代小说》第 1 期。

短篇小说《炸日本面包》,《长江文艺》第 2 期,《山东文学》下半月刊第 8 期转载。

短篇小说《游荡乡野间的奇情少年》,《朔方》第 3 期。

短篇小说《银杏树的颂歌》,《山东文学》第 4 期。

中篇小说《农事芬芳》,《江南》第 3 期。

2005 年

中篇小说《逍遥生》,《朔方》第 1 期。

短篇小说《十三亿》,《延河》第 2 期。

短篇小说《绿叶门》,《山花》第 3 期。

中篇小说《田素娟海上行》,《百花洲》第 3 期。

短篇小说《小丁局长》,中国当代写实系列小说《宣传宣传》。

中篇小说《给老许一千年》，中国当代写实系列小说《人民利益》。

中篇小说《等待提拔》，中国当代写实系列小说《人事》，《绿洲》2011年第4期。

短篇小说《万宝的亡灵》，《作品》第6期。

中篇小说《鸡年月》，《江南》第4期。

短篇小说《牛为什么会哭》，《小说林》第5期，入选《2005中国短篇小说经典》，《人民文学》2016年俄文版。

中短篇小说集《祭奠清水》，山东文艺出版社。

2004年

短篇小说《福气》，《当代小说》第1期。

中篇小说《八月之光》，《天涯》第1期。

短篇小说《祭奠清水》，《人民文学》第2期。

短篇小说《豢狗》，《岁月》第3期。

中篇小说《一个局》，《时代文学》第3期，《北京文学·中篇小说月报》第6期选载。

短篇小说《到灯塔去》，《百花洲》第2期。

中篇小说《将军和故乡》，《神剑》第3期。

短篇小说《正午的气息》，《山东文学》第5期。

短篇小说《窥视》，《山东文学》第5期。

短篇小说《生意》，《黄河文学》第5期。

短篇小说《玫瑰幻想》，《当代小说》第12期。

中短篇小说集《背着爱情走天涯》，中国长安出版社。

2003年

中篇小说《樱桃园》，《时代文学》第1期。

短篇小说《大声歌唱》，《解放军文艺》第1期，《小说选刊》年第4期选载，入选《2003'中国短篇小说最佳》。

短篇小说《小镇上的"公家"大叔》，《北方文学》第2期。

中篇小说《死魂灵》，《上海文学》第3期，《作品与争鸣》第11期选载。

中篇小说《局外人》，《电视·电影·文学》第2期。

中篇小说《冯积粮》，《山花》第3期，入选《2003中国短篇小说经

典》。

短篇小说《一声响亮》，《当代小说》第 3 期，收入中国当代写实系列小说《人事》。

短篇小说《秀色可餐》，《春风》第 4 期。

短篇小说《螳螂之恋》，《春风》第 5 期。

短篇小说《金银岛的红烛》，《延河》第 5 期。

中篇小说《麻烦你跟我走一趟》，《时代文学》第 4 期，《北京文学·中篇小说选刊》第 10 期选载。

中篇小说《人都是要死的》，《长城》第 6 期，《小说选刊》2004 年第 6 期选载，入选《2004 中国小说精选》。

短篇小说《青草·镇宅之器》，《当代小说》第 10 期。

短篇小说《猴王鲁振东》，《少年文艺》第 10 期。

短篇小说《士兵在歌唱》，《神剑》第 5 期。

中篇小说《桃之夭夭》，《电视·电影·文学》第 6 期。

2002 年

短篇小说《杀牲口·炮公·妻树》，《雨花》第 1 期，《微型小说选刊》第 8 期选载。

短篇小说《金乡大儒》，《佛山文艺》第 1 期。

中篇小说《大豆的归途》，《解放军文艺》第 2 期。

短篇小说《牡丹花开》，《牡丹》第 3 期。

中篇小说《塔镇的塔》，《北京文学》第 5 期。

短篇小说《我是如何成长为一名蠢货的》，《当代小说》第 6 期。

中篇小说《庆典》，《春风》第 8 期。

短篇小说《高老头和水仙花》，《延河》第 11 期。

短篇小说《落花流水》，《佛山文艺》第 12 期。

2001 年

中篇小说《日本是一个省》，《时代文学》第 1 期。

中篇小说《人·土·灵》，《山花》第 2 期。

短篇小说《村长的原则》，《青年文学》第 2 期。

短篇小说《我是你的大玩偶》，《佛山文艺》第 2 期。

短篇小说《一九七〇年的乡村幼儿》，《延河》第 3 期。

短篇小说《美丽的自行车》,《岁月》第 3 期。

短篇小说《大气突围》,《岁月》第 3 期。

短篇小说《北方的心》,《朔方》第 6 期。

中篇小说《生命是一只香油瓶》,《黄河》第 4 期。

中篇小说《与悬铃木斗争到底》,《山花》第 9 期,入选中国当代写实系列小说《人事》。

短篇小说《春梦·头发》,《当代小说》第 10 期。

短篇小说《咱家的月宫》,《飞天》第 10 期。

中短篇小说选《王树的大叫》,山东文艺出版社。

2000 年

短篇小说《心眼儿》,《朔方》第 1 期。

短篇小说《乡村火焰》,《人民文学》第 2 期,《小说月报》第 4 期选载,《作品与争鸣》2001 年第 4 期转载,入选《中国当代社会写实小说大系》《中国当代乡土小说大系》《中国当代乡土小说名作大系》。

中篇小说《说着玩儿的》,《东海》第 3 期,《小说选刊》第 5 期选载。

中篇小说《地啸》,《解放军文艺》第 4 期。

中篇小说《毛阿米》,《上海文学》第 6 期。

中篇小说《吃掉苍蝇》,《上海文学》第 7 期。

中篇小说《大市民李四》,《当代小说》第 7 期,入选《中国类型小说双年选》。

短篇小说《跑吧,兔子》,《山花》第 7 期,入选《中国当代作家精品·天衣无缝》。

短篇小说《王树的大叫》,《岁月》第 7 期,《小说月报》《小说选刊》第 9 期选载,《北京文学》2001 年第 6 期选载,入选《中国 2000 年度最佳短篇小说》,全国 2000 年最新短篇小说排行榜,中国当代写实系列小说《宣传宣传》。

短篇小说《老子天生是好汉》,《佛山文艺》第 8 期。

中篇小说《树上的孩子》,《延河》第 9 期。

短篇小说《一只鸡蛋》,《雨花》第 9 期,《安徽文学》2011 年第 11 期。

中篇小说《世纪之垒》,《特区文学》第 5 期。

短篇小说《桃桃之役》，《朔方》第 10 期。

短篇小说《兔子回来了》，《朔方》第 10 期。

短篇小说《我是小孩儿》，《儿童文学》第 11 期。

中篇小说《黑妮儿飘飘》，《青年文学》第 11 期。

中篇小说《扑满》，《青年文学》第 11 期，《小说选刊》2001 年第 1 期选载。

长篇纪实文学《天使的声音》，中国文联出版公司。

1999 年

短篇小说《无助的豆苗》，《雨花》第 7 期。

短篇小说《歌逝》，《山西文学》第 11 期。

短篇小说《树的哲学》，《儿童文学》第 11 期，入选《儿童文学典藏书库〈一路风景〉升级版》。

长篇小说《榆树灵》，中国文联出版公司。

1998 年

短篇小说《甘蔗啸》，《山东文学》第 5 期。

1997 年

中篇小说《村长和牛》，《山东文学》第 2 期。

1995 年

短篇小说《乡村式复仇》，《山东文学》第 9 期。

1994 年

中篇小说《谁》，《时代文学》第 2 期。

短篇小说《上学》，《山东文学》第 8 期。

1993 年

短篇小说《小庄》，《山东文学》第 5 期。

短篇小说《斑斓虎皮》，《山东文学》第 8 期。

1992 年

短篇小说《霜晨月》，《中国作家》第 1 期。

短篇小说《死去的土》，《山东文学》第 1 期。

1991 年

短篇小说《草皮》，《山东文学》第 5 期，获山东省建党七十周年征文优秀短篇小说奖。

中篇小说《响桶》,《山东文学》第 8 期。

1990 年

短篇小说《甘泉》,《山东文学》第 8 期。

1989 年

短篇小说《笑里沉沦》,《奔流》第 5 期。

1988 年

中篇小说《林祭》,《当代小说》第 1 期。

获奖情况

2015 年

短篇小说《大马士革剃刀》获《小说选刊》2014 年度大奖。

短篇小说《大马士革剃刀》获第十六届《小说月报》百花奖。

2014 年

长篇小说《公敌》获泉城文艺奖。

长篇小说《公敌》获泰山文艺奖。

长篇小说《公敌》获济南市精品工程奖。

短篇小说《大马士革剃刀》荣登中国小说学会 2014 年全国小说排行榜。

短篇小说《大马士革剃刀》入围"花地·中国小说金榜"。

2011 年

诗歌《我们的土》获中国首届网络文学奖。

2010 年

短篇小说《水妮子的火》获全国公安文学奖。

2008 年

中篇小说《水洼》荣获《解放军文艺》军旅优秀文学作品奖。

2003 年

短篇小说《王树的大叫》获山东省首届齐鲁文学奖。

2002 年

中短篇小说集《王树的大叫》获山东省文艺图书奖。

2001 年

短篇小说《王树的大叫》入选中国最新文学作品短篇小说排行榜。

1993 年

短篇小说《霜晨月》获《中国作家》1991—1993 年度优秀短篇小说奖。

1991 年

短篇小说《绿色地》获山东省建党七十周年优秀短篇小说奖。

1989 年

中篇小说《林祭》获山东省第二届青年文学奖。

有关研究文章

叶子：《冷静而深沉的哲学思考》，《当代小说》1988 年第 7 期。

陈文东：《那一片迷人的绿地》，《作家报》1991 年 9 月 7 日。

郝雨：《小说不应该是欣慰的》，《文艺报》1999 年 12 月 8 日。

李敬泽：《山野间的先锋》，《东海》2000 年第 3 期，《小说选刊》2000 年第 5 期。

赵兰振：《阅读王方晨》，《作家文摘·青年导刊》2000 年第 100 期。

李敬泽：《乡土之路》，《文艺报》2002 年 6 月 23 日。

林徽銮：《权势话语与中国农民的最需要》，《作品与争鸣》2001 年第 4 期。

闫玉清：《专制淫威下病态权欲的折射》，《作品与争鸣》2001 年第 4 期。

金雅：《"阿米哲学"与女性命运的反思——评王方晨小说〈毛阿米〉》，《当代文坛》2001 年第 6 期。

闫玉清：《历史不容忘记》，《作品与争鸣》2003 年第 11 期。

苗遂奇：《落后而庸俗的审美取向》，《作品与争鸣》2003 年第 11 期。

向萍：《"孤独者"的呐喊》，《当代小说》2003 年第 9 期。

徐英春：《女性传统美的扼杀——金小仙典型形象的社会学分析》，《齐鲁学刊》2004 年第 5 期。

李掖平、赵庆超：《多维时空中的人性彰显——王方晨小说略论》，《济南大学学报》2005 年第 5 期。

杨新刚：《冷眼下的繁华——王方晨都市小说主题浅论》，《济南大学学报》2005 年第 5 期。

赵亮：《王方晨：一位乡土民间的思想者》，《济南大学学报》2005年第5期。

赵月斌：《大地上的梦魇——王方晨论》，《山东省青年作家论》，山东文艺出版2005年版。

李掖平：《文学圣徒王方晨》，《时代文学》2006年第1期。

了一容：《人性黑暗中的闪电》，《文艺报》2006年3月6日；《齐鲁晚报》2006年3月3日。

杨政：《无边疼痛中的乡村戏》，《山东文学》下半月刊，2006年第9期。

邵风华：《骤然聚起的密度之美或乡村历史重构——评王方晨长篇新作〈水洼〉》，《山东作家》2007年第3期；《文艺报》2008年7月19日。

李正伟：《无力守护的精神家园》，《岁月》2008年第1期；《文艺报》2008年3月11日。

张国龙：《底层叙事与乡土之"痛"——王方晨小说创作侧论》，《时代文学》2008年第2期。

张艳梅：《突破性别局限》，《文艺报》2009年9月。

肖涛：《冰刀功夫》，《文艺报》2009年11月。

房伟：《现实之重与想象之轻》，《文艺报》2010年9月3日。

张懿红：《张继、王方晨：权力文化与国民性》，《缅怀与徜徉：跨世纪乡土小说研究》，中国社会科学出版社2010年版。

张丽军：《生活真成为"生活"了》，《岁月》2011年第1期。

张艳梅：《塔镇寓言：无乡的人们——王方晨乡土小说论》，《当代文坛》2011年第9期。

余罾扶桑：《漫议王方晨的〈美丽慧芬〉》，《辽河》2012年第3期。

王娟：《"老大"背后的罪与罚》，《当代小说》2012年第12期。

宋嵩：《乡村的隐秘与有气味的小说——读王方晨〈公敌〉》，《大众日报》2013年9月27日；《创作评谭》2014年第3期。

马兵：《市井道德、人间情味与"思想的骨骼"——读王方晨〈大马士革剃刀〉》，《文艺报》2014年8月15日；《作品与争鸣》2014年第9期。

魏雪慧、张琰：《老年春梦的陶然终结》，《当代小说》（下）2014年第 12 期。

房伟、魏雪慧：《老实街与"剃刀"：复杂人性中的道德反思——评王方晨〈大马士革剃刀〉》，《皖南晨刊》2015 年 1 月。

陈文东：《"文坛赵子龙"的闪展腾挪》，《三秦都市报》2015 年 1 月。

杨剑龙：《一曲古旧老街消失的挽歌——评王方晨〈大马士革剃刀〉》，《中国小说学会 2014 年中国小说排行榜》，二十一世纪出版社 2015 年版。

张艳梅：《〈公敌〉：当代中国的政治寓言》，《山东作家》2014 年第 4 期。

武晨雨：《弹奏乡土社会的历史曲谱——评王方晨长篇小说〈公敌〉》，《中国艺术报》2015 年 6 月 3 日。

了一容：《理性之光照耀下的乡土梦——读王方晨长篇小说〈公敌〉》，《齐鲁晚报》2015 年 6 月 13 日。

刘永春：《当代乡村的隐秘结构和悲情历史——论王方晨长篇小说〈公敌〉的乡村书写》，《百家评论》2015 年第 4 期。

刘传霞：《呼啸的村庄和狂风暴雨式的悲叹——评王方晨长篇说〈老大〉》，《文艺报》2015 年 9 月 18 日。

房伟：《乡土幻象之下的深渊万丈——评王方晨长篇小说〈老大〉》，《中国艺术报》2015 年 11 月 6 日。

王春林：《乡村政治生态和现代性隐痛》，《文艺报》2015 年 11 月 23 日。

张艳梅：《一个人的乔木、荆棘和花香——我眼中的王方晨和他的文学世界》，《文艺报》2015 年 11 月 23 日。

阿探：《人性幽微的起底——读王方晨短篇小说〈世界的幽微〉》，《文艺报》2016 年 4 月 18 日。

尹燕：《〈公敌〉中的乡村悲情元素探析》，《芙蓉》2016 年第 3 期。

秦秀红、于维娜、孙彩虹：《〈公敌〉对历史转轨中当代乡村结构变迁的刻画》，《芙蓉》2016 年第 3 期。

王国君：《〈公敌〉中韩佃义这个人物》，《芙蓉》2016年第3期。

施战军：《王方晨的创作体面与转变》，《人民日报》2016年6月28日。

王干：《知晨昏，觉天地——王方晨和他的〈大马士革剃刀〉》，《中国艺术报》2016年7月9日。

后　记

永远在路上

　　山东文学有着自己独特的风格和追求，从新文学之初的王统照到 30 年代的臧克家，再到"十七年"的李英儒，山东作家始终关注现实，贴近土地，表现普通人的生死爱恨。既有大时代的历史感，又不乏普通人的生存实感。及至新时期的王滋润、刘玉民、刘玉堂、张炜、赵德发、尤凤伟等人的创作，不仅在山东文学发展史上写下了浓墨重彩的一笔，而且奠定了当代新乡土小说的基础和高度，对推动当代中国文学发展作出了重要贡献。

　　王方晨是新生代作家的代表。与刘照如、刘玉栋、宗利华、艾玛、东紫、王秀梅、常芳、凌可新、张继等人一样，作为山东新生代，齐鲁文化的土地养育熏陶了他们，他们在新时期文学文化氛围中成长，带有理想主义年代的深刻烙印，疾恶如仇，热爱土地和家园，有鲜明的正义感，对现实生活的认识清醒冷峻，这使得他们与外省的同时代作家画出了一道沟壑，他们从土地里生长起来，带着鲜润的泥土气息和生活气息，温润厚重，冷峻犀利，缺少尖锐的叛逆，尤其避免了青春的虚无，信念坚定，文学理想远大，脚踏实地，是真正的先锋，是思想的先锋，意识的先锋，很少有自我的局限，绝对不讨好生活，不妥协世界，不虚无，不游戏，不浮躁，不无病呻吟，不尖刻，不刻意张扬，这样的作家值得我们尊敬。

　　山东作家喜欢乡土小说，有着强烈的道德理想主义倾向，在市场经济的大潮中能够精神自由，品格独立，秉持文学理想，具有鲜明的问题意识，可以说，山东作家是新文学启蒙传统最好的继承者，他们不仅在文学创作中体现了这种理想主义情怀、人道主义立场，而且他们的忧患意识具有超越时代的永恒性，他们对于理想时代、理想社会的思考和探求，在当代文坛上是独一无二的。对人的关注，对现实的关注，对理想的固执书写，尽管看起来其文学创作有点笨拙，然而，正是这份沉稳厚重大气成就了山东文学独一无二的气质。这个时代很浮华，喧嚣的泡沫平息后，山东文学就会显示出巨大的精神力量，成为中国文学的正确方向。刘玉栋认为，"写作首先是我自己的一种需求"，"首先能使自己获得一种心理上的满足，然后再面向读者，如果读者能从你的小说中获得快感，那自然是件很好的事情了"。凌可新认为，文学是他"生命和生活中的一个重要部分"，要"坚守文学"，直面人生中的美丑和心灵上的情感，"刺要刺个痛快，歌咏就歌咏个淋漓尽致"。张继也提出"坚守自己"的口号，"我基本上属于一个比较本分的写作者，比较相信生活是创作的源泉这句话，也把它当作真理"。路也的小说观饶有趣味，小说填充了她生命中诗歌剩下来的那一部分，可以平衡"那颗由于诗歌而发生季度倾斜的心灵"。从作家的自述中可以看出，山东作家有着共同的文化背景和文学理想，质朴坚实、执着坚定、严肃高远的文化立场，使他们的创作成为当代中国的精神标志，回归的方向。文学是一种理想、一种信仰，是一种梦想、一种精神引领和心灵的皈依，山东作家的努力让我们看到了希望所在，那些游戏的、浮华的终究会被历史淹没，山东作家平和、深厚、稳健、大气的艺术追求注定会走得更远。

新世纪山东文学的发展呈现出丰富多彩的局面。老、中、青三代作家都有相当优秀的作品，引起文坛和评论界的关注，女作家也显示出不俗的创作势头，艾玛、东紫、王秀梅、常芳、方如、嘉男、杨袭、郝炜华等人的小说获得了普遍的好评。未来的发展值得憧憬，在21世纪的文坛上，山东文学必将占据更重要的位置。

山东作家论，是山东作家研究所的一项重要研究计划，以后还将陆续完成相关研究，对山东文学的历史、现状、未来，有代表性的作家作品，从文化研究、地域研究、断代研究等不同视角全面深入展开，尤其关注年轻作家的创作态势。

我们的研究计划和写作出版，得到了山东理工大学社科处、山东省委宣传部和山东省作协的大力支持。作为学科发展和建设的重要方向，以后我们会继续加强山东作家研究，努力推动山东文学的发展。

张艳梅于 2016 年 2 月